Media
TECHNOLOGY
传媒典藏

写给未来的电影人·编剧系列

U0733732

编剧原理

陈晓春 著

人民邮电出版社

北 京

图书在版编目（CIP）数据

编剧原理 / 陈晓春著. -- 北京：人民邮电出版社，
2022.3
（写给未来的电影人. 编剧系列）
ISBN 978-7-115-58039-9

Ⅰ. ①编… Ⅱ. ①陈… Ⅲ. ①电影编剧 Ⅳ.
①I053.5

中国版本图书馆CIP数据核字(2021)第241387号

◆ 著　　　　陈晓春
责任编辑　黄汉兵
责任印制　陈　犇

◆ 人民邮电出版社出版发行　　北京市丰台区成寿寺路 11 号
邮编　100164　电子邮件　315@ptpress.com.cn
网址　https://www.ptpress.com.cn
北京天宇星印刷厂印刷

◆ 开本：787×1092　1/16
印张：16　　　　　　　　2022 年 3 月第 1 版
字数：340 千字　　　　　2025 年 7 月北京第 11 次印刷

定价：79.80 元

读者服务热线：(010)53913866　印装质量热线：(010)81055316
反盗版热线：(010)81055315

内容提要

本书以"故事原理"为基础，分析了"编剧原理"的深层规律和实践技术。"故事原理"主要从故事的特征与价值、故事的品性与基因、故事形态、故事的功能，以及故事的基本模式等方面论述故事创作的基本原理，"编剧原理"部分则结合具体的创作案例，从影视剧的特征、影视剧的叙事语言、叙事传统和叙事结构，以及各种类型影视剧的基本故事模式等方面论述了影视剧编剧的基本原理和基本技巧。书中附录部分则包括一个电影剧本和两个剧本项目分析报告，可以作为创作案例供读者参考。

本书可作为业内编剧、导演、制片人、项目策划、文学编辑的实用工具书，也可以作为高等院校戏剧影视文学、导演、制片和编剧专业学生的专业教材和教学参考书。

序

　　谢谢晓春先生对我的信任，把他的著作《编剧原理》发给了我。实话实说，我过去不相信读编剧理论的书可以学会编剧，很多编剧大家也有同样的看法。我教电影导演57年了，对我的教学和创作非常重要的参考书也是屈指可数的，例如小川绅介《小川绅介的世界》、山田洋次《我是怎样拍电影的》、伊文思《摄影机和我》。这类书有个共同特点：没有高深的理论，但是非常实用，对电影创作很有指导意义。陈晓春的这本书亦是如此。

　　坦率地说，我最怕看那些为了评职称或出于功利目的而写的"书"。我过去也为那样的书写过违心的话，那些书虽不能说是一无是处，但它们是毫无观点、缺乏个性、可有可无的。我是"八零后"（此处意为"年过八十"——编者注）的老人了，眼睛也不亮了，但是仍为陈晓春的书而感动。我很喜欢这种以自己的实践为基础写出来的教科书，不是那种坐在办公室找点儿别人的资料，随意编写出来的没有个人观点的东西。他本科学的是外国语言（西语系），不是影视专业的学生，但是他在中国传媒大学的教学实践中边学、边教、边创作，他教编剧、教制片，在教学和创作实践的过程中写出了很多部专著，有的还被评为优秀教材，广受学生的欢迎。他写这两本书的时候早已经评过教授职称，并且也快到退休年龄了，他是真的"有话要说"。这些"有感而发"的话是自己的经验，或者是教训，是值得后来的朋友们重视的。

　　通常情况下，教科书是教授创作规律和方法论的，老师在课堂上是不能教"挣钱法"的，陈晓春的编剧专著中却毫不掩饰地表现了"商业气息"，我想这和他教授制片专业有关系。的确，时代进步了，我们不能只讲政治、讲文化、讲思想，却不计成本、不考虑经济效益了，因此陈晓春先生的编剧专著也体现了时代的进步。

　　我的教学经验也证明了，不要净讲自己"过五关斩六将"的风光事，讲一讲"走麦城"的失败教训对学子们也是有益的。陈晓春的书不唬人，很平实，通过自己和他人的创作实践，带出容易理解的创作理论。相信这本书会和陈老师的其他著作一样发挥作用，为年轻的朋友提供帮助。

司徒兆敦

2021年12月于北京电影学院寓所

推 荐 语

来自实践中的理论，长青；

理论指导下的实践，管用。

——中国电视剧制作产业协会副会长、金牌制片人 王鹏举

代表作品：《京华烟云》《天龙八部》等

"师者，所以传道授业解惑也"，晓春老师是北大硕士，在中国传媒大学专授影视制作。这本书从影视制作的角度深入浅出地向我们传授编剧理论与实践的技巧，对当今浮躁的影视制作"低门槛时代"具有非凡的意义。技巧即"套路"，俗称"行活儿"，是入门的最低要求，只有"学会套路"，才能"战胜套路"。传道藏于授业解惑之中，无论是初学者还是"老炮儿"，只要认真阅读，都能从中受益。

我很喜欢书中的一句话：任何艺术都可能沦为商品，不管创作者本人是否愿意。我们也总能从好的商品中挖掘出特别的艺术属性。

——长春电影制片厂总导演、国家一级导演 雷献禾

电影《离开雷锋的日子》，电视剧《大雪无痕》

《大江东去》《老娘泪》导演

这是一本很真实的好书，写满了拿来就能用的东西，点出了四年或五年才能领会的道理，但最让我感动的是这本书说到了编剧行业生态的最深处。

我敬佩陈老师在教学工作之外的处处留心，惊讶于陈老师敢于直白阐述这个职业的生存法则。除了让你明白理论知识，还会告诉你如何去面对职业生态，这才是"本事"的全部概念，这才是"门道"的点题，更是当下教育工作有所缺失和最应该做到的事情。

我信一句话，会写剧本只是生存的一部分，这是你在学校里就会明白的，懂得如何写剧本才是王道，这是你只能在社会上才能领悟的。

感谢陈老师，把这些事提前告诉了大家。

我从事导演和编剧很多年，深知其中的艰辛和不易，总是感慨学校和社会巨大的反差，自己前行的过程中回头看，那么多后继者跟了上来，都怀揣着阳春白雪的热情，真心又迫切地想对他们说点什么，希望他们更务实、避免走弯路、不要碰破了脑袋才知道回头，希望他们能够比我更好，但总没合适的机会去表达，现在陈老师做了这件事，真好。

——编剧、导演 张寒冰

电视剧《陆战之王》《号手就位》《十个连长一个班》导演

作品的呈现，不是靠无缘由的灵光一闪，更不是靠无根基的凭空制造，它需要审美、技巧、逻辑，需要对行当的深入研究和对人生细致入微的体悟。观众可以凭本能观看，但长久的创作，一定需要专业知识和理论去引领。更难得的是，晓春老师的书不光讲道理，还给出了不少实践的方法，就像是给少年江湖客的那一把剑，实用、犀利、趁手。有天赋者自然可以茅塞顿开，刚入行者亦可从中窥见不少行走江湖的创作之道。

陈晓春老师无疑是那个授人以渔的人。一个作品的成功难以预测、也无法复制，但优秀的作品是有其共性的。从数以万计的作品中发现其优劣，并说明这优劣背后的原因和道理，是晓春老师这本书最大的意义。

——编剧 袁子弹

代表作品：《欢乐颂》《国歌》《下海》等

我在中戏读书的时候，就从陈晓春老师的剧作理论中获益良多，现在这本《编剧原理》更系统地阐述了编剧的创作原理及实践。提纲挈领，以实击虚，可做编剧的伴侣书。

——编剧 宋方金

电视剧《手机》《功勋》编剧

陈老师的书特别好，专业全面，主要是对从业者做了一个专业的培训！这本书中关于故事的叙事模式和故事基因的理论，可以帮助从事影视创作中各个职业的人员在创作初期预判项目的价值趋势！陈老师摘取了中外数篇有影响力的影视作品，分类型总结出他们成功的故事基因！

——影视公司董事长 袁长辉

《冰山上的来客》《暖春》《樱桃》制片人

在这本书里，你能看到作者在深究一个故事的灵魂，为我们从根儿上厘清一些被行业常常挂在嘴边的概念，又能看到他为大家实地避坑，深入浅出，全面周到，可谓是编剧的工作手册，和时时警示自己不忘初心的真言。他所做的事情，是对比好莱坞全盛时期，罗伯特·麦基所作的《故事》。他为中国当下这个充满越来越多机遇和不确定性的影视市场做了一个大好事，无比繁杂，却至关重要。

——独立制片人、原阿里影业电影自制工作室负责人 鲁岩

参与制片作品：《赤壁》《非诚勿扰》《决战刹马镇》《七号恋人》等

独立制片电影：《小猪佩奇过大年》《无价之宝》等

陈晓春教授影视剧本创作课程为我打开了一扇门，尤其是他对于"什么是戏"的论述可谓精彩绝伦，历久弥新，以至于今天的我依然会屡屡在研究生复试的现场以此发问。

——广州大学新闻与传播学院教授、博士生导师 陶冶

编剧工作不容易，正如陈晓春老师在这本书中所说的："编剧不只是编故事，也是在设计产品"。做一个好的故事产品设计师，也是有方法的，需要编剧具备良好的理论素养，同时在实践中不断成长。这本书就是陈老师为广大编剧学习者、影视管理者、剧作爱好者准备的理论素养宝库。好编剧难得，好的编剧理论著作更难得，这本书一定能帮助更多人成为好编剧。

——中国电影家协会电影文学创作委员会副秘书长 田园

收到晓春教授的书稿《编剧原理》后，我又激动又担心。激动的是终于可以通过读晓春教授的著作来学习和充电。担心的是现在影视行业的相关书籍已经很多了，广大读者或学生，是否还需要这样一本书，里面是否有足够多的内容可供参考和学习，能否对即将走上影视道路的新人有所帮助，能否解开已经在影视行业从业多年的"老炮儿"在实际工作当中遇到的疑惑。

随着阅读，知识冲入我的脑海，我发现我的担心是多余的。晓春教授的这本书逻辑清晰，言简意赅，看了又看，无法放下。书中文字朴实易懂，却看得出里面汇集了晓春教授数十年的教学工作和创作经验的精华。

书中有大量的影视项目案例分析，通过对成功的影视项目的分析，可以清晰地看到一个好项目是如何诞生的，而且晓春教授还用他自己独特的理论加以提炼。譬如大情节、中情节、小情节，以及反情节的概念，非常态的人物和非常态的事件，戏核、戏魂、造梦、悲喜剧，等等。通过这些新颖奇特的构思创造出来的项目一定会别具一格，在市场中独树一帜。而且书中还列举了一些失败的案例，可以让读者了解到反面事例，避免踩坑。

本书的另一个特点是，通过对影视相关项目的梳理，提供了一些表格，如果抽一些时间来完成表格里面的创作练习，一定会让创作思路更加清晰，让项目更具有竞争力。

本书案例多、概念新、语言简练，涉及了影视创作大部分相关的专业，堪称从书本转化成实际操作的一本影视行业从业指南。

——导演 王振宏

电视剧《樱桃》《樱桃红》《樱桃红之袖珍妈妈》导演

这本书有种质朴而清新的气息，以很平实的态度给学习编剧的新人们传经送宝，特色鲜明且极为实用。第一，立足于市场，从院校中较难接触到的专业剧本策划书、评估案例入手，剖析了题材价值、项目定位、人物设计和故事大纲等；第二，总结了自身的创作经验，比如如何搜集、整理素材并提炼创作思路、写出故事创意和剧本大纲，从哪里入戏，如何找到切入点、进入戏剧情境，如何系"扣"和解"扣"，以及怎样从过场戏推进到主场戏等；第三，辅以案例，既有国外经典作品，也有国内影视剧佳作；第四，学生作业注重基本功和实战性。比如，看电影《罗拉快跑》第一段，根据剧情写出分镜头脚本，还有选择一部小说，设想改成电影或电视剧，提出方案、写出叙事策略等，贴合学生的需求，也具有可操作性。

作为从教多年的教师，我相信这部别具一格的教材，一定能够经得住教学的检验，学生学习它也一定会受益良多。

——辽宁大学影视艺术学院教授 回宝昆

人是故事动物。从上古流传至今的神话，到如今炙手可热的IP，故事是伴随着我们一路走来的文化基因。《编剧原理》这本书，从人性的视角，系统解读了故事的要素、连接和功能，阐释了影视艺术创作和价值构建的基因密码，是致力于创意开发和文化投资的思维导图和行动指南。

——新疆广播电视投资有限责任公司董事长、管理学博士 粟皓

这是一本用最简要、最实用的文字写成的编剧技巧书，一本从准备编剧到完成剧本再到完成整个影视剧的行动指南。本书既涉及理论，更充满实战的技巧，帮助影视剧作者明确他们在写作和作中的问题是什么，如果你想要成为一名成功的编剧，我向你推荐这本《编剧原理》。

——导演、编剧 张小华

这本书值得推荐，非常感谢陈老师呕心沥血，奉献给热爱编剧的读者少走弯路，掌握编剧创作基本规律和法则，熟悉编剧的各种手法和技巧，值得读者收藏。

——亿品众合创始人、董事长，电影《鬼子来了》制片人 陈伟忠

取材浑厚传薪火，开镜斑斓映柳烟。
为编剧理论强基固本，为剧作实践拓路引航。
——四川省"影视编剧"省级精品资源共享课程组、中国电影家协会全国青年编剧特训班（大英班）师生
2018年中国电影家协会全国青年编剧特训班由四川省文学艺术界联合会、四川省电影家协会协办，云集了百名优秀青年编剧，有幸邀请到陈晓春教授为学员们讲授"故事原理与影视剧作创意"

课程。经过陈晓春教授的悉心讲授，学员们在剧作的创意提炼和题材深挖方面收获良多，既获得了精准的理论指导，又有效提升了实践技能。如今，陈晓春教授将多年讲授的知识结晶写成新作《编剧原理》。获知佳讯的学员纷纷祝贺，希望能有更多的剧作爱好者通过这部新作获得指引。为编剧理论强基固本，为剧作实践拓路引航，祝愿陈晓春教授的这部《编剧原理》能够广惠学子！

——2018年中国电影家协会全国青年编剧特训班协办单位代表、四川省电影家协会理事、四川省"影视编剧"省级精品资源共享课程主讲教师 于宁

《编剧原理》是晓春教授二十余年呕心沥血之作，也是我国影视艺术学领域具有鲜明特色的著作。这种鲜明特色主要表现在两个方面。第一，融通性。这本书以"知识转化为技能，技能转化为智慧，智慧转化为人格"为理念，极为注重编剧理论知识与影视剧本写作实践的结合，强调编剧既要了解并熟悉编剧理论知识、掌握编剧技巧，也要使自己创作的剧本适合影视拍摄。可以说，这种理念具有鲜明的前沿性与时代性色彩。第二，体系性。在编剧理论和实践不断演进的今天，现代化编剧教学体系的建构已经成为关涉影视艺术学发展前途的重大问题。这本书的一个重要贡献，就是它建构起了以编剧理念、编剧史论、编剧技论为主干的理论系统和包括案例剖析+作业+考核的教学实践系统。这两个子系统既相互独立，又相互依存、相互作用、相互影响，形成了一个具有严密内在逻辑关系的整体性结构，显示了中国影视艺术由零散性、局部性建构到整体性、系统性建构的转换。

——武汉大学文学院教授、博士生导师 赵小琪

在影视行业，懂实践的大多不屑于搞理论研究，更不肯花时间著书立说，从事理论教育的往往缺少在枪林弹雨中摸爬滚打的实战经验，只能坐而论道、纸上谈兵。陈先生二十年磨一剑，创作出《编剧原理》，填补了影视行业"知"与"行"结合的空白。

知其然，又要知其所以然。该书从影视剧的本质入手，旁征博引，讲解最基本的道理，深入浅出揭秘最高端的技巧，一针见血、入木三分地分析行业的束缚与突围办法，体现了作者对编剧理论与实践的娴熟掌握，以及能够深入浅出巧妙表达的高超能力。

毫不夸张地说，本书既是一本高等学府的专业教材，又是一本实用的工具书，更是一本将编剧知识与经验一网打尽的"行业百科全书"。

——编剧、文学策划 谢长滨
代表作品《黄大年》《中国天眼》

《编剧原理》在同类教材中可谓拔丛出类，让人眼前一亮，给编剧专业或影视行业又建起了一座灯塔，实属难得的好教材。

可以看出这部著作凝结着晓春教授孜孜心血，展露出其深厚的理论基础和几十年丰富的教学经

验，以及在影视剧拍摄制作过程获得的实践经验。该书深入细致地讲解了编剧创作的基本要素属性和特征，广泛研究了编剧素养和剧本价值市场；概括了影视剧的叙事模式、价值分析和项目开发；点出了故事改编的原则方法和原创故事的设定思路。书中不乏结合影视剧案例进行的深入分析研究，深度剖析了编剧理论要素，总结出从策划创作到制作发行的实践真知。在各种影视剧的制作过程中，这些独到又易懂的理论知识和实践经验，都能起到指导和引领作用，帮助创作者使影视作品能够更加专业化、规范化。

纵观世界影视，那些能打动人、引领人的影视剧，往往都在于它的灵魂、生命力和所表达出的思想。正是作者通过故事所表达的深刻的主题思想，赢得了观众思想和情感的强烈共鸣。这是优秀影视剧所具有的根本特性，也是晓春教授在书中对编剧或影视人最有价值的启示。

预祝陈晓春教授的著作《编剧原理》成为编剧专业或影视行业从业者爱不释手的宝典。

——导演 郑景元

很庆幸第一个将这本书引入课堂。这本书从"故事"的维度出发，在数千年的文学史中探寻到"故事"的源代码。只有掌握故事的奥秘，才能真正创作出好的剧本。

——编剧、西南石油大学艺术学院讲师 岳堂
电视剧《傻根进城》编剧

十年前我还在读研究生时，是陈教授的《电视剧理论与创作技巧》令我寻得通往写作之门。10年后的今天，在艰苦创作之时，时常难觅方向、三纸无驴，得闻陈教授写出新作《编剧原理》，便赶忙拜读，竟有返璞归真、豁然开朗之感。

本书是编剧的百科全书，集理论与感性为一体，包罗万象。相信无论是哪个阶段的编剧，都能从中汲取到养分，都能够损有余而补不足。

——电视剧《樱桃》编剧 王婷

陈晓春老师是国内少有的同时聚焦影视学界和业界的老师，我有机会就会去旁听他的编剧课，只要学生能够从头跟到尾，认真听课、做作业，课程完结后，就能开启编剧生涯了。

这是一本理论与实践相结合、行业与产业相融合的编剧修炼手册，诠释了作为编剧应有的技、艺、术、法、道。愿这本书能够让更多有志成为编剧的人受益。

——北京大学新闻传播学院硕士 林圣雅

陈晓春老师是少有的集理论与实践于一身的影视创作人才，放眼中国影视界很少有人能同时搞定"写剧本"和"写剧本教程"这两件事。有些人是行业内编剧大咖，作品众多但无理论作品，有些人是学术大咖，深居高校、专注理论研究而无创作作品。一般来讲，写剧本需要激情、感性，

要释放人的本质力量，而做理论需要冷静、理性和缜密的逻辑，要抑制人的酒神精神，这是影视的"二元"，中间还夹杂着一个"楔子"即"实践经验"，这"二元一楔子"之中有着内在的矛盾性和连贯性，既需要时间的沉淀又需要天分的加持，像葡萄能酿成醇美的葡萄酒，既需要绝佳的原料，又需要时间的沉淀。能做到的人如凤毛麟角，陈老师就是这样的一位。

下面从三方面谈谈我对这本书的感受。

第一，强大的实用性。书中所有的文字都闪烁着实践的光芒，文字平实易懂，凝结着陈老师二十余年的行业经验与理论思考，适用范围广泛，无论你是行业爱好者、在读大学生、影视从业者、行业小白、剧本医生、影视公司老板，都可以读下去、读进去，收获属于自己的艺术能量。

第二，高度的自觉性。本书已经有了较强的理论自觉，例如在书中应用了"典型理论"，艺术的"三性统一"理论（思想性、艺术性、商业性），狄德罗的"戏剧情境论"等，本书巧妙地将这些理论融入了论述当中，不光告诉你"要怎么做"，还告诉你"为什么要这么做"，既使人读起来毫无理论的艰涩感，又没有丧失学术著作该有的踏实与厚重。

第三，严密的逻辑性。本书有编剧理论与编剧实践的部分，分别根据编剧元素分成若干个小部分，每个小部分又有讲解、案例、训练，而且很多案例、训练题是近几年的热门片子，时效性与经典性俱佳，使得读者真正获得学院派专业的、系统的训练，从而为更好地从事编剧工作打下基础。

——中国传媒大学艺术研究院艺术批评专业博士生 王芳

自　序

　　《编剧原理》和《编剧教程》是我最近完成的两部著作，都与编剧有关。《编剧教程》是偏重教人做编剧，着重于"术"的层面，而《编剧原理》则偏重"道"，希望帮助人掌握"术"背后的规律。

　　国内关于编剧的书有两类：一类是学者写的，偏理论，往往有"道"而无"术"；另一类是编剧写的，偏重创作经验，上升不到理论层面，讲了很多创作手法，虽然理论较少，但很实用，可惜在说到为什么要这样写时，却对其中的规律缺乏总结，光有"术"而不解其中之"道"。

　　学问中应该有"道"也有"术"。有"道"而无"术"，则显得空虚；有"术"而无"道"，则无根基。好的学问应该是"道"中有"术"，"术"中有"道"。编剧原本也是一门艺术，学做编剧，光停留在技巧的讲解而上升不到"道"的层面，最多只能成为一个会编故事的匠人，而不能成为真正的艺术家。

　　给业内编剧和制片人授课时，我经常会对他们提问：影视剧都是用镜头来讲故事，你们是讲故事的人，你们能不能告诉我故事是什么，故事对人类有什么价值和意义，人类为什么需要故事，故事能够给人类带来什么。当看到他们对这些问题神情茫然时，我会说："你们连故事是什么都不知道，又怎么能讲好故事呢？你们连什么样的故事是好的都不知道，又凭什么去修改别人的剧本呢？"

　　所谓原理就是规律，编剧原理就是要破解影视创作背后的规律，也就是要把握编剧中的"道"，知其然且知其所以然。只有把"术"提升到"道"的层面，再由"道"转化为"术"，才能真正掌握创作的规律。

　　影视剧其实就是用镜头来讲故事，作为编剧，先要了解故事原理，然后才能更好地掌握影视剧编剧的原理。

　　除了第一编绪论，本书内容主要分为两大部分：一部分为故事原理，共6章，包括故事的性质特征、故事的品性与基因、故事构造及生成原理、故事形态、故事功能和故事模式等；另一部分为编剧原理，共9章，包括影视剧属性、影视剧叙事语言、叙事传统、叙事结构、戏剧冲突、影视剧产品的特征以及类型片（剧）叙事模式等。书中结合了很多创作案例，每章后面都有创作练习，可以帮助读者通过创作实践，领悟影视创作的规律。

　　本书可与《编剧教程》配套使用，本书以"道"为主，"道"中有"术"，而《编剧教程》以

"术"为主，"术"中有"道"，相辅相成，相得益彰，希望这两本书能帮助读者学习和掌握影视剧编剧的基本技巧，并从中领悟到影视剧创作的规律。

两本书皆为学术专著，凝聚了本人二十余年创作和教学的心血，也是以教案为基础写成的，并作为中国传媒大学精品教材项目，既是专著，也可以作为高校教材使用。

陈晓春

892612303@qq.com

2021年7月5日于北京

目　　录

|第一编|

绪论

第一章

编剧

电影和电视剧其实都是商品，都是按照规定的生产流程生产出来的。剧本创作是影视剧运营过程中的一道流程，编剧与演员、导演、摄影师、灯光师、录音师一样，是影视行业中的一个职业或一个工种。编剧的主要工作就是设计故事和编写剧本。

1.1 何谓编剧

在影视业，编剧属于幕后工作，或许编剧并不如台前的演员和导演那样声名显赫，引人注目，却也是不可或缺的重要职务。电影和电视剧用镜头讲故事，而编剧就是编故事的人。没有编剧创作剧本，影视项目就无从谈起。

1.1.1 编剧是影视产品的设计师

影视剧原本也是产品，而编剧则是影视产品的设计师。

拍电影或电视剧，其实与做工程项目没有本质区别。剧本不是终端产品，而是供拍摄用的，是未来产品的设计图。编剧其实就是影视行业的产品设计师，负责设计故事、创作剧本，剧本完成后交给导演；导演相当于工程师，要根据剧本提供的故事框架聘请演职人员，组建剧组，经过一系列制作电影或电视剧的生产流程后，拿到市场上发行。

影视剧能不能成为在市场上得到观众认可的商品，关键看能否适应市场的需求以及产品的核心价值和市场竞争力如何。影视剧无非是用镜头来讲故事的，故事是影视剧产品的核心主体。产品能否成功，故事是关键。编剧作为影视产品的设计师，职责就是设计出适应市场需求、有市场竞争力的影视产品，所以编剧要懂得市场，并且按照市场的需求来设计自己的产品。

1.1.2　编剧工作

编剧的工作包括两个方面：一是要选择一个好的故事作为剧本的题材，二是要把故事改写成可供拍摄的故事蓝本。写一个好故事和写好一个故事是两个层面的问题，前者是个价值判断问题，后者则是技巧问题，而前者比后者更为重要。倘若能够找到好的故事，剧本就几乎成功了一半；倘若故事不好，技巧再高，也很难写出好剧本。

对于编剧来说，眼界和品位比技巧更为重要，知道什么样的产品有市场需求，知道什么样的故事是好的、有价值的，才会知道应该选择什么样的故事作为题材，知道故事编成什么样才能有市场并真正打动观众。

1.1.3　编剧的工作方式

编剧创作剧本一般有两种模式：一是独立创作，把完成的剧本向影视公司投稿，或者直接找制片人或导演说服他们采用自己的剧本；二是受影视公司或制片人委托进行创作，相当于受聘于影视公司或制片人从事剧本创作。前一种模式下，编剧比较自由，拥有独立创作权，但要把自己的剧本推销出去很不容易，成功率可能很低。在后一种模式下，编剧是被委托的，必须使用影视公司或制片人指定的题材，按照要求完成创作，编剧在这种状态下相对比较被动，写出来的相当于是影视公司或制片人定制的剧本，但成功率较高。

剧本创作方式也有两种：一是个人创作，即由编剧个人完成全部剧本创作，一般适合成熟的编剧。这种方式比较符合艺术创作规律，艺术创作原本就应是个性化的，如果创作失去了个性和灵性，作品也很难有生命力。很多优秀作品都是编剧个人创作的成果，如《士兵突击》《潜伏》《暗算》《伪装者》等。二是集体创作，即由多个编剧合作完成剧本创作。这相当于把创作流程化，由多位编剧分工合作，有人搜集资料，有人策划，有人写分集大纲，有人专职写台词，还有人专门给故事增添笑料，这样做的好处是可以整合多人的智慧，这类合作剧本的格式一般也比较规范，现在很多剧本都是这样"合作"出来的。

1.1.4　编剧的地位

都说编剧很重要，没有编剧就没有剧本，没有剧本，就没有影视项目和影视产品，但在现实中，编剧的地位却有些尴尬。有时候编剧对自己的作品没有决定权，剧本是否被采用，能不能投拍，决定权主要在制片人或影视公司手里，而编剧经常处于被动的地位。

但编剧在行业中的尴尬地位，其实正说明了编剧的重要性。因为制片人和影视公司越来越明白剧本的重要性，所以才会对剧本的要求越来越高，对编剧的要求也越来越苛刻。导演和演员也是想要创作好作品的，才会要求对剧本进行修改，因为他们对剧本有着自己的理解，并想让剧本变得更好。

不过，影视行业是讲究实力的，编剧地位的高与低，终究还是由实力决定的。有些编剧地位尴尬，其实是因为实力还不够，编出来的剧本难以完全符合制片方的要求。而那些真正有实力的编剧是受尊重的，他们在行业内的地位往往也较高。

1.1.5 编剧的工作环境

编剧在创作过程中，肯定需要与制片人、导演、演员及其他剧组人员打交道，学会处理各种关系，就能给自己营造较好的创作氛围。

● **编剧与制片人**

制片人是编剧必须面对的人，他们是编剧的合作者，也容易被编剧当成"敌人"。要记住：剧本只有通过制片人才可能拍成电影或电视剧。倘若编剧是被制片人聘请来写剧本的，剧本是否被采用，决定权也在制片人手里。

编剧难免要跟各种各样的制片人打交道。有些制片人懂剧本，好沟通，但也有一些制片人根本不懂剧本，而且比较固执，很难交流，还有些制片人更注重市场。编剧不但要坚持自己的创作原则和理想，而且要兼顾他人的意志，面临这样艰难的抉择，编剧需要学会找到平衡点。

● **编剧与导演**

编剧和导演在创作上是合作者。如果编剧是产品设计师，导演则是工程师——负责把剧本拍成电影或电视剧，使之成为真正的产品。导演拿到剧本后通常都会要求编剧按照自己的想法修改剧本，有的导演还习惯于撇开编剧自己修改剧本，这种情况在国内很普遍。有时候编剧会觉得这样做是对自己的不尊重，但编剧也应理解导演也是想把剧本改得更好，使未来的作品更加完美，才会这样做。

● **编剧与演员**

很多时候，编剧的创作是被动的。有时候在剧本开始创作前，演员已经确定好了，制片方往往会要求编剧按照演员的性格来设计人物，编写剧情和台词，有时候演员（尤其是明星演员）会要求编剧给自己加戏或者按照自己的要求修改剧情和台词。一般说来，演员喜欢上了自己的角色，用了心，才会提出这样的要求，他们的本意也是希望呈现给观众更好的作品，所以只要他们的要求合理，能给剧本加分，编剧也不应拒绝。

1.2 编剧的素质

编剧很难说是一份稳定的工作。只要有能力编出好的剧本，哪怕不是专业人士也能够成为编剧；如果没有能力编出好的剧本，即便是职业编剧也很快会被市场淘汰掉。

1.2.1 什么样的人在做编剧

从我国的情况看，编剧大致可分为以下四类。

（1）作家

中国很多优秀的影视编剧都是由专业作家担任，如刘恒、刘震云、王朔、邹静之等。

一般说来，专业作家都有较好的文学功底，他们会编故事，会写人物，台词功底也好，他们的很多作品原本就可以改编成电影或电视剧，但并不是每个作家都可以成为好的编剧。

虽然都是讲故事，影视剧与小说还是有区别的。优秀的小说并不一定能够拍成优秀的影视剧，如托尔斯泰、鲁迅、普鲁斯特的作品并不一定适合拍成影视剧，而有些没有那么经典的作品改编成影视剧后也能获得成功。有些作家的作品可能对人性挖掘深刻，并不依靠外在情节来吸引观众，风格高雅脱俗，而影视剧是大众化的艺术，更注重商业性。有些作品虽然可能没那么深刻，却更符合市场的需求，受到观众的喜爱。

（2）职业编剧

职业编剧是指专门从事剧本写作并以此为生的人。我国著名编剧有高满堂、兰晓龙、刘和平等，他们的共同特点是有较高的艺术素养，懂市场，会讲故事，有一定的创作能力，善于沟通，有良好的专业素质。也有些编剧把写剧本当作谋生的手段，过度强调市场化，仅把写剧本当作"行活儿"来干，长此以往，他们逐渐丧失创作激情，失去了灵性，再难创作出优秀的作品。

（3）助理编剧

助理编剧一般没有名气，只靠自己的话很难找到编剧工作，或者不具备独立创作能力，所以会供职于某个著名编剧名下工作室从事与剧本创作相关的工作。很多影视专业毕业的学生都是先从助理编辑干起，等到自己真正具有独立创作的能力并找到合适的机会时，就可能成为独立编剧。

（4）业余编剧

我国有一大批爱好影视的业余编剧，他们是影视行业的后备军。也有不少人最初只是业余编剧，后来也成为了优秀编剧。业余编剧多是非专业出身，没有经过专业的训练，利用业余时间进行创作。他们从事创作多是出于热爱，很勤奋，也充满激情，其中不乏有才之士，是编剧队伍中不可忽视的力量。

1.2.2 编剧的境界

编剧就是编故事的人，但并不是只要会编故事就能成为编剧。编故事并不难，人人都会编故事，要编好一个故事却是非常困难的。

编剧的工作不只是编故事，也是在设计产品。产品的主体就是故事，编剧要靠故事打动观众，征服观众，所以编剧不只是在讲故事，也是在与观众进行智慧和情感的较量。

编剧必须了解市场，并把自己的产品放在具体的市场环境下去考量，以便生产出真正被市场需求的产品。

影视剧的消费者是观众，编剧编出的故事是给观众看的。编剧如同一位高明的厨师，根据观众的口味来调配好故事的"味道"，确定什么是故事的主料，什么是故事的配料和佐料，然后按照故事的内在逻辑，把故事讲得"有滋有味"，"烹调"出美妙的精神"大餐"。

影视剧是产品，同时也是艺术。艺术是要揭示人性和人生的，对人性的挖掘越深，对社会的揭露越深刻，艺术价值也越高。所有的艺术，其实都在从不同的角度和不同的层面表现我们对于人生的态度，并回答"我们为什么而活着？""我们应该怎样活着？"这样的问题。

　　编故事是一门手艺，更是一门艺术。不是所有的故事都能成为艺术，因为艺术原本是一种境界。艺术的功能就是创造美，并不是所有的作品都能到达美的境界。编剧对人性和人生的理解越深刻，对生活的表现越接近自由的境地，创作出的作品就越可能进入艺术的殿堂。

　　现今社会，编故事越来越像一门手艺。说是手艺，自然也有技巧，但对艺术来说，最高的技巧就是无技巧。如果一位编剧还在为技巧而苦费心思，那么他还是不成熟的。只有创作者的内心与外部世界融为一体，故事才会融入他的心灵，这时他或许就能进入创作的自由状态。

1.2.3　编剧的创作心态

　　与小说家相比，编剧更像是一个工种或一门职业。同样都是编写故事，小说家往往比编剧更自由更从容。很多时候编剧的创作是被动的，小说家可以独立完成自己的作品，而编剧只是整个生产流程中的一道工序。

　　小说家凭着一支笔或一台电脑就可以独立完成创作，花费的也只是个人的时间成本，而电影和电视剧则是工业，需要用演员、场景、道具以及各种生产要素，才能把故事中的剧情在现实中复原出来，这需要花费大量的人力和物力。在国内拍一部院线电影要花费上千万元，甚至数亿元；拍一部电视剧少则投资数千万，多则高达数亿元乃至十几亿元。

　　影视剧是商品，但也是艺术，与一般物质产品不同，它是一种艺术产品，它有灵性。过度的商业化或过度的艺术化都可能损害它的品质。

　　编剧其实也是在通过故事与观众进行心灵的对话，编剧要通过故事把自己对生活的感悟、对人性和人生的理解以及自己所感受到的人生乐趣传达给观众，这种传达也是编剧的自我心灵表达，是编剧的精神修炼过程。真正的艺术其实是艺术家心灵的外化，编剧只有具备艺术家的境界和心态，懂得观众，懂得市场，才有可能创作出真正有生命力的艺术作品。只有心才能打动心，编剧应该也必须用心去创作，只有编剧的心与观众产生了沟通，才可能使观众产生共鸣，这样创作出来的作品才可能真正赢得观众，赢得市场。

1.3　编剧的自我修养

　　想成为编剧的人很多，写剧本的人也很多，但真正优秀的编剧却极少。所谓成熟编剧，是能够独立完成剧本的创作，并达到拍摄要求的人。有的编剧虽然有过成功的作品，却未必就是成熟的编剧。一部作品的成功有多种因素，未必都是编剧的功劳，这也是有些编剧成功了一次以后再也写不出像样的作品的原因。

　　编剧是一门手艺，与小说戏剧相比较，电影和电视剧叙事更具技巧性，也更套路化。电影和电视剧都是按照类型来讲故事的，类型就是套路，各种类型都有各自的套路。战争剧讲故事的方式不同于谍战剧，社会伦理剧的讲述方式也不同于偶像剧。战争剧一般写的是敌我双方在战场上的短兵相接，而谍战剧写的是地下谍报人员深入敌后与敌人斗智斗勇；社会伦理剧着重于对社会伦理现象的剖析，偶像剧则更多表现青春少年的浪漫爱情。作为编剧，应该对各种类型影视剧有所了解，并掌握基本的创作技巧。

虽然我们说编剧是一门手艺，但请记住：艺术的最高技巧是无技巧。如果一位编剧在创作的时候还在想着要采取什么技巧，就说明这个编剧并没有真正成熟。真正成熟的艺术家心中应该是没有技巧概念的，当进入创作状态，他的内心，他身上的每个细胞，都包含着艺术的因子，他只需让它自然流露出来就可以了。

很多编剧会从过去的电影和电视剧中学习故事的技巧，他们看了很多电影和电视剧，拉了很多片子，研究了很多故事套路，甚至把每个细节都研究透了，自己也沉溺于这些模式和套路，思维都变得套路化。这样写出来的故事自然也是老套的，没有生命力的。

讲故事需要的是创造力，一个编剧失去了创造力，也就失去了生命力。编剧固然应该研究技巧，研究套路，但更重要的是要从中感悟到创作规律，从而把握规律。编剧更应该研究的是人性和人生，因为电影和电视剧总归是研究人性和人生的，我们讲故事的目的也是为了揭示人性和人生。

编剧理应敏锐，编剧应该深刻地观察社会与人生。不了解社会，不了解民众的痛苦和需求，对社会、对民众不怀有悲悯之心，没有强烈的社会责任感和道德感的人，还有那些只为金钱而写作的人，都不可能成为真正优秀的编剧。

1.4　编剧的商业意识

每个编剧都希望自己的剧本能够拍成影视剧，我国有数以十万计的专业编剧和业余编剧，每年完成的剧本至少数万部，但真正能够拍成影视剧的不到百分之一。

很多编剧都习惯于埋头写剧本，却不知道把自己的剧本推销出去才是关键，以致很多好剧本被埋没，所以编剧也要学会推销自己。

很多编剧写完剧本以后都会想到把剧本交给某个知名导演，其实有时导演也没有能力决定剧本命运，除非导演同时也是投资人，或者名气足够大。而且即使这个导演既是投资人名气又大，他也要在找到愿意给他投资的影视公司或投资人之后，才能确定是不是接受你的剧本。

真正能够决定剧本命运的其实是影视公司或制片人，他们是影视项目真正的操盘者。但当你满怀希望地把自己的剧本寄给他们，或者千里迢迢跑上门去向他们推销你的剧本时，却很难得到好结果。这未必是你的剧本不好，而是你的剧本并不符合他们的口味。国内有数万家影视公司，每家公司都有自己的偏好。也许你写的是主旋律电影或电视剧，而你找的这家公司却可能只擅长于拍摄商业剧或商业电影；也许你写的是喜剧片，找的公司却可能没有拍喜剧片的资源。所以，当你决定把你的剧本寄给某家公司以前，一定要先摸清这家公司的情况，有的放矢，才能提高成功率。

一位优秀的编剧应该懂得市场，并且能够把握住市场发展趋势，甚至学会引领市场，无论影视公司还是制片人，终究还是要看市场的。当你的作品满足了市场的需求时，成功的概率就会提高许多。

编剧应该具有沟通能力和自我推销能力，尤其要学会与制片人、投资人及影视公司进行沟通，只有说服他们，他们才可能为你的作品投资，你的作品也才有可能面世。

编剧特训营

看电影《肖申克的救赎》，写一份完整的故事大纲。

【基本要求】

1．1500 ～ 3000 字。

2．反映出故事的发展线索、主要人物关系及主要故事梗。

3．表现出故事的风格和特点。

【作业目的】

学习写作电影故事大纲。

第二编

故事原理

第二章
故事

电影也好，电视剧也好，网络剧也好，都是用镜头讲述故事，故事是影视项目的主体，也是它的核心。

编剧就是编故事的人，要编好故事，就得知道什么是故事，能够分清楚什么样的故事是好的，什么样的故事是可以拍成电影或电视剧并有市场价值的。

2.1　何谓故事

故事是人类生活中不可或缺的一部分。我们早晨起来听广播，听到的是故事；上班路上看新闻，同样离不开故事；在地铁上玩游戏或看节目，也与故事相关；更不用说平时经常看的电影和电视剧了。故事在我们的生活中无处不在，可到底什么是故事，却未必有人说得清楚。

导演、编剧、制片人都是从事故事行业相关工作的人，他们每天都在看故事，讲故事，写故事，拍故事，倘若连什么是故事都不知道，又怎么指望他们把故事拍好？

想成为优秀的编剧，起码要知道"什么是故事""什么样的故事是有价值的"以及"人类为什么需要故事"。

诗歌、散文、寓言、神话、童话、绘画、戏剧、小说、电影、电视剧等艺术形式都是在用不同的方式讲述故事，与故事相关的产业则包括电影、电视剧、动画、漫画、戏剧、游戏、文学出版等。这无疑是个庞大的产业，而它所创造的价值甚至与部分庞大的实体产业相比都毫不逊色。

故事的魅力难以衡量，故事的价值难以估计。细细想来，孔子、老子、庄子等这些对人类历史产生过巨大影响的思想家，他们也都是讲故事的高手，他们的思想很多时候也是通过故事来表现的。莎士比亚、塞万提斯、托尔斯泰、曹雪芹、鲁迅这些对人类做出巨大贡献的作家也是通过讲述好的故事而闻名于世界。好的故事可以令数以亿计的读者或观众如醉如痴，甚至可以影响他们的生活。这说明故事的魅力，也是故事的价值所在。

故事并非稀罕之物，每个人都会讲故事。可是为什么有的故事能够流传数千年，乃至影响人类的思想或历史进程，到了今天还有人愿意花费数百万甚至数亿资金去拍摄和复现，而大多数故事无人问津，乃至分文不值呢？

2.2 故事的性质

故事是人类创造的，自有人类以来就有了故事，故事已然成为人类生活不可或缺的部分。人类已经离不开故事，很难想象没有了故事，没有了电影和电视剧，没有了游戏，没有了与故事相关的产业，我们的生活会变成什么样子。

故事到底是什么？它对人类到底有什么用？它到底能给人类带来什么？

首先，故事是人类历史和人类生活及思想的记忆。

人类文化是通过历史累积而形成的，故事是人类文化最重要的载体。我们正是通过许多故事了解了我国数千年的历史。过去的历史主要通过文字来记录，自从有了电影和电视，人类就可以真实地记录下生活中的点滴。我们虽然可以通过史料了解过去时代发生的事件，但我们并不了解事件发生的真实过程，看不到人物在事件中真实表现和生活细节，而电影和电视则可以记录下人们的生活，甚至如实地记录下历史事件，这样一来即便数千年乃至数万年以后，我们的后代也有可能看到事件的真实过程，还原我们的生活情景和精神面貌。

人类离不开故事，正如人类离不开记忆，人类需要通过记忆才能找到自己存在的价值及人生的意义。

其次，故事是人类思想情感交流的方式。

故事中包含着信息和知识，也包含着思想和情感。生活中，我们经常会把自己经历过的故事讲述给别人听，这其实也是一种交换信息和交流思想的沟通方式，比起那些抽象的表达可能更为生动形象，也更有趣味。

人类较早出现的神话故事都是有着深刻寓意的。著名思想家、哲学家庄子就很善于讲述寓言故事，这些故事包含深刻的人生智慧和哲理，直到今天，我们仍然可以从中汲取知识和智慧。

我们看故事其实也是与作者进行思想情感的对话，从故事中吸取精神的养料，提高人生的境界。

再次，故事是关于人类欲望的游戏。

故事来源于生活，但故事终归是由人类所创造的，人类可以记录现实生活中发生过的事件，也可以书写生活中不曾发生乃至不可能发生的事件。弗洛伊德说艺术家都是有着强烈的个人欲望但在现实中却无法实现的人，欲望被压抑，只能在梦中把自己幻想得很强大，从而使欲望得到发泄，达到心理的平衡。人类原本就生活在孤独和恐惧中，因为人终究是要死的，人有生老病死，人生原本也是有缺陷的，人类的欲望永无止境，痛苦同样永无止境。现实生活不可能让所有人的所有欲望都得到满足，而人类放纵欲望则可能危及社会或他人，违反社会道德和法律，所以只能压抑个人欲望。故事则可能为他们提供幻想的空间，他们可以在这里尽情地幻想，贫穷的人可以看到一夜致富的希望，失意的人可以幻想自己一夜成名，灰姑娘可以找到白马王子，懦弱的人幻想自己成为天下无敌的英雄。所谓"书中自有颜如玉，书中自有黄金屋"，大多数梦想都能在故事中实现。

2.3　故事特征

任何事件都可以成为故事，我们所说的故事仅局限在艺术范畴内，作为艺术形态的故事一般有以下 3 个特征。

1. 人物是故事的主体，故事要表现人物性格和命运。

故事就是叙述特定性格的人物在特定情境下的思想情感行为的，人物和事件是故事的两个要素，其中人物是最重要的要素，剧情是为了表现人物性格及命运而设置的，任何事件只有当它与人物发生关系并对人物命运产生影响时才有价值和意义，也才可能作为故事中的情节。

故事一般分为两种：一种以写人为主，以人物为中心，以人带事，主要以人物及人物关系推动剧情发展，如电视剧《士兵突击》是励志剧，写一个士兵的成长；电影《我不是药神》写一个交不起房租的商贩逆袭成为拯救病人而自我牺牲的另类英雄的故事；第二种以写事件为主，以事件为中心，以事带人，以事件推动剧情发展，如电影《红海行动》、电视剧《破冰行动》等。但无论哪种方式，人物总是故事的主体，没有人物，故事就没有灵性，没有生命。

故事说到底是为了塑造人物，无论电影还是电视剧，只要人物写好了，故事必然精彩，人物没有写好，故事也会黯然失色。所以，看一个故事的好坏，应该首先看人物，人物好了，故事必然好。

故事总是写给人看的，故事最吸引人的是人物的命运。中国古典章回小说总是在人物命运发生转折的关键时刻故意中断，来一句"欲知后事如何，且听下回分解"，吸引人往下看。电视剧也会把每集的末尾设置在人物命运的关键时刻，以留下悬念，吸引观众看下去。

故事其实就是展示人物性格和命运发展的过程，故事往往由若干个对人物命运产生影响的事件构成，事件与事件之间相互推进，组成完整情节链的同时展示事件及人物命运的发展历程，伴随事件和人物命运的发展而起承转合，最后把事件和人物命运推向高潮，直至结尾。

2. 故事往往是非常态的。

故事其实包含有"事故""变故""变化"以及"传奇"之意，从词义上看，故事有"过去的事件"的意思。而过去的事件之所以被提及，是因为这个事件本身有着非同寻常的价值和意义。

故事通常是指超越正常发展逻辑或者超越了常人思维的事件，就如我们要到某个地方去，倘若顺利到达了，什么事都没有发生，这个事件就显得平淡无奇，也就没有了故事性，别人也不感兴趣。倘若途中发生了意外，譬如说遭遇了车祸，或发生别的本不该发生的事，对人的命运产生了影响，就有了故事，观众也会感到好奇，有兴趣听下去。

日常生活中，我们经常会说某个人有故事，其实是说这个人非同寻常。有人说"狗咬人不是新闻，人咬狗才是新闻"，其实就是这个道理，日常平淡的生活很难引起人们的兴趣，只有超越常规的故事，才可能激发起人们的好奇心。

《拯救大兵瑞恩》这部电影讲的是一队士兵拯救一个普通士兵的故事。倘若讲的是一队士兵拯救一位将军或者一队士兵拯救另一队士兵的故事，虽然只是变了人物的身份，却成了常态故事，因为这种设置太符合常理了，没能超越观众的思维。在常人眼里，将军的生命自然比士兵的生命珍贵，派一队士兵去救一位将军再正常不过了，可是要用牺牲多位士兵生命的代价去拯救一个普通士兵，这就超越了常规的思维和常人的价值观，这个故事的价值也正在这里。按照当时美国的战时法令，一家里仅剩下一个男人时，这个男人就有权离开战场。美军司令部发现瑞恩的三个兄长都已牺牲，决定派一队士兵到前线把这家唯一的男人瑞恩从战场上带回来。编剧通过故事展示，每个人的生命是平等的，我们可以用一队士兵去拯救一名将军，同样也可以用一队士兵去拯救一名普通的士兵，这就是所谓的人道主义，也是这部电影能够感动全世界的原因所在。

影视剧中的故事往往都是非常态的，非常态的故事更能引起观众的兴趣，故事往往也是要把常态化的生活变得非常态化。

3. 故事是依靠戏剧冲突来推动的，戏剧冲突是故事剧情发展的内在动力。

我们经常说某个人有"故事"，其实是说这个人物性格与众不同或者有着不同寻常的经历，故事在某种程度上也就是指人生的变故，当这个人的生活按照正常的轨道发展时，往往就没有"故事"了，而当他的人生发生意外脱离了正常的轨道时，就有了"故事"。

对人类来说，和谐的生活是幸福的，同时也是平淡且缺乏戏剧性的。戏剧性的人生往往是非常态的，故事经常与"变故""错位"或"断裂"之类的词语联系在一起。罗密欧爱上朱丽叶，倘若最终能顺利走在一起，过上幸福人生，对他们来说是幸福的，但从故事的角度看，这样的人生却缺乏戏剧性，没有趣味，也没有讲述的价值。

故事讲述的是特定性格的人物在特定的情境下所产生的思想、情感和行为。当主人公的思想或行为遭遇到障碍时就可能产生冲突，人物性格在产生冲突的情境下才可能表现得更为充分，人物命运脱离原有的轨道，发生意想不到的转折或逆转，这样的故事也能吸引人、打动人。

欲望是人类思想和行为的内在动力，欲望的满足使人达到心理上的和谐，进而感到幸福。但人类欲望是无止境的，一种欲望满足的同时会产生新的更大的欲望。当欲望与现实产生矛盾时，戏剧冲突就出现了。故事的发展就是依靠不断引发新的戏剧冲突来推动的，新的情境激发新的戏剧冲突，从而打破原有的平衡，推动剧情不断地向前发展，推动人物性格和命运变化，最终把剧情推向高潮。所以，戏剧冲突就是故事发展的内在驱动力。

编剧特训营

看电视剧《过把瘾》，写出一份完整的故事大纲。

【基本要求】

1. 3000 ～ 10000 字。

2. 反映出故事的发展线索、主要人物关系及主要故事梗。

3. 表现出故事的风格和特点。

【作业目的】

学习写作电视剧故事大纲。

第三章
故事品性与故事基因

人的价值在很大程度上是由人的品性所决定的，人的品性与人的基因有关，故事同样也有品性，故事也有自己的基因，故事的品性与基因也在很大程度上决定了故事的价值。

3.1　故事品性

人有肉体和思想，故事同样也有形体和灵魂，戏核代表故事的外在形态，戏魂则是故事中所蕴含的思想，也就是我们通常所说的主题。

3.1.1　戏核

假如你是编剧，带着剧本见导演或制片人，他们可能会问你："你的剧本讲述了什么样的故事？"或者要求你用一句话概括故事的内容——其实就是要你说出故事中的"戏核"。

戏核是指故事的核心，也是故事的 DNA，故事所有的情节都是由它而生的，它是故事的核心内容，决定了故事发展的方向。

戏核一般可以用一句话来概括，如电影《拯救大兵瑞恩》的戏核是"一队士兵拯救一位普通士兵的故事"；《泰坦尼克号》的戏核是"发生在泰坦尼克号沉没事故中的一位穷小子与一位贵族小姐之间的生死恋情"；《肖申克的救赎》的戏核是"一位蒙冤受屈的犯人越狱追求自由的故事"；电视剧《亮剑》写的是"一位草莽英雄的成长史"；《潜伏》讲述了"革命者假扮夫妻打入敌人内部与敌人斗智斗勇的故事"；《士兵突击》讲述的是"'傻子'战胜聪明人并逆袭成为兵王的故事"。

戏核犹如故事的 DNA，决定故事形态及发展方向。对于编剧来说，重要的是确定并把握住故事的 DNA，知道这个故事的本性是什么，价值在什么地方，才能知道故事应该怎么讲，譬如同样都是都市题材的故事，如果讲一个"懵懂农村青年闯荡京城励志成长的故事"，主人公肯定是一位诚实善良的农村青年，故事写他在城里的奋斗并取得成功的励志故事，倘若编剧为这个故事设置的主人公是个富二代，主要讲他的爱情故事，那故事就走偏了。如果写的是"几位外地来的大学生在城市里奋斗成长及他们的情感故事"，那么故事的主人公就应该是大学生，除了写他们的事业上的成功以外，还要写他们的情感经历。倘若要写的是"一位出身贫寒的女孩的励志成长及她与一位霸道总裁富二代之间的情感故事"，很显然这就要写灰姑娘与王子相爱的青春偶像类情感故事。

故事的戏核不同，发展轨迹不同，品质也不一样。譬如同样是古代罗马军团士兵流落到中国的故事，可以写成"罗马王子流落到中国的故事"，也可以写成"陈汤率领西域诸国联军与普拉多率领的罗马军团里应外合打败匈奴军队，保卫丝绸之路和平的故事"。同样的题材，提炼出的戏核不一样，就可能成为完全不同的两个故事。在前面的故事中，揭秘了一段鲜为人知的历史，而在后面的故事中，把罗马军团流落西域的历史传奇与西汉名将陈汤打败郅支单于并把匈奴驱逐出西域的历史事件联系在一起，又发生在丝绸之路上，表现出中华文明的包容性，这个故事就有着非同寻常的现实性。

电影有高概念和低概念之分，高概念故事比较简单，内容单纯，思想单一，故事性强，故事功能明确，一般可以用一句话来概括，如《摔跤吧！爸爸》讲的是一个父亲把女儿培养成摔跤冠军的故事，《血战钢锯岭》讲的是一位不愿意拿枪杀人的士兵在钢锯岭战役中抢救伤员并成为英雄的故事。而低概念电影，故事内容比较庞杂，思想隐晦，讲求故事的客观性，相对平淡，功能不明显，故事难以简单地用一句话概括，有时甚至令人费解。

商业性强的影视剧多为高概念故事，而很多艺术性强、注重写实的影视剧则多为低概念故事。但对于创作者来说，无论高概念还是低概念，总要先弄清楚自己要讲一个什么样的故事（戏核），才能创作出好故事。

3.1.2　戏魂

戏魂指的是故事的灵魂，是故事所蕴含的思想，也是作者通过故事所要表达的主题思想。

故事原本都是有思想的，对艺术家来说，故事是表达思想的载体，他们总是在讲述那些最能够表达自己思想的故事，如果故事中没有了思想，就等于没有灵魂，没有灵魂就没有了生命力，也就失去了讲述的价值。

对艺术家来说，讲述故事的目的是剖析人性，剖析人性是为了追求人生，故事就是通过对不同人物的性格和命运的描述，表现人类的生存状态并揭示人生的意义。艺术家总是通过故事从不同的视角以不同的方式来解释人性和人生，而故事对人性的揭示越深刻，视角越独特，越贴近观众生活，就越有可能赢得观众思想上和情感上的共鸣。

艺术家讲述故事的时候总是自觉或不自觉地融入自己的人生体验，并不可避免地会在故事中表现自己的世界观、人生观和价值观，这其实也是故事中最有价值的部分，也是故事能对观众产生影响的原因。

故事是表现人性和人生的，很多经典故事也就是表现人类最基本的思想和情感。《罗密欧与朱丽叶》表现人类对纯洁爱情的渴望,《西厢记》表现的是愿天下有情人终成眷属的美好愿望,《灰姑娘》表现的是人类对弱者的同情和对美好爱情的渴望,古希腊神话以及《圣经》中的很多故事,表现的也不过是人类最基本的情感和最朴素的思想。

艺术家通过讲故事与观众进行心灵的对话,所以只有知道观众在想什么,关心什么,知道怎样去拨动他们的心弦,故事和故事中的思想才能进入他们的心里。

3.1.3 故事品相与品性

戏核是故事外在形态,代表故事的品相,而戏魂则是其内在思想,代表故事的品性。故事的灵魂依附于故事内核之中,我们可以透过故事内核找到故事的品性和内在的价值。

印度电影《小萝莉的猴神大叔》的戏核可以概括为"一位印度青年冒着生命危险护送一位与自己信仰不同种族也不同的巴基斯坦女孩回家的故事",这样的故事看上去平淡无奇,联系到故事背景却能发现其中所包含的不同寻常的价值和意义。印度和巴基斯坦之间经常发生战争,国民饱受战乱之苦。当今世界,战争往往是由不同种族和不同文明的冲突造成的,人们都渴望国家与国家之间能够消除宗教及种族之间的隔阂,实现和平。电影中的主人公原本也是个有宗教信仰的青年,却能打破种族和宗教的束缚,冒着生命危险历经千辛万苦送一位素不相识的巴基斯坦女孩回家,这是一种大爱,一种超越种族和信仰的爱,这也是这个故事的灵魂所在,也是故事的价值所在。

3.2 故事基因

人有各自的血统,有各自的血脉传承,故事也是,任何故事都不是凭空产生的,每个故事都有自己独特的血脉传承,也就是故事的基因。

3.2.1 故事原型

每个人都有父母、家族以及祖先,每个故事也有自己的祖先,故事的祖先就是故事原型。

原型故事就是故事的母胎,从中可以衍生许多类似的故事。

有些故事,由于深刻表现了人性和人类共同的情感,因而经常被后人模仿,由此而衍生出许多相似的故事,这个故事也就成为此类故事的母胎,也就是故事原型。

故事原型未必就是某类故事最为原始的样本。"灰姑娘"的故事已经成为经典的故事模式,这个故事曾经被改编成各种体裁的艺术作品,包括戏剧、小说、电影等,不断给其他故事提供创作的灵感,历史上许多女性励志成长的故事都是从中衍生而来,因此成了此类故事的故事原型。最为经典的"灰姑娘"故事有两个版本:一个来自法国作家夏尔·佩罗,另一个则来自《格林童话》。但它们都不是最原始的版本,灰姑娘的故事可以追溯到更早的时期。古希腊历史学家斯特拉波曾在公元前1世纪记叙了一位嫁给古埃及法老的希腊少女洛多庇斯的故事,这被认为是《灰姑娘》

故事的最早版本。此外许多类似的故事也早就在世界各地流行，如中国版的《叶限》及日本版的《落洼物语》等，但与后来流行的故事相比，这些故事并没有成形，影响力不大，也没有衍生出更多类似的故事来，算不上是此类故事的故事原型。

所谓故事原型，其故事本身应该是成熟的，只有成熟了才能成为模板，才会有人去学习或模仿，才有可能成为某类故事的母胎，衍生出新的故事来。《叶限》也好，《落洼物语》也好，还只是雏形，并未成熟，还没有孕育新的故事的能力，只有到了夏尔·佩罗手中或者《格林童话》中，这个故事才真正成熟，才能孕育后来许许多多类似的故事，"灰姑娘"也就成为此类故事的原型故事。

只有深刻地表现出人性的故事才可能成为原型故事，现在的很多故事都可以从神话故事中找到故事原型。古希腊神话向来被看作西方文学的母胎，很多作家都从中获得创作灵感，很多战争剧的故事原型都与《伊利亚特》有关。我们可以在很多战争故事的英雄人物身上找到普罗米修斯、阿喀琉斯等古希腊神话中的英雄的影子，也可以从伊娥的故事和美狄亚的悲剧中找到当代各种爱情悲剧的源头。

3.2.2　故事模式

相同的种族都有共同的祖先，有着相同或相近的血脉和遗传基因，他们的形貌和性格也相似。相同的故事原型衍生出来的故事也有着类似的特性，久而久之，可能形成固定的故事模式。

故事从来不是凭空产生的，对创作者来说，故事两个基本来源：一个是现实生活；另一个是他人经验，也就是从他人的故事中得到启发，如同陈忠实和莫言都从加西亚·马尔克斯那里获得过灵感。

很多经典作家创作的故事因为深刻表现出了人性而被世人学习和模仿，如莎士比亚的《罗密欧与朱丽叶》、塞万提斯的《堂·吉诃德》、托尔斯泰的《安娜·卡列尼娜》等，由此衍生了许多类似的故事，形成故事模型，这些故事后来也都成了故事原型。

人类故事丰富多彩，但万变不离其宗。人类在地球繁衍生息百万年，沧海桑田，人性却不曾改变，人类所面临的困境也没有改变，无非是爱恨情仇及生老病死，现实中发生的故事其实也有一定的相似性，由此形成各种各样的故事类型。

故事说到底是人类行为的记录。人类行为是受欲望支配的，人活着，或为生，或为情，或为信仰。对于人类来说，生存是根本，要想活得好，就要吃饱穿暖，最好还能功成名就，更高的追求则是有信仰，并为此而奋斗。人们为了满足欲望而互相争斗，于是就会发生人与人之间的互相残杀，有了权谋，有了战争，胜利者成为英雄，也就有了所谓的战争故事或英雄故事。人也会为感情而活。如果男女相爱，天经地义，有情人成了眷属，皆大欢喜，就有了喜剧。在现实中不是所有的感情都能如愿以偿，罗密欧爱上朱丽叶，却因为两个家族是世仇，罗密欧误杀了朱丽叶的家人，两个家族的矛盾不可调和，导致了他们之间的爱情悲剧。

仔细观察就会发现，很多故事其实都很相似，很多故事都在重复着过去的故事，譬如电视剧《士兵突击》讲的是一个"傻子"士兵逆袭成为兵王的励志故事。许三多其实是个坚守士兵本分的人，在有些人看来却是个"傻子"。这样的"傻子"在以往的影视作品里并不少见，如《阿甘正传》中的主人公福瑞斯特·甘，类似的人物更早出现在西班牙作家塞万提斯的小说《堂·吉诃德》中。小说主人公堂·吉诃德就是个"傻子"，也是个"疯子"，他是落魄的骑士，生活在骑士制度已经衰落的时代，却幻想自己是个骑士，固守骑士的道德准则，结果在现实面前碰得头破血流，作家在嘲笑他的同时也流露出对旧时代的缅怀和对现实的批判。电影《老炮儿》的故事其实也表现出类似的情绪，还有俄国小说中提到的"多余的人"也是这样的人。这些都属于同类故事，而《堂·吉诃德》则可以算得上这类故事的祖先，也就是故事原型。

我们看电影或电视剧，会发现其中很多故事都似曾相识，因为它们可能脱胎于相同的故事原型，根据相同的故事模型而创作。事实上很多电影和电视剧中的故事桥段都是相似的，这也显示了原型故事不同寻常的生命力，这种使用相同故事原型的情况不应该简单地看作抄袭，这是故事的传承。

经典影视剧故事品质分析见表 3-1。

表 3-1　经典影视剧故事品质分析

剧名	故事的品性		故事的传承基因		故事的戏剧性	
电影《泰坦尼克号》	戏核	发生在泰坦尼克号船难中的穷小子和富家小姐之间的爱情故事	故事原型	罗密欧与朱丽叶 梁山伯与祝英台	故事形态	大情节，以事件为中心，以事带人
	戏魂	爱情与死亡，为所爱的人甘愿自我牺牲	故事模式	相爱的人为爱殉情	戏剧模式	把常态的人放在非常态的情境中
电影《拯救大兵瑞恩》	戏核	一队普通士兵拯救一个普通士兵的故事	故事原型	赫拉克勒斯拯救普罗米修斯的故事	故事形态	大情节，以事件为中心，以事带人
	戏魂	每个人的生命都是平等的，即便在战争中也要平等地对待每个人生存的权力	故事模式	拯救英雄	戏剧模式	把常态的人放在非常态的情境中
电影《肖申克的救赎》	戏核	蒙受冤屈的犯人从监狱里逃离	故事原型	《基督山伯爵》中主人公爱德蒙·唐泰斯越狱复仇	故事形态	中情节，人物与事件并重
	戏魂	在肉体和灵魂的魔域里对人性的坚守，追求自由，永不放弃希望	故事模式	逃脱，追求自由	戏剧模式	把非常态的人放在非常态的情境中
电视剧《士兵突击》	戏核	一个"傻子"和一群"聪明人"的故事	故事原型	堂·吉诃德、好兵帅克	故事形态	小情节，以人物为中心，以人带事
	戏魂	追寻当下人们已经丧失或正在丧失的人性光辉	故事模式	"傻子"励志成长	戏剧模式	把非常态的人放在常态的情境中
电视剧《亮剑》	戏核	草莽英雄的传奇人生	故事原型	《伊利亚特》中阿喀琉斯的故事	故事形态	中情节，人物与事件并重
	戏魂	男人的血性、勇气和情怀	故事模式	英雄相惜	戏剧模式	把非常态的人物放在非常态的情境中

续表

剧名	故事的品性		故事的传承基因		故事的戏剧性	
电视剧《潜伏》	戏核	我方谍报人员假扮夫妻潜伏敌人内部及主人公与三位女人之间的情感关系	故事原型	电影《永不消逝的电波》《史密斯夫妇》	故事形态	中情节，人物与事件并重
	戏魂	追求信仰，为信仰而战	故事模式	假扮夫妻	戏剧模式	把非常态的人物放在非常态的情境中
电视剧《樱桃》	戏核	发生在有智力缺陷的母亲与养女之间的母爱故事	故事原型	电影《暖春》	故事形态	中情节，人物与事件并重
	戏魂	歌颂伟大无私的母爱	故事模式	收养，超越血缘的爱	戏剧模式	把非常态的人物放在非常态的情境中

编剧特训营

看相关影视剧，填写下表，分析故事的品质及基因传承。

剧名	故事的品性		故事的传承基因		故事的戏剧性	
电影《摔跤吧！爸爸》	戏核		故事原型		故事形态	
	戏魂		故事模式		戏剧模式	
电影《流浪地球》	戏核		故事原型		故事形态	
	戏魂		故事模式		戏剧模式	
电影《寄生虫》	戏核		故事原型		故事形态	
	戏魂		故事模式		戏剧模式	
电视剧《悬崖》	戏核		故事原型		故事形态	
	戏魂		故事模式		戏剧模式	
电视剧《越狱》	戏核		故事原型		故事形态	
	戏魂		故事模式		戏剧模式	
电视剧《绝命毒师》	戏核		故事原型		故事形态	
	戏魂		故事模式		戏剧模式	

【基本要求】

准确概括与分析每类故事的叙事模式及基因。

【作业目的】

学会分析故事的品性价值和基因传承。

第四章
故事的内部构造及生成原理

编剧要学会编故事，就要知道故事的内部构造以及故事的生成原理。任何事物都有其内部构造和生成原理，故事同样也是，了解故事的内部构造和生成原理，能够使我们更好地把握故事创作的规律。

4.1　故事要素

故事是由情节构成的，故事情节其实就是特定性格的人物在特定情境下表现出来的思想和行为，人物和情境是情节的两个要素。

故事的公式可以简单概括为：人物 + 情境（事件 + 人物关系 + 时空环境）= 故事情节。其中，人物和情境都是变量，人物产生变化，情节就会发生变化，情境变了，情节也会有所不同。同样都是讲述小人物逆袭的故事，《平凡的世界》中的主人公孙少安和孙少平都是农民，故事讲的就是两位主人公在社会基层的挣扎和奋斗，《士兵突击》的主人公是个"傻子"士兵，故事讲的是一个敢与世俗抗争的士兵逆袭成为兵王的故事，《血战钢锯岭》的主人公是个不愿意拿枪杀人的医务兵，故事讲的就是一位不愿意杀人的医务兵在战场上拯救战友逆袭成为英雄的故事。把孙少平和孙少安放在抗日战争的情境中，故事讲述的可能就是如同《新儿女英雄传》那样的抗日英雄故事；把许三多放在城里当个销售员，可能就成为《傻根进城》这样的农村青年在城里闯荡励志成长的故事；把许三多放在扶贫的情境中，则可能是个乡村扶贫的故事。人物和情境的变化，也会导致剧情的变化，很多电影和电视剧中都有男主人公向女主人公表白爱情的情节，由于主人公性格不同，所处的情境不一样，剧情也很不一样。在电视剧《贫嘴张大民的幸福生活》中，主人公张大民是外表平庸，也没什么出息的男人，他追求漂亮女孩李云芳，她是他心中的女神，即便李云芳被人抛弃，也是他难以企及的，所以他在她面前很自卑。他心里渴望得到云芳的芳心，又害怕被拒绝，也没有勇气向李云芳表白，好不容易表白，都不敢马上得到答案，反而问李云芳："我嗓音还行吧？"李云芳默许了他的表白，摆出姿态让他亲吻，他也没有勇气，放弃了。在电视剧《亮剑》中，在战场上敢作敢为且无往而不胜的李云龙在杨秀芹面前却处处被动，不敢面对，而到田雨面前却很自信，因为田雨是他的下级，也不谙情事，很天真，他在田雨面前就很有气势。

故事千变万化，其实也就是把各种不同的人物放在各种不同的情境之下，也就是说故事是由人物和情境不同的组合方式而构成的。编剧编写故事时所要想的也就是要把什么样的人物放在什么样的情境下会发生什么样的故事。

4.1.1　人物

人物是故事的主体，故事就是要塑造人物性格并表现人物命运，反映生活，揭示人性，创造美感。故事是依靠人物性格和命运来吸引读者或观众的，而故事中的情节都是为塑造人物性格和表现人物命运而服务的。

人物在故事中起着主导作用，有什么样的人物就会有什么样的剧情，同样的事件，同样的情境，人物和人物关系不同，就会产生不同的故事。关于恋爱的故事，无非是男女相识相爱的过程，罗密欧与朱丽叶在一起上演的是悲剧，而张生与崔莺莺则上演的是美满的爱情剧。同样是求爱的情节，在电视剧《三八线》中李长顺在常芳面前表现得急切而油滑，《贫嘴张大民的幸福生活》中张大民在自己暗恋的女神李云芳面前则自卑而畏缩。戏是由人物来表现的，有什么样的人物就会演出什么的戏剧。

有什么样的人物就有什么样的故事，人物品质决定故事的品质。人物强，则故事强；人物弱，则故事弱；人物有思想，则故事有思想；人物有趣味，则故事有趣味。

4.1.2　情境

情境的概念引自戏剧理论，被看作是戏剧作品的构成要素之一，是戏剧冲突产生的基础。马丁·埃斯林认为戏剧不仅是人类的真实行为最具体的艺术化的模仿，它也是我们用以想象人的各种境况的最具体的形式。在他看来，剧院是检验人类在特定情境下的行为的实验室，大多数戏剧作品的前提是："如果……，事情会怎么样？"他以此概括了戏剧艺术的本质。

情境是产生故事不可或缺的要素，同样的人物在不同的情境下会做出不同的选择，采取不同的行为，从而产生出不同的剧情。所谓故事就是不断给人物设计新的情境，让人物在不同的情境中做出不同的选择，从而表现出人物的性格，并把人物命运连同剧情不断向前推进，直至高潮和结局。在诸如《复仇者联盟》《速度与激情》《战狼》这样的系列电影中，只要给剧中原有人物不断设计出新的情境，自然会生发出新的故事来。

情境其实就是人物发生行为时所面临的处境，它对人物行为及行为方式会产生很大的影响，一般包括3种要素，即事件、有定性的人物关系以及人物活动的具体的时空环境。它们共同为人物构建起特定的情境，形成戏剧场。在这诸多要素中，最重要的、最有活力的要素是人物关系。

1. 事件

在影视剧中，人物所面临的情境总是通过具体的事件来表现的，在情境的诸多要素中，事件是载体，没有事件，情境无从建构。

编剧写戏的时候，首先想到的就是"这个时候会发生什么样的事情？"或者"接下来会发生什么样的事情？"在影视剧中，情境总是通过具体的事件来表现的，所谓故事情节就是人物在具体事件中所表现出来的思想行为。一个又一个的事件串联在一起，构成故事的情节链。

2. 人物关系

在事件确定以后，编剧接着要想的问题是：这个事件发生的时候有哪些人？主人公跟谁在一起？他们之间到底会发生什么？

同样的事件，所处的人物关系不同，所产生的情节也不一样的。同样是"求爱"这样一个事件，《贫嘴张大民的幸福生活》中张大民向李云芳求爱是一种状况，《三八线》中李长顺向常芳求爱又是另一种状况。虽然事件相似，由于人物关系不同，人物所面临的处境就不同，发生的故事也可能完全不同。在电视剧《亮剑》中，李云龙向杨秀芹求爱是一种状态，他向田雨求爱则完全是另一种状态。人物关系不同，面对的戏剧场不一样，人物所表现出来的性格不一样，产生的故事情节自然也不一样。

3. 时空环境

在确定事件和人物关系以后，编剧接下来想的问题是：这个事件会在什么情况下发生？是白天还是晚上？在什么地方？当时的环境是怎么样的？很多求爱的场面会安排在鸟语花香的公园里，很多打斗的场面则发生在废弃的厂房里，而科幻电影的场面则多发生在缥缈无际的太空之中。

4.1.3　人物与情境

布莱希特认为，戏剧的对象是人，每一个戏剧作品都是把单个人置于特定的情境中，给予一定的条件和刺激，将其定向化的内心生活处理为行动，以完成自我表现的行动。因而戏剧不仅是对于人的行动的最为具体、最为直观的艺术模仿，也不仅是对人的内心生活的直观外现的艺术形式，还是用以想象人所面临的具体情境的最具体的艺术形式。

情境是为表现人物性格和命运而设计的，所谓"给予一定的条件和刺激"，首先是这个情境要激发出人物的欲望，而所谓定向化的内心生活，就是说这种情境是能够充分表现人物内在性格的。你要表现人物的勇敢，就得给他设计出能够表现勇敢的情境；你要表现他的善良，就得给他设计出能够表现善良的情境；你要表现他对爱情的忠贞，同样也应该给他设计出最能表现他对爱情忠贞的情境；倘若你设计的情境，不能充分地表现人物的性格和命运，这样的情境就是低效或者无效的。在电视剧《亮剑》中，为了表现李云龙的勇猛和机智，开始安排了一场敌强我弱的阻击战，面对不可一世的坂田联队，在完成阻击任务后上级命令他从敌人防守薄弱处突围，但李云龙根据实际情况，选择从敌人正面突围，一举打败敌军主力，表现出超人的智慧和胆略，这种情境体现了李云龙面对强敌敢于"亮剑"的人物性格。

特定的人物性格只有在特定的情境中才能得以表现，人物命运也只有在特定的情境中才能发生改变，故事其实就是要不断地为人物设定或创造出一个个特定的情境，让他们有机会尽可能地展现自己的性格，完成预定的使命及个人命运的轨迹。情境是随着事件而改变的，一个事件过后往往会引发另外的事件，新的事件中人物关系会发生变化，时空环境也随之变化，人物采取不同的行为，表现出不同的性格，人物命运可能发生改变。情境的改变有时是通过改变人物关系来推动的，有时则是由事件本身来推动的。

一般说来，对于人物来说，给予的刺激越强烈，条件越恶劣，人物处境越艰险，越能表现人物性格，人物的命运越有悬念，越能吸引读者或观众。电视剧《三八线》和《士兵突击》中同样都有一场演练的戏，剧情类似，但由于情境设计不同，戏剧效果也完全不一样。在《三八线》中，李长顺因嫉妒心与张金旺斗气，偷奸耍滑拿了战友的旗帜跑到终点，这事对两人都无关紧要，对他们命运并无丝毫影响，也很难表现出他们内在的性格。而在《士兵突击》中，同样是一场演练却关系到所有人物的命运，演练获得前三名者可以进入A大队，这是军人的荣誉，也关乎每个参与者的前途和命运。许三多和战友成才及副班长伍六一在一个组，伍六一负伤，快到终点的时候，再也跑不动了，而前面已经有人到终点，这就意味着即便三人都能到达终点，也必定会有一个人被淘汰。许三多和成才都面临着艰难的选择，倘若架起负伤的伍六一往前赶，可能会前功尽弃，三人都失去机会。自私的成才选择抛弃战友，独自赶到终点，获得了机会，而许三多不肯放弃，伍六一则为了成全战友，主动选择放弃，并鼓励许三多冲向终点，让他获得了机会。就是这样一场戏，把每个人物性格都表现得淋漓尽致，故事也更显得荡气回肠。

在故事中，人物所处的情境有多种形态。按事件大小分，有大情境和小情境，按状态分，有顺境、困境和绝境。

1. 大情境与小情境

人物总要在故事中经历大大小小的许多事件，每经历一个事件，都可能面临不同的情境。事件有大小之分，情境也有大小之分，有时候是一个事件引发出另一个事件，一个情境转到另一个情境。有时候则是在大事件中套着小事件，一个小事件又生发出另一个小事件，推动整个情节向前发展。

2. 顺境、困境和绝境

人有悲欢离合，人生道路上有成功，也有失败，有顺境，也有逆境，甚至绝境。对多数人来说，生活是平淡的，虽然也会经受逆境，但总是顺境更多，而对故事来说，却要不断让人物经受逆境，经常让人物处于困境乃至绝境中，让他的人生经受更为严酷的考验。

人物在行为的过程没有遇到阻力，顺利达到目标，是顺境。人物在行为过程中遇到阻力，发生冲突，则可能陷入困境乃至绝境。人物经历顺境，没有遇到阻力，故事就容易平淡，没有悬念，也没有趣味，很难吸引观众。人物遇到的阻力越大，陷入的困境越深，甚至到了绝境，故事就有了悬念，观众对人物的命运也会格外关注。所以编剧写戏，经常要不断地给人物做局，设计陷阱：

阻力越强劲，设计的陷阱越精妙，人物冲破阻力的力量越强大，破解陷阱的招数越出奇，越有悬念，越能引发观众的兴趣。

　　有阻力就会有冲突，困境原本就是以事件和人物关系为人物所布的"局"，里面交织着各种各样的冲突，对人物形成强大的阻力。编剧在写戏时经常要想的问题就是："这个人物在这个时候会碰到什么麻烦？"或者"他会遇到什么样的困难或困境？"倘若他走得太顺，没有困境，戏反而不好写。写戏其实就是要不断地为自己的主人公设置阻力或障碍，使他不断地陷入困境乃至绝境之中，又想方设法顺着他的性格和处境让他冲破阻力，从困境中走出来，从顺境到困境，再从困境到绝境，然后走出困境，进入顺境，再陷入困境之中，周而复始，人物性格和命运都在发生变化，剧情渐渐进入高潮。

4.2　故事生成原理

　　情节是特定性格的人物在特定情境中产生的思想行为，而人表现出的行为取决于人的欲望和性格，戏剧化情境不断诱发或激化人物的欲望，同时也引起各种各样的戏剧冲突，从而更进一步刺激人物的欲望，不断引发人物新的行为，推动人物性格和命运变化发展，从而生发出新的故事情节。

　　故事是靠着内在动力来驱动的，故事动力的大小决定了故事发展的力度和强度，故事动力强则情节强，故事动力弱则情节弱。

　　故事的动力系统由两个部分组成：一是人物性格及人物关系的建构；二是事件本身的纵深感和延展度。

4.2.1　人物性格与人物关系的建构

　　人物在特定的情境下欲望受到刺激，产生动机，然后转为行动，从而也形成故事的内在动力，其中有 3 个因素对故事动力会产生影响。

1. 欲望

　　在故事中，人物的欲望越强烈，动机越明确，故事发展的动力越强大。故事一般都是围绕主人公展开的，主人公的行动线往往也是故事的主要情节线，所以故事中的主人公一般由欲望强烈并具有很强行动力的人担任，在很多故事中，开始就会有个大的激励事件，如在恶性案件中主人公的亲人被杀，或失恋，或事业挫败被朋友背叛等，主人公陷入困境乃至绝境，从而激发出他的欲望，产生具体动机。在电影《肖申克的救赎》中，主人公安迪的妻子及情人被杀，他入狱服刑，饱受凌辱，产生出逃离监狱追求自由的强烈欲望，以后他所有的行为都受这个欲望的支配，成为故事的内在动力，他的行为也构成了整部电影的主要情节线。

2. 性格

　　性格是欲望转化为行动的重要因素，性格强大的人，行动能力也强大，而性格懦弱的人，行动能力也弱。性格强大且行动力强的人，对情节推动力也强，所以性格强大的英雄人物更容易成为故事的主人公，他们的行为痛快淋漓，故事也会给人痛快淋漓的感觉。

3. 人物关系

除了主人公的性格和欲望，故事的动力还来自人物行动中所遭遇到的阻力，阻力越大，也越能激发出更强大的动力，阻力小了，动力也发挥不出来。

在故事中，主人公所面临的阻力主要体现在人物关系上，人物关系的对立性越强，发生冲突的可能性也越大，冲突的强度也越高。很多故事之所以平淡乏味，很大程度上是因为人物关系过于松散平淡，缺乏戏剧张力。

4.2.2　事件的纵深感和延展度

事件是故事的载体，所提供的空间的大小和时间的长度，对故事的动力系统的建构有很大的影响。有些故事结构是封闭性的，尤其是以事件为中心的大情节故事，其结局是确定的，达到预定目标，故事也就终结了，很多电影故事都是如此。而有些故事结构则是开放式的，很多小情节故事并没有明确目标，故事可以随着人物关系和情境的改变而不断延长，很多系列电视剧的结构也是开放性的，所以可拍到数千集乃至上万集。很多网络小说的故事可以写到上千万字，也在于故事结构的开放性，这种开放性为故事提供了足够的延展空间。

很多故事并不需要有很强劲的动力，譬如短篇小说、戏剧和电影等，它们的篇幅都很短，故事简单，稍有动力就能支撑下去。长篇小说和长篇电视连续剧中的故事篇幅较长，如果想吸引人持续地看下去，就需要强劲的动力系统来支撑，否则动力不足，剧情就难以延续。

在长篇幅的故事中，譬如长篇电视剧，往往在开头部分就要把局布好，给故事安置好动力强劲的发动机。一般说来，电视剧前五集最关键的事情就是要把故事布置好，发动机装得好，后面的情节发展就会很顺畅，现在很多电视剧动辄几十集，网络小说更是长达数千章，数千万字，要让故事长久地延续下去，关键还是前面的"局"要布好。

编剧对故事布局，一般要考虑到两个因素：一是人物和人物关系，也就是人物在经历这些事件中会遇到哪些阻力，他会与哪些人发生冲突，又有哪些人帮助他突破阻力解脱困境；二是事件，他要考虑到自己的人物在整个故事中大致要经历哪些阶段，会发生哪些事件。

一般说来，在故事的布局上，小情节故事主要是靠人物和人物关系来驱动剧情，且更注重人物关系的设置，大情节故事主要是靠事件来驱动剧情，更注重情境和事件的设计和编排，而中情节故事则是二者兼顾。

在电视剧《琅琊榜》中，故事开始，主人公梅长苏的任务就确定了，他要在皇帝面前为死去的父兄以及数万冤死的赤焰军将士平反昭雪，还要把并不被人看好的靖王扶上皇位。他作为一个江湖人士，带着病弱之躯，手无缚鸡之力，而编剧为他设置了极为强大的对手，让他去面对太子和誉王两大权贵集团，还有皇帝及整个皇权，敌对阵营势力强大，使得他处境极其危险，也不断激发他的欲望和斗志。

4.3 情节与情节链

故事由一个个情节构成，每个情节都有情节点，多个情节联系在一起，形成情节链，也构成故事中人物的命运线。

4.3.1 故事梗与情节点

所谓故事梗，是指故事中的人物在行为过程遇到的阻力。梗，乃是"梗阻"的意思。人物行动受到阻力，就会产生冲突，人物面临选择，做出行动，这是做戏的好时机，做得好了，就成为故事中的情节点。

不能说没有阻力就没有"戏"，但有了阻力会更有戏，所以很多时候，编剧写戏就是在找故事梗，他们经常想的就是："这个人物在这个时候会碰到什么麻烦？遇到什么样的阻力？"或者"在这个时候，他会碰到什么人？他和这个人在一起会发生什么样的冲突？"所谓写戏，很多时候就是要想方设法给人物设置障碍，制造冲突。

编剧写戏，很多时候就是给人物设置阻力或障碍，乃至设置陷阱，让人物深陷其中，再让他们通过自己的努力从中解脱出来。所谓"戏"，就是个系"扣"和解"扣"的过程，系"扣"就是布局，设陷阱，或做铺垫。解"扣"，则是解决矛盾，"扣"系得太松，容易解开，缺少悬念，引发不了观众的兴趣。所以"扣"系得越紧，解"扣"的难度越大，越有悬念，越扣人心弦。

真正会写戏的编剧，总会把戏扣系得很精巧，松紧适当，把戏做到极致的同时也把人物性格写到极致。给人物制造阻力，要遵循故事发展的逻辑，同时也是为了更好地表现人物的性格和命运。为设置阻力而设置阻力、为设置冲突而设置冲突的做法其实是很拙劣的，很难达到真正的戏剧效果。

4.3.2 情节链

故事由许多个情节组成，情节按照事件发展的内在逻辑联系在一起，情节与情节之间环环相扣，形成人物的行动线和人物的命运线，并形成整个故事的情节链。

张艺谋导演的电影《活着》讲述的是小人物福贵大半生的命运，他原本是有钱人家的大少爷，原本可以好好活着的，但生活却有着各种各样的"梗"，不断地改变着他的命运，人生中的这些"梗"也成了故事的情节点。故事从新中国成立前写起，那时他是个有钱的少爷，却好赌，中了龙二的圈套，把自家的院子输没了。被逼无奈，他成了演皮影戏的艺人，原本也能活下去，却又遇到了"梗"，他被国民党抓了壮丁，差点丢了性命。好不容易回了家，女儿却成了哑巴，这又是一个"梗"。后来小儿子竟被新来的区长给撞死了，对这一家子来说，这可是个大"梗"，几乎令他们感到绝望。好在还有个女儿，女儿虽是个哑巴，但找了个好丈夫，结婚后很快怀孕了，倘若能够顺顺利利地生下来，也算皆大欢喜，可偏偏命运弄人，孩子生了下来，女儿却死了，这又是一个大"梗"，正是这些故事梗使福贵一家的生活脱离了正常轨道，使他们不断陷入苦难的深渊，将常态的生活非常态化，成为故事中的情节，这些情节连在一起，形成展现福贵苦难人生的情节链。

编剧特训营

看电影《肖申克的救赎》，写出整个故事的情节链，并加以分析。

【基本要求】

1. 找出故事梗和情节点。

2. 可以采用图表方式，勾画出剧情发展轨迹，加以分析。

【作业目的】

学习和掌握故事梗和情节点及情节链在故事中的价值和意义。

第五章
故事形态与戏剧模式

人物和事件（情境）是故事的两个基本要素，戏剧冲突是故事发展的内在动力。故事的内部结构不同，情节的驱动方式不一样。有些故事以人物为主，以人物和人物关系引导剧情发展，有些故事则是以事件为主，以事件推动剧情，从而也形成不同的故事形态，而不同的故事形态有着不同的戏剧模式。

5.1 故事形态

根据其内部结构特征，故事大致分为大情节、小情节、中情节和反情节等 4 种主要的故事形态，见图 5-1。

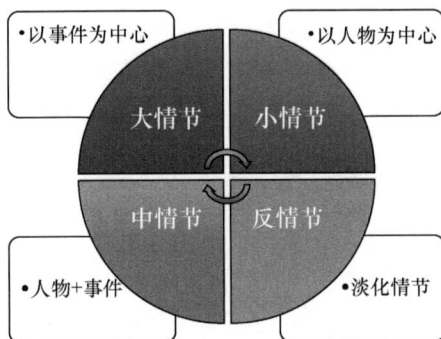

图 5-1　4 种故事形态

5.1.1 大情节

大情节故事主要以事件为主导，情节主要围绕事件来展开，以事带人，以事件作为故事发展的内在驱动力。

大情节故事一般选择某个重大事件作为题材，围绕事件展开故事情节，比如发生重大事故或灾难，或者发生了某个重大案件等，主人公奉命前往执行任务，或正好就在现场，事件本身原本包含着种种危机和困难，主人公要做的就是面对和解决这些危机。

在这类故事中，事件已经确定，编剧要设想主人公在这个事件处于什么样的处境，他会遇到哪些困难，可能会与什么样的人发生冲突，他能做些什么，他又会怎么做。事件本身可能就已经包含种种危机，早就设下了一个又一个的陷阱，主人公身陷其中，随时可能陷入困境，他要用行动使自己从困境中解脱出来，克服重重阻碍，顺着事件的进程一路往前走，完成自己的使命，情节就自然而然产生出来。

很多剧情片（剧）都会采取这样的模式，尤其是战争片（剧）、警匪片（剧）、灾难片（剧）、科幻片等。最常见的叙事模式是：某地发生了重大事件（可能是战争、自然灾害如地震海啸乃至世界末日、瘟疫，或者是某些恐怖主义者试图发动战争等），主人公可能是偶遇或者是被上级指派，去消除这些灾难，在此过程中，可能会遇到某位美女，这位美女可能是同伴，也可能是对手，他屡次陷入敌手，靠着自己的智慧和勇敢，每次都能侥幸逃脱，最后将敌人消灭，解除了危机。从《第一滴血》系列、007系列、《速度与激情》系列到最近的《复仇者联盟》系列还有中国的《战狼》系列及《红海行动》以及《流浪地球》等几乎是采取同样的套路和同样的模式。

5.1.2 小情节

小情节故事以人物为主导，一般没有什么大的事件，都是些生活琐事，故事一般也是围绕人物来展开，把人物和人物关系作为故事推进的内在驱动力。

在大情节故事里，编剧首先想的是"发生了什么事？"然后再想"主人公在这样的情境会干什么，他会怎么做？"在小情节故事中，编剧首先想的是"这个时候他会干出什么事来？"或者"这个时候他遇到了什么人？"然后是"他和这些人在一起又会干出什么事来？"在这种故事模式下，发生什么事并不重要，重要的是他跟什么人在一起会"生"出什么故事来。

是故事就会有事件，在大情节故事里是先有事件再有人物，人物在事件中是被动的。在小情节故事里，事件是围绕人物来展开的，是为表现人物性格和人物命运而设置的。

大情节故事始终围绕大的事件展开故事，事件结束了，故事也随之终结，人物从开始就生活在事件中，直到事件最终结果。小情节故事则不然，它是从人物出发的，事件发生在人物身上，故事围绕人物与人物关系展开，有什么样的人物关系，就有什么样的故事走向。

大情节故事是封闭性的，故事一般从事件发生起开始，到事件得到解决结束，而小情节故事则是相对开放的，可以不断增添新的事件和新的人物，故事可以长久地延续下去，长篇幅的故事很多采用小情节故事。

大情节故事以事件作为支撑，情节往往大起大落，人物命运随之跌宕起伏，如同大江大河，奔腾不息，故事多为强情节，人物只能随波逐流，编剧很难有机会静下心来对人物性格进行精雕细刻。而小情节则从人物入手，以人物来支撑剧情，事件也是围绕人物来设计的，为的是塑造人物，没有贯穿始终的大事件，故事枝蔓众多，情节进展缓慢，剧情难有大起大落，如涓涓细流，但可以对人物细心雕刻，人物形象突出，很多伟大作品都是采取小情节的故事。

贾樟柯导演的电影《小武》就是采取典型的小情节故事，小说的主人公小武是个小镇青年，是个小偷，整部电影没有大的事件，所有故事都是围绕他个人的生活展开的，都是通过他和周围人物的"碰撞"产生的。他去找他原先的"战友"小勇，小勇成了著名的企业家，看不上他，他感到很没趣，走了。得知小勇结婚，小武为了当初承诺，给小勇送礼，小勇却嫌他的钱不干净，拒绝了。他觉得无聊，便去唱歌，认识歌女胡梅梅，陪她逛街，后来也被她抛弃了。再后来他去偷东西，被警察抓住，铐在电线杆上，故事到这里就结束了，很平淡，都是琐事，没有明显的戏剧冲突，故事没有大的起伏，像生活本身一样。

伊朗电影《小鞋子》也是小情节故事，讲述的是一对兄妹和一双鞋子的故事。主人公阿里生活在一个贫困的家庭，他弄丢了妹妹唯一的一双粉红色童鞋，不敢告诉父母，只得每天与妹妹轮流穿着阿里那双破运动鞋到学校上课，后来他们找到那双丢失的鞋，却发现得到那双鞋的女孩生活比他们更为窘迫，后来学校开展跑步比赛，得到季军就可以得到一双鞋，阿里为了帮妹妹赢得那双鞋，报名参加了比赛，却意外地得了冠军，与那双鞋失之交臂。这个故事也是没有什么大的事件，故事很平淡，没有什么戏剧性，但同样令人震撼。

5.1.3　中情节

大情节故事往往重情节而轻人物，小情节故事则容易重人物而轻情节，中情节故事既重人物又重情节，正好弥补两者的不足。

中情节故事一般会把人物放在非常态的情境如战争、灾难之中，同时又围绕人物和人物关系来展开故事情节，以事件和人物共同推动剧情的发展。

中情节故事既重事件又重人物，写的都是大事件背景下个人的命运，在大的戏剧冲突中刻画人物性格。在这种状态下，作家或者编剧要做的只是把人物放在那些重大或富有戏剧性的情境之中，然后看他们会做什么，会碰到什么样的对手，他们之间会发生什么关系，产生什么样的结果，这样就自然而然地产生出故事情节。

电影《血战钢锯岭》原本是个大情节故事。这部电影讲述的是一场著名的战役中发生的故事，但编剧没有直接描述战争过程，而是把这场战役作为背景，写了一个医务兵的成长经历。主人公是个医务兵，基于宗教信仰和良知，他在战场上没有杀一个人，并在枪林弹雨中救下 75 位战友的生命，成为英雄。电影《敦刻尔克》原本写的是英法联军在敦刻尔克大撤退的故事，但导演没有直接表现撤退的过程，而把几位普通人的命运作为故事的切入口，表现他们的行为和命运，使得这个故事既有大的战争背景，又有小的人物命运，把一个大情节故事变成了中情节故事。

电视剧《亮剑》《激情燃烧的岁月》《历史的天空》及《人间正道是沧桑》也都是中情节故事。写的都是重要的战役，却从人物命运入手，讲述战争中个人的命运。

5.1.4　反情节

所谓反情节，自然是对传统叙事的反叛，认为传统故事违背了生活的真实，希望按照生活本来的样子来表现生活，反对提炼生活，反对典型化原则，反对把生活戏剧化。这类作品经常将生活表面化的，在时间、空间以及性质上毫无内在联系的零散生活现象填充在作品之中，他们作品中也有人物，但并不注重人物性格，剧情也是散乱无序的，经常令人不知所云。

故事是要有情节的，而有情节就要有人物和事件，倘若没有了情节，没有了人物和事件，故事也就不能成为故事。荒诞派戏剧作品《等待戈多》、电影《四百下》《筋疲力尽》可算是此类故事的代表作品，但反情节很难在主流性艺术或商业性强的电影和电视剧中被广泛采用。

5.2　戏剧模式

故事原本有"变化""转折""逆转"之意，生活中我们经常说某个人或某件事有"故事"或有"戏"，就是指这件事超出正常的逻辑或者常人的思维或想象，所以故事本身原本就应该是非常态性的，编写故事其实就是要使常态的生活非常态化。

那么，怎样使常态的生活变成非常态的故事呢？

人物和情境是故事的两个基本要素，人物可分为常态人物和非常态人物，常态人物的外表性格和思维都很普通或很正常，与周围人的关系很和谐，很难发生矛盾冲突，戏剧性较弱。而非常态人物的外表、性格或思维往往不同于常人，他们或高于常人，如英雄、高智慧者等，或异于常人，如身体残缺者、精神病患者等，他们因为这样不同可能很难被周围人所接受或理解，因而容易与他人产生戏剧冲突。情境也可分为常态的情境和非常态的情境，常态的情境是指人物所在的正常的生活状态，而非常态的情境则是非正常的生活环境，如战争、瘟疫或容易引发疾病和死亡的事件等，人物在非常态的情境中比在常态的情境中更容易产生戏剧性故事。

故事同样也有常态和非常态之分，常态故事平淡无奇，而非常态的故事则非同寻常，带有传奇性，甚至超越常人的思维和想象，其实好的故事往往都是非常态的，非常态故事也更能引起人们的关注。

故事的非常态主要表现在两个方面：一是事件发展因为受到阻碍而发生变化，导致人物命运改变乃至逆转；二是事件的发展及人物命运的变化超越了常人的想象或预期。

在事件发展遭遇阻碍而导致人物行为或命运发生戏剧性变化或逆转的时候才更容易产生戏剧性的故事，倘若事件发展过于顺利，故事反而平淡无奇。在电影《肖申克的救赎》中，如果主人公安迪不被人陷害，他会平平安安地生活一辈子，他的人生也许平淡幸福，却没有了戏剧性。但故事中的他蒙冤受屈，身陷囹圄，命运从此发生戏剧性的改变，这才有了后面的故事。一般来说，艺术家更愿意选择那些非常态的人物作为故事的主人公，或者把人物放在非常态的情境中，也就是说，他必须学会使故事尽可能地变得非常态化，通常，这样的故事更具有戏剧性，也更能够吸引观众。

一般说来，有以下 4 种戏剧模式可以使常态的故事变得非常态化。

1. 把常态的人物放在常态的情境中

人物是常态的，遭遇的情境也是常态的，一般属于小情节，人物性格平庸，与周围人物和环境和谐，很难发生戏剧冲突，戏剧性较弱，这样的故事一般平庸乏味，而要使常态的故事变得非常态，需要有深厚的艺术功力。

很多伟大作家都是从平凡的生活中挖掘故事，从日常生活中寻找诗意，化腐朽为神奇，从而使平凡的生活变得不平凡。鲁迅的小说写的都是再平凡不过的小人物，如闰土、祥林嫂、阿 Q 等，故事也平淡无奇，却能给人强大的艺术震撼。在影视剧中，《贫嘴张大民的幸福生活》《士兵突击》等写的也都是常态性的小人物，是生活琐事，却成为百看不厌的经典之作。

2. 把常态的人物放在非常态的情境中

人物是常态的，生活中的正常人，甚至是小人物，却遭遇非常态的情境，如死亡、战争、灾难或个人生活中突然发生重大的变故等，使常态的人物置身于非常态的情境中，由此可能产生出非常态的故事来。这类故事往往是大情节，以事件来驱动的，如电影《我不是药神》的主人公程勇原本是个小人物，他向病人贩卖从印度走私的低价药来赚钱，后来良心发现，用自己赚来的钱救助病人，不惜犯罪坐牢，逆袭成为一位英雄，常态人物经历非常态事件后超越常态成了英雄。

3. 把非常态的人物放在常态的情境中

事件是平淡的，情境是常态的，但倘若人物是非常态的，把非常态的人物放在常态的情境中，故事也可能变得非常态。

所谓非常态的人物是指人物的思想性格或行为方式超越常人或异于常人，使他与周围人物或环境处于不和谐的状态，从而产生戏剧冲突。我们经常说某个人有故事，其实是说这个人与常人不一样，或有着与常人不一样的性格，或者行为迥异，或者思维方式与众不同，容易"无事生非"，生出"戏"来。

英雄之所以为英雄是因为他们的思想和行为超越常人，即便在日常生活中他们也能做出非常态的事情来。在电视剧《士兵突击》中，新兵许三多被分配到五班看守地下油管。这原本是个很平常的情境，倘若他是个普通的人，与李梦等人一样安于现状，无所事事，消磨时光，便可与战友们相安无事，平平淡淡，也就没有了戏剧性，没有了故事。在他人眼里，许三多就是个傻子，在杳无人烟的荒漠之中，仍然坚守士兵的本分，坚持训练，坚持做好内务，还想过有意义的生活，做很多有意义的事情，他在战友们眼里成为另类，从而也打破原有的平静生活，产生了矛盾，也就有了故事。正是这种人物性格以及人与周围环境的错位，构建了这部电视剧基本的戏剧模式。

4. 把非常态的人物放在非常态的情境中

人物是非常态的，面临的情境也是非常态的，把非常态的人物放在非常态的情境之中，更容易产生出非常态的故事来，这也是最为戏剧化的故事形态。电影《巴顿将军》中的主人公巴顿将军、电视剧《亮剑》中的李云龙、《激情燃烧的岁月》中的石光荣都是非常态的人物，个性鲜明，敢作敢为，甚至喜欢"无事生非"，跟谁都能生出"戏"来，偏偏还是处在战争环境中，每天面临生死考验，这样的人物原本就是能出戏的，这样的生活环境也是戏剧化的，把戏剧化的人物放在戏剧化的情境中，自然会生出戏剧化的故事来。

四种戏剧模式是见表 5-1 所示。

表 5-1　四种戏剧模式

戏剧模式	故事形态	举例
把常态的人物放在常态的情境之中	小情节	《摔跤吧！爸爸》《士兵突击》《贫嘴张大民的幸福生活》
把常态的人物放在非常态的情境之中	大情节	《肖申克的救赎》《泰坦尼克号》《伪装者》
把非常态的人物放在常态的情境之中	小情节	《雨人》《傻春》《樱桃》《樱桃红之袖珍妈妈》
把非常态的人物放在非常态的情境之中	中情节	《血战钢锯岭》《亮剑》《激情燃烧的岁月》

从编剧角度看，4 种戏剧模式中，最有戏剧性的应为第四种，人物和情境都是非常态的，最容易产生戏剧性故事。一般来说，大情节故事比小情节故事好写，因为事件都是现成的，事件本身就包含着很多故事梗，只要抓住这些故事梗把戏做足就行了，这样写出来的多是强情节剧，但因为情节节奏过快，很难给人物留下表现性格的机会，也不容易写出深度来。小情节故事比较难写，因为写人物原本比写事件要困难些，重要的是要把人物关系搭建好，人物关系做好了，就有了明确的戏路，故事也会自然而然自己走下去。最难的是第一种，人物是常态的，情境也是常态的，常态的人物加上常态的情境，要想写出非常态的故事来，既有深度还要好看，需要编剧或导演有深厚的艺术功力，如果写得好了，很可能就是一部艺术精品。

编剧特训营

看电影《流浪地球》和《我不是药神》，根据其故事形态和戏剧模式，列出故事情节链，分析其故事模式及特点。

【基本要求】

先列出故事梗和情节链，再做分析。

【作业目的】

学习基本的故事推演模式，掌握规律。

第六章
故事功能与故事料理

很多编剧只顾埋头编故事，却不知道故事到底是什么，它对人类有什么价值和意义，人类为什么需要故事，故事到底能给人类带来什么。这些问题看似很抽象，但对任何编剧来说，都是必须弄清楚的。

6.1　故事功能

故事是人类发明的，有人类以来就有了故事，故事一直与人类共存，人类离不开故事。直到今天，我们仍然生活在故事的环境中，人类对故事的渴望永无止境，故事经常令我们如醉如痴，如果没有了故事，生活会变得枯燥乏味。为了讲好一个故事，我们苦思冥想，殚精竭虑，有时为了用影像复现故事中的情景，甚至会不惜花费几百万元乃至数亿元的资金。

故事原本都是虚无缥缈的，似乎并不能给我们带来任何实实在在的东西，到电影院看一场电影，空着手进去空着手出来，花费了时间，浪费了情感，看起来什么实物也没带走，可我们就是愿意沉迷其中，为故事中的人物命运揪心，为他们的快乐而快乐，为他们的痛苦而痛苦。

那么故事里到底有什么？故事能给人们带来什么？具有什么样的功能？人们为什么离不开故事呢？

1. 纪实功能

故事具有纪实功能，是人类文化的重要载体，可以帮助人类掌握知识，交流信息，了解自然，了解社会。

故事说到底也是来源于生活，是生活的反映，故事中包含着许多的知识和信息，故事最早其实就是传达信息和知识的媒体，很多时候人类就是通过故事了解自然，了解社会的。

故事可能是虚构的，在现实生活中未必真实发生过，但它反映的生活应该是真实的，人们的情感也是真实的。一部好的小说可以是一个时代的记录，我们可以从《三国演义》中看到三国时期政治军事斗争的残酷，可以从《红楼梦》中看到那个时代人们生活的图景，可以从金庸的小说里学习到很多儒释道的知识，可以从硬核的科幻电影里学习到许多关于量子物理、宇宙学、黑洞以及生物学等方面的知识。

故事的特点在于它的形象性，知识蕴含在人物和剧情中，人们可以在欣赏故事的同时不知不觉地接收到各种知识和信息，很多人并不懂物理，也不喜欢看物理书，但他们爱看科幻电影，就有可能从中了解一些量子力学以及很多宇宙学方面的知识。很多人从来不看医学书，但也可以从电影和电视剧中学到一些医疗急救知识。

2. 教化功能

故事里包含着人类的思想，可以教会人们许多为人处世的道理，具有教化功能。

人有灵性，故事也有灵性，故事中的灵性是人所赋予的。人有思想，故事也蕴含着思想，这就是故事中的"理"。很多时候，人类也会把自己对人生的感悟用故事的方式记录下来，所以故事中包含着很多人生的哲理，观众也是通过故事来体验人生，感悟世界。创作者创作故事其实也是在与观众进行心灵对话，而观众看故事也是在与作者进行心灵交流。

思想是故事的灵魂，故事没有思想就失去了灵魂，没有思想的故事是没有生命力的。人的本性是由其灵魂所决定的，故事的品性也是由其所蕴含的思想意念所决定的。很多艺术家、思想家和哲学家都通过故事来宣传自己的思想，中国古代的哲学家孔子、庄子、孟子都是讲故事的大师。

万事万物之中原本包含着"理"，生活中则包括人生之"理"，生活中的"理"主要包括"哲理"和"伦理"。所谓人生哲理，指为人处世的道理，是一种人生的智慧，而伦理则更多属于道德的范畴。

3. 情感载体功能

故事也是人类情感的载体，是人类情感交流的一种方式。人有感情，故事自然也会有感情。情感是故事中非常重要的元素，故事就是要以情感人。

人有七情六欲，人有生老病死，人有喜怒哀乐。情感是人类生活中最为重要的部分，人之所以为人，是因为人有情感，故事原本就是表现人类生活，自然也有情感，作为故事的创作者也有情感，他在创作故事时也会把自己的情感倾注在自己的故事中，所以故事中总是蕴含着情感，故事中最能打动人的，也是情感。

情感也是故事中最重要的元素，它是故事中的重要内容，也是它的调味剂，有了它，故事的味道才能充分显现出来。

故事中的情感多为三种：一为爱情，二为亲情，三为友情。男女之间的爱情是人类生活中最重要最动人也是最美好的感情，男女之间的爱情也是人类故事中最为美好的部分，爱情是故事中永恒的主题。亲情包括夫妻之情、父子之情、兄弟之情等，友情则是朋友之情。

4. 娱乐功能

故事中有趣味，能够给人带来快乐，具有娱乐功能。

故事要有趣味，乏味的故事是不能吸引人的。故事的趣味首先来自生活本身，生活中原本有很多有趣味的人和有趣味的事，我们经常把这些人或事作为故事讲给人听，以供娱乐。其次，作为讲故事的人，也要学会把故事讲得更有趣味，这需要讲故事的技巧。

人有喜怒哀乐，故事也有甜酸苦辣。观众就是要从喜怒哀乐中品尝人生的酸甜苦辣。

故事原本就是人类欲望的游戏，人们可以在虚幻的现实中任意放纵自己的欲望和想象，现实中被压抑的情感可以在这里释放，生活中的种种不如意可以在这里得到缓解，生活中得不到的快乐也可以在这里得到满足。

5. 审美功能

故事能够创造美感，把人带入美好的梦境之中，具有审美功能。

生活中有美，故事中也有美。艺术就是要发现生活中的美，并以艺术的形式把这种美表现出来。

艺术就是要创造美，美是艺术的本质。艺术具有造梦功能，它能创造美，而人类是需要美的，是需要梦想的。想到注定的死亡，人类就会感到孤独又恐惧，人生难免有种种的不如意，所以更需要梦想来填补心灵的空虚。人们看故事，就是要寻找美，寻找梦想。艺术之所以来源于生活而高于生活，就是因为人类需要梦想，需要美。

我们讲故事，不仅是给人们提供知识和信息，也不仅仅是供人娱乐，更重要的是创造美。真正的美，才能给人希望，给人梦想。

知识、思想、情感、趣味和美感是故事的五大元素，所谓故事无非就是以知识传播人，以思想教育人，以情感打动人，以趣味娱乐人，以审美感化人，故事也因此具有纪实、教化、娱乐和造梦四大功能，这也是故事的价值之所在，如图 6-1 所示。

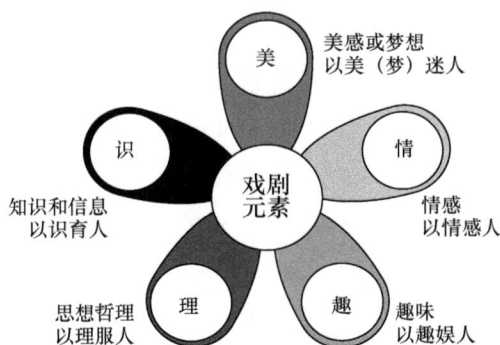

图 6-1 故事中的戏剧元素

6.2 故事味道

人们喜欢吃美味佳肴，是喜欢它的好味道。人们喜欢看影视剧也是因为喜欢故事中的味道，饭菜有饭菜的味道，故事也有故事的味道。在某种程度上，编剧如同厨师，好的厨师拥有好的厨艺，做出美味大餐，好的编剧也能利用各种故事元素，精心料理，调配出好味道的故事大餐。

菜肴除了给人提供营养以外，主要也是靠味道来吸引人的。故事也是一样，除了给人提供知识和信息以外，主要也是靠故事的味道来吸引人。

人们早先讲故事少有功利性，讲故事多出于个人兴趣，到了商业时代，故事逐渐发展成为产业，如电影、电视及游戏等，都成为庞大的产业，讲故事也就成了技艺。讲故事的人就开始研究受众的品位，根据受众的趣味调配故事的味道，以吸引他们。

6.2.1　故事风味

菜肴有菜肴的风味，故事也有故事的风味。菜肴的风味取决于厨师个人风格及采取的烹饪方式，故事的风味同样在很大程度上取决于叙述者的个性及讲故事的方式。

我国有八大菜系，不同的菜系，采用的食材不同，烹饪方式也不一样。有的偏麻辣，有的偏香辣，有的口味重，有的偏清淡，还有的偏甜味，做法也不同，有的喜炒，有的爱蒸，还有的爱炖……方法不同，菜的味道也不一样。

故事也是如此，不同的故事有不同的味道，有的偏暴力，有的偏情感，有的偏情节，有的偏动作，有的以情节为主，有的更注重人物，有的注重外在情节，有的更注重对人物心理的刻画，有的用故事来说理，也有的追求美感和意境。

同样是写小说，鲁迅的小说冷峻而深刻，巴金的小说激情而浪漫，沈从文的小说清淡而有意境，钱钟书的小说机智而幽默。同样写的是爱情，琼瑶的小说哀婉而悲伤，张爱玲的小说冷酷而悲凉。

好的菜肴都有自己独特的风味特征，同样，好的故事也应该有自己独特的故事风味。

6.2.2　故事调性

菜肴有两种做法：一种是只采用一种食材，讲究味道的单纯和纯正，如清炒大白菜、清炒丝瓜等，另一种是把多种食材混杂在一起制，多种味道融合在一起。

故事也有两种料理方法：一种采取单一的题材或单一的故事元素。有的只讲战争，如电影《拯救大兵瑞恩》《敦刻尔克》《红海行动》等；有的只讲爱情，如《罗密欧与朱丽叶》《梁山伯与祝英台》等；有的只讲哲理，如农夫与蛇的故事等。另一种则是把多种故事题材或故事元素杂合在一起，譬如在战争故事中增添爱情元素，如《血战钢锯岭》等；在爱情故事中增加励志元素，如电影《北京爱情故事》等；在悲剧故事中加入喜剧元素，如电影《驴得水》等。前一种方式讲出来的故事，味道比较纯正，而后一种方式讲的故事融合了多种故事元素，味道比较丰富。

6.2.3　故事口味

菜肴有酸甜苦辣，故事也有；有口味轻重，故事同样也是。故事的口味主要依靠故事中所包含的知识信息、思想理念、情感趣味及美感等元素加以调配，其中情感是最重要的元素。

菜肴的口味主要靠盐来调节，故事的口味则主要靠情感来调节。故事中的情感越丰富越浓烈，故事的口味也越浓重。故事主要也是靠情感来打动人的，没有情感，故事也会得变得枯燥乏味。

6.3　故事料理

菜肴的味道主要取决两个方面：一是食材，二是料理的方法。故事的料理主要也要把握两个方面：一是故事素材的搭配，二是故事的料理方式。

6.3.1　故事素材

故事有两个要素：一是人物，二是情境（事件）。故事味道如何，就是要看把一些什么性格的人物放在什么样的情境（事件）中做出了什么样的行为。其中人物是最为重要的要素，它是故事的主体。有什么样的人物就有什么样的故事，故事的味道也主要是通过人物和人物关系来进行料理的。

1. 人物设计

人物是故事的主体，有什么样的人物就有什么样的故事。人物强则故事强，人物弱则故事弱，人物真实则故事真实，人物有思想则故事有思想，人物有趣味则故事有趣味。

主要人物在故事中占有最重要的地位，故事的味道很多时候也是由主人公的性格所决定的。在电影《哪吒之魔童降世》中，剧情是围绕主人公哪吒展开的，其他所有次要人物也是围绕他而设置的，哪吒的性格也很大程度上决定了故事的味道。他原本灵珠转世，却因申公豹从中作梗，成为魔丸转世，生下来便魔性十足，加上世人的误解，更令他魔性大发，成为人见人怕的小魔头。其实他本性善良，孤独而脆弱，特别渴望理解，渴望友情，渴望爱，这就决定了剧情的基本调性，也决定了观众对这个人物的态度。即便他魔性大发行为乖张之时，我们依然能够同情他，理解他。我们看他，如同看一个顽劣少年，甚至连他的张狂也是让人同情和怜爱的，他后来幡然悔悟，与父母和解，并成为拯救世人的英雄，也是众望所归的结局。

作为励志片，《哪吒之魔童降世》的故事模式大致可以归类为小人物逆袭，但本片要表现的是个人与命运的抗争，这个故事的原型可以追溯到古希腊神话中关于俄狄浦斯的故事，只不过俄狄浦斯并没有逃脱命运的诅咒，而哪吒却最终战胜命运。电影故意把哪吒设计成魔丸转世，这样一位魔性十足的人居然也能成为英雄，说明个人可以通过努力决定或者改变命运，这也让千千万万苦苦挣扎乃至走入迷途的年轻人从中看到希望。

与原作相比，本片的情感因素得到极大的强化，主要体现在哪吒与父母的关系和他与龙太子敖丙的关系上。原作中，哪吒的父亲李靖是个自私的男人，哪吒一出生，他就把他看作是妖孽，生怕连累自己，后来明哲保身，不顾父子之情，逼迫哪吒自杀，是个极其冷酷的家伙。而在本片中，李靖成了一个无私的父亲，明明知道哪吒是魔丸转世，却竭力呵护，哪怕知道他只能活三年，也绝不放弃，为了让哪吒活下去，他宁愿代他去死。可以说，这就把父爱写到了极致。后来哪吒被打动，才幡然悔悟，回归了人性。哪吒与敖丙之间的关系体现的是一种超越种族和仇恨的友情。原作中，哪吒与敖丙完全是敌对关系，哪吒杀死了敖丙，引起龙王的报复，被迫自杀。而在本片中，哪吒与敖丙两人一个是魔丸转世，另一个是灵珠转世，却不妨碍他们成为生死相依的朋友，原作中的敖丙是狂妄残暴的龙太子，而在本片中，他虽是灵珠转世，本性善良，却因出身龙族而被歧视，渴望出人头地改变命运，因此与哪吒惺惺相惜，成为生死相依的朋友，这就把朋友间的友情也写到了极致。

本片的趣味性主要体现在故事的喜剧性上，最能体现其喜剧性的人物是太乙真人和申公豹，太乙真人原是个道行高深的神仙，在本片中却成了骑着猪到处晃荡滑稽可笑的胖道士，原作中的申公豹是个十足的恶人，但在本片中却是个作恶多端却让人同情的喜剧性人物，此外还对殷夫人和海妖进行了喜剧化的处理，这就使故事情节有了喜剧的意味。

2. 情节设计

剧情味道最终要通过具体情节体现出来，电影《哪吒之魔童降世》有两条故事线：主线故事是哪吒由魔性十足的顽劣少年逆袭成长为英雄的故事，副线故事是龙太子敖丙灵珠转世却因出身龙族身陷海中地狱渴望建功立业改变命运的故事，两人的身世通过友情联系起来，形成互动关系。主线故事从哪吒出生时被申公豹调换灵珠，成为魔丸转世，生下来是个大肉球，魔性十足，被视为妖孽，被关在家中。哪吒因为内心的孤独寂寞，逃出家去，但到了外面却被众人看作妖怪，纷纷躲避，这激发了他的魔性，后被太乙真人收服，将他骗入山河社稷图，跟太乙真人学习法术。本以为这样就算是改邪归正了，却不想世人出于偏见，仍视他为妖孽，他一怒之下，自暴自弃，再次魔性大发。他的母亲出于无奈，骗他说他是灵珠转世，他解开心结，颇为开心，却不料在他三岁生日到来之时，申公豹对他说明他的魔丸身世，他感到绝望，又一次魔性大发，甚至对父亲大打出手。后来得知父亲为了让他活下去，宁愿代他去死，幡然悔悟，又与敖丙和解，两人携手，共同面对天雷，抗争命运，死里逃生。这显然是个励志的故事，为千千万万在底层挣扎奋斗的年轻人造了个美好的梦，同时也阐述了个人可以通过努力改变命运的人生哲理。同时，殷夫人陪儿子踢毽子，哪吒与敖丙合力对付海妖并结成兄弟友情，哪吒得知父亲李靖要用换命符代自己去死等情节，则更多倾注的是情感元素。

6.3.2　故事料理

同样的食材，料理方式不同，做出来的食物味道也不一样。同样都是用猪肉作为主要食材，可以红烧，可以粉蒸，可以做成扣肉，也可以做成小炒肉，不同的做法就会有不同的味道。

编故事也是一样，同样的人物，同样的情境（事件），料理方式不同，剧情的味道也不一样。同样是爱情题材，可以成为悲剧，也可以成为喜剧。同样都是战争题材，可以拍成战争史诗，也可以拍成谍战剧。做法不同，故事味道自然也不一样。

《哪吒之魔童降世》显然定位为喜剧的，走的也是喜剧路线。喜剧就是要令人发笑，所以道行高深的太乙真人就成了骑着猪的胖道人，在徒弟哪吒面前也没个师父的样子，经常被捉弄。剧中的许多情节也是被夸张了的，太乙真人把哪吒带入山河社稷图学习仙术的情节原作中并没有，看上去也不合理，但这就是喜剧。喜剧就是要逗人发笑的，至于情节是否符合情理，反倒没人深究了。

电影电视剧故事元素及功能分析见表 6-1。

表 6-1　电影电视剧故事元素及功能分析

作品	类型	核心故事	故事元素
《摔跤吧！爸爸》	励志＋喜剧	一位父亲冲破阻力把两位女儿培养成摔跤冠军的故事	美：小人物逆袭，美梦成真 理：男女平等，妇女解放 情：父女之情 趣：喜剧性
血战钢锯岭	战争＋励志＋爱情	一位不愿杀人的士兵在战场上作为军医救助伤员成为英雄的故事	美：小人物逆袭成英雄 理：爱与战争 情：男女之爱，战友之情
《泰坦尼号克》	爱情	发生在泰坦尼克号海难事故中的一位穷画家和一位富家女之间的生死恋情	美：美丽爱情悲剧 情：男女之间的生死恋情
《妖猫传》	破案＋爱情	妖猫案引发的对杨贵妃之死之谜的调查	情：杨贵妃与多位男性之间的情感 理：被出卖的爱情 趣：故事中的悬念
《我不是药神》	犯罪＋励志＋社会伦理	小人物逆袭成长，为拯救病人贩卖"假药"而坐牢的故事	美：小人物逆袭成英雄 情：男女之情，病人之间的情感 理：生与死的思考，对小人物生活的悲悯和同情 趣：喜剧性
《士兵突击》	励志＋伦理	一个"傻子"和一群聪明人的故事	美：小人物逆袭成兵王 理：追寻失去的理想和道德 情：战友之情 趣：故事中的喜剧意味

编剧特训营

看印度电影《神秘巨星》《小萝莉的猴神大叔》，分析其故事元素及功能。

【基本要求】

1．通过这两部电影，归纳印度电影的特点。

2．字数 2000 ～ 5000 字。

【作业目的】

通过案例分析，把握影视剧中的故事元素及料理方法。

第七章
故事模式

随着时代的变化和人类社会的发展，产生了各种各样千奇百怪的故事，但无论如何，人性没有改变，人类所面临的困境也没有发生根本性的改变，人的一生，所需面对的无非都是生老病死、恩怨情仇，同时故事总是有所传承，久而久之，形成不同的类型，这些故事由相近的故事原型衍生出来，有着相同或相近的基因，采取相近的故事模式。

总体而言，人类故事大致可以分为英雄传奇、犯罪故事、情爱故事及现实人生故事四大类，都各自有独特的故事模式和功能特征。

7.1 英雄传奇

英雄是故事的主人公，故事最大的功能就是造梦。人类原本孤独无助，需要从英雄那里找到依靠，寻求安全感。故事就是非常态的，故事就是传奇，即便是现实的故事，讲述起来也难免夸张，故事中的人物总是超越现实的。

英雄都是卓越的人，他们的智慧、勇气和能力都应该超越常人，想常人不敢想，为常人不敢为，或者是神话中的人物，开天辟地，充当人类的保护神；或者是人类的拯救者，在灾难面前为人类撑起一片天空，或者是战争中的英雄，帮助人类抗击邪魔或外敌，维护正义。对于常人来说，他们是难以企及的，却寄托着人类的梦想和希望。

7.1.1 模式一：拯救

- 故事模式：个人或人类遭遇灾难，陷入困境，英雄横空出世，战胜强敌，于危难中拯救人类或弱小者。
- 原型故事：①普罗米修斯拯救人类自我牺牲的故事；② 摩西率领犹太人逃离埃及的故事。
- 人物原型：①普罗米修斯；②摩西；③项羽；④关羽等。

- 人物特征：①武艺高强，勇猛无敌，智勇双全；②代表正义的力量；③品格高尚，行侠仗义，为他人而牺牲自己。
- 故事要件：①代表正义力量的英雄；②邪恶势力；③被迫害及需要被拯救的弱小者或人类；④危机事件。
- 主要功能：①英雄是人类的偶像；②暴力元素。
- 适用类型：战争片（剧）、警匪片（剧）、谍战片（剧）、武侠片（剧）、科幻片（剧）、玄幻片（剧）等。
- 经典案例：电影 007 系列、《速度与激情》系列、《复仇者联盟》系列、《战狼》系列、《流浪地球》等。

7.1.2　模式二：权力斗争

- 故事模式：强大的政治或军事人物在权力斗争中战胜对手，成就大业。
- 原型故事：①宙斯与众位兄弟联合推翻父亲的统治，成为奥林匹斯山上的众神之王；②《三国演义》。
- 人物原型：①宙斯；②刘邦；③曹操。
- 人物特征：①权力欲强，有领袖气质，有雄才大略；②多谋善断，为人狡诈，善于玩弄权术；③心狠手辣，手段阴狠，为达目的，不择手段。
- 故事要件：①玩弄权术成就伟业的政治家；②与之对立的阴谋家；③足以引发权力欲的政治事件和政治处境。
- 主要功能：①成功的政治人物；②记录历史事件和历史人物；③借古喻今，使观众从中获得启迪。
- 适用类型：历史片（剧）、政治片（剧）。
- 经典案例：《罗马》《权力的游戏》《人民的名义》等。

7.1.3　模式三：英雄对决

- 故事模式：英雄相互为敌，惺惺相惜，巅峰对决，你死我活。
- 原型故事：①在特洛伊战争中，希腊英雄阿喀琉斯与特洛伊王子赫克托尔对阵厮杀，终将对手杀死；②项羽和刘邦两位英雄楚汉争霸，最终刘邦得胜，项羽自刎而死。
- 人物原型：①阿喀琉斯和赫克托尔；②项羽和刘邦。
- 人物特征：①勇猛无敌，一代枭雄；②代表正义力量，不可战胜；③性格刚猛，有缺点，富有人格魅力。
- 故事要件：①两位相互为敌的英雄；②引发双方对立的战争或战役；③引发双方对立的激励事件。
- 主要功能：①成就伟业的英雄；②记录历史事件；③激励自我人生。

- 适用类型：战争片（剧）、谍战片（剧）、政治片（剧）、武侠片（剧）。
- 经典案例：电影《巴顿将军》《斯大林格勒保卫战》、电视剧《战争风云》《亮剑》等。

7.1.4　模式四：猎奇探险

- 故事模式：奉命或被迫去完成某项或多项不可能完成的任务。
- 原型故事：①伊阿宋寻找金羊毛的故事；②赫拉克勒斯奉命完成十二大功绩的故事。
- 人物原型：①伊阿宋；②赫拉克勒斯；③阿喀琉斯。
- 人物特征：①智勇双全，有领袖才能；②有号召力，能够组织团队；③有个人魅力，能得女性欢心，并得到女性的青睐和帮助。
- 故事要件：①盖世英雄；②一群能够帮助他的同伙；③一项或多项不可能完成的任务；④强大的对手或敌人。
- 主要功能：①塑造勇敢无敌的英雄；②激励自我人生；③暴力游戏。
- 适用类型：惊悚片（剧）、武侠片（剧）。
- 经典案例：电影《地心历险记》、电视剧《盗墓笔记》等。

7.1.5　模式五：复仇

- 故事模式：主人公自己或亲人遭人陷害，愤而反抗，报仇雪恨。
- 原型故事：①古希腊神话中，奥德修斯的妻子回家途中受阻，妻子被恶徒骚扰，奥德修斯回来将所有仇人杀死；②女巫之王美狄亚为爱情背叛父亲杀死弟弟帮助伊阿宋盗取金羊毛后被遗弃，后以害死伊阿宋的新婚妻子及自己与伊阿宋的孩子的方式报复伊阿宋。
- 人物原型：①奥德修斯；②美狄亚。
- 人物特征：①原本善良爱好和平却因自己或亲人遭到背叛或陷害，激发仇恨，走向复仇之路；②勇猛无敌，具有强大的力量；③嫉恶如仇。
- 故事要件：①具有强大力量、嫉恶如仇、报复心强的主人公；②使主人公或他最亲近人的遭到背叛或陷害并激发他反抗或复仇的事件；③残忍而凶狠的复仇手段。
- 主要功能：①复仇英雄；②揭示人性。
- 适用类型：犯罪片（剧）、武侠片（剧）等。
- 经典案例：电影《王子复仇记》《基督山伯爵》、电视剧《琅琊榜》等。

7.1.6　模式六：行侠仗义

- 故事模式：侠义之士锄强扶弱，路见不平拔刀相助，不畏强权，为了正义不惜牺牲自己。
- 原型故事：①《史记》中的荆轲刺秦王的故事；②《水浒传》中林冲、鲁智深、武松等英雄的故事；③法国作家大仲马的小说《三个火枪手》。
- 人物原型：①荆轲；②林冲；③达达尼昂以及阿多斯、波尔多斯、阿拉密斯。
- 人物特征：①武艺高强，代表正义力量；②侠肝义胆，同情弱者，路见不平，拔刀相助；

③为了正义，不惜牺牲自己。

- 故事要件：①侠肝义胆的英雄；②欺男霸女无恶不作的坏人；③遭受欺凌的弱者。
- 主要功能：①塑造弱者心中的偶像；②侠义思想；③刺激的打斗场面。
- 适用类型：武侠片（剧）、玄幻片（剧）、警匪片（剧）等。
- 经典案例：电影《三个火枪手》《东方不败》、电视剧《射雕英雄传》《雪山飞狐》《笑傲江湖》等。

7.1.7　模式七：与命运抗争

- 故事模式：不肯屈服于命运，与不可知的命运抗争。
- 原型故事：①古希腊神话中关于俄狄浦斯的故事，俄狄浦斯想要逃避命运，虽然失败，但他的努力令人敬重，是个悲剧性的英雄；②古希腊神话中关于西西弗斯的故事，西西弗斯触怒众神，受惩罚，要求推巨石上山，巨石太重，到山顶滚落下来，周而复始，无穷无尽，如同我们人生，从出生到死亡。
- 人物原型：①俄狄浦斯；②西西弗斯。
- 人物特征：①主人公为人正直，性格刚强，敢于与命运抗争；②主人公命中注定悲惨的命运，是位悲剧性的英雄，其命运令人同情。
- 故事要件：①身处逆境敢于与命运抗争的英雄；②使主人公陷入悲惨处境的系列事件；③与主人公相对立的人物。
- 主要功能：①塑造与命运抗争的英雄；②敢于与命运抗争；③悲情故事。
- 适用类型：伦理片（剧）、历史片（剧）、爱情片（剧）等。
- 经典案例：电影《活着》《哪吒之魔童降世》《地久天长》、电视剧《贫嘴张大民的幸福生活》等。

7.1.8　模式八：逆袭

- 故事模式：身份卑微的小人物奋发图强逆袭成功的励志故事。
- 原型故事：①《圣经》中摩西的故事：摩西身为犹太人从小被遗弃，后又因为是犹太人被污辱，杀人后逃亡，经受了很多的苦难之后成为犹太人的领袖，带领犹太人成功逃离埃及；②《圣经》中约瑟的故事：约瑟从小母亲就死了，却得到父亲的宠爱，遭到兄弟妒恨，屡被陷害，被卖到埃及，历尽艰辛，成为埃及宰相，成功逆袭，最终以德报怨，拯救父兄于苦难；③《灰姑娘的故事》：身世悲惨的灰姑娘在仙女的帮助下与王子相爱成为王妃，获得了幸福。
- 人物原型：①摩西；②约瑟。
- 人物特征：主人公或出身高贵却因特殊遭遇而处境悲苦，或身世卑微却拥有不凡的才能，性格刚强，不屈不挠，历尽艰辛，最终经过个人的努力及他人的帮助取得成功。
- 故事要件：①处境悲苦的主人公；②迫害者；③帮助主人公取得成功的人物和要素；

④能使主人公实现逆袭的机遇或事件。

- 主要功能：①弱者经过努力也能取得成功，给人以梦想和希望；②鼓励人们不断奋斗。
- 适用类型：励志剧（剧）、武侠片（剧）、伦理片（剧）等。
- 经典案例：电影《我不是药神》《神秘巨星》《血战钢锯岭》、电视剧《丑女贝蒂》《雪山飞狐》等。

7.1.9　模式九：以智取胜

- 故事模式：以智取胜。
- 原型故事：①古希腊神话中，希腊英雄攻打特洛伊城，历时九年攻打不下，奥德修斯使出木马计，令士兵藏于巨大的木马中，特洛伊人将木马作为战利品拖入城中，希腊英雄从木马中出来，终于攻克特洛伊城；②《三国演义》中周瑜利用蒋干使出反间计除掉曹操手下大将，诸葛亮草船借箭，诸葛亮上演空城计等；③福尔摩斯探案故事。
- 人物原型：①诸葛亮；②刘伯温；③俄底修斯；④福尔摩斯。
- 人物特征：主人公有绝高的智慧，解决问题主要依靠的不是武力，其中有些人在武力上十分弱小，却总能以智取胜。
- 故事要件：①有着绝高智慧的主人公，或长于谋略，会排兵布阵用人，如诸葛亮，或善于利用推理，找出事情的真相，解除困境；②发生的事件或主人公所处的困境并不只是靠武力解决，更需要智慧；③同样有着绝高智慧的对手和他布下的精巧的阵局。
- 主要功能：①智慧的偶像，满足人们对智慧的渴望；②对人性的揭示，感化观众；③智慧的游戏。
- 适用类型：战争片（剧）、警匪片（剧）、犯罪片（剧）等。
- 经典案例：电影《东方列车谋杀案》、电视剧《三国演义》等。

7.2　犯罪故事

有神就有魔，有正义就有邪恶，人世间有行侠仗义维护人类正义的英雄，当然也有为非作歹危害人类的罪犯。

人类的行为是受欲望支配的，人类要生存，要活得好，要拥有金钱和权力，但不可能每个人的欲望都能得到满足，有人铤而走险，为满足个人欲望，犯下罪行，成了罪犯。

人类的犯罪乃是人性使然，犯罪故事也最能表现人性，了解人性，是为了避免人性的弱点，对人类提出警示，从而帮助人类找到正确的人生道路。

7.2.1　模式一：阴谋篡位

- 故事模式：采取非法的手段谋取权位。

- 原型故事：①古希腊神话中，宙斯与母亲及众位兄弟结盟，推翻了父亲的统治，取而代之成为众神之王；②在中国历史上，秦国的赵高与李斯相勾结，伪造诏书，害死扶苏，另立皇帝，结党营私，玩弄权术，残暴统治，逼死皇帝，最后被杀，诛夷三族；③《三国演义》里的曹操，玩弄权术，结党营私，挟天子以令诸侯。

- 人物原型：①宙斯；②赵高；③曹操。

- 人物特征：主人公多为掌权者，或为奸佞之臣，野心勃勃，凶猛残暴，为达到目的，不择手段。

- 故事要件：①野心勃勃夺权篡位的阴谋家；②昏庸无道的君主或其他掌权者；③支持者或合谋者；④引发夺权篡位的激励性事件。

- 主要功能：①权力偶像，对权力或政治家的崇拜；②对人性的揭示，对人类的警示；③权力的游戏以及暴力，宣泄情感和欲望。

- 适用类型：战争片（剧）、历史片（剧）等。

- 经典案例：电影《狮子王》、戏剧《麦克白》、电视剧《罗马》《权力的游戏》《三国演义》等。

7.2.2　模式二：背叛

- 故事模式：背叛自己最亲近或最爱或对自己有恩的人。

- 原型故事：①背叛兄弟：在《圣经》中，该隐嫉恨神看中了兄弟亚伯和他的供物而没有看中自己的，将亚伯杀死；②丈夫背叛妻子：在古希腊神话故事中，美狄亚爱上伊阿宋，不惜背叛父兄，杀死弟弟，帮他盗取金羊毛，伊阿宋后来贪图富贵，背叛了她，也背叛了爱情，最后受到惩罚；③妻子背叛丈夫：在《圣经》中，参孙力大无穷，不可战胜，他的妻子大利拉原是个妓女，贪图钱财，将他出卖，与敌人合谋，将他置于死地；④儿子背叛父亲：莎士比亚的戏剧《李尔王》中，李尔王被儿子出卖，四处流亡。

- 人物原型：①该隐；②伊阿宋；③麦克白。

- 人物特征：主人公多为薄情寡义之徒，见利忘义，凶狠残忍，为了满足个人私欲，不择手段。

- 故事要件：①背叛者；②被背叛者；③引发个人私欲的激励性事件。

- 主要功能：①对犯罪心理动因的剖析以及对犯罪过程的描述，揭示人性，给世人以警示；②对犯罪的描述，加深对人性的认识。

- 适用类型：犯罪片（剧）、警匪片（剧）等。

- 经典案例：电影《王子复仇记》《投名状》《乱》、电视剧《历史的天空》《人间正道是沧桑》等。

7.2.3　模式三：杀人或者陷害他人

- 故事模式：或因为个人情感，或因为嫉妒，或因为仇恨，或因为误解或偏见，或因为心理变态，陷害他人，乃至置人于死地。

- 原型故事：①情杀：在古希腊神话故事中，淮德拉是忒修斯的妻子，爱上了忒修斯儿子希波吕托斯，但被拒绝了，她又羞又怒，陷害希波吕托斯，致使他被父亲误解，蒙冤而死；②因嫉妒而杀人：美狄亚因伊阿宋的背叛，为了报复，杀死了伊阿宋的新婚妻子，还残忍地杀害了自己与伊阿宋所生的儿女；③仇杀：在古希腊神话中，奥德修斯杀死了骚扰他妻子的仇人；④误杀：莎士比亚的戏剧《奥赛罗》中，奥赛罗受伊阿古蒙蔽，误杀了妻子苔丝狄蒙娜，得知真相后，悔恨自杀。
- 人物原型：①美狄亚；②奥赛罗。
- 人物特征：主人公多心胸狭隘，报复心强，比较感性，易受情感支配。
- 故事要件：①杀人者或害人者；②被杀者或被害者；③引发杀人的缘由和事件。
- 主要功能：①对犯罪心理动因的剖析以及对犯罪过程的描述，揭示人性，给世人以警示；②对犯罪的描述，对社会起到警示作用。
- 适用类型：犯罪片（剧）、警匪片（剧）等。
- 经典案例：电影《沉默的羔羊》《烈日灼心》、电视剧《征服》《命案十三宗》等。

7.3　情爱故事

对于人类来说，除了生存，除了对金钱和权力的追求，对情爱的追求是人类生活中很重要的部分，情爱故事，同样是人类故事中重要的组成部分。

7.3.1　模式一：美好爱情

- 故事模式：相爱的男女冲破各种阻力结合在一起，获得圆满的爱情结局，包括：①对称的爱情：男女身份地位门第相互匹配的爱情，如男财女貌，门当户对，两情相悦等，英雄爱上美人，王子爱上公主，这种爱情比较完美，令人羡慕，少有阻力；②不对称的爱情：指男女之间，身份地位外貌及性格之间有很大的差别，男强女弱或男弱女强，如穷小子爱上白富美，或丑男爱上美女等，遇到阻力较大，可能引发冲突。
- 原型故事：①白雪公主的故事：白雪公主年轻貌美，却被女巫王后嫉恨，受陷害，后被王子相救，最终与王子相爱，成为王妃，演绎出完美的爱情故事；②灰姑娘的故事：灰姑娘美貌善良，身份卑微，后来与王子相爱，两人结为夫妻，成就美好姻缘；③牛郎织女的故事：董永为贫苦放牛郎，却与七仙女相爱，不顾天条，冲破阻力，结为夫妻。
- 人物原型：①白雪公主；②灰姑娘。
- 人物特征：男女主人公善良纯洁，感情真诚纯洁，爱情美好，超凡脱俗，少有功利性。
- 故事要件：①多情的男主人公；②美丽纯洁的女主人公；③引起两人邂逅相爱的事件；④阻碍他们的势力或人物。

- 主要功能：①创造美好的爱情，给人以希望和梦想；②爱情对人生的启示，以情感人。
- 适用类型：爱情片（剧）、偶像片（剧）等。
- 经典案例：电影《泰坦尼克号》《我的野蛮女友》、电视剧《花千骨》《三生三世十里桃花》等。

7.3.2　模式二：爱情悲剧

- 故事模式：相亲相爱的男女因为来自社会、家族的压力或因个人原因被迫分离，酿成爱情悲剧。
- 原型故事：①两人相爱却因为外部压力而被迫分离：莎士比亚的戏剧《罗密欧与朱丽叶》中，罗密欧与朱丽叶相爱，却因为两家是世仇，受到阻力，最终殉情而死，酿成悲剧；②因男女之间的爱情不容于当时的社会而被迫分离：小仲马的《茶花女》中，主人公阿芒与妓女玛格丽特真心相爱，却不被社会和家庭所理解，被迫分离，酿成悲剧；③移情别恋或背叛所爱的人：在古希腊神话中，伊阿宋贪图权势，背叛美狄亚。
- 人物原型：①罗密欧；②朱丽叶。
- 人物特征：作为悲剧人物，男女主人公性格上有缺点，也犯过错，但一定要可爱、令人喜欢和同情，他们的爱开始时一定很纯洁，只有这样，他们的爱情才会令人羡慕，他们的遭遇也才会让人同情。
- 故事要件：①正直可爱但可能有缺点的男主人公或女主人公；②引发感情裂痕的情境或事件；③阻碍他们情感的势力。
- 主要功能：①揭示人性，给人以警示；②以悲情打动人心。
- 适用类型：爱情片（剧）、偶像片（剧）等。
- 经典案例：电影《魂断蓝桥》《查泰莱夫人的情人》《安娜·卡列尼娜》《苔丝》、电视剧《中国式离婚》《过把瘾》等。

7.4　现实人生故事

现实人生故事关注普通人的生活，通过对现实人生的描述，解剖社会，解剖人生，让观众看到生活及人性的本质，从而认识社会，认识人生，树立自己的人生观和价值观，找到正确的人生之路。

现实人生故事来自现实生活，故事中所表现出的思想和情感都与百姓相关，表现出的生活情态与百姓生活接近，观众很容易在其中看到自己的人生，很容易找到思想和情感上的共鸣。

社会伦理故事可分为讴歌型、批判型、励志型、哲理型及趣味型。

7.4.1　模式一：歌颂人类美德，表现人性光辉

- 故事模式：表现人类美德，歌颂人性的光辉和人生的美好。

- 原型故事：①在雨果的小说《悲惨世界》中，主人公冉阿让因偷窃面包而被判苦役，被米里哀主教感化，发达后乐善好施，满怀仁爱之心，收养孤女珂赛特；②在法国作家莫泊桑的小说《羊脂球》中，主人公是个身份卑微的妓女，却有爱国心和高尚的灵魂，在危难时刻救了那些身份高贵的人，却被他们唾弃。

- 人物原型：①冉阿让；②羊脂球。

- 人物特征：心地善良，有仁爱之心，或者为了维护社会正义，或者为帮助他人，不惜与强权对抗，甚至牺牲自己。

- 故事要件：①怀有仁爱之心的主人公；②受帮助者；③使受帮助者陷入困境的情境或事件。

- 主要功能：①塑造理想化的人物，给人以希望；②好人有好报，教人做好人；③真情实感，以情感人。

- 适用类型：爱情片（剧）、伦理片（剧）等

- 经典案例：电影《佐罗》《辛德勒名单》《雷锋》、电视剧《闲人马大姐》《东北一家人》等。

7.4.2　模式二：揭露社会黑暗，表现人性丑恶

- 故事模式：通过底层人民苦难的生活，揭露社会黑暗，表现人性的丑恶。

- 原型故事：①小说《堂·吉诃德》表现的是新旧社会交替时期，固守旧道德的个人面对新时代的困惑、失落、痛苦和彷徨，个人与社会之间难以弥合的矛盾；②在法国作家莫里哀喜剧《伪君子》中，塑造了伪善教士答尔丢夫的形象，揭露了人性的虚伪；③在巴尔扎克的小说《欧也妮·葛朗台》中，塑造了吝啬鬼葛朗台老头的形象，揭露了自私、冷酷和贪婪的本性；④在小说《复活》中，主人公聂赫留朵夫强奸了玛丝洛娃，致使她的堕落，后走上忏悔之路，揭露了上流社会的黑暗；⑤在小说《基督山伯爵》中，主人公被人陷害入狱，逃脱后走上复仇之路。

- 人物原型：①答尔丢夫；②葛朗台老头。

- 人物特征：故事主人公有贪腐官员或权贵、贪婪的贵族或资本家，也有像于连（《红与黑》）、拉斯蒂涅（《高老头》）这样被社会腐蚀而正在堕落的年轻人，还有像冉阿让（《悲惨世界》）、苔丝（《德伯家的苔丝》）这样被侮辱和被损害的底层劳动人民。

- 故事要件：①代表社会邪恶势力的人物；②被迫害者；③引发冲突的社会事件。

- 主要功能：①揭露社会黑暗和人性的贪婪，引起对社会问题的关注，并敦促社会改革；②以纪实手法反映社会现象；③正义最终战胜黑暗，给人以希望和梦想。

- 适用类型：政治片（剧）、伦理片（剧）等。

- 经典案例：电影《安娜·卡列尼娜》《警察局长的自白》、电视剧《一地鸡毛》《人民的名义》等。

7.4.3　模式三：励志成长

- 故事模式：小人物逆袭成功。

- 原型故事：①摩西的故事：摩西为犹太人，出生后被埃及贵族收养，身份暴露后逃离，流落民间，后成为犹太人的领袖，率领犹太人逃离埃及；②约瑟的故事：约瑟是雅各的小儿子，被兄弟嫉恨，卖到埃及，经历种种曲折，成为宰相，以德报怨，拯救饥荒中的父兄。

- 人物原型：①摩西；②约瑟。

- 人物特征：主人公一般为小人物，通过个人的努力，取得事业的成功并拥有幸福的人生，很多时候，主人公可能出身高贵，但因为特殊原因跌落尘埃，却靠着个人的努力逆袭成功。在金庸小说里，郭靖、杨过、张无忌都是这样的人物，出身高贵，让人有所期待，先让他们跌落尘埃，才能让他们有可能励志成长。

- 故事要件：①处于社会底层或跌落尘埃的小人物；②阻碍他们成长的反面人物；③帮助他们成长的人物；④不断遭遇的人生困境。

- 主要功能：①树立人生偶像，激励人生；②感悟人生哲理。

- 适用类型：励志片（剧）、伦理片（剧）等。

- **经典案例**：电影《阿甘正传》《摔跤吧！爸爸》《神秘巨星》《我不是药神》、电视剧《士兵突击》《傻根进城》等。

编剧特训营

看电影《老炮儿》或电视剧《士兵突击》，分析其故事模式和故事原型。

【基本要求】

1. 可先找出作品的戏核进行类比分析。

2. 字数 800 ～ 1500 字。

【作业目的】

故事模式对创作的价值和意义。

第三编

编剧原理

第八章
影视剧属性

电影和影视剧到底是什么？是商品还是艺术？它在人类文明中处于什么样的地位？它对于人类有什么价值和意义？它能给人类带来什么？人类为什么需要电影和影视剧？

这些问题看似抽象，却与创作紧密相关。对于影视从业者来说，它关系到我们工作的价值和意义，决定了创作者的价值观和心态。

8.1　影视剧是商品

影视剧无疑就是商品，商品是用以交换的劳动产品，拍摄影视剧需要投入大量的人力和物力，以国内市场为例，拍摄一部电影或电视剧花费的成本有时高达数千万乃至数亿，制片商愿意花费巨资拍摄影视剧是因为希望它能赚取利润。

与小说戏剧相比，电影和电视剧投入更大，收益也更高，具有更高的商业性，影视公司拍摄电影或电视剧，终究也是商业行为。作家写完小说就可以拿去出版，不需要太高的成本，编剧写出剧本却不是为出版，而是为了拍成电影或电视剧。拍摄电影或电视剧要花费巨大的成本，也能赚取高额的利润。从国内来看，拍摄一部院线电影少则一千多万元，多则十几亿元，如《战狼2》的拍摄就花了一亿多元。拍摄一部电视剧少则数千万元，高则达到六七亿元，最高收入也可达到十几亿元。

再伟大的艺术作品也会成为商品在市场上流通，艺术家可以为了表达自我而不去考虑市场，但不管他们愿意不愿意，他们的作品往往也会成为商品。但艺术作品的价值并不等于商品的价值。一位通俗小说作家的作品可能会得到市场青睐而获得大的经济效益，而一位严肃艺术家却可能因为作品不被市场接受而穷困潦倒，但无论如何，艺术是靠它的商业性来支撑的，如果艺术不具备商业性，就不可能在市场上有生存的空间，也不可能繁荣起来。

影视剧是商品，自然具有价值和使用价值。有人愿意购买，说明它有价值，之所以有人愿意购买，是因为它对人有用，也就是具有使用价值。商品都有满足消费者需求的功能，譬如汽车作为交通工具能够快速地把人运送到另一个地方，手机作为通信工具能够使处在不同地方的人便利地沟通，我们进商场消费可以购买商品并使用，可是到了电影院除了看电影以外什么也拿不走，为什么还是有那么多人沉迷于去影院看电影并乐在其中呢？电影和电视剧到底对人类有什么用？它们具有什么功能？能给观众带来什么呢？

8.2　影视剧也是艺术

影视剧能成为商品，因为它是精神产品，富有美感，能够给人们带来艺术享受，能够满足消费者的精神需求。

艺术是什么？

有人说，艺术是对生活的模仿，是社会生活在艺术家头脑中反映的产物。的确，从外在形态来看，任何艺术，无论诗歌、小说、音乐，还是建筑，都是对外部世界的模仿，然而难道所有的模仿都是艺术？人类为什么要模仿自然？怎样的模仿才是艺术？是不是模仿得越逼真就越艺术？

车尔尼雪夫斯基把艺术看作是现实的替代品，可以让人们在某种程度上替代现实，然而这种替代又有什么意义？

普列汉诺夫关于艺术起源的论述曾经被看作经典。这位俄国哲学家在考察了原始音乐和舞蹈的产生与劳动之间的关系后得出了艺术起源于劳动的结论，并认为游戏是由人类想再度体验力量的实际使用所引起的快乐的冲动而产生的。然而，人类为什么会产生这种想要再度体验快乐的冲动？到底是什么促使人类去模仿和体验？

也有观点认为，艺术是艺术家自我的心灵表现。在弗洛伊德看来，艺术活动是一种白日梦，是人类欲望受到压抑后的折射。弗洛伊德想以此来解释文学产生的内在动力，他把这种动力简单地概括为"力比多情结"，即性欲。性欲是人类的自然需求，然而性欲并不能包括人类所有的欲望，在性欲的背后，是否还有更原始的动力？

迄今为止所有对艺术的解释都不能圆满地说明艺术的内在价值和艺术产生的内在根源，因而也不能真正地把握住艺术的本质。要真正把握艺术的本质，必须把艺术放在整个人类文化的大背景下来进行考察。

8.2.1　艺术是人类抗拒死亡的产物，它的功能是创造美

人类的最原始的目的是生存，人类的最大欲望也是生存，对于人类来说，首先要生存下来，然后才谈得上满足其他欲望。人类所有的活动都是为了生存展开的，而要生存就得同死亡进行抗争，人类文化其实就是在人类与死亡抗争的过程中产生的，对于死亡的恐惧和对生命的渴望正是人类文化产生的内在驱动力。

　　人类不可战胜的敌人是死亡，人类从存在那天起就在同死亡进行徒劳的抗争，人类的文明就是在这种抗争中产生的。人类要更好地生存下去就必须要寻求与自然和社会的和谐及与自我的和谐。在某种程度上，自然科学的目的也是在认识自然的同时改善人类的物质环境，增强人类的生存能力，从而提高人类的生活质量和寿命；社会科学的目的则是在认识人性和社会的同时建立合理的社会机制和社会制度，克服人性的弱点，改善人类生存的社会环境，使人与人之间、种族与种族之间能够和谐相处；哲学则是通过追寻主体与客体之间的关系及人在宇宙中的地位，描述人类的生存状态并用理性的方式寻找人类生存的意义；而宗教是在人类肉体的消亡不可避免的前提下，通过对来世的追寻，提高人类生存的信念；艺术则可以理解为通过对美的创造和欣赏，使人们沉醉在美丽的梦幻之中，克服对死亡的恐惧。

　　从某种意义上说，艺术的确是一种梦幻，然而这种梦幻绝不是因为欲望受到压抑，而是要逃避死亡。死亡对于人类来说是不可避免的，就像达摩克利斯之剑悬挂在人类的头顶，威胁着人类的生存，使人类感到恐惧。面对着这个不可战胜的敌人，人类只有在梦幻中才能得到暂时的解脱。

　　人类从存在的那天起就生活在这样的梦幻中，表面上人类的生活丰富多彩，每个人都有自己独特的追求和生活方式。有人信仰宗教，把生存的希望寄托在来世，也有人醉生梦死，放浪形骸；有人孜孜不倦地追求理想，也有人得过且过，随意挥霍着青春和生命；有人醉心于权力，有人痴迷于爱情。其实他们干的不过是同一件事情，即为自己制造梦幻的世界，以求在梦幻中消解对死亡的恐惧。

　　对现实的模仿也是在追寻着一种美，一种梦幻，艺术家通过自己的想象把现实理想化，赋予它梦幻般美丽的色彩。艺术中的真实从来不能等同于现实生活的真实，而促使人们对现实进行模仿的内在动力是对死亡的恐惧和对生存的渴望。

　　对于人生，叔本华说过一句很实在的话：人生就像吹肥皂泡，无论你吹得有多大，它终究是要破灭的。这话听来容易让人绝望，却是人生最好的写照。

　　存在主义作家加缪曾经用古希腊神话中的西西弗斯往山上推石头的故事来比喻人生。在加缪看来，虽然死亡对于人类来说是不可避免的，就像那块大石头到了山顶还是要滚落下山一样，但是人们还是可以通过自我选择寻找到人生过程中的意义。这种意义其实也只是在梦幻中才可能存在。

　　人生最难挨的绝不是肉体上的痛苦，而是精神上的孤独。因为在孤独中，梦幻容易消散，人就不得不面对真实的自我，不得不去面对死亡的恐惧。

　　人类消解恐惧有多种方式，但在无法抗拒的死亡面前，所有的方式都只能表现为一种对现实的逃避。艺术只是其中的一种，它是通过自我的幻想来创造美，使人从对死亡的恐惧中获得暂时的解脱。

　　艺术创作的冲动来源于人类自我表达的需要，这种需要来源于对死亡的恐惧和对生存的渴望。

尽管有人在死亡面前表现得从容不迫，但就人类整体来说，死亡的恐惧总是难以战胜的。许多人都有过这样的体验，当心灵为恐惧控制到了难以自持的地步，常常会以歇斯底里的行动表现出来。原始人类的"游戏"与劳动时动作十分相似，他们要体验那种"快乐"无非也是要达到精神上的麻醉，从而使自己从恐惧中解脱出来。

人类寻找快乐以达到精神陶醉有多种方式，但不能说能够使人摆脱死亡恐惧的都是艺术活动。艺术的功能是创造美，使人在美的陶冶中获得陶醉，同时得到精神的升华。

我们常说的"快乐"其实有两种含义：一种主要表现为感官上的愉悦，另一种则主要表现为精神上的愉悦。前一种"快乐"是浅层次的、暂时的，有时其结果容易使人堕落；后一种"快乐"是深层次的、触及心灵深处的，其结果是使人的心灵得到净化与升华。美给人带来的快乐是长远的、触及灵魂的。

8.2.2　真正的艺术是艺术家心灵的外化

如果说艺术的功能是创造美，那么，美来自何处？我们在欣赏艺术作品的时候，为什么会感觉到这种美？美到底是什么？

从外在形态看，艺术是对自然和社会的模仿，是现实生活在艺术家头脑中反映的产物，可以说艺术美是建立在现实美的基础之上的。在一定程度上，模仿是艺术表现的方式和途径。但是，并不是所有的模仿都能创造美，也不是所有人通过模仿制作出来的物品都是艺术品。同样是绘画，出自达·芬奇、毕加索之手的是艺术珍品，而粉刷匠涂抹出来的呆板无趣的墙体彩绘多数时候不能说是艺术。同样是雕塑，只会打造普通石狮子的石匠的作品就不能与罗丹的作品相提并论。

毕加索和粉刷匠，罗丹与石匠，他们同样都是在模仿现实，用的也是同样的方式，甚至使用的也是同样的工具和材料，他们创造的作品为什么会有如此大的差异？决定艺术品质的因素到底是什么？

毕加索和罗丹与粉刷匠和石匠所创造出来的物体在外在形态上并没有本质上的不同，论模仿的真实，粉刷匠和石匠未必会比毕加索和罗丹差到哪里，而艺术的价值也绝不是以模仿的真实程度来界定的。在我们看来，毕加索和罗丹与粉刷匠和石匠的真正差别在于他们人生境界不同，而人生境界的高低取决于他们对社会、对人生的把握程度。

在艺术作品中，作为客体的现实生活与作为创作主体的艺术家之间到底处于怎样的关系？决定美的因素到底是什么？

黑格尔说："美是理念的感性显现。"按照黑格尔的观点，美的内容是"理念"，其形式则是"感性显现"，也是我们所说的"形象"。

何谓"理念"？如同中国的"道"一样，这是一个思想家争论不休的问题。老子说："人法地，地法天，天法道，道法自然。""道"存在于万事万物之中，代表着事物的本质，是人类永远在追寻却难以到达的彼岸，人们对道认识的程度，取决于其所达到的精神境界。既然文学的功能在于对美的创造，就不能局限于反映生活的真实。它追求的最高目的是表现理念，这需要较高的人生境界。在这个意义上说，艺术家都应该是不同寻常的人。

毕加索与罗丹之所以是艺术家，是因为他们把握住了理念并把这种理念融入自己的作品，而粉刷匠与石匠之所以不是艺术家，是因为他们没有把握住这种理念，而只会依葫芦画瓢，缺乏创造力。

表面看，艺术作品反映的是生活和生活中的人物，其实生活也好、人物也好，都不过是理念的载体，也是艺术家心灵的载体。

过去我们总是习惯于把作品中的故事或从中抽象出来的意义看作是艺术作品的内容，这其实是个误解。按照黑格尔的观点，艺术作品的内容应该是理念，而外在形象不过是理念的载体。形式和内容的概念是相对的，艺术作品按其内涵至少可以分为四个层次：表面层次包括语言和结构；第二个层次是由语言和结构而建构起来的故事和形象体系；第三个层次是由心灵外化出故事的自我；第四个层次则是理念。在这里内容和形式都是相对的，对语言和结构来说，故事和形象是内容，而对于"自我"而言，它们又是形式。而对于"理念"而言，前三个层次都是形式。

作为艺术创造主体的艺术家与作为观照客体的现实生活间的关系是很值得研究的问题。正统艺术理论总是把艺术看作是主体对客体的被动反映，这样的观点对于那些形象较为明确的艺术形式（如电影、戏剧、小说等）还能自圆其说，而对于那些形象较为模糊的艺术形式（如音乐等）就很难解释清楚了。

就艺术创作而言，作为主体的艺术家和作为客体的现实生活间的关系可分为三个层次：第一个层次是主体对客体的反映；第二个层次是主体以客体进行的自我表现；第三个层次也是最高的层次，是主体心灵的"外化"。三个层次代表着三种不同的境界。在第一个层次中，主体只是被动地接受，起到镜子的作用，停留在这个层次的人只能是工匠，他所能做的不过是把现实中所见到的复制到作品中，这样出来的东西自然也难是真正的艺术作品。到第二个层次，才有可能进入创作境界，主体的作用在这里变得十分明显，占据主导的位置。作为客体的现实生活只是作为表现主体心灵的媒介和材料而存在，由于主体自身还没能达到完全自由的境地，这种表现显得有些勉强和不自然，作为主体的自我也因此发生变形，或膨胀，或扭曲。只有到了第三个层次，作为主体的艺术家才会真正达到完全自由的境界。在这个层次上，主体与客体完全交融一起，而艺术家自己就是一首绝美的诗篇，他要做的只是把自己的灵魂外化出来成为艺术作品。

在某种意义上，艺术家创作的过程就是精神修炼的过程，也是艺术家的灵魂沿着三个层次不断进化的过程。从牛身上挤出的是奶，从血管里流出来的是血，一个艺术家无论描写怎样的现实生活，不管所描写的现实生活与艺术家自身怎样不相关，也不管他用什么形式什么媒介，他表达的还是他自己。从这个意义上说艺术是残酷的，因为真正的艺术家不得不把自己的灵魂赤裸裸地显露在大众面前，高尚也好，卑劣也罢，只能听从他人的评判。一个真正的艺术家应该具有高尚而富有诗意的灵魂，而一个灵魂卑劣的人是不可能写出真正的艺术作品来的。

艺术需要的是真诚，尼采把艺术比作"日神"，是因为艺术能够像太阳一样给我们枯燥乏味的人生披上梦幻般美丽的色彩，从而激起我们对人生的热爱。尼采把艺术比作"酒神"，是因为艺术创作需要进入自由的状态，冲破各种精神的藩篱，真诚而自然地表达自我。

8.3   影视剧在艺术殿堂中的地位

艺术是一种境界，各种艺术门类不过是艺术表现的工具或媒介，只有当创作者真正进入创作的状态并能够把自己对人生、对世界的理解通过模仿现实的方式，用完美的形式表现出来，给观众带来精神愉悦的时候，才可能达到美的意境。但这并不是说艺术表现形式就不重要，事实上不同的表现形态，其艺术表现力是不一样的，我们之所以把钢琴看作是乐器之王，也是因为钢琴所具有的强大艺术表现力是其他乐器难以企及的。

一般来说，越是抽象的艺术，离理念越近。一个诗人只凭一支笔就能写出美丽的诗篇，我们却要花费数千万乃至数亿元人民币并调动数百人乃至数万人才能拍出一部电影或电视剧。而诗人所享有的创作自由与影视剧编剧和导演则完全不同，诗人只要把自己的感受书写出来就可以了，不需要任何成本，而影视剧因为要花费巨资，所以不得不更多地考虑市场。为了市场，他们很多时候必须迎合大众，在这种情况下，他们离自己所感悟的理念，离艺术自然也就远了。所以很多人认为，在艺术这个领域里，最高的形式是音乐，其次是诗歌、戏剧和小说，最后才是电影和电视剧。影视剧是较为通俗的艺术门类，是大众艺术。

8.4   影视剧的功能及价值

艺术是人类文化的重要组成部分，也是人类生活的重要组成部分，尤其在当今，人类更加离不开艺术。我们不能想象，如果没有音乐，没有诗歌和小说，看不到电影和电视剧，我们的生活会变成什么样子。

我们可以把人类生活分为物质和精神两个层次，物质生活是为了生存，而精神生活则是为活得更幸福。在某种意义上，人类的精神生活更为重要。因为人类所有的行为都是为了追求幸福，而幸福其实是一种心理感受。通常当人类欲望得到满足以后，心灵达到和谐的境地，人便得到了幸福，幸福感是属于精神层次的，人类追求物质本质上也是为了达到个人欲望的满足及由此而来的心灵的满足。艺术作为精神产品，它直接触及人类的心灵，给人带来直接的精神享受。

电影和电视剧作为人类艺术的重要组成部分，具有造梦、纪实、教化及娱乐四大功能，见图8-1。

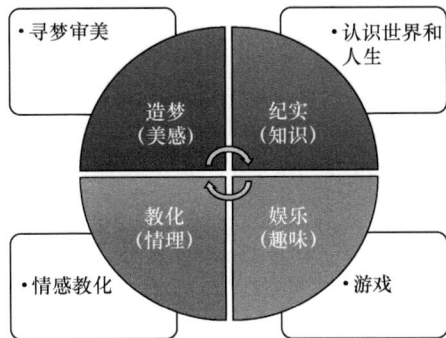

图 8-1　影视剧叙事功能与人类需求的对应关系

8.4.1　造梦

我们经常说艺术来源于生活而又高于生活，其实艺术家的作品是可以按生活的原样去描绘和叙述的，他们之所以把生活描绘得比现实生活更加美好，就是想为自己也为别人创造美丽的梦想，使自己和他人增加对生活的希望和信心。

弗洛伊德认为，艺术家都是白日梦者，他们原本欲望强烈，在现实生活中又软弱无能，致使欲望受到压抑，只能借助梦想来使个人的欲望得以满足。所以，艺术原本就是欲望在理想状态下的满足方式，来源于对现实的理想式超越。而对于观众来说，他们对理想状态的渴望是直接来源于生活自身的缺陷和个人欲望得不到满足的空虚，他们想借助梦想来获得精神的慰藉。

电影和电视剧是所有艺术中唯一能够在三维空间中完整记录人类生活的艺术，人类发明电影也是梦想时空驻留，以使人类生命长存、青春永驻。艺术既是人类认识世界、认识人生的方式，也是人类欲望的游戏。艺术在某种程度上只不过是人类生活的延伸和对现实生活缺陷的弥补，因为人总归是要面对死亡的，人生也总是有缺憾的，人类的一些欲望不可能在现实中获得满足，这样的缺憾却可以在艺术中通过幻想得到满足。

观众看电影和电视剧其实是来寻梦的，艺术原本具有造梦的功能，观众和创作者在这里寻找到契合点。人类生活原本枯燥乏味甚至充满着苦难，却可以在电影《音乐之声》《泰坦尼克号》，以及电视剧《流星花园》《奋斗》中找到浪漫有趣的人生；人性原本包含许多丑陋，我们经常感叹人性的自私和残忍，但在电影《拯救大兵瑞恩》《辛德勒的名单》，以及电视剧《渴望》《大长今》中，我们却可以看到人性中的美好；在现实生活中我们会感到自己的渺小、脆弱和无助，却可以从电影和电视剧中的英雄人物——如巴顿（电影《巴顿将军》）、艾森豪威尔（电影《艾森豪威尔》）、石光荣（电视剧《激情燃烧的岁月》）、姜大牙（电视剧《历史的天空》）、李云龙（电视剧《亮剑》）——身上找到智慧和力量；生活中的爱情或许是平淡的，我们却可以从电影《魂断蓝桥》《生死恋》以及电视剧《蓝色生死恋》中找到我们所追求和向往的那种纯洁而浪漫的爱情。

没有哪种艺术形式比电影和电视更接近人类的梦想，它不仅能够把人类的梦想用影像复制出来，而且通过色彩光影等营造出如梦如幻的美好意境，所以人们才会把好莱坞称作“梦工厂”。

8.4.2　纪实

在所有的艺术形式中，只有电影和电视剧能够用影像同步地记录事件发展的完整过程。以前所有的艺术都是叙述已经发生的故事，而电影和电视剧却可以记录正在发生的故事。对于过去发生的事件或从来没有发生过的虚构事件，小说可以用语言进行追述，用的是过去式，而电影或电视剧的创作者可以把场景复制出来，并通过演员的表演把事件再现出来。

8.4.3　教化

无论是虚构故事还是非虚构故事，电影和电视剧记录生活的目的绝不是简单地复制生活，而是要在复制生活的过程中剖析人性和人生。观众之所以喜爱看影视剧，也是希望从电影和电视剧里看到自己的人生。

艺术归根到底是艺术家心灵的载体，艺术家在生活中有所感悟，然后把感悟到的东西融入叙述的事件中，并赋予它们灵性，所以艺术作品里的事件即便完全是生活的记录也不同于现实中的生活。观众在欣赏艺术作品的时候其实是在与创作者进行心灵的对话，并从这种对话中受益，提升自己。

8.4.4　娱乐

对于观众来说，看电影和电视剧也是一种娱乐。与其他艺术形式相比，电影和电视剧是视觉艺术，它更容易对人的感官产生刺激作用，这决定了它比其他艺术形式具有更强的大众娱乐功能。

娱乐是指人们在游戏状态下可能达到的放松心态，娱乐的目的是要通过感官的刺激，宣泄个人的情感以达到心理的平衡。艺术就是要通过故事把观众带入某种特定的情境之中，或使人痛苦，或使人恐惧，或使人快乐，观众在虚拟的情境中既体验着各种各样的情感，又不会对自身造成伤害，这样就可以安全地宣泄情感以达到心理的平衡。不同类型的电影和电视剧所提供的情境不同，给观众带来的娱乐也不一样，《龙卷风》《彗星撞地球》《日本沉没》之类的灾难电影及《24 小时》之类的电视剧带给观众的是恐惧；《黑客帝国》《达·芬奇密码》等电影及《越狱》《4400》《不要和陌生人说话》等电视剧则使人在惊悚中体验暴力的残忍；卓别林的喜剧电影，以及如《老友记》《我爱我家》《家有儿女》之类的情景喜剧则使人在轻松的笑声中体验到愉悦。

编剧特训营

看伊朗电影《小鞋子》，列举出故事的情节点并写出故事大纲。

【基本要求】

1. 列出全片故事的所有情节点，并进行简单分析。
2. 故事大纲要求突出故事的特点和价值。

【作业目的】

学习电影故事的特征及故事的情节点。

第九章
影视剧产品特征

与其他所有产品一样，影视剧产品是根据市场需求并按类型来生产的。不同层次的产品满足不同层次消费者的需求，不同类型产品满足消费者不同类型的需求。编剧作为影视产品的设计师，不仅需要了解产品的市场需求，还要对产品的特性有深刻的理解和把握。

9.1 市场与产品

根据国内市场情况，按照播映平台和商业模式的不同，电影大致可分为院线电影、网络电影和电视电影三大类。

① 院线电影：主要在电影院线放映，与院线采取根据票房收入按比例分账的模式，投资额度在 3000 万元到 3 亿元之间，有时还会更高。票房收入高低取决于档期、排片量和放映时间等，收入最高可达 50 亿元。低者只有数万元，院线放映以后还可在网络平台播出，有直接出售版权或按收入分账两种形式。

② 网络电影：一般只在网络平台播出，既可以出售版权，也可以在网络平台播出按收入分账，投资额度一般在 100 万 ~1500 万元。

③ 电视电影：在电视台电影频道播出的电影，也可以网络平台播出，收入一般在 100 万 ~500 万元，投资额度一般在 300 万元以下。

按照播映平台和商业模式的不同，电视剧可分网台剧、电视剧和网络剧三大类。电视剧在电视台播出的同时也可以在网络平台播出，电视台和网络平台对电视剧有不同要求，评价标准也不相同。制片商在做产品的时候，目标也不相同。有的做成网台剧，既在电视台播出，也在网络平台播出；有的只在电视台播出，只按电视台的标准制作；也有专门在网络平台播出的，完全按照网络平台的要求和标准制作。

① 网台剧：在电视台和网络平台播出，可网台同时播出，也可先网后台或先台后网，同时满足电视台和网络平台的制作标准，制作费一般在 300 万 ~1500 万元 / 集，收入可高达 800 万 ~1500 万元 / 集，收入高，投资大，风险也相对较高。

② 电视剧：专门为电视台制作，主要在电视台播出，按照电视台的要求和标准制作。由于多数电视台不景气，广告收入下滑严重，除了中央电视台和少数几家一线卫视会购买首轮剧外，其他卫视要么只买二轮剧，要么只能出较低的价钱，制作方难以收回成本，而其他地方台能给出的购买价格则更低，总体市场严重萎缩。

③ 网络剧：专门为网络平台制作的电视剧，可由网络平台投资定制，制片方承制，也可拍出来后向网络平台出售版权，或者采取按收入分账的方式。前者风险少，利润不高。后者风险大，但可能取得更高的收益。

一般的影视剧商业模式及投资额度见表 9-1。

表 9-1 影视剧商业模式及投资额度

类型	播映方式	商业模式	投资额度（元 / 部或集）
院线电影	院线放映	To C	3000 万 ~ 50000 万
网络大电影	网络播出	To C 或 To B	100 万 ~ 1500 万
电视电影	电影频道	To B	100 万 ~ 300 万
网台剧	电视台 + 网络	To B	100 万 ~ 1500 万
电视剧	电视台播映	To B	100 万 ~ 300 万
网络剧	网络播出	To B 或 To C	100 万 ~ 500 万

*To B，To Business，面向企业；To C，To Customer，面向个体消费者。

9.2 产品类型化

电影和电视从诞生那天起就是作为产业而存在的，电影和电视剧都是产品，产品都是按照市场的需求来生产的，影视剧产业化和市场化必然导致影视剧产品的类型化、功能化和模式化。

1. 产品化导致类型化

类型化是影视产业化发展的必然结果。市场经济条件下，影视剧作为商品，必须适应市场的需求。观众在长期的观赏过程中对某类题材或某种风格的影视剧形成相对稳定的欣赏趣味，再加上影视剧消费者的受教育程度的不同、兴趣爱好的不同、生活地域的不同、宗教信仰的不同、年龄经历的不同以及性别的不同等原因，必然会有多种多样的欣赏需求，由此形成影视剧消费市场，影视剧制作者根据市场的需求制作出内容或风格相类似的投合观众趣味的影视剧，并形成相对成熟的创作模式，这就意味着影视剧类型的形成。

类型化就是产品的功能化，要求按照一定的标准和流程生产产品，具有能够满足观众需求的功能，使影视产品功能化。影视产品除了是商品，也是艺术。艺术讲究个性，艺术创作需要激情，需要激发创作者的想象力和创造力。类型化要求创作者根据观众的需求按照固有模式讲述故事，这无疑会约束或限制艺术家的想象力和创造力，有时甚至会使作品失去灵性。而当一种艺术形式成熟为固定标准或模式以后固然意味着模式的成熟，同时也意味着它的衰落，所以真正有创造力的艺术家总是力图突破原来的叙事模式，不断进行创新和创造。

　　真正有创造力的艺术家大多不愿意受到限制，他们总是希望冲破传统的约束，尽可能发挥自己的想象力和创造力，他们的作品往往是反传统的，他们创造的故事也是反类型化或非类型化的。

　　从国内外看，影视剧始终存在着两种发展态势：一是类型化，高度产品化，功能化；二是反类型化或非类型化，力图冲破固有类型和模式的桎梏，按照自己对生活的理解来讲述故事，或者把几种类型的戏剧因素混搭在一起，形成新的模式。

　　讲故事犹如炒菜，炒菜有两种方式：一种是做单一品种的菜，炒白菜就是炒白菜，炒萝卜就炒萝卜，不需要掺杂任何别的种类，讲究的是纯粹；另一种是把多种菜混合在一起来炒，如东北乱炖、鱼香肉丝等。《樱桃》是很典型的伦理剧，主打的是苦情，并把苦情做到极致。主人公樱桃是个有智力缺陷的女人，编剧让她去收养女婴，把戏写到了极致，也把这个女人的母爱写到了极致。《风筝》也把谍战剧的故事讲到了极致，一个打入国民党军统内部的我方谍报人员与一位打入我方的军统女特务斗了一辈子，最后居然相爱了。《还珠格格》则是个混搭剧，它是爱情剧，也是宫斗剧，其中有悬疑剧和武侠剧的成分，还有喜剧元素，可以说它是把多种戏剧元素有机地融合到了一起，既有造梦功能，又有教化功能，还有娱乐性，是个"大杂烩"。

2. 类型化导致功能化

　　影视剧类型化，就是影视产品的功能化，对不同类型的产品，赋予不同的功能，满足不同消费者的不同需求。战争剧和武侠剧的观众多为中青年男性，很多男性有英雄情结，有征服欲，战争剧和武侠剧的主人公是英雄，勇猛无敌，具有压倒敌人的英雄气概，面对敌人或困难无往而不利，满足大多数男人在现实中不可能实现的英雄梦想。偶像剧的观众多为14~24岁的青年男女，充满着活力，对生活和爱情都充满幻想，偶像剧多以爱情为题材，主人公为俊男靓女，具有偶像气质。偶像剧中的男主人公往往不是霸道总裁就是业界精英，性格叛逆，想他人之不敢想，为他人之不敢为；女主人公可能是个灰姑娘，身世坎坷，心地善良，经过自己的努力取得成功，最终遇到心目中的白马王子，从而改变命运，获得幸福。这类故事的最大功能就是造梦，给处在梦幻中的年轻人描绘现实中难以实现的美梦。

3. 功能化导致模式化

　　影视剧就是用影像来讲故事，故事是影视剧的主体。影视剧的功能终究是由故事决定的，不同题材的故事和不同的叙事方式使故事具有不同的戏剧功能，故事的功能化在很大程度上导致故事的模式化。

　　人类的故事看似丰富多彩、无穷无尽，其实很多故事都是相似的。有些故事看似新鲜，其实不过是在重复过去的故事。有些绞尽脑汁想出来的"创新"故事，其实也不过是旧故事在今天的翻版。

任何故事都不能凭空产生，故事总是有所传承的。古往今来，人类社会生活发生了翻天覆地的变化，但人的本性没有变，人类所遭遇的困境没有发生根本的改变，人类的思想、情感，以及对死亡的恐惧与对美好生活的向往和追求没有改变，所以发生在人类中的故事也没有改变。人类的灵魂需要文化的滋养才能成长，人类在创造故事的过程中难免会受到以往故事的影响，我们会把以往的故事作为参照，如同写小说的人可能都受到经典作家的影响，写戏剧的人可能都受过莎士比亚或莫里哀的熏陶。故事和讲故事的方式传承至今，形成了相对固定的故事模型，这些有着共同基因的相似故事汇聚在一起，形成了各自的故事体系。

故事模型是某种故事内容及叙事方式的模式化。当某个故事取得成功，会引得很多人去模仿，模仿的人多了，便固化为一种故事模式，以后很多人都按照这种模式去编故事，就形成了故事模型。很多人都套用这种模型去写故事，形成这类故事的批量生产，这正符合影视剧工业化生产的需求，影视剧的工业化生产需求正是故事模型形成的市场因素。

故事的模式化也与人类生活的模式化有关，人类生活看似丰富多彩，千差万别，其实在本质上并没有太大的区别。人活着，无非是为了满足个人的欲望，人的基本欲望是为了生存，人要活下去，要活得好，有时难免要去追求金钱或者权力，并采用各种方式去努力获取，多数人会通过个人的努力，以和平的方式，但也有人会采取非法的手段、暴力的方式去获取。除此以外，还有生理和情感的需求，男人追求女人，追求成功了，皆大欢喜，失败了，可能成为悲情故事，故事也无非就是这样。古往今来，人类的生活发生了天翻地覆的变化，但人还是人，人之本性没有改变。在古希腊神话中，宙斯是神，是众神之王，他爱上伊娥，追求她，被善妒的赫拉发现，宙斯做贼心虚，慌乱中把伊娥变成一头小牛，赫拉将计就计，向宙斯索要这头小牛，其后赫拉残酷地惩罚了伊娥变成的小牛。这其实是一个三角恋的故事，好色的丈夫，善妒的妻子，无辜的第三者，这样的故事其实每一天都在生活中重演。

9.3　影视产品的生命周期

有些影视剧类型产品在市场上很受青睐，看的人多，是大众性产品，在市场上属于主流，有些类型则属于小众产品，只有少部分人喜欢看，在市场上并非主流。影视剧产品也有生命周期，有些原本是主流产品，后来却衰落了，成了非主流，甚至在市场上完全消失，而那些非主流产品，受到市场欢迎，也可能成为主流产品。

9.3.1　主流产品与非主流产品

主流与非主流都是相对市场而言，影视剧类型受到观众和市场青睐，就会成为主流类型。

有些类型在电影市场是主流产品，在电视剧市场却受到冷落而成为非主流，同样有些类型在电视剧市场是主流，在电影市场则是非主流，也有些类型在电视剧市场是非主流，却在网络剧市场大受欢迎。

目前在我国电影市场，比较流行的电影类型有战争片、警匪片、武侠片、爱情片和喜剧片等。在电视剧市场，占主导地位的类型剧主要有政治剧（主旋律电视剧）、历史剧、社会伦理剧、警匪剧、战争剧、谍战剧、武侠剧、神魔剧、穿越剧、言情剧、青春偶像剧、励志剧等。在网络剧市场，观众更青睐的是青春偶像剧、爱情剧和破案剧。

各个国家都有自己的主流类型剧，美国电视剧的主流类型为警匪剧、科幻剧、喜剧等，日本电视剧的主流类型有青春偶像剧、励志剧、警匪剧等，韩国电视剧的主流类型为偶像剧、家庭伦理剧、情感剧、励志剧及古装历史剧等。

表 9-2　产品类型与观众类型

类别	主流观众	主流类型
院线电影	14～45岁，中青年	战争（警匪、武侠、灾难、科幻）片、历史片、社会伦理片、喜剧片
网络电影	14～30岁，青少年	青春偶像片、玄幻片、鬼怪片、悬疑片、战争片
电视剧	30～80岁以上，中老年人	主旋律电视剧、历史剧、战争（抗战、谍战）剧、爱情剧、社会伦理剧
网络剧	14～30岁，青少年	青春偶像（甜宠）剧、玄幻武侠剧、惊悚剧、探案剧、科幻剧

9.3.2　产品的生命周期

每个产品都有自己的生命周期，电影电视剧也是。一方面，产品本身从孕育、发展、成熟到衰亡的生命过程；另一方面，产品在市场上也有从导入、发展、兴盛到衰退的生命周期。

产品处于孕育期，市场刚刚导入，产品本身可能不成熟，市场认可度也低，必须开拓新的市场，难度较大，但对产品来说却也有无限发展的可能性。到了发展期，产品本身逐渐趋向成熟，市场也有了认可度，是进入市场的最好时机，很多优秀的产品都出现在这个时期。到了兴盛期，产品已经完全成熟，市场格局也已经形成，但市场竞争加剧，产品创新难度加大。到了衰退期，产品的生命力已经减弱，但也不是完全没有机会。

每类产品都有自己的生命周期，有的类型电影或电视剧生命力强劲，市场表现也是经久不衰的，有的类型电影或电视剧则生命比较短暂，在市场上昙花一现，有些类型的电影或电视剧始终不温不火，却是市场上的常青树，永远占有一席之地。

在我国，战争片、励志片、伦理片和喜剧片都是电影市场上的常青树，动画片曾经火过，后来沉寂了，但自从《大圣归来》上映以后，市场进入发展期，到《哪吒之魔童降世》《姜子牙》等相继上映，市场已经进入兴盛期。武侠片原先是很兴盛的，但现在已进入了衰退期，市场上很少有成功的武侠片。中国原先几乎没有过特别成功的科幻片，后来有了《流浪地球》，这类电影也算在国内有了市场，产品也处在发展期，有很大的发展空间。

从我国电视剧发展的历史来看，每个时期都有各自的主流类型电视剧，而其主流的形成往往借助于某部或某几部成功电视剧的推动，使其成熟乃至成为市场的主流。20世纪80~90年代，由《渴望》《孽债》《牵手》《中国式离婚》引发了系列社会伦理剧的高潮，一度成为时代主流，而《西部刑警》《大雪无痕》《黑洞》《黑冰》引发了警匪剧的高峰，琼瑶的爱情剧及海岩剧引发了大量情感类电视剧的出现，后来又有由《激烈燃烧的岁月》《历史的天空》《亮剑》《狼毒花》等电视剧引发了抗战剧的创作高潮，而前些年成功的《暗算》《潜伏》《黎明之前》《悬崖》则引发了谍战剧的大量爆发并逐渐成为市场主流。

任何类型的电影和电视剧，只要质量是好的，都可能取得成功，相对而言，拍摄非主流类型比拍摄主流类型要承担更多的风险。主流类型产品相对比较成熟，市场认可度高，竞争也会更激烈，因为产品本身已经过于成熟，后来者难有突破。非主流类型虽然难以被市场认可，却有可能剑走偏锋，出奇制胜。譬如国内谍战剧市场已经成熟，从其生命周期来看已经过了壮年期，要拍出一部超过《暗算》或《潜伏》的谍战剧很困难。相比之下，励志剧在国内算不上主流，却是处于生命中的上升时期，也是这个时代很需要的。

9.4　产品创新与故事创新

产品的生命在于创新，对于影视剧来说，更是如此。尽管影视产品都是按类型生产的，故事常常是模式化的，但每个产品每个故事都是新的。观众对新故事的渴望永无止境，那些陈腐老套的故事很难长久地吸引观众。

影视产品的主体是故事，电影和电视剧的本质都是用影像讲故事，所以影视产品的创新也是故事的创新。

故事的创新一般包括三个方面：一是题材创新，二是人物的创新，三是创作手法和创作风格的创新。

9.4.1　题材创新

有的编剧喜欢跟风，他们总是看哪类题材火了，就跟着编写类似的故事；有的编剧拿着自己写的剧本，很自豪地说自己的故事与某部成功的作品相似，似乎这样可以彰显自己作品的价值。部分制片商很吃这一套，他们总是拿成功过的作品来衡量自己的项目，想要复制别人的成功，这导致了影视产品同质化严重。

当然，有创新性的产品并不一定就能取得成功，那些跟风的产品也未必就会失败。很多有创新性的产品，由于市场条件不成熟，往往不被市场接纳，当年的《士兵突击》《激情燃烧的岁月》《潜伏》都曾有过类似的遭遇，但它们为后来的市场做好了铺垫，后来仿制的作品因为它们的铺垫更易被市场接受并取得商业上的成功，但即便这样，这些作品还是成为经典，而那些仿制品则早就被人遗忘。

所有产品都是为了满足消费者未曾被满足或未曾被完全满足的需求而生产的，作为影视剧的创作者应该不断地寻找观众新的需求点，不断用新的故事去满足观众新的精神需求，这样产品才有生命力。一部作品的成功，就意味着消费者某种精神需求的极大满足。如果编剧一味跟风仿制，而没有注意到观众可能已经有了新的需求，那生产出来的产品很可能就过时了。

对于编剧和制片人来说，有时候他人的成功就是你的"地狱"。他人成功了，意味着这个领域有了标杆，如果再去做，就要想着怎样去超越，或者至少做得跟别人不一样，倘若只是模仿或抄袭，就没有了价值，也很难取得成功。作为编剧，要做的绝对不该是去仿制和模仿别人的作品，而是找到规律，寻找和创作新的故事。

有些编剧喜欢改编或翻拍过去的经典故事，其实就是旧有故事的再开发，翻拍也应该是创新，而不仅是旧故事的翻版。编剧和导演只有从中找到新的视角或新的表现手法以后才有可能拍摄旧的故事，否则这样的翻拍没有意义，也很难取得成功。动画电影《哪吒之魔童降世》是根据神话小说《封神榜》改编的，以前已经有过《哪吒闹海》这样的电影，这部电影的故事总体上还是沿用了原有的故事模型，但人物性格变了，编剧在叛逆的哪吒身上加入了魔性，让他喊出了"我命由我不由天"的口号，表现了与命运抗争的勇气，那个原本被他抽去龙筋的龙太子与他成了朋友，两人同病相怜，建立了生死友情，而绝情的父亲成了慈父，师父太乙真人成了负责搞笑的喜剧人物，虽然总体框架没变，故事却早已脱胎换骨，有了新的生命。

9.4.2　人物创新

人物是故事的主体，故事的创新首先在于人物的创新。有些故事虽然用的不过是以往的套路或故事模式，但人物变了，故事也就成了新的。

电视剧《士兵突击》是个有关小人物成长的故事，采取的是所谓小人物逆袭的套路，不同的是编剧把主人公许三多设计成一个"傻子"。这样的"傻子"在以往的故事中也出现过，这类人物最早的原型是西班牙作家塞万提斯笔下的堂·吉诃德，俄罗斯文学中著名的"多余的人"、电影《阿甘正传》的主人公福瑞斯特·甘等，都是这样的"傻子"。相对于这些类型的人物而言，许三多的不同在于他来自农村，憨厚朴实，一心想做个好士兵，做很多很多有意义的事，他在一些精致的利己主义者面前成了异类，成了"傻子"。编剧通过这个形象，表达了对现实中缺失的人性和道德的向往，使这个故事有了新的含义。《血战钢锯岭》讲述的是一个士兵成长为英雄的故事，采取的同样是小人物逆袭的故事模式，主人公是个不愿杀人的人，后来因为在近乎绝境的条件下拯救数十名伤员，完成了常人不可能完成的事情成为英雄。电影《摔跤吧！爸爸》同样也是采用了小人物逆袭的故事模式，却是从一位父亲培养女儿的角度讲述的，除了表现孩子成长，更表现出父亲对女儿的爱。

曾经有位戏剧家把所有的故事归纳为36种戏剧模式，人类的故事能够层出不穷、花样翻新，就是因为不同故事中的人物性格不同，人物关系也不同。就像世界上没有两片相同的树叶，世界上也没有两个性格相同的人，这就意味着我们可以永远写出新的故事来。

9.4.3　叙事方式及创作风格的创新

同样的故事或故事模式，采用不同创作手法，给人的感觉会很不一样。关于许仙和白蛇的爱情故事是影视剧的热门题材，曾被拍成多个版本的电影和电视剧，每个导演对这个故事都有不同的解读，采用的创作手法也不一样。

徐克执导的电影《智取威虎山》取材自作家曲波写的小说《林海雪原》。这部经典小说曾被改成京剧，也曾多次被改成电影。从内容来看，它属于主旋律，思想很正统，徐克改编的这一版，虽然还是同样的故事，内容没有太大的变化，但采用了商业片的拍摄手法，加上徐克个人的创作风格，与原来的小说和电影相比，有了很大的差别，相对于原来的故事来说，就是一种创新了。

编剧特训营

选择一个你喜欢的故事大纲，根据大纲写出开头前 10 场戏来，并改写成分镜头剧本。

【基本要求】

1. 写开头一段戏，叙述一个相对完整的事件。

2. 按照故事设计的人物性格和人物关系编写剧情。

3. 剧本格式规范。

【作业目的】

学会根据故事大纲创作剧本，体会剧本创作的规律和要领。

第十章
叙事语言

任何语言都有词汇和语法，词汇是语言的基本元素，而语法则是语言的组合规则。词汇按约定俗成的语法规则组合起来，也就构成了表达意义的语言体系。

影视语言中，它的词汇就是画面和声音，它的语法就是蒙太奇。把许许多多画面通过蒙太奇组接起来，就构成了影视剧的语言系统。

10.1 影视语言的词汇

电影也好，电视剧也好，其语言功能都是通过镜头来实现的。镜头是最基本的语言单位，相当于语言中的词汇。

镜头是指电影摄影机或电视摄像机在一次开机到停机之间所拍摄的、连续的、留有影像画面的胶片片段，或者从一次开机到停机所拍摄下来的连续的画面。

每个镜头都由无数个静止的画面构成，静止的画面按照一定的速度连续播映就会在人的视觉中产生运动影像的效果。因为人眼在观察景物时，光的信号传入大脑神经需经过一段短暂时间，光的作用结束时，视觉不会立即消失，残留的视觉叫作"后像"，这一现象叫作"视觉暂留"。比利时科学家 J.A. 普拉托于 1829 年奠定了这一理论。经许多科学家研究确定，视觉暂留时间约为 1/5 秒到 1/30 秒。当电影（或电视）画面换幅频率达到每秒 15~30 幅之间时，观看者便不容易注意到黑暗的间隔了。因此，电影发明初期，无声电影的标准换幅频率为每秒 16 幅（每秒输片 1 英尺，1 英尺 ≈ 30 厘米），之后的有声电影则改为每秒 24 幅。

画面和声音是镜头中两个最基本的元素。

10.1.1 镜头的画面

镜头画面的品质和效果主要取决于以下几个因素。

1. 画幅

一个镜头往往包含一个或数个不同的画面，每一个画面又是由许多相同或不同的画格组成。镜头的画幅为横式长方形。早期电影最通行的纵横比 4∶3，后来被美国电影艺术与科学学院采纳为学院标准纵横比。这种 1∶1.33 的学院标准纵横比至今仍是 8 毫米、16 毫米和 35 毫米胶片的标准纵横比，后来也成为电视屏幕的标准纵横比，后来又出现高清晰度电视的纵横比，即 16∶9。电影宽银幕影片为 1∶2.3570 毫米影片为 1∶2.2；个别镜头采用遮挡等特殊方法拍摄，可以获得圆、三角、竖式以及多画面等特殊画幅。画幅是镜头画面构图的前提，电影或电视中的一切内容都在画幅中展现出来。

2. 景别

景别是指摄影机或摄像机在距被摄对象不同距离或用不同焦距镜头拍摄的不同范围的画面。

远景——表现远距离的人物及广阔范围的空间环境。

全景——表现人物全身及周围的环境。

中景——表现人物膝盖以上的部分。

近景——表现人物胸部以上的部分。

特写——表现人物、物体或环境的细节。

电影或电视拍摄中还沿用着其他一些景别名称，如"大远景""大全""小全""中全""半身""中近""近特""大特写"等，是以上五类景别的更细致划分。

镜头分为不同的景别，是为了按照电影或电视艺术的特殊表现方式，根据表现对象的大小远近、内容的主次轻重，给予恰当的表现，以达到准确地叙述和艺术地描写之作用。各类景别相互依赖，不可分割，同时，又各自具有不同的功能。如远景、全景可以整体地展示人物动作、广阔的环境及其相互关系，在表现群众场面、运动场面，显示人物行为与精神气势，描绘气氛、意境等方面具有较突出的表现力。特写、近景表现的内容单一、集中，可以将对象放大，不仅再现、描绘得特别清楚细致，而且具有突出与强调的作用。中景长于展示人物之间、人物与环境之间的交流和关系，在叙述内容时起着重要作用。

3. 角度

镜头的角度是指拍摄时摄影机与被摄对象之间的角度。一般可分为平、仰、俯和正、侧、反几种。可以单独使用或综合使用，种类变化多样。角度是镜头画面构图的重要方面，有着丰富的艺术表现力。如仰拍镜头，被摄对象显得高大、雄伟；俯拍镜头，被摄对象显得矮小、空旷；正面拍摄，画面庄重、平稳；侧面拍摄，构图生动。

4. 运动

摄影机或摄像机的运动方式可归纳为如下几种。

摇——中心位置不变，向纵横各方向摇摄。

推、拉——利用移动载具移动或摄影师（摄像师）走动向摄影对象推进或拉远地拍摄。

伸、缩——利用变焦镜头的焦距调整，摄取由远到近或由近到远的画面。拍摄的结果在透视方面与推、拉镜头不同。

移——不跟随某一特定对象，纵横移动着拍摄。

跟——跟随一个或数个运动着的对象拍摄。

升、降——在升降机上，在升高或降低的运动中拍摄。

各种方式可以单独或结合起来使用。用这些方式拍的镜头，分别被称为摇镜头、跟镜头、升镜头、降镜头等，总称为运动镜头。镜头的运动与被摄对象的运动结合起来，组成了电影（或电视剧）的场面调度。它们使画面更为生动、丰富，增强视觉动感，有助于形成富有表现力的艺术节奏与气氛。

5. 镜头的长度

在电影或电视剧中镜头的长度是以每个镜头画面延续的时间来计算的。无声电影时期的摄影机与放映机的正常速度是每秒钟过片一英尺，即 16 个画格。有声电影是每秒钟过片一英尺半，即 24 个画格。个别镜头为了特殊的艺术效果，拍摄时可以增高或降低速度，电影和电视镜头的长度根据所摄内容而定。短的只有几个画格，放映不足一秒；长的可达几百英尺，放映达数分钟之久。一部一个半小时的有声电影，一般由 400~800 个长短不同的镜头组成，无声影片及纪录片的镜头数目更多一些。每集 45 分钟的电视剧的镜头数为 200~400。

10.1.2　镜头中的声音

声音是影视剧镜头的有机组成部分，与画面上的运动的影像组成音画结合的形象。

影视剧中的声音主要是指剧中人物语言和音乐音响。

影视剧中人物语言主要分为对话和内心独白及旁白。

在电影和电视剧里，对话是塑造人物、推动情节发展的最重要的手段之一，尤其在电视剧里，对话的作用更为显著，在剧本里，对话占据了 90% 以上，所以对人物语言的把握程度往往也是衡量剧作家艺术功力的重要标准。

影视剧中的内心独白和旁白都是以"画外音"的方式出现的，内心独白发自剧中人物，往往是"第一人称"，是人物在剧中情境下所产生的内心活动，主要抒发个人的情感，表达人物的内心世界。而旁白则是从旁观者的角度对剧情和人物做出的评述。

编剧往往容易忽视音乐在影视剧中的作用，在创作过程中，他们似乎很难考虑到音乐方面的因素。然而音乐在影视剧中的作用是很明显的，它既可以调和节奏，又能烘托气氛，有时还能创造出戏剧效果。

音响是指在影视作品中除语言和音乐之外所有声音的统称。包括：①动作音响由角色的行动产生的声音；②自然音响，自然界中的与人的行动无关的声音，如风声、雷声、波涛声、流水声、动物叫声等；③背景音响，如集市上的叫卖声、战场上的喊杀声等；④机械音响，如汽车、轮船、飞机的声音、工厂机器的轰鸣声、电话铃声等；⑤枪炮音响，即枪声、炮声等；⑥特殊音响，即人为制造出来的非自然音响或对自然音响进行变形处理后的音响，在神话题材及科幻片中应用较多。音响在影视剧中起到增加生活气息，烘托气氛，扩大视野，赋予画面以具体的深度和广度等作用。

默片时代，人物对白只能通过字幕来表现，有时它还对画面进行必要的解释。随着有声片的出现，它的许多功能便为声音所替代。在今天的影视剧中，字幕只是作为一种辅助性手段。

在今天的影视剧中，字幕的功能大致如下。

① 说明故事发生的背景。在影视作品的开头，经常会出现这样的字幕："故事发生在某某年"，以交代故事发生的历史背景；而在一些纪实性作品中也会用字幕来交代一下故事主人公的最后结局，在这种情况下，有时也会改用画外音的方式，或以画外音和字幕相互配合。

② 说明时空的变换。在影视剧中，有时由于时间和空间跨越太大，又不便于直接用画面加以表现，往往配以字幕加以说明，如"20 年以后，英国伦敦""1941 年，柏林"。

③ 显示画面中看不到的内容。在影视剧中，经常看到主人公在低头看信，由于信中内容不好在画面上表现出来，便配以字幕，有时也会用画外音来表现。

10.1.3 声音与画面的关系

电影发明时只有画面，没有声音。为实现有声电影，科学家和电影艺术家都曾不懈地努力。1899 年，电影在爱迪生的实验室里，已经能够发出一些声音。卢米埃尔、梅里埃等人曾用幕后说话的办法使电影有声音，巴隆和劳斯特等人曾设计了一种巧妙的声画同步方法。但此时的电影，依然停留在无声片的阶段。无线电事业的发展，使有声电影中存在的一些问题得到解决。1926 年，面临破产的华纳公司拍摄了第一部有声片《唐璜》，而世界上第一部真正的有声片《纽约之光》直到 1929 年才出现。

有声电影出现后，曾遭到爱森斯坦、普多夫金、卓别林等电影大师的反对，他们担心有声片的出现会破坏作为电影基本手段的蒙太奇艺术，希望实现声音与画面的"交响乐式对位"。他们认为：只有将声音作为一段落实到蒙太奇的对位去使用时，声音才能使我们有可能去改进蒙太奇，在声音方面进行的初步试验必须遵循"声画对位"的方向去进行。

实现声音与画面的"交响乐式对位"——这是电影大师对有声电影提出的重要课题，为了实现声画对位，前辈电影大师进行了不懈的努力。普多夫金于 1935 年拍摄了《逃兵》，利用声画对位和非对位来加强效果。如 3 位演说者的声音有时伴随着他本人的形象，有时伴随着听众的反映。妻子送别丈夫，生怕火车开走，这时传来了火车的汽笛声和车轮声而火车却没有开，使观众感觉到这位妇女此时的心情。

在影视剧中，声音与画面之间的关系包括以下 3 个方面。

1. 声画同步

影片中声音与画面的协调一致。自声音进入电影后，电影即由纯粹的视觉艺术变为视听结合的艺术。电影画面不再只是动作的影像，还配有声音。这两种电影元素交互作用，彼此配合，构成声画结合的不同蒙太奇形式。声画同步是其中最原始、最常见的一种。在剪辑时，要求影片的声音与画面严格匹配，使发音的人或物体在银幕上与所发声音保持同步进行的自然的关系，使画面中影像的发声动作与其所发出的声音同时呈现并同时消失，两者完全一致。反之为声画不同步。譬如拍两个人对话的戏，一般情况下，说话的人会同时出现在画面上，这就是声画同步，有时候说话人并不在画面上，画面上出现的反而是听话的人，这就成了声画不同步。采用声画同步或声画不同步，取决于导演对戏的理解和把握。前一种情况突出的是说话的人，而后一种情况导演更关心听话人的反应。

2. 声画对位

电影和电视剧中声音和画面形象是各自独立又相互作用的结构形式。声音和画面分别表达不同的内容，各自独立发展，即在形式上不同步、不合一，但两者又彼此对列、彼此配合、彼此策应，分头并进而又殊途同归，从不同方面说明同一事物。这种声画结构形式，称为声画对位。它是一种声画结合的蒙太奇技巧，能产生声音和画面形象各自原来不具备的新的寓意，包括对比、象征、比喻等效果，给人以独特的审美享受。

3. 声画分立

画面中的声音和形象不吻合、不同步、分离的蒙太奇技巧。声画分立意味着声音和形象摆脱了互相的制约，而具备了相对的独立性。它们通过分离的形式，在新的基础上求得和谐统一。声画分立的形式，可以有效地发挥声音主观化的作用，还能借此衔接画面、转换时空。它可以以同一种持续进行的声音为纽带，把一系列表现不同场景、不同内容的画面组接起来，构成自成首尾的蒙太奇段落。声画分立的直接结果，是突出了声音的作用，使它从依附于画面的从属地位解放出来，成为独立的艺术元素。声画分立以分离的形式，加强了声音同画面形象的内在联系，使之更加富有感染力，从而丰富了电影和电视剧的表现手段。

10.2　影视语言的语法

现代语言学研究成果表明，任何一个词语都有能指和所指两种功能，能指是指语言的多义性，譬如"我"这个词，可以说是张三，也可以说是李四，在不同的语言环境下，它有着不同的含义。所指也就是特指，是指词汇在一定的语言环境中使其意义固定下来，譬如说"我是张三"，这个"我"所指的就是张三。

影视画面并不等同于美术中的绘画。画家绘画时总是要捕捉最能体现本质的瞬间，他要把自己全部的理念都在画里表现出来，对他们来说，每一幅画都是一个完整的世界。而在影视作品中，一幅画面并不是真正完整的表意形态，它的意义必须要放在一系列活动的画面中才能确定。譬如，我们在画面上看到黑洞洞的枪口缓慢地抬起来时，并不知道作者要表现什么，只有随着画面的流动，看到拿枪的人，看到他冷酷的面孔，以及枪里冒出来的火光和倒下去的人影，才知道这是在杀人。

所谓蒙太奇，本来是电影构成形式和构成方法的总称，它同样也适用于电视剧，不同的是电视画面的剪辑是在编辑机上完成的，所以它也是电视画面的结构形式。

蒙太奇是法语 montage 的音译，原是法语建筑学上的一个术语，意为构成和装配，后被借用过来，引申用在电影上就是剪辑和组合，表示镜头的组接。

简而言之，蒙太奇是根据影视剧所要表达的内容和观众的心理顺序，将一部影片或电视剧分别拍摄成许多镜头，然后再按照原定的构思组接起来。

前面提到，在镜头间的排列、组合和连接中，摄制者的主观意图就体现得更加清楚。因为每一个镜头都不是孤立存在的，它的形态必然和与它承接的镜头发生关系，而不同的关系就会生出连贯、跳跃、加强、减弱、排比、反衬等不同的艺术效果。另一方面，镜头的组接不仅起到生动叙述镜头内容的作用，而且往往会产生各个孤立的镜头本身未必能表达的新含义。格里菲斯在电影史上第一次把蒙太奇用于表现的尝试，就是将一个困在荒岛上的男人的镜头和一个等待在家中的妻子的面部特写组接在一起的实验，经过如此"组接"，使观众感到了"等待"和"离愁"，产生了一种新的、特殊的想象。

电影艺术大师爱森斯坦认为：A 镜头加 B 镜头，不是 A 和 B 两个镜头的简单综合，而会成为崭新的内容和概念。他明确地指出："两个蒙太奇镜头的对列不是两数之和，更像两数之积，永远有别于各个单独的组成因素。例如：妇人——这是一个画面；妇人身上的丧服——这也是一个画面；这两个画面都是可以用实物表现出来的。而由这两个画面的对列所产生的'寡妇'，则已经不是实物所能表现出来的东西了，而是一种新的表象，新的概念，新的形象。"[1]

运用蒙太奇可以使镜头的衔接产生新的意义，这就大大地丰富了影视艺术的表现力，从而增强了影视艺术的感染力。匈牙利电影理论家贝拉－巴拉兹指出："上下镜头一经连接，原来潜在于各个镜头里的异常丰富的含义便像电火花似的发射了出来。"[2] 可见这种"电火花"似的含义是单个镜头所"潜在"的，且不为人们所察觉的，非要在"组接"之后才能让人们产生一种新的、特殊的想象。

我们把影视剧看作是艺术家表达个人思想的媒介，艺术家在对现实进行拍摄和对画面进行组合时，必然会融入自己对社会、对人生和对美的理解，蒙太奇的手法在很大程度上为他们的自我表达提供了可能性，然而这种创作中的主观性绝不能违背现实的真实性和人们的欣赏心理。J.P. 夏基埃说过："连接镜头的蒙太奇是同我们通过连续的注意运动观看现场一致的。这就像我们在观看景物时会不断产生一种整体感一样，在一种精细的蒙太奇中，镜头的连续是很难被人发现的，因为它同正常的注意运动是一致的，它为观众组成了一种总体表现，使他产生了一种幻觉，好像是在看真实事件一样。"这段话说明了蒙太奇构成的心理基础。

1　爱森斯坦《蒙太奇在 1938》。

2　《电影美学》。

简而言之，影视剧的镜头组接是以人物或观众的视觉或思想为基础的，而从编导人员的角度来看，除了叙事的准确和生动以外，还要考虑到画面的视觉效果。譬如要表现一对青年男女相见的场面，当画面上出现一个男孩站在一幢楼房前抬头仰望时，从观众的角度来说，大家关心的是他为什么要抬头看，他到底看到了什么，那么下一镜头应该是随着他的视线往上摇，并把镜头对位在楼上的某一个窗口上，然后那窗口伸出来一个女孩的脑袋，那女孩对着下面微笑着挥手。这时观众想看到的肯定是楼下这男孩的反应，接着的镜头就应该是这位男孩的表情了。在人物对话时，观众首先关心的肯定是这话是谁说的，说话人当时的表情怎么样，这时候镜头一般是对准说话人的，有时候我们会更关注听话人的反应，这种时候镜头便最好对准那些听话的人。此外在影视剧中还经常看到，在表现夜深人静，一对情人在屋里幽会时，往往在两个人亲热之前，从屋外看去，亮着灯的窗口两个身影慢慢靠近，终于相拥，然后灯火熄灭，接着也许就是一轮圆月挂在树梢头的画面，这样的处理主要是从视觉效果角度来考虑的。

对蒙太奇的理解，其实也是对人性的理解。一个编剧，尤其是真正成熟的编剧，创作时根本用不着太多地考虑蒙太奇手法，他要做的只是把自己的感觉按照现实本身及人的视觉习惯表现出来，他创作的剧本在画面的组接上往往正好暗合了蒙太奇画面结构的规则。所以，编剧即便并不懂得什么叫蒙太奇，也有可能写出好的剧本来。

10.2.1　镜头的组接

镜头组接的目的是再现生活，表达创作者的想法，要了解镜头组接的方式和方法，先要了解镜头组接的功能。在电影和电视剧中，通过镜头的组接可以实现以下功能。

①选择与取舍。通过景别、角度及组接的运用，可以选择、突出表现对象中主要、本质的部分，舍去多余、烦琐的内容。

② 集中与概括。通过组接可以使一些内容集中、强化，可以进行对比、概括，赋予各镜头单独存在时不具有的含义。

③ 吸引观众注意力。可以在一个时间只让观众集中观看一个画面，让观众按照组接的顺序与逻辑逐镜头逐画面地了解内容，从而起到引导、规范观众注意力，向观众传达思想与情绪的作用。

④ 创造电影或电视剧的时间和空间。组接能创造与实际生活中相似又不同的或现实中不存在的空间环境，能够在不同的空间中纵横飞跃。组接又能够对现实时间做相同、延长、缩短、停滞、重复的表现。

⑤ 形成不同的艺术节奏。组接是形成电影或电视剧节奏的重要因素。一般来说，短镜头的组合，能造成紧张急迫的节奏，长镜头的衔接，给人平稳、缓和的感觉。用镜头组接形成艺术节奏的方法多种多样，很有潜力。

在影视剧中，镜头的组接方式，一方面取决于剧情发展的需要，另一方面取决于导演对剧情及电影或电视剧风格的理解和把握。

在许多人看来，编剧并不一定对镜头有太多的了解，在镜头上精雕细刻是导演的事，的确，编剧主要关心的是故事，有些导演对编剧的要求只是要有一个故事框架，还有就是人物对白。但是懂镜头，对编剧来说还是很重要的。一个懂镜头的编剧，写出来的剧本往往镜头感很强，有时只要在剧本上标明镜号、景别、技巧、音乐和音响等就可以成为分镜头剧本的基础。

10.2.2 场景转换

场景主要是由地点和时间的统一性来决定。在影视剧中，场景是人物活动的空间，随着故事的发展，场景也不断地发生变换。一般来说，一部电影有八九十个场景，而一集电视剧也包含着15~30次场景转换，也有更多的或更少的。

场景转换的多和少、快和慢，直接影响影视剧的节奏，通常说来，节奏快的片子，场景转换也相对要快一些，而节奏慢的片子，场景转换也慢一些。场景转换的快慢取决于影视剧的剧情，同时也取决于编剧与导演对整部片子风格的把握。

场景的转换其实就是时空的转换，在这里时空间衔接的合理性就显得十分重要。这种合理性首先是表现在情节上，也就是说场景的转换必须根据剧情的需要。例如当主人公驾驶着一辆汽车在路上行驶的时候，首先会通过场景的不断转换来表示行进的过程。当剧中的人物谈到他要会见的人物时，下一个场面很可能就是见面的场景。其次是表现的节奏上，譬如表现敌我双方沿着不同的路线抢占某一高地，为了制造悬念，营造紧张气氛，往往通过不同场景的穿插加快节奏。再有是两个场景交接点上镜头衔接的合理性，在上一个场景是用渐隐、淡出还是化出、渐暗，下一个场景是用渐显、淡入，还是化入、渐明，上一个场景用的是什么景别，下一个场景用什么景别来衔接，都是编导人员必须要考虑的。

10.2.3 影视时空

影视剧是采取空间形式的时间艺术。它既具有时间的延续性，又具有空间的扩展性，是一种建立在时空交叉点上的综合艺术。银幕（或屏幕）时间与空间的组织与运动是影视艺术的重要特征。

谈到影视时空，应该指出，任何艺术创造的生活图景本身就是带有假定性的。影视艺术以二维空间的画面来表现三维空间的立体世界，这就使影视形象具有假定性。

影视剧的假定性还表现在两个方面：一是由特殊的影视技术手段造成的假定性，如摄影机或摄像机频率的变化，可以延长或缩短时间，造成时间上的假定性；不同焦距镜头的运用，可以扩展或压缩空间，造成影视空间的假定性；镜头的组接，造成了不同于物理时空的特殊的银幕和荧屏时空。这种时间和空间的假定性，由于剧情的需要，又符合观众的欣赏心理，是允许的，也是必要的。二是影视特殊的演出方式，确定了影视制作上的假定性，影视不同于戏剧，不是用真人，而是以影像来面对观众的。这就使影视在布景、道具、服装的制作，音响的处理，以及各种特殊、特技摄影的运用等方面都可以弄虚作假，都是虽假犹真、以假乱真、欺人视听，最终达到银幕或荧屏效果上的逼真。

　　影视剧和小说都是在时间和空间上享有极大自由的叙事艺术。然而，影视剧在表现形式上不同于小说，小说是通过文字的描述引起读者的形象思维而间接作用于读者感情的艺术。影视剧则是通过声音和画面直接作用于观众的视听，即直接诉诸形象的艺术。因此，银幕上出现的一切都必须是看得见、听得着的艺术形象。这就要求影视剧作家在创作构思时先在自己脑海里构想出鲜明、具体的视觉和听觉的形象，用影视语言来构思和创作作品。可以说，影视剧作家是用画面进行思维，用文字来表达的。

　　在影视剧中，画面永远在真实的时空中流动，会让人感觉到时空的流动，而这种时空的延续仿佛与现实相似。

　　在影视剧中，总要挑选现实中最有戏剧性的片段作为情节。比如要写一个宴会的场面，假设作者要描写的戏剧性情节分别发生在宴会的开始和结尾，在剧中又不可能把整个宴会都记录下来。这时往往穿插另外一个场景，给人的感觉好像宴会正平淡无奇地进行着的时候发生的事情，而时间仍然在流动。时间跨度较大时，往往通过不同季节的画面更迭来表现，有时也会以主人公面貌变化来表现，如上一个场景中主人公还是满头黑发，接下来的场景中却变得两鬓霜白。

10.3　影视语言的特性

　　谈到影视语言的特性，可以把画面与文字的功能进行比较。在展现客观现实的外在真实性方面，画面语言比文字语言有更大的优势。而在表现人物的内在感觉上，文字语言则显得更为自由灵活。此外，文字犹如它的概念所确定的那样，是广义的，而画面却具有一种明确的、有限的含义。画面从不表现"房子"或"树木"，而是表现"一座特别的房子""一棵特定的树木"。

　　同样用文字来进行表达，影视剧作家的思维与小说家散文家的思维是完全不同的，影视剧作家在写作时脑海里出现的是一幅幅的画面，对于他们来说，时空的概念必须是明确的，他在写每场戏的时候，必须明确故事发生的时间和地点，在组织戏剧冲突的时候，也要考虑场景方面的因素。

　　与文字不同，画面给人的感觉是直观的，但这不会减少画面本身的内涵，通过画面构思的创意，艺术家能够创造出某种适合于表达个人精神世界的意境，这种意境中所蕴含的意味经常是难以言表的，这就是我们经常说的画面的冲击力。

　　影视语言其实是由运动着的画面构成的，表现运动正是画面语言最主要的特色，也使它具有在现实时空中表现现实的可能性。正是这种运动使最早的观众看到树叶在微风中摇晃或一列火车向他们直冲而来时惊叹不已。此外音响也是画面的一项决定性元素，因为它补充了画面的表现，重现了我们在现实生活中看到的全部空间，也可以说画面拥有现实的全部（或几乎是全部）外在表现。

就画面的含义而言，画面本身具有多义性，也就是说，可以有好几种解释。由于影视工作者能够去组织画面的内容，或使我们从一个不同寻常的角度去看画面，画面就能使乍看起来只是简单再现的现实产生某种鲜明的意义。透过一个拳击手叉开着的双腿中间去看他的对手，就明显地表明后者是处于劣势中，一个倾斜的构图说明混乱的精神，一个乞丐站在糕点铺的橱窗前面就有一种远远超越简单再现所具有的含义。

因此，影视画面有一种内在的辩证法：乞丐和糕点铺建立了一种辩证法，它是以画面之间的各种关系为基础的，也就是以影视语言中最基本的概念——蒙太奇为基础的：一盆汤的画面、一具女尸的画面和一个微笑的婴孩的画面分别通过蒙太奇同演员莫兹尤辛冷漠的面部镜头相接后，同样冷漠的表情却似乎就表现为贪馋、痛苦与温柔，这就是著名的"库里肖夫效应"。

此外，影视画面给人的感觉始终是"现在时"的。由于画面是外在现实的一种片段性表现，所以它在我们的感觉中是现状，在我们的思想意识中是当时发生的事：时间的间隔只有我们介入了某种判断时才出现，只有这种判断才能使我们将某些事件作为往事去确定，或者去确定剧情中的不同镜头的时态。

10.4　影视语言的功能

影视语言作为人类思想交流的媒介，它既有纪实功能和表意功能，同时又能创造出艺术美感。

1. 纪实功能

影视语言的纪实功能是通过声音和画面来实现的。其中画面是影视语言的基本元素，它是影视剧中的原材料。就影视画面而言，一方面，它是一架能准确、客观地重现它面前的现实的机器自动运转的结果；另一方面，这种活动又是根据编剧和导演的具体意图进行的。因此，它既是对客观世界的复原，同时也渗透着艺术家个人的意念。

通过活动的画面，影视作品给我们提供了真实时空的感觉。应该说，迄今为止，还没有哪一门艺术能够像电影和电视这样把现实复现在我们的眼前。有人说，影视画面是对现实的复原，其实影视画面的真实性只有通过我们的幻觉（即视觉暂留现象）才能感觉到，有人把摄影机或摄像机比作人类的眼睛，人类用眼睛能够看到的东西，都可以被它记录下来。而从观众的角度来说，银幕或荧屏是观看外部世界的一个窗口。透过这窗口，能看到蓝天，也能看到大海；能看到瀑布，也能看到溪水；能看到大自然的美景，也能看到人类的悲欢离合……不知不觉地，仿佛置身于其中，为自然的美而感叹，为人生的幸福而快乐，为人生的悲苦而流泪。

有人说，绘画是表现空间的艺术，诗歌是表现时间流动的艺术，影视语言则是展示时空的艺术，通过人们的幻觉，它能让人物和事件在时空中流动。因而创造出了一种"完整的写实主义的神话，这是再现世界原貌的神话"。[1]

2. 表意功能

电影电视剧都是通过画面来讲述故事的，编剧在编写故事的时候总会不自觉地把自己的思想融入故事中去，他不只在讲故事，同时也是在与观众进行心灵的对话，影视语言也就具有独特的表意功能。

在艺术作品中所描写的现实只不过是艺术家心灵的载体，影视画面中同样浸透着艺术家对人生的感悟。在创作过程中，编剧选择什么样的题材，描写什么样的人物，构置什么样的情节；导演对整个戏的风格把握，对演员的挑选，对服装、化妆、道具的要求；摄影师对画面构图的把握，对景别和摄影技巧的运用，都凝聚了他们对人生、对艺术的理解和追求。可以说，影视作品中每一幅画面，不仅是对客观现实的复现，更是艺术家心灵的自我表现。这样我们就能解释，为什么同样一个题材，在不同的剧作家笔下会有截然不同的处理；同样一个剧本，经过不同的导演之手会给人不同的感觉；而同样一幅画面，由不同的摄影师或摄像师拍摄会有不同的视觉效果。

3. 审美功能

语言作为人类思想交流的媒介，人们往往只注意到它们的表意功能，却容易忽视它们的审美功能，因此才有了书法艺术。一般来说，书法的美丑对其表意功能并无任何妨碍。而在影视剧中，对画面美的追求与其表意功能却有着直接的关系。

文学同样也具有审美功能，小说家和散文家往往把自己对美的感悟通过文字的结构及它所创造和所表述的内容表现出来，这样的美感只有通过阅读才能体现。而影视语言所创造的美却是直观的，它通过画面的造型、色彩和线条直接进入我们的视野，美也好，丑也罢，都是一目了然。影视艺术家对画面美的追求是执着的，在许多影视作品里我们都可以看到，作品中的每个画面都像是一幅精美的图画。但影视剧中的画面毕竟不同于绘画，它是以活动的画面来展示这种美的，这种美也应该体现在其整体结构上。

在许多人看来，编剧的职责只是提供一个好的故事情节，把情节和对话编好就够了，这其实是一种误解。一个好的编剧不仅要会编故事，同时也应该对镜头语言有深刻的理解。与小说家不同，影视剧作家是用画面进行思维，他要做的是把故事用一幅幅的画面连接起来，他不仅仅要把故事编好，同时还要注意到画面的美感，否则就可能破坏整部片子的意境，从而失去其内在的意蕴。

1　巴赞《"完整电影"的神话》。

编剧特训营

看电影《罗拉快跑》第一段，根据剧情填写以下分镜头剧本。

镜号	景别	技巧	内容	音乐	音响

【基本要求】

1. 根据剧情填写并进行分析。

2. 可以结合自己对剧情的理解进行创作。

【作业目的】

体会和理解影视语言的特征和基本功能。

第十一章
叙事传统

经常看电影和电视剧就会发现，同样讲的是故事，不同的作品给人的感觉却大为不同：同样是历史剧，美国拍出来的可能是《罗马》，而中国拍出来的则可能是《雍正王朝》或《戏说乾隆》。同样都是反映现实的电影，冯小刚拍出来的是《芳华》，而贾樟柯拍出来的是《小武》，张艺谋早期拍的《红高粱》与他后来拍的《长城》也有天壤之别。同样都是关于朝鲜战争的电影，上个世纪五六十年代拍出来的是《打击侵略者》《上甘岭》《英雄儿女》，如今拍出来的却是《金刚川》，其中很重要的原因是所采取的叙事方式的不同。

对于任何艺术来说，叙事要解决的根本问题是：作为主体的创作者以什么样的方式表现什么样的客体世界？其中包括以下几个方面的问题。

① 艺术与商业的关系：影视剧是商品还是艺术？

② 现实与虚构的关系：影视剧是记录真实的客观现实还是表现虚幻的世界？

③ 主体与客体的关系：影视剧是以表现主体的主观意识为主还是以记录和反映客观现实为主？

正是在创作中对这些问题的观点不同，以及创作者所采取不同的表现方式，形成了影视剧的两种叙事传统，即写实主义传统和技术主义传统，也代表着影视剧中两种基本的叙事方式。

11.1 两种叙事流派

从电影的发展历史来看，尽管出现过许多的创作流派，但电影其实都是沿着写实主义和技术主义这两条路径发展着的，这两个传统的发展演变贯穿于各国电影不同时期的发展之中。从有声电影的形成期，格里菲斯和弗拉哈迪分别作为两种叙事传统的代表性人物吸引着人们的注意。有声电影问世后的成熟期，是好莱坞电影的全盛时期。这一时期的电影史基本上就是技术主义传统得到长足发展的历史。写实主义传统虽然处于次要地位，但它在法国和美国仍在继续发展。第二次世界大战后，好莱坞电影日趋衰落，技术主义传统的绝对优势开始让位于写实主义。尤其是意大利的新现实主义电影运动和以法国人巴赞等为代表的写实主义电影美学的勃兴，把写实主义传统推到一个新的高峰，使写实主义在战后西方电影中取得了主要地位。一百多年的西方电影史完全可以说是写实主义和技术主义两个传统消长变化的历史。

11.1.1 写实主义

电影中的写实主义是由法国人卢米埃尔开创的，卢米埃尔是电影的发明者，他拍摄的《工厂大门》标志着写实主义电影的诞生。那时没有剧情片，没有剧本，也不用事先编故事，不用布景，不用灯光，没有什么镜头的概念，也不用剪辑，摄影师只需把摄影机架好，把现实生活记录下来放映给观众看就是了。卢米埃尔的所有电影，如《婴儿的午餐》《金鱼缸》《水浇园丁》等，都是这样拍出来的。继卢米埃尔之后，1916 年，美国人弗拉哈迪拍摄了一部记录北极因纽特人生活的影片《北方的纳努克》，他在拍摄过程中没有任何方案，只拍他感兴趣的镜头，并希望被摄对象与他配合，以拍出更真实的生活，奠定了写实主义在电影史上的地位。20 世纪 30 年代，英国以格里尔逊、保罗·罗沙、巴锡尔·瑞特为代表的纪录片运动，发扬了写实主义传统，反对虚构故事和人工布景，主张记录具有创造性的真实生活场景。有声电影出现后，法国导演让·雷诺阿在 20 世纪 30 年代拍摄了以《托尼》为代表的一批影片，尽量使用外景，采用纪录片手法，用深焦距和长镜头表现自然景物和人物，镜头也不做细致剪接，要求演员根据自己的特点塑造角色。雷诺阿的理论和实践对写实主义发展起到了承前启后的作用。第二次世界大战以后，以意大利新现实主义电影为代表的写实主义电影有了新的发展，到了 20 世纪 50 年代，法国和美国出现了所谓的"真实电影"，要求导演直接拍摄生活中具有戏剧性的事件和人物，这就是所谓的"纪录剧情片"。到了 20 世纪 60~70 年代，写实主义高度发展，出现了如生活流等现代主义电影。

写实主义理论上的代表人物是法国的安德烈·巴赞和德国的齐格弗里德·克拉考尔。巴赞从照相本体论出发，认为电影是通过机械把现实记录下来的 20 世纪的艺术，是照相艺术的延伸，主张客观地记录生活，反对用比喻、强调、暗示，把抽象思想强加给观众，主张用深焦距和长镜头表现活动的画面的"空间真实"，认为蒙太奇并不能给观众带来真实感，是文学性和最反电影的手段。克拉考尔则认为写实主义电影不是剪辑或其他形式的产物，只是记录物象的真实，提示现实世界的固有内涵，而不表现一切内心生活、思想意识等主观意图。

11.1.2 技术主义

电影中的技术主义流派和写实主义电影流派一样源远流长，以美国好莱坞电影为代表的技术主义流派一直称霸世界影坛，俨然成为世界电影的主流。

技术主义电影的开创者就是法国人梅里爱。梅里爱原本是个魔术师，后来才拍了电影，据说有一次他到外面拍摄街景，因摄影机故障停转了几分钟，后来放这部电影时，发现银幕上一辆马车突然变成灵柩车，男人突然变成了女人，这激发了他魔术师的灵感，他意识到电影技术所具有的魔术般的力量，并发明了许多电影特技如慢动作、快动作、叠化、停机再拍等，也拍摄了神话、传说、历史故事，以及幻想片、犯罪片、梦幻片。后来美国人格里菲斯拍摄了《一个国家的诞生》《党同伐异》等，在电影技巧上有很大的创新，比如他第一次用了类似蒙太奇的剪接手法，由若干镜头组成一个场景，再由若干场景组成一部影片，同时他突破了舞台的时空美学观念，使电影成为独立的艺术。技术主义流派中的蒙太奇理论的真正确立和深化则应归功于苏联导演爱森斯坦和普多夫金。

所谓技术主义，就是把技术放在首位。他们十分重视电影拍摄的完整性和精美，主张通过蒙太奇等技术手法对生活不断进行新的组合和精心设计，在艺术想象和虚构中根据故事情节发展的需要进行剪裁，安排以假乱真的景物，加上演员的精妙表演，使观众在欣赏电影时产生一种艺术幻觉。

11.1.3　现代主义与两大电影传统

在西方电影中，现代主义可说是两大电影传统之外的另类。现代主义是 19 世纪末到 20 世纪初在欧美国家陆续出现的以现代派自称的文艺流派的统称。其中影响较大并同电影有紧密关系的有表现主义、超现实主义等。现代主义主张在文艺创作过程中摆脱理性的束缚，用非理性的直觉、潜意识活动、意志等原始力量在作品中体现创作者真正的"自我"，强调创作者要在作品中表达出自己对事物的直接的原始的感受，不要经过理性的综合概括，在发展过程中彻底否定情节结构、人物行为动机、性格发展逻辑、形象的比例尺度、色彩的合理配置等一切"旧文艺"的"程式"。现代主义电影在技巧上的特点是否定传统的情节结构，主张用事件的无逻辑组合（生活流手法）或非理性的意识活动（意识流手法）来代替或打乱逻辑的情节结构，经常用跳接、自我介入或其他主观随意手法来破坏传统的技法。代表性作品有罗伯特•维内的《卡里加里博士》、戈达尔的《筋疲力尽》、特吕弗的《四百击》、雷乃的《广岛之恋》、雷乃和罗布 - 格里耶的《去年在马里昂巴德》等。

从本质上说，现代主义电影并没有完全脱离两大叙事传统，现代主义所强调的对个人内心世界的探索，或创作者个人的自我表现，要求运用电影艺术的独特表现能力如实地反映人的意识的自然流动或日常生活的本来面目等，在本质上是符合写实主义传统的，可以说是写实主义的一种极端表现。而那些纯粹形式主义的实验电影，则可以看作是技术主义的极端表现。

11.1.4　两大叙事传统对电视的影响

尽管电视剧在发展过程中并没有经历过那么多所谓的运动，也没产生过那么多的流派，电视剧和电影也是不同形态的艺术，但电视剧毕竟是在电影的基础上产生的，与电影有着无法割舍的关系，同样作为视觉影像艺术，它们在叙事方式上并无本质区别，写实主义和技术主义两大叙事传统同样贯穿着整个电视的发展史。

电影用胶片拍摄，成本较高，电视剧用录像带拍摄，成本较低，摄像机也比电影摄影机要轻巧得多，胶片需要洗印才能播放，而录像则可以同时传输并播放，所以电影主要用于拍摄现实的纪录片和虚构的故事片，而电视既可以拍摄纪录片和故事片，也可以拍摄时事新闻和用于各种娱乐活动，甚至可以采取现场直播的方式。如今，随着数字技术的发展，很多电影和电视剧都同样采用数字摄像机进行拍摄，而随着电视屏幕越来越大，很多电影手法也被运用到电视剧的拍摄中，电视剧与电影的距离也在不断地拉近，很多电影的概念和创作手法也就自然而然地在电视剧中沿袭了下来，其中当然也包括两大叙事传统。

11.2　两种叙事传统

尽管电影史上有很多艺术流派，提出了不同的艺术主张，但对影视剧影响最大的是写实主义和技术主义这两大流派，也形成了影视剧的两大叙事传统。

总体来说，欧洲电影主要沿袭卢米埃尔开创的写实主义叙事传统，而以美国好莱坞为代表的商业电影都是沿袭了梅里爱开创的技术主义叙事传统。在我国，早期电影是以商业电影为主，主要属于技术主义电影。1949年以后，现实主义电影是主流。以张艺谋、陈凯歌为代表的第五代导演也是遵循现实主义的创作路线，而以王小帅、贾樟柯为代表的第六代导演采用纪录片的方式拍摄故事片，明显是继承了欧洲写实主义的传统，张艺谋和陈凯歌后来也拍了商业片如《英雄》《长城》《无极》等，转向技术主义电影。港台的商业电影也都是遵循着技术主义的叙事传统，但王家卫、侯孝贤等导演的作品更接近写实主义。

就电视而言，写实主义和技术主义一直都是共存的，数字技术的发展使电视能够更便捷更低成本地记录现实生活，也为创作者的想象插上翅膀。就现代数字技术而言，只要能够想象到的，都可以通过技术手段真实而完美地表现出来，其实在很多电视剧中，写实主义和技术主义得到了很好的融合。早期中国的电视剧基本上采取的是写实主义的创作方法，那时候电视剧更多强调其政治功能和教化作用，要求表现典型环境中的典型人物。后来随着市场发展，电视剧的商品功能得到重视，开始按照市场的需求生产电视剧，拍摄了很多商业性很强的类型剧，有些作品也融合了写实主义和技术主义的创作方法。近年来，随着互联网的发展，创作出很多玄幻剧、神话剧等脱离现实生活、带有梦幻色彩的类型电视剧。相对于中国的写实主义传统，港台剧则一直把电视剧作为商品，他们的作品也更接近于技术主义传统。

影视剧作为艺术，无论遵循什么样的叙事传统，采取什么样的叙事方式，都是要更好更深刻地反映生活，表现对社会对人生的理解和看法，只不过创作者对人生和对影视剧的理解不同，采取的视角和表现方法不一样，所以才会形成不同的创作流派和叙事方法。

写实主义和技术主义这两种流派，贯穿了整个世界电影和电视剧的发展史，形成泾渭分明的两种叙事传统，具体来说，它们之间的分歧其实主要表现以下几个方面。

1. 艺术或是商品

电影和电视剧都具有商品属性和艺术属性，它既是商品也是艺术。不能说写实主义是艺术，而技术主义则是商品，但相对而言，写实主义似乎离艺术更近一些，而技术主义则更多把影视剧当作商品，把它的商品属性发挥到极致。

写实主义把真实地反映现实生活看作是艺术的根本，在他们看来，所有的电视技术手段都是为更加真实地反映现实生活，对生活的反映越真实就越接近真正的艺术。而技术主义把电影和电视剧都看作是商品，在他们看来，市场和观众的需求才是最重要的，他们根据观众兴趣和口味来拍摄电影和电视剧，把电影和电视剧创作纳入规范化的生产流程，分工精细，编剧是流程化的，生产更是流程化的，生产出来的也是按照市场标准制作出来的类型化产品。虽然不能说这样就不能创作出真正的艺术作品，但在很多情况下，它离所谓的艺术的确有些遥远。

2. 现实或是梦幻

影视剧都具有纪实功能，迄今为止，没有哪一种艺术能够像影视剧这样记录下人类真实的生活情景，同时它们也可以假乱真，创造并记录下创作者主观臆想中梦幻式的生活。如果说写实主义电影关注的是现实人生，而技术主义更热衷于为人类制造梦想，更乐于用想象和幻想为观众营造一种理想化的生活，让观众在梦幻世界里获得快感，得到娱乐。

在写实主义者看来，真正的艺术就是对生活真实的模仿，他们把这种真实强调到了极致，认为电影是照相艺术的延伸，电影只需把现实生活原原本本地记录下来就可以了，不允许有创作者的主观意识，也没有必要对生活进行提炼、加工，他们反对典型化，更反对人为的戏剧化。

如果说写实主义看重的是电影的纪实功能，而技术主义者则更看重电影的造梦功能和娱乐功能。对他们来说，电影就是一种娱乐工具，是否摹写现实并不重要，所摹写的生活是否真实也不重要，重要的是通过电影技术把生活戏剧化、魔幻化和梦幻化，从而把观众带入到一种如梦如幻的境界中，使他们陶醉，使他们的情感得到满足。他们往往沉醉于各种各样制造幻想的技术，使生活戏剧化乃至魔幻化，表现的是超越现实的生活，人物也是理想化的，是梦幻化的现实。

3. 以主观为主或是以客观为本

任何艺术都是作为主体的创作者对外在世界的反映，影视剧也不例外，但在对主体和客体的关系上，写实主义与技术主义有着不同的观点和不同的态度。按照写实主义的观念，电影就是照相技术的延伸，是对物质世界的复原，其中要尽可能地避免掺杂进创作者个人的主观意识。对于电影来说，只需用摄影机尽可能真实地记录下来就可以了，而个人主观意识的加入可能会破坏外面世界的完整性和真实性，他们之所以强调采用深焦距和长镜头，就是想尽可能地将创作者的主观意念排除。而在技术主义者看来，电影就是一种产品，就是一种娱乐工具，表现什么样的现实并不重要，是否真实也不重要，重要的是要让观众看得高兴，能够吸引住他们，打动他们。在他们眼里，电影就是一种技术，凭借蒙太奇的剪辑手法，凭借各种各样花样翻新的特技，以及不断发展着的现代科学技术，上天入地，无所不能，他们可以凭借自己的想象和幻想创造并不存在的虚幻世界，通过强烈的视觉感应，把观众也带入梦想的世界当中。即便很多故事来自现实生活，也是通过想象进行过精选、提炼和改造过的现实，其中人物是梦幻式、理想化的，生活也是理想化的，高于真正的现实生活。技术主义更强调影视剧的造梦功能和娱乐功能，所以人们把好莱坞叫作"梦工厂"。

艺术是要反映现实生活的，但并不是反映了现实生活就能成为艺术作品，也不是对生活的模仿得越逼真就越艺术，艺术也不一定就是要反映现实的，古希腊神话、但丁的《神曲》，还有中国的古典小说《西游记》表现的都不是现实的生活，他们描写的是幻想中的生活，但并不妨碍它们成为真正伟大的艺术作品。所以，不能简单地把写实主义看作艺术，而把技术主义摒弃在艺术之外。事实上电影原本就是一种技术，技术只是表现艺术的手段而已，现代很多电影作品都是完美地融合了两种传统的，很多好莱坞的电影都是按照技术主义的方式创作出来，如《乱世佳人》《泰坦尼克号》《拯救大兵瑞恩》《血战钢锯岭》等，而这些作品也完全可以进入艺术电影的范畴，只有借助现代不断发展的电影技术，才有可能更真实地反映现实。

所谓艺术流派都是基于对艺术的不同层次的理解，他们从不同的视角采用不同的方式来反映现实和表达自我，很多时候，他们提出的艺术主张和创作方式有些偏颇，或过于极端，却在不同程度上加深了我们对艺术的认识并丰富了艺术的表现方式，事实上，今天的电影很难简单地用写实主义或技术主义来进行概括，现代电影已经很大程度上融合了各种流派的技术和创作手段，是对传统艺术流派的继承和发展。

11.3　两种叙事传统对影视剧创作的影响

从市场角度看，绝大多数主流电影和电视剧都是按照类型来生产的，主要采取的是技术主义的叙事方式。在当今世界，以好莱坞为代表的类型电影基本上属于技术主义，在印度、日本、韩国等，商业电影主要是类型电影。在我国，除了纪录片以外，采用写实主义传统叙事的电影和电视剧并不多见，在我国电影中，《黄土地》和贾樟柯的《小武》《三峡好人》等是比较接近传统写实主义创作手法的，属于小众电影。电视剧中除了《征服》《九一八大案纪实》等纪实性电视剧以外，也多是采用技术主义创作手法。中国第四代电影导演的作品，以及张艺谋、陈凯歌早期的作品更多采取的是现实主义的创作方法，现实主义是从写实主义脱胎而来，要求表现典型环境中的典型人物，有较强的功利性。

由于对电影的理解不同，所采取的表现手法也不一样，写实主义和技术主义在创作上也表现出不同的特征，其中更多地表现在题材与叙事方式两个方面。

11.3.1　故事题材选择

主流电影和电视剧都是根据市场需求并按照类型来生产的，根据类型的要求来选择故事题材，纪实性电影和电视剧在市场上并不占优势，要求有纪实性，制作成本也不高，在题材选择上也有独到之处。

● 故事特征

主流类型电影和电视剧在选材上比较注重故事性，戏剧性强、情节曲折乃至关乎人物生死的故事题材更容易受到青睐，而纪实性电影原本就是反对人为编造戏剧性的，选择的故事往往情节很简单，故事很平淡，但很有深意。电影《黄土地》的故事就很简单，写的是生活在黄土地上的一个爱唱歌的女孩为寻找自由而死去的故事，贾樟柯的电影《小武》写的是一个小偷的生存状态，而《三峡好人》讲述的是一位从山西来的煤矿民工到三峡寻找前妻和孩子，以及另一位同样来自山西的护士到三峡寻找丈夫的故事。这样的故事，与其说是故事，不如说是人物的生存状态。对于主流类型电影来说，未免过于平淡，太缺乏故事性。

主流类型电影和电视剧是按照产品要求来生产的，讲故事的同时要使故事功能化，也难免会导致故事的模式化，什么样的类型讲什么样的故事，容易导致故事的同质化。而纪实性电影和电视剧要求真实地记录生活，而生活本身原本就有各种可能性，因而很难套用那些模式化的故事。

● 故事形态

类型电影和电视剧采用的故事可以是大情节，也可以是小情节或中情节，而纪实性电影和电视剧多以小情节为主，人物和事件都较为常态，甚至有意避免所谓的戏剧性，纪实性电视剧则经常以戏剧性较强的犯罪案件作为题材，采取的是大情节故事。

● 高概念与低概念

主流类型电影多是高概念电影，故事比较简单，主题明确，经常在相对简单的概念下发展出足够复杂的人物和故事，其故事一般可以用一句话来加以概括，如《泰坦尼克号》讲述的是发生在泰坦尼克号沉船事件中的一位穷画家和一位贵族小姐之间的生死恋情，而《拯救大兵瑞恩》讲述的是一队士兵拯救一位普通士兵的故事，有明确功能性，有卖点，能够迅速地吸引观众。纪实性电影和电视剧，要求真实地反映现实，不刻意追求故事的戏剧性，尽可能保持客观真实，其故事的功能性不是那么明确，其中的含义也不是那么明显，《三峡好人》只是记录了一个山西男人到正在搬迁的山峡地区寻找前妻及孩子以及一个女人来寻找丈夫并要与他离婚的故事，而故事里的含义则需要观众细细品味。

11.3.2　叙事方式

主流类型电影和电视剧是按照市场要求定制的商品，要求迎合观众的口味，而纪录性电影和电视剧把真实反映现实作为主旨，更倾向艺术化，两者在叙事上自然也有所不同。

● 戏剧化

对于主流类型电影和电视剧来说，叙事不是记录事件的过程，而是要把生活戏剧化和梦幻化，叙事首先是对生活的提炼，如格里菲斯所说："电影是把平淡无奇的片段切去后的人生。"其次，叙事就是要把平淡无奇的生活进行改造和重新组合，使故事戏剧化，把它按照故事的逻辑组织起来，成为有头有尾、组织严密、发展线索完整连贯地展示事件发展和人物命运的情节链条，在这里，每个情节都有目的性，都有看点。纪实性电影和电视剧则是反对戏剧化的，因为生活原本就是平淡无奇的，他们不愿意为了追求戏剧性而人为地改造生活，宁愿从平淡的生活中挖掘出诗意来。在那里，生活是自然流动的，既不做作，也不夸张，就像生活本身一样。电影《三峡好人》的故事原本是很平淡的，一位潦倒窝囊的男人去寻找自己的前妻和女儿，整个故事看不到什么冲突，人物命运也始终没有变化，只是最后主人公做了个决定，要把前妻"赎"回来，然后就领着几位工友到山西当矿工去了。如果按照类型电影叙事来说，故事中是有情节点的，一是主人公与前妻见面应该是有冲突的，主人公与包养前妻的那个男人之间也应该有冲突，还有另一位主人公与丈夫见面，都是所谓的情节点，但导演没有故意强化这种矛盾，而是很冷静地把它淡化了，而故事的戏剧性更多地体现在细节上，比如当女人与丈夫跳过舞之后提出离婚，丈夫听了，虽然有些吃惊，但只是很平静地问了一句："想好了？"似乎有一种解脱的感觉。

● **类型化与典型性**

在主流电影和电视剧中，人物多是类型化的，一方面，一般人物都是按照类型的特点来设计人物和人物关系；另一方面，类型中的人物很多都是非常态的人物，要么是超越常态的英雄和强者，要么就是低于或异于常态的人物，如性格怪异、身体伤残或有智力障碍的小人物，为了强化故事的戏剧性，故意强化人物的某种性格，使人物变得扁平化，经常是好人好到极致，坏人也坏到极致。而在纪实性电影和电视剧中，主人公都是些小人物，平常得不能再平常，性格也如生活中的真人一样，性格很平淡，如《小武》中的小武是个小偷，《三峡好人》中的男主人公是个普通的煤矿工人，平淡的人物也就导致故事的平淡，但这种平淡其实就是生活的真实性所在。

所谓典型性是指在人物个性中表现出人类共性，揭示出社会及人性的本质。类型电影和电视剧中，虽然并不十分强调塑造人物的典型性，更注重人物的类型化，但很多优秀电影和电视剧中的人物是具有典型性的，如《亮剑》中的李云龙、《士兵突击》中的许三多等。纪实性电影和电视剧中的人物一般都不具有典型性，他们通常都是小人物，并没有经过典型化的处理。

● **情境设计**

在类型电影和电视剧中，为了强化故事的戏剧性，除了把人物变得非常态以外，还经常为人物设计出一个又一个戏剧性的情境，要么给人物设置阻力，要么使人物陷入困境乃至绝境，让人物面临艰难的抉择，同时试图不断改变人物的命运轨迹。而纪实性电影和电视剧则总是把人物放在平常的生活情境中，让生活自然而然地流动，并不人为地给人物制造阻力，也不人为地把人物推入困境，就像现实生活本身一样。

● **故事节奏**

在类型电影和电视剧中，故事通常都是递进式的，由一个事件引出另一个事件，随着剧情的跌宕起伏，人物命运也不断发生改变，情节节奏也很快。而纪实性电影和电视剧更重视事件的自然进程，有时似乎故意放慢节奏，让故事沉淀下去，使故事中的意味慢慢显露出来。

编剧特训营

看电影《三峡好人》，设计一段男主人公与女儿见面的场景。

【基本要求】

1. 设定女儿的性格及两人见面的场景。
2. 按照纪实性电影来设计情节。

【作业目的】

学习和体会纪实主义和技术主义的叙事特征及对剧本创作的影响。

第十二章
叙事结构

在确定了故事题材后，编剧就要开始考虑怎样把这些故事素材组织起来，使之成为一种整体性的故事结构。

影视剧的故事结构可以从两个方面来理解：一是故事的横向结构，就是要确定由几个故事组成，故事间关系是怎样的，怎样把两个故事有机地组织在一起；二是故事的纵向结构，考虑的是故事怎样开头，怎样发展，怎样把剧情推向高潮，怎样结尾。

12.1 横向结构

一部电影或电视剧有的只有单个故事，单一的故事线索，采取单线结构，而有的则可能由多个故事组成，有多条故事线索，采取的是复式结构。

12.1.1 故事维度

单一维度的故事，结构相对比较简单，故事沿着单一线索发展，结构也是单线式的。在由多个故事组成的电影和电视剧中，多条故事线有主次之分，多条故事线之间可以相互交织或相互关联的，也可以平行发展，可以是相同时空发生的故事，也可以是发生在不同时空的故事。

电影受时长限制，故事相对比较简短，一般都是围绕单个事件或者单个人物的命运展开故事剧情，通常都是一条故事线一贯到底，如《战狼2》《红海行动》都是围绕海外拯救人质的事件来展开故事情节，《摔跤吧！爸爸》就围绕父亲培养女儿来写，《小萝莉的猴神大叔》就写了印度青年送巴基斯坦小女孩回家的故事，并无旁枝末节。当然也有多个故事多条故事线相互交织的，电影《美丽人生》其实是讲了两个故事，前半段讲的是男女主人公恋爱的故事，后半段讲的是男主人公与儿子在集中营里发生的故事。《妖猫传》也是讲了两个故事，现在发生的故事是空海和白乐天破获妖猫案的故事，过去发生的故事则是杨贵妃之死的真相及白龙化身妖猫为杨贵妃复仇的故事，后者是故事的主线。《无问西东》则讲述了发生在不同时空的 4 段不同的故事，故事之间人物和事件都无直接的关联，平行发展。

电视剧故事延续时间较长，结构相对复杂一些。有的电视剧也是采取单一故事、单线结构，如《国家行动》《破冰行动》《琅琊榜》都是围绕单一事件展开情节的，《士兵突击》《贫嘴张大民的幸福生活》《亮剑》都是围绕主人公命运展开情节的，都是单一线索。而《历史的天空》《人间正道是沧桑》有多条故事线相互交织，《暗算》则是由三个相互之间并无关联的发生在不同时空的故事组成。

12.1.2 叙事维度

叙事维度主要是指对人物和事件所采取的视角，人的生活原本是多维度的，有社会生活，有家庭生活，有事业，也有个人爱情生活。有的故事是采取单一维度视角，或只写人物的事业线并不牵涉个人生活或爱情，或只写人物的感情生活并不涉及他的事业。有的故事采取全方位的叙事角度，有的采用叙事人的视角，有的把视角集中在主人公身上。

很多采用大情节故事的电影都是采取单一视角，电影《泰坦尼克号》只是写了男女主人公的爱情，《拯救大兵瑞恩》也只写战争并没有强加所谓的爱情线，有些采用小情节或中情节故事的电影则往往表现人物多维的人生，《血战钢锯岭》既写了主人公在战场上救人成为英雄，也写了他的爱情生活，故事的视角始终放在主人公身上，而不是采用多维视角写他们的敌人或对手。

电视剧故事篇幅较长，对人物和事件的表现也较为丰富。无论是对人物的刻画还是对事件的叙述上，经常采取多维视角，多角度表现人物和事件，《贫嘴张大民的幸福生活》就是采取多维视角，既写了张大民的爱情，也写了他的家庭生活，还写了他的事业。在故事叙述上，有时从张大民的角度切入，有时从李云芳身上切入，还有时从张大军或张大妈身上切入，从而也从多个视角全景式地表现这家人的生活。

12.1.3 故事结构

故事结构如同人的骨骼，把故事各部分或各方面的内容有机地组织起来，形成一个完整的故事整体。

1. 基本结构方式

电影和电视剧大致有 3 种故事结构方式：一是单线结构，二是复线结构，三是板块式结构。

① 单线结构

一般围绕一个人物或一个事件展开故事情节，可以是单一视角、单一维度，如电影《小鞋子》中的全部故事都是围绕主人公丢失鞋子以后发生的故事。也有采取多视角多维度的，如电影《无间道》就是从多个视角切入的，有时是从刘建明的视角，有时是从陈永仁的视角，有时是从韩琛或者黄志诚的视角。电视剧《贫嘴张大民的幸福生活》写的是张大民一家人的故事，却是从多个视角切入，表现人物生活的各个维度，爱情、事业、家庭生活等。

② 复线结构

有多个故事和多条故事线索，根据故事之间内在的逻辑关系组织结构，一般有以下几种结构。

● 复线平行结构

故事之间人物、事件并没有直接的关联，多条故事线并行发展，相互之间并无交织，但存在着某种内在的逻辑关系，如电影《无问西东》有 4 条故事线，讲述了 4 个人物的故事，这 4 个人处于不同的时期，相互也不认识，相同的是他们的身份，都是清华大学毕业的，他们在故事中表现出了相似的命运和相似的精神品质。

● 复线交互式结构

两个或多个故事当中人物和故事之间有交织，发生在共同的时空中，或两条皆主线，或有主有次，或相互对立，或相互补充，或相互铺垫，或相互推进，形成完整的故事情节。如电视剧《历史的天空》《人间正道是沧桑》都是采取这种结构。

● 时空交互式结构

不同时空的故事相互交织在一起，形成完整的故事情节，如电影《贫民窟的百万富翁》就有两个故事，一个是现在时空发生的故事，即主人公因参与电视节目而成为百万富翁的故事，另一个是过去时空中发生的故事，即主人公与两位小伙伴在贫民窟的经历。

③ 板块结构

几个故事以板块的形式组合在一起，形成完整的故事，如电影《暴雨将至》、电视剧《暗算》都是采取这种结构模式。

2. 故事结构原则

电影采取什么样的结构形式，一是取决于故事本身的逻辑关系；二是由编剧对故事的理解及所要表达的意念所决定。

编剧研究题材和构思故事的同时，就会想到要采用什么样的结构方式，很多结构其实就存在于故事的本身，譬如两个故事都发生在同一时空之中，两条线索交织在一起，编剧只需把两条故事线按照时空顺序排列起来就可以了，编剧在编写一条故事线的时候也会想着那条线上的人物正在做什么，然后把那边发生的故事穿插进来，结构很自然，生活本身就是这样。

编剧对故事题材经常会有自己独特的理解，为了表达自己的意念，会采取某种独特的故事结构。电影《无问西东》是为清华大学的校庆而创作的，有很强的功能性和目的性。创作者很明显是要表现今天大学中所缺失的大学精神，这样的意念通过某个故事是很难实现的，选择了不同时期 4 个有代表性的人物，通过他们在人生某个特殊时期，面对个人和国家，面对私利和正义之间所做出的选择以及他们个人的命运，表现了知识分子追求真理追求正义良知的精神。电视剧《暗算》根据同名小说改编，原小说由相对独立的 5 个故事组成，要把这样一部小说改编成电视剧，编剧面临着很大的困难。倘若按小说那样把 5 个故事照搬到电视剧中，很难统一结构。倘若只是选取其中的一个故事加以扩展，厚重度会减弱，对题材本身也是浪费。创作者很聪明，从 5 个故事选择了两个故事，又创作另一个故事，3 个故事虽然也是独立成篇却有内在的一致性，写的都是"由不可能完成的任务引出的谍报战英雄人物"，同时通过人物之间的某些关联，使故事成为整体。

美国电影和电视剧经常采取倒叙的方式，如《泰坦尼克号》《忠犬八公的故事》等，这种方式可以拉近所讲述的过去的故事与现代观众的距离。有些电影和电视剧则从最精彩的剧情开头，如电视剧《绝命毒师》中第一场戏就写杀了人的主人公赤身裸体开车在荒漠上飞驰，然后下了车，绝望地对着摄像机向妻子和儿子做最后的告别，警车飞驰而来，主人公举起了枪……然后再倒回去叙述 3 周前发生的事，这样叙事也是为了先声夺人，把观众吸引住。

12.2　纵向结构

叙事结构也就是电影和电视剧故事的纵向结构，是故事从开头、发展到高潮和结尾的情节发展过程。

电影和电视剧都是要用影像来复现真实的生活场景，故事进程受到时空的限制。电影和电视剧都是通过场景来再现情节进展的，每个场景由若干个镜头组成，每个事件一般要由若干场戏组成，一部电影或每集电视剧一般由若干个小事件组成，事件与事件之间相互推进，把故事推向高潮，直到结尾。

12.2.1　故事形态与叙事结构

一个完整的故事总是有开头、发展、高潮和结尾，有起承转合，但不同的故事形态的叙事结构却有不同。

大情节故事一般以事件为主导，以事带人，此类故事往往围绕一个大的事件展开故事情节，如《拯救大兵瑞恩》写的是一队士兵拯救瑞恩这件事情的前因后果，他们在完成任务的过程中碰到许多阻力，发生过冲突，形成了一个个情节点，这些情节点连在一起，形成从开端、到发展、到高潮和结尾的整个情节链，成为完整的故事情节。

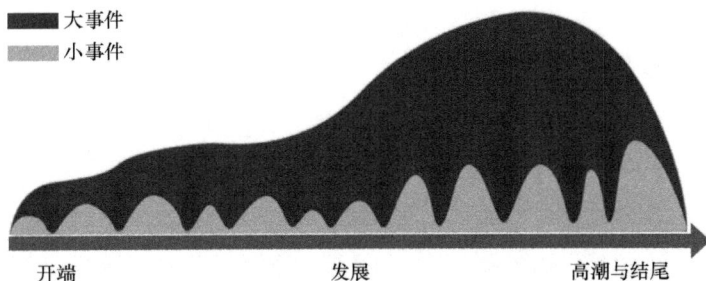

图 12-1　大情节故事叙事结构图

小情节故事以人物为主导，围绕人物来展开情节，一般都是小事件切入，由一个小事件催生出另一个小事件，推动剧情发展，形成情节链，展示人物命运发展的轨迹。如电影《小武》全片没有一个贯穿始终的大事件，写的全是主人公小武的生活琐事。电视剧《贫嘴张大民的幸福》也是如此。

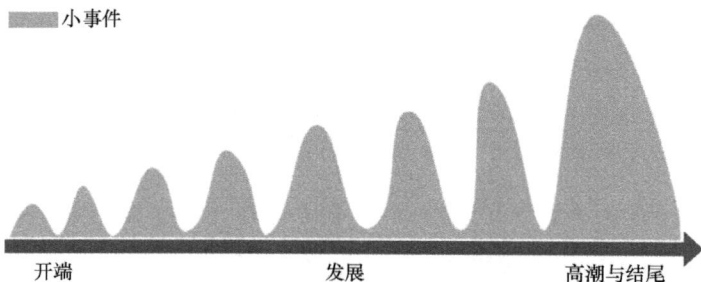

图 12-2　小情节故事叙事结构图

中情节一般也是有大事件的，但往往从人物切入，或者写大事件中的人物命运，把大事件作为背景。电影《血战钢锯岭》看上去是以事件为主导，但编剧却从主人公视角作为切入点，写他小时候的经历、他的家庭和他的爱情，也为他后面在战争中的行为做了铺垫。

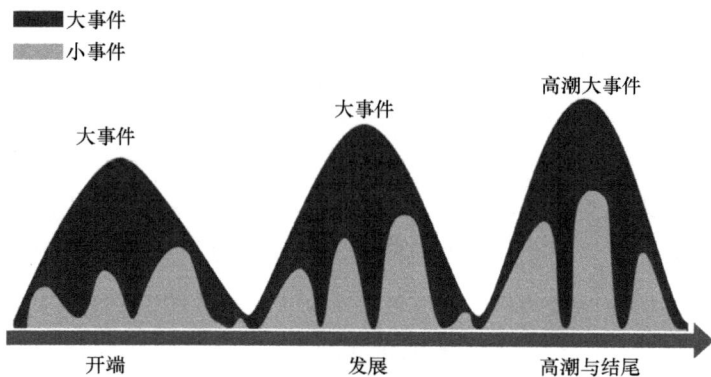

图 12-3　中情节故事叙事结构图

12.2.2　电影叙事结构

电影剧本结构的定义是：一系列互有关联的事变、情节和事件按线性安排，最后导致戏剧性结局。

三幕剧结构被认为是电影最为经典的叙事结构。三幕式剧作结构是指电影一般由开端、对抗和结局这三幕组成。一般来说，电影前 10~20 分钟为开端部分，导入事件和人物；此后 20~30 分钟之间是对抗时期，应该设置一个让主角经历的"情节点"，让他（或她）有一个必须实现的目标（戏剧性需求）；而在电影进行到一半左右，角色必须争取或反抗，以实现他（或她）的目标；影片的最后阶段则用于描述主角的抗争高潮，最终实现（或无法实现）他（或她）的目标，表现故事的最终结果。

三幕剧结构其实与平时所说的故事从开头、发展、高潮和结尾的发展过程并无本质区别，而其中创作规则更适用于那些以事件为主导采用线性结构的大情节故事，而对于那些小情节故事却未必都能适用，电影《小武》的主人公从头到尾都没有所谓的目标，在《忠犬八公的故事》中，全片故事中也没有什么明显的对抗。

对于大多数电影尤其采取大情节故事的电影来说，三幕式结构算得上是经典的电影叙事结构。

● **第一幕：开端**

故事的开端至关重要，它是整个故事的基石，这个基石铺得好不好，扎实不扎实，对后面故事的影响至关重要。

故事开端是整个故事的引领，其实就为整个故事布局，这个局布好了，后面的故事就自然而然走得很顺，这个局布得不好，后面的故事就会很别扭，甚至没法走下去。

所谓故事布局其实就是为主人公设置一个戏剧性情境，决定主人公是在怎样的处境下生存，他会产生怎样的欲望，他的行动目标是什么，他会采取怎样的行动，这也将决定故事的品性、剧情的形态及整个故事的结构。

情境的戏剧化很大程度上取决于对于主人公欲望及其行为所形成阻力，以及对抗程度的大小。故事的开端部分其实是要为故事建构动力系统，如同安装一台发动机，所建构的情境引发人物的欲望越强烈，目标越艰险，受到的阻力越大，引发的对抗越激烈，戏剧动力越充足，人物的处境越艰难，人物行动的力度越大，情节力度就越大越激烈，越能引起观众对人物命运的关注，也越能引发观众对剧情的好奇心。

要使故事有个好的开端，最重要的是要找到故事的切口并设计好开头的激励事件。

➢ 故事切口

故事的切口就是故事的切入点，一般说来，故事的切入是为了尽快地引发开端的激励事件，使剧情得以尽快展开。

故事往往从"破局"开始，生活原本是平静的、和谐的，却因为某件事情打破了生活的平静，和谐的生活被破坏，脱离了原有轨道，人物命运从此发生改变，这其实是所有故事的开端。

一般说来，电影往往都会从某个激励事件切入，或者交代事件的背景，或者交代事件发生的原因，或者作为事件的铺垫。在电影《肖申克的救赎》中，故事开头的激励事件是主人公因杀妻嫌疑被判入狱，故事是从主人公坐在汽车里往手枪里装子弹切入的，接着是法庭审判的画面。在电影《拯救大兵瑞恩》中，故事是从瑞恩带着家人到墓地吊唁战友切入的，但这只是个引子，真正的故事是从主人公参加的诺曼底战役中那场惨烈的战斗场面作为切入口的。在电影《小鞋子》第一个镜头是一个鞋匠修鞋子的画面，紧接着就是主人公去菜摊买菜丢了鞋子，这也是本影片开头的激励事件。

> 激励事件

在电影或电视剧中，激励事件的作用在于激化矛盾冲突，增强故事动力，推进剧情及人物命运向前发展，起着催化剂或润滑剂的作用。

在电影中，故事开端一般都会有一个较大的激励事件，这个激励事件将引领整个故事的走向，不仅担负着导入事件、导入人物和人物关系、导入戏剧冲突的职责，也为整个故事定性和定调，最终目的是导入观众并吸引观众。

一般说来，故事开端阶段的激励事件，就是要为整个故事装配一套动力系统，所谓故事的动力其实就是故事中人物尤其是主人公的欲望动机或任务，所谓激励事件就是能够激发主人公行为动机的事件，对主人公的刺激越深，其激发出的欲望越强烈，任务越艰险，故事的动力就越充足。

激励事件往往要打破原有生活的平衡，带有一定的偶然性，对主人公来说，往往是对原有生活的撕裂或破坏，人物关系由此而发生改变，生活也脱离了原有的轨迹，而这正是故事的开始。

激励事件无所谓大小，重要是引发人物的欲望，打破原有的平衡，改变人物关系并使人物产生行为动机，乃至人物的命运发生改变。电影《教父》第一部的故事是从柯里昂女儿的婚礼开始的，这是故事的切口，但真正引领剧情发生裂变的却是教父柯里昂被刺杀，正是这个事件引发了后来所有的事件以及人物命运的变化。在电影《钢铁侠》中，主人公被恐怖分子劫持是激励事件，正是因为这个事件，主人公产生了动机，真正有了人生的使命，由此命运发生转折，故事也得以展开。而《小鞋子》的故事则是从主人公弄丢了妹妹的鞋子开始的，这部影片的剧情都是围绕主人公寻找鞋子来展开的，重新拥有一双鞋子是他的动机，也是他的目标。

● 第二幕：对抗

故事往往就产生于人生中那些意想不到乃至超乎预想的变化之中，这种变化往往又因为人的行为遇到了阻力或障碍，人物在克服阻力或障碍的过程中就会产生相互对抗，由此引发矛盾冲突，这也是戏剧的基础。

在电影中，故事的开端部分人物产生了动机，产生出行为目标。主人公在行动的过程中可能会遇到阻力，于是产生了戏剧冲突，主人公冲破阻力的过程就有可能成为故事中的情节点，这些情节点连在一起，成为展示人物性格和命运并推动故事发展的情节链。在印度电影《摔跤吧！爸爸》中，主人公是位摔跤爱好者，一心想当一名专业摔跤手参加奥运会为国争光，但因为年龄已过，没有机会，于是想生下儿子来把他培养成摔跤冠军以实现自己的梦想，没想到却遭遇到种种阻力，这些阻力也形成了故事的情节点。他想要训练自己的儿子为摔跤冠军，但天难从人愿，偏偏生下了3个女儿，绝望之际，看到女儿居然也能把男孩打得鼻青脸肿，于是灵机一动，决定让女儿练摔跤，也就产生了行为动机。在培养女儿的过程中，遇到了种种阻力，先是要让女儿剪下一头美丽的头发，爱美的女儿难过得直哭；邻居们看他整天带女儿练摔跤也不理解，或冷嘲热讽，或等着看笑话；女儿也有惰性，受不了父亲魔鬼式的训练，经常退缩懈怠。所以她第一次参加比赛就输了，受到打击。后来好不容易打败了对手，取得耀眼的成绩，进入体育学院，成为专业摔跤运动员，却遇到一位因循守旧、顽固保守的教练。女儿成了专业运动员以后，也骄傲起来，看不起父亲，以为父亲那一套训练方法已经过时落后，并且在父女俩的较量中，年老的父亲输了，女儿更有理由不服父亲。后来，女儿没想到在国际比赛中却连遭败绩，陷入绝望。父亲得知，赶到女儿训练的地方，依然按照自己的方法偷偷训练女儿，却被教练发现并制止，到最后参加国际比赛，父亲被锁在黑屋子里不能到比赛现场。但女儿战胜对手，终于赢得了比赛，成为名副其实的摔跤冠军。所有这些阻力，都形成了对抗，形成戏剧冲突，克服这些阻力的过程也成为故事的情节点，把故事一步步推向高潮。

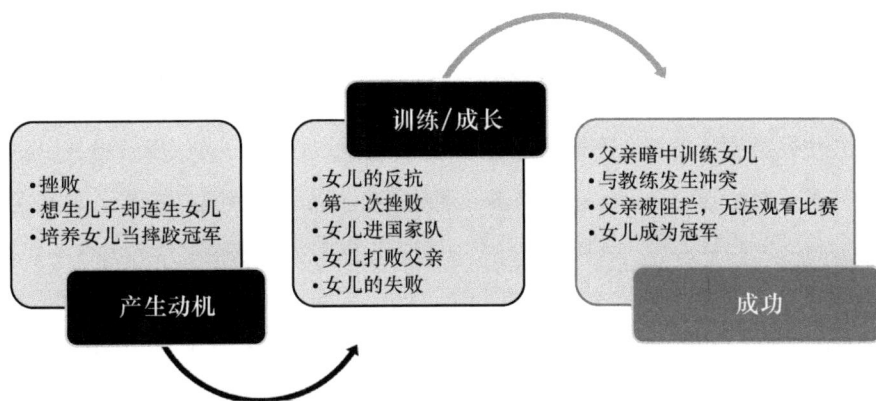

图 12-4　电影 《摔跤吧！爸爸》 的情节链

　　故事往往是在戏剧冲突中发展的，编剧经常要为主人公设置戏剧性情境，戏剧性情境通常对于主人公是不利或者是对立的，它对主人公行为形成阻碍的同时，也不断地刺激他的欲望，使他有机会更深刻地展示自己的性格和命运，为故事增添新的动力，将剧情向着预定的目标推进。在电影《肖申克的救赎》中，主人公安迪被冤枉入狱，逃离牢狱、重获自由也就成为他人生的目标和行为动机，也是故事的结局，他所有的行为，以及故事所有的情境设计都是朝着这个目标推进的。故事中的情境对他是很不利的，他被冤枉入狱，看上去证据确凿，没有任何翻盘的可能，监狱内戒备森严，很难逃出去，狱友们个个穷凶极恶，没人帮得了他。这些对他的动机和行为都形成了极大的阻力，看上去是不可能完成的任务，看上去他的处境似乎是令人绝望的，这样他的命运就有了不确定性，也给观众留下了悬念：他会怎么样？他会死吗？他能逃出去吗？他会怎样逃出去？或许，他逃离的欲望也没有那么强烈，尽管他刚进监狱就找瑞德买了把小锤子，但从进牢房的那天就看到一位同来的犯人被警备队长海利打死了，这对他是一个刺激，后来又被"三姊妹"强暴，这也刺激了他求生的欲望。后来他利用自己的金融才能赢得了海利的信任，并利用海利为自己报了仇，从此他在监狱里的处境得到了很大的改善，他帮助狱警们理财，在狱中建立了图书馆，甚至得到监狱长的器重。如果不是汤米的出现，他或许就这样在牢里过下去，但汤米出现了，他有了机会为自己翻案，这让他再一次产生了强烈的欲望。如果汤米不死，他能够顺利出狱，故事也许就可以在这里结束了，但汤米被监狱长杀死了，他的梦想再一次破灭，他再一次陷入两难的境地，要么在牢里过下去，要么绝地反击，逃脱监狱并对监狱长进行报复，最后他利用自己的智慧达到了目的，完成了自我救赎。

- **第三幕：结局**

在故事的结局部分，冲突得到解决，主人公的行为达到了目的，欲望得到满足，主人公开始了新的生活，观众的心理也得到了满足。在电影《摔跤吧！爸爸》中主人公的女儿获得了冠军，而《肖申克的救赎》中，主人公安迪也终于逃离了监狱，过上了自由的生活。

12.2.3　电视剧叙事结构

从叙事角度看，电视剧与电影的不同在于，电视剧故事比电影故事延续更长，电影一般要用90~120分钟把故事讲完，而电视剧则可能延续几十小时甚至几百小时，电影故事相对较简短，要求故事节奏比较快，结构更精巧，而电视剧比较长，节奏相对较慢，可以娓娓道来，结构也没有那么精致，人物关系相对比较复杂，故事线索多，戏剧动力充足，才能使故事长久地延续下去。但只要是故事，都会有开头，有发展，有高潮，还有结尾，也就是说，故事结构并没有本质上的区别。

一部电视剧一般包括数十集乃至数百集不等，现在有些剧也会按季播出，每周播出1集，每个季度播出12集左右，每集20~60分钟不等，一般说来，每集有3~6个事件，每个事件有3~10场戏，其中有主场戏和过场戏之分，过场戏是对事件的铺垫或回应，主场戏是事件的高潮点，也是矛盾的爆发点，事件与事件之间有一定的逻辑关系，有时候一个事件生发出另一个事件，有时候一个事件是对后面事件的铺垫，事件与事件之间经常是一种递进的关系，如同后浪推着前浪，一步步激化矛盾，把剧情推向高潮，而每一个场景又由若干个镜头构成。

1. 开端部分

对于那些长达几十集乃至数百集的电视剧来说，故事的开端显得至关重要。一般来说，电视剧的开端部分一般都在前5集左右，它不只意味着故事开始启动，还应该对故事进行整体布局，局布得好，后面的故事就会走得很顺畅，布得不好，后面的故事就难以延续下去。

所谓故事布局，就要为整个故事定性和定调，同时还要导入事件，导入人物和人物关系，导入戏剧冲突，最终是为了导入观众。

- 定性：确定故事的类型和风格，不同类型的电视剧有不同的戏剧功能，也有不同的人物特征和叙事方式。
- 定调：确定故事类型，明确故事的走向。
- 导入事件：与电影一样，无论大情节故事还是小情节故事或中情节故事，电视剧开端部分一般都会引入某个激励事件，引发人物欲望及行为动机，也为整个故事确定目标，驱动整个故事的引擎。如《绝命毒师》主人公发现自己得了癌症，为了让自己的妻儿在自己死后能够更好地活下去，铤而走险，走上了制毒和贩毒的道路。
- 导入人物：一般说来，故事开头主人公要尽快出场，在很多情况下，主人公也是故事的轴心，情节都是围绕着他（或她）来展开的，同时主要人物也要尽快出场，主要人物的关系也要确定下来，由此确定故事的走向。

- 导入戏剧冲突：确定了人物和人物关系，确定了主人公要完成的任务或目标，在很多情况下还要为人物设置障碍或阻力，这种阻力可能来自他人，也可能来自自然或其他的神秘力量，阻力导致冲突。大情节故事一般采取线性结构，从故事开端就很快引入冲突，有了阻力，有了冲突，等于给故事安装了一部"发动机"，给故事发展建立了动力系统，故事有了动力，才能驱动剧情向前发展。

- 导入观众：故事的开端不只是对剧情的铺垫，还要尽快地让观众进入故事的情境之中。

对于电视剧来说，开端部分就是整个故事的地基，地基打好了，故事的阵脚就稳住了，就有了稳固的"戏路"，故事也就会自然而然地延续下去。倘若开端不好，地基没打牢，后面的故事也会难以继续。

与电影一样，电视剧往往也是从打破平衡开始的，其中的激励事件往往也是启动故事动力的关键所在，在美剧《罗马》中，恺撒和庞培都是当时罗马帝国掌握军队大权的关键人物，他们都想消灭对方，独揽大权，加上长老院也对恺撒怀有敌意，想借庞培之手消灭恺撒。但因双方势均力敌，且庞培娶了恺撒的女儿，两人是翁婿关系，表面也相安无事。恺撒刚刚征服高卢归来，野心勃勃，庞培感到了威胁，而恺撒女儿的死打破了这种平衡，双方都没有了顾忌，于是一场生死之战在所难免。各个家族，各种势力也纷纷选边站，形成对立的阵营，他们展开了生死搏杀，故事也从此展开。

在电视剧《琅琊榜》中，故事也是从六皇子被册封为太子开始的，五皇子誉王与六皇子原本也是势均力敌，谁都有可能担任太子，继承皇位，但六皇子被册封打破了原有的平衡，加上江湖上有传言说："江左梅郎，麒麟之才，得之可得天下。"所以各方为了争夺皇位，想方设法要争得梅长苏的支持，这才有了梅长苏假借养病之机，凭一介白衣之身重返帝都，从此踏上复仇、雪冤与夺嫡之路。

2. 发展至高潮部分

电影故事相对比较简单，人物和事件都比较单一，而电视剧的故事要复杂得多，人物多，故事线索多，事件多，结构相对比较复杂。

在电视剧中，故事发展有着自身的逻辑系统。一般说来，开端部分确定了故事线索和人物关系，建构了故事的动力系统，故事也就会按照自身的逻辑自然而然地发展，直到把故事推向高潮，达成预定的目标。

故事的推进一是靠事件本身的不断进化，二是靠事件进化过程中人物与人物关系的不断变化。在大情节故事中，主要是靠事件本身的进化来推动的，电视剧《破冰行动》是一个大情节故事，主要围绕破获广东东山的一起重大国际制毒贩毒案展开情节，围绕这起案件，警察与罪犯斗智斗勇，你来我往，很自然就把故事向前推进。而在小情节故事中，一般没有大的事件，主要靠人物和人物关系的变化来推进剧情，电视剧《贫嘴张大民的幸福生活》是小情节故事，全剧没有大的事件，故事主要围绕人物的命运来展开。张大民失恋了，他见到自己从小暗恋的李云芳带了英俊的男友回家，心生嫉妒，便趁机调侃李云芳和她的男友；李云芳失恋了，他乘虚而入向李云芳表白，李云芳答应了他的求爱，他又为婚房而绞尽脑汁；结婚以后，他弟弟张大军也结婚了，也需要房子，兄弟俩的关系发生了改变；再后来弟弟张大国考上了大学，再后来一个妹妹嫁给了外地人，另一个妹妹得白血病死了……这样通过人物关系的变化推动剧情的发展。电视剧《亮剑》属于中情节故事，有很多重大的事件，却是从人物来切入的，故事既有人物也有事件，通过诸多重大事件中人物的表现和人物关系的变化，不断推动情节发展。

电视剧故事中有许多的事件，编剧不是简单地把这些事件罗列在一起，事件之间有着自身的逻辑关系，也就是说，事件与事件之间应该是递进关系，随着矛盾不断激化或进化，人物关系不断发生变化，每个人物都会按照自己的命运轨迹行进，直至到达故事的高潮，最后目标达成，矛盾冲突得到解决，人物的命运也有结果。在大情节故事中，一般有一个大的事件，有开头有发展有高潮，当然也有结尾。而大事件中又有很多的小事件，这些小事件不断演化，催化戏剧冲突的同时也不断地衍生出新的事件，推进故事的发展，这种结构相对较为封闭，矛盾解决，故事也就结束了。在小情节故事中，一般没有大的事件，而是从小事件入手，随着矛盾激化，人物关系不断发生变化，推动剧情发展，这种结构相对比较开放，只要改变或引入新的人物关系，便可以使故事不断延续下去。中情节故事介于两者之间，由事件和人物共同推动。

3. 结尾部分

故事到了结尾，矛盾得到解决，主人公达到或没达到预定的目标，事件有了最终的结果。

一般说来，故事发展到最后5集，剧情还没达到高潮时，编剧就要考虑对故事进行收尾。在大情节故事中，事件发展到达终点，主人公行为动机得以实现（或未能实现），预定的目标得以达成。而在小情节故事中，则往往是人物命运有了改变，人物关系进入新的状态。在电视剧《破冰行动》中，代表正义力量的警察破获了案件，作恶多端的毒犯以及那些与犯罪分子里外勾结的腐败分子受到了严惩。在电视剧《贫嘴张大民的幸福生活》中，张大民总算分到了房子，过上了幸福的生活。

编剧特训营

看电影《暴雨将至》或电视剧《琅琊榜》分析其叙事结构及其特征。

【基本要求】

1. 勾画出故事的情节链。

2. 分析其叙事结构及特征。

【作业目的】

学习电影和电视剧的叙事结构及其特征，掌握影视剧叙事的规律和方法。

第十三章
"戏"与戏剧冲突

观众到底要看什么？电视剧到底靠什么来吸引观众？简单来说，观众是要看"戏"的，可到底什么才是"戏"？在什么情况下才会有戏？

编剧写剧本，就是在写"戏"。故事要有"戏"，或者说，故事就是"戏"，编剧写故事不只是把生活记录下来，他要记录的是戏剧化的生活，同时他也要把生活戏剧化。

13.1 关于"戏"

观众看电影看电视剧，其实就是在看"戏"。那么什么是"戏"呢？所谓"戏"其实是指人物命运或事件发生了"变化"或"变故"，这种变化可能超出了观众的预期，带有一定的戏剧性，乃至让人感到惊奇。我们经常调侃说："等着看好戏"或"有戏可看"，其中包含有"好玩"的意思，也就是说，事物不仅在变化，而且很好玩、有趣，所谓"戏"也有好玩、有趣味或有味道的意思。

电影或电视剧都是用镜头来讲故事的，故事是电影和电视剧的主体，而人物是故事主体，所谓故事其实就是不断变化着的人生，或者说是通过不断变化的事件来展示变化着的人生，当然不是人生所有的变化都能成为故事，只有那些有意思、有趣味、能让很多人感兴趣的人生变化才有可能成为故事。

13.1.1 "戏"与故事

所谓"故事"，顾名思义就是过去发生的事件，也有人认为，故事是在现实认知观的基础上，将其描写成非常态性现象，它侧重于事件发展过程的描述，包括已经真实发生的事件和虚构的事件。

从理论上说，所有发生过或不曾发生过的事件都可以是故事，但很显然只有那些真正有趣味有内涵有价值的事件才会令观众感兴趣，也只有这样的故事才会引发创作者的创作热情。所谓"非常态性现象"，就是事态的发展脱离了正常的轨道，超越了常人的思维。所以，所谓故事就是常态的生活转变成"非常态现象",这样才能引起观众的兴趣。

所谓"戏",既有"变化"的意思,也有"戏耍""嬉戏""游戏"的意思,生活中非常态的变化才会令原本平淡的人生变得有趣、变得好玩,所以,创作故事的人一方面总会选择那些有趣味、有内涵的故事来进行加工和改造,另一方面,在创作过程中他也会想方设法使故事变得更有意义和更有趣味。

故事中一定要有"戏",有"戏"才有故事,故事就是有"戏"的人生,就是把人生戏剧化的结果。

13.1.2 "戏"与人生

是人就有"戏",戏是不断变化着的人生,人只要活着,他的生活每天都在发生变化,每个人的生活其实都是有"戏"的,人是故事的主体,也是"戏"的主体。

但不是所有人的生活的每一刻都是有趣味、有价值的,有的人生活变化很小,而有的人每时每刻都可能发生剧烈的变化,有的人感觉生活枯燥无趣,而有的人感觉生活丰富多彩,有的人感觉生活没有意义,有的人感觉生活是很有价值的。对于观众来说,他们更感兴趣的是那些更能让人感觉有价值、有意义、有趣味的人生。

我们把人分为常态的人物和非常态的人物,也可把生活分成常态的生活和非常态的生活。就人生而言,我们更愿意成为常态的人,过上安宁的生活,但从戏剧的角度来看,非常态的人物和非常态的生活状态更能有"戏",更有戏剧性。

13.1.3 "戏"与情节

情节是指事件的变化和经过。事件的变化和发展并不一定具有戏剧性,即不是所有的情节都有"戏"。在艺术作品里,情节是用以表现人物性格和展示人物命运的,相对于平淡乏味的生活而言,戏剧性的人生更能表现出人物性格。在波涛汹涌的生活环境中,人物命运跌宕起伏,难以把握,对于观众来说,这样的人生充满着不可确定性,充满了悬念,也能引起他们的好奇心。

人们都希望岁月静好,对个人来说,和谐的生活是令人向往的。对戏剧来说,平淡的生活却很难产生戏剧性,所以编剧在写"戏"的时候经常需要"无事生非"或"无中生有",即想方设法给人物设置障碍,制造冲突,一次又一次把人物推向困境乃至绝境,让他在艰难的选择中激发个人的潜力,淋漓尽致地展现本性,同时使故事充满悬念,让观众时刻关注他的命运。

在电影和电视剧里,剧情往往靠冲突来驱动,戏剧冲突是情节发展的内在动力,有了冲突,才会催化出"戏"来。

在影视剧里,真正吸引观众的是引发他们对人物命运的关注及能够表现人物性格的事件,所谓有戏剧性的情节其实就是指那些能够表现人物性格并对人物命运产生影响的事件。

现实生活是由很多枯燥无味并且毫无意义的琐碎事件构成的,它无情地消耗着我们的生命。艺术家的任务,要么是从枯燥无聊的生活中挖掘出常人难以寻找到的意义来,要么是把枯燥的现实生活加以提炼,使之更加富有戏剧性。

艺术的目的就是要使可能难免枯燥乏味的生活变得有意义，所以艺术家经常要学会"无事生非"，这个"非"就是"戏"！在大多数情况下，"每天都上班"这一事实本身很无趣也没有戏剧性，可是剧中人物在公共汽车上碰到了令自己怦然心动的漂亮女孩，而这次邂逅从此改变了他以后的人生，这样生活对他来说就有了非同寻常的意义，也就有了"戏"。

在写实主义的艺术家看来，电影和电视剧都是用来真实地记录现实的，他们希望用电影和电视的纪实手法把现实生活原原本本、不加修饰地记录下来，不需要加工，不需要进行人为的戏剧化改造，他们宁愿记录生活本来的样子，而生活本身其实并没有那么多的"戏"，他们还有意无意地淡化其戏剧性。而技术主义则相反，在他们看来，电影和电视剧不过都是带有娱乐性的商品，他们并不关心现实怎么样，也不在乎是否真实地反映了现实，他们想的是怎么把故事讲得好玩，所以他们总是要强化故事的戏剧性，那些非戏剧性的生活往往会被剔除掉，不但人物是戏剧化了的，情节也都是按照戏剧化的要求被重新组装过的，他们的情节总是更有戏剧性。

13.1.4 "戏"的功用

很多人认为，写戏就是要把生活戏剧化，而故事的戏剧化是通过戏剧冲突来实现的，所谓的戏剧冲突也就是人物与人物之间的你争我斗，所以他们总是尽可能地强化戏剧冲突，把冲突看作戏剧的根本，经常为了冲突而冲突，甚至不顾故事的内在逻辑胡编乱造，把冲突当作故事的根本，使故事变得虚假而乏味，完全失去了灵性。

在故事里，戏剧冲突其实只是用来展示人物性格和命运、表现故事主题的手段，同时也通过故事中所包含的信息、思想、情感、趣味和美感，使之具有造梦、纪实、教化、娱乐和审美的功能，从而达到吸引观众、打动观众的目的。

13.2 "戏"与戏剧冲突

"戏"基本上可以解释为戏剧化的人生、戏剧化的生活或戏剧化的情节，而戏剧冲突则是产生戏剧的根据，有了戏剧冲突才会有戏剧化的人生和戏剧化的故事情节。

13.2.1 "戏"与戏剧冲突

"戏"很大程度上是由于戏剧冲突而产生的，有了冲突才会促使人物去行动，以此展示人物性格及命运的变化。

情节其实就是看具有特定性格的人物在特定情境中表现出来的行为，也就是把人物放在特定的情境中看他怎样做。在这里，重要的不是"做什么"，而是"怎样做"。张大民可以向李云芳表白，李云龙也可以向田雨表白，不同的表白表现了他们不同的性格，他们的命运因此发生了变化，自卑的张大民终于得到暗恋多年的李云芳的芳心，粗鲁豪放的李云龙从田雨那里收获了爱情，他们的命运轨迹从此发生了改变。

什么样的人物在什么样的情境之下才能更好地表现他们的内在性格呢？这一方面取决于人物的性格，另一方面则取决于他所面临的情境。一般来说，欲望强烈、行动力强的人物更具有戏剧性，而人物面临的处境越艰难、越凶险，也越能激发人物的欲望和行动。譬如有两条狗待在一起，怎样让两条狗有所行动呢？一是要挑起它们的欲望，可以在它们中间放上一块肉，但这样也未必能让它们相互咬起来，如果它们都吃饱了，那块肉根本激起不了它们的欲望。但倘若它们正好都饿了，甚至饿得要死，这块肉也许可以保它们的命，就可能让它们对那块肉产生出了欲望。但即便这样也未必能让它们以死相搏，这还取决它们的关系，倘若它们是兄弟，甚至是父子，便可能不会以死相搏；但倘若是仇敌，又刚刚相互伤害过，就可能虎视眈眈，恨不能杀死对方。到了这种境地，如果两只狗相互之间还咬不起来，要么这两只狗是不爱争抢的，也可能胆子较小。但不管怎么样，它们的性格和品性都淋漓尽致地表现出来了。

沧海横流，方显英雄本色。相对于平淡的生活，在惊涛骇浪之中，面临生死抉择的时刻，人物的本性也更容易显露出来，故事也因此更为惊心动魄，所以编剧总是乐于不断地"制造矛盾"，给人物行为设置阻力，把人物不断地推入困境、险境乃至绝境之中，形成故事"扣"，让人物性格得以表现，使他们的命运变化莫测，形成悬念。对于编剧来说，写戏也不过就是"系扣"和"解扣"的过程，"扣"系得松了，解得太容易，没有悬念，没有挑战性，观众也扫兴。"扣"系得越紧，解得越艰难，越巧妙，越离奇，越让人惊心动魄，人物性格表现得越充分，人物命运越让人揪心，对观众来也更有刺激性，更能激发他们的情感和兴趣。

13.2.2 "戏"与戏剧场

戏剧场可以说是人物活动的舞台，是人物所面临的处境，决定他的行为和行为方式，一般来说，戏剧场由三个因素所决定：一是**具体事件**，比如说杨秀芹向李云龙表白；二是**人物之间的关系**，比如说在杨秀芹向李云龙表白的这场戏中，杨秀芹是一厢情愿地爱李云龙的，李云龙并不爱杨秀芹，但作为男人他也有情欲，也会冲动；三是**事件发生时的时空环境**，即杨秀芹是在李云龙的住处向李云龙表白的。在这三个因素中，起主导作用的当然是他们两人的关系，杨秀芹爱李云龙，所以他很主动，李云龙并不爱杨秀芹，所以很被动，总想退避，但毕竟是男人，在杨秀芹的进攻之下终于有些情不自禁。

编剧在写一场戏的时候，一般都会想这么几个问题：第一，在这里会发生什么事，如杨秀芹向李云龙表白感情，或者张大民向李云芳表白感情，这是个事件；第二，他会想人物之间是什么关系，当时是一种怎样的状态，这期间还会有什么人出场，什么时候出场，以什么样的方式出场，出场后会做什么，对这场戏会起到什么作用；第三，他会考虑这场戏应该安排在什么样的场合为好，譬如张大民向李云芳求爱是在爬香山的路上，而杨秀芹向李云龙表白则是在李云龙的住处，还是在晚上。很多打斗的戏都会安排在废弃的工厂里或沙漠上，追逐的戏则安排在城里或高速公路上，都是为了更好地展开剧情。

13.3 "戏"的形态

很多人都把"戏"与戏剧冲突等同起来，在他们看来，写戏就是要不断地制造表面上的冲突，为了达到戏剧效果，甚至不惜违背真实性原则，人为地制造冲突，乃至无原则夸大冲突，这其实背离了戏剧本质。

戏剧的目的是揭示人性，为人生创造美感，"戏"好不好看，不在于戏剧冲突有多么激烈，而在于它是否真实地反映了现实，是否深刻地揭示了人性，是否创造了美感，给人们带来希望和念想。

人生中可能会有惊涛骇浪，但更多的还是和风细雨、岁月静好。很多编剧写戏，一路上不断地制造矛盾，让人物不断陷入困境之中，造成悬念。但其实，人生中并不是每时每刻都有冲突，并不是只有在冲突中才会有"戏"，好的编剧总是可以在平淡的生活中找到"戏"，写出"戏"来。

在电视剧《延禧攻略》中，主人公魏璎珞为查明姐姐死因的真相到紫禁城当宫女，她身负深仇，爱恨分明，绝不退让，观众看了觉得很"爽"。而《大长今》中的主人公徐长今同样也是身负仇恨，面对仇敌，却没有下手复仇，显出这个女孩的大度和善良来。在电影《忠犬八公的故事》中，故事从头到尾并没有什么冲突，主人公与妻子为收养狗的事的确也有矛盾，但编剧不仅没有强化这种矛盾，反而轻易地淡化掉了，故事原来表现的就是人与人，以及人与动物之间的情感，不需要有什么冲突的。

故事有不同的形态，"戏"也有不同的形态。人生有起有伏，既有惊涛骇浪，也有风平浪静，更有暗流涌动。戏剧冲突有大有小，有激烈的也有缓和的，有外在冲突，也有内在冲突，无论哪种方式，只要把握得当，都能做出好戏来。

13.3.1 戏剧化情节与非戏剧化情节

情节可以分为戏剧化情节和非戏剧化情节，"戏"也同样可以分为冲突性的"戏"和非冲突性的"戏"。

戏剧化情节可以理解为主人公在行为过程中遇到阻力发生冲突所产生的情节，如在电影《哪吒之魔童降世》中，哪吒与他的师父太乙真人、与他的父母之间都产生过剧烈的冲突，他的性格正是在冲突中显现出来的。而非戏剧化情节则是主人公在行为过程中并未遇到阻力也没有发生冲突而产生的情节，如《泰坦尼克号》男女主人公之间并没有发生过冲突，他们之间产生了爱。《忠犬八公的故事》中男主人公与忠犬八公之间也没有发生过任何冲突，但他们之间产生了情感。

"戏"并不是只能产生在冲突之中，人的生命和生活其实都是在悄无声息中自然而然地改变着。尽管戏剧化情境更能表现出人物的性格并改变人物的命运，但很显然，并不是所有的情节都需要外在冲突作为基础，非戏剧化情境同样能够表现出人物的性格及命运的变化。

13.3.2 大冲突与小冲突

冲突的大小可以从两个方面理解：一是事件的大小，二是冲突的激烈程度。一般来说，大情节故事都有贯穿始终的大事件，冲突也可能贯穿始终，算得上是大冲突，小情节故事多是从小事件入手，很多都是鸡毛蒜皮的生活琐事，冲突也很小。有的冲突很尖锐，甚至到了你死我活的地步，其剧烈程度算得上是大冲突，而有些冲突则很缓和，只能算是小冲突。

很多编剧都想把戏做到极致，其实戏是否好看并不在于冲突的大小，也不在于冲突的剧烈程度，重要的是要表现人性，戏的极致其实就是要把人性表现到极致，很多戏看上去冲突很剧烈，到了你死我活的地步，但并不好看，而有些戏虽然是写的鸡毛蒜皮的小事，反倒也能把戏做到极致。电视剧《贫嘴张大民的幸福生活》前几集中很多情节都与房子有关，先是张大民与李云芳结婚了，他们家没有房子，只得把所有的兄弟姐妹都搬到外屋来，好腾出里屋来给他们做婚房，后来他弟弟张大军结婚了，也没有房子，只得把他们的床放在一起，两对夫妇共处一屋，生活非常不便。张大民被逼无奈，只得在自家院子里建房子，为此不惜让人用砖头砸破了脑袋，就这么点小事却把人逼到了绝处，把人性写到了极致，也把戏写到了极致。

13.3.3 渐变与激变

渐变是指剧情变化转折比较平缓，而激变则是剧情变化比较猛烈，人物命运可能发生大的逆转。一般来说，矛盾冲突比较缓和，剧情变化也会比较缓慢，矛盾冲突达到高潮时，剧情就可能发生剧变或激变。

在影视剧中，剧情发展也是起伏不定的，有发展，也会产生高潮。事物发展总会有起承转合，有开端，有发展，也会有高潮。在电视剧中，叙述一个事件，总会有多场戏，其中有过场戏，也有主场戏，过场戏多是铺垫，也是事物发展的渐变过程，而主场戏一般都是高潮，是事件发展的激变过程。

激变的冲突和渐变的冲突之间的区别在于冲突的程度不同，激变的冲突表现得较为激烈，是疾风骤雨式的，事态的发展往往急转直下，令人难以预料。而渐变的冲突相对而言比较缓和，和风细雨。激变的冲突往往把人物推向风口浪尖，人物命运跌宕起伏，很容易吸引观众的注意力。渐变的冲突有时会更深刻、更有韵味。

戏剧冲突的表现形态取决于剧情发展的需要，相对而言，"生活流"风格的写实类电影和电视剧多采用渐变的方式，而很多类型片（剧），尤其警匪片（剧）、武侠片（剧）则多采用激变的方式。

"反转"和"逆转"是编剧们经常挂在嘴边的词儿，也是编剧经常采用的一种戏剧手法，就是当事物发展到一定程度时突然发生重大的改变，使剧情出现另一种转机，譬如要写一场警察赶往营救的戏，往往先要写罪犯占据了上风，眼看犯罪分子就要得逞的时候，警察突然赶到，制服了罪犯，使剧情发生反转，观众悬着的心也跟着落了下来。

13.3.4 内在冲突与外在冲突

外在冲突指的是表现在语言和行为上的冲突，而内在冲突则是指表现为心理上的冲突。其实外在冲突是以内在冲突为心理基础的，可以说是内在冲突的外在表现。

作为综合性的视觉艺术，电影和电视剧更适合于表现外在的现实，情节也是外在化的，往往容易忽视人物的内心矛盾。对于编剧来说，表现外在冲突也比表现内在冲突要更容易些。

在贾樟柯的电影《三峡好人》中有一场主人公韩山明与前妻见面的情节，两人见了面并没有多余的话，前妻只是从他手里接过湿衣服拿到外面放到绳子上去晾好，在他对面坐下，然后倒了水放在他面前，两人脸上都很平静，没有什么表情。谈到当年的事，前妻说自己当年年纪小，不懂事，然后怪他过了十几年才来找她，然后两人静静地坐着，不知道说什么。这样的处理，比起那种见了面就相互责怪或者大打出手来，更加真实，也更加震撼。

13.4 做"戏"的方式

对于编剧来说，写戏并不只是把特定性格的人物放在特定的情境那样简单，事实上即便是同样人物处于同样的情境中，最后得到的情节也可能有很大的不同，不同的叙事方式以及不同类型的电影或电视剧对故事情节有着不同的要求，其做"戏"的方式也可能不一样。

13.4.1 "戏"与叙事传统

在传统的写实主义中，"戏"就是生活本身，不需要对生活进行任何戏剧化的改造，在他们看来，戏剧就存在生活之中，我们只需把生活原原本本记录下来就可以了，不需要给生活强加任何东西。而在传统的技术主义那里，生活是需要通过戏剧化改造的，生活本身是平淡无奇的，没有那么多的戏剧性，所以应该对生活进行提炼和加工，使它符合戏剧化的要求。在他们看来，艺术就是给观众造梦，故事就是要给观众带来梦幻的感觉，艺术是否真实反映生活并不重要，重要的是你的故事要能吸引观众，让观众接受和喜欢。故事都是按照观众的口味虚构的，每个情节都经过精心的挑选和改造，完全符合戏剧化的要求。

崇尚写实主义的影视创作者是反对过度戏剧化的，他们宁愿从平淡的生活中去挖掘戏剧性，而不是依靠夸大和编造生活中的矛盾来制造所谓的冲突。在《三峡好人》中有一场戏是写主人公韩三明与前妻的现任男人见面的，倘若按照戏剧化的方式来写，两人免不了有一场针锋相对的斗争，两个男人甚至有可能拳脚相加，打得你死我活，这也是很多编剧导演眼里的"戏"，贾樟柯却用很平淡的方式处理了这场戏，他让两个男人在一起默默地吃酒，女人在一旁看着，后来韩三明提了一句说要把女人带走，对面的男人表情很冷淡，随口就答应了，但是要求他还了女人哥哥借他的三万块钱。这是一种非戏剧化的处理，很符合现实，男人的冷淡说明他根本就没把女人当回事儿，也说明女人这些年受的苦以及尴尬的处境，当然也表现主人公的善良，以及对他的前妻难以割舍的感情。

13.4.2 "戏"的类型化

戏剧冲突可以说是使生活戏剧化的最有效的方式，也是最简单有效的做"戏"方式，除此以外，剧情的发展其实还要受到其他因素的制约。

情节是为表现人物性格和展示人物命运而设置的，情节有它的功能性。一般说来，不同的故事类型具有不同的功能性。写实性电影和电视剧一般以纪实为主，兼有教化功能，而商业性的类型影视剧更强调娱乐功能，并不在意现实的真实性，而是把生活梦幻化或娱乐化，这也决定了它们不同的剧情走向和不同的做"戏"方式。

同样是一段男女相爱的情节，如果写的是悲剧，编剧就得想方设法设计情境使他们能够分开，在电影《罗密欧与朱丽叶》中，这对相爱的青年男女原本是有机会在一起的，编剧只需让朱丽叶及时醒来，悲剧就不会发生。在电影《茶花女》中，男女主人公的悲剧原本可以避免的，只要女主人公把真相告诉男主人公，或者男主人公识破了父亲的阴谋，两人的爱情就会是另外一种结果，但作者是要把它当作悲剧来写的，这层窗户纸就不能捅破，读者只能眼看着一对男女饱受情感的煎熬。在《泰坦尼克号》中，编剧其实也是可以让男主人公活下来的，让他们经历苦难后相爱相守，但他写的是悲剧，男女主人公就只能有悲剧性的结局。

同样都是破案的故事，如果你要把它拍成动作片，警察也就不用动太多的脑子，让他们打就是了，最后警察把罪犯制服，故事也就结束了。如果是把它处理成悬疑推理片（剧），编剧一方面要把案子设计得错综复杂，充满悬念，另一方面要让破案者开动脑筋运用推理来揭开案子的谜底而不是利用打斗来制服罪犯，否则就不能体现出悬疑推理片（剧）的特征和功能，如《东方快车谋杀案》这样的电影其实也是可以拍成打斗片的，但既然把它定位为悬疑推理片（剧），波洛就只能利用他的大脑来破案了。

编剧特训营

以"相亲"为题，写一个喜剧小品。

【基本要求】

1. 按喜剧的要求设计人物和人物关系。
2. 剧情要富有喜剧性。

【作业目的】

学习不同类型影视剧的人物设计及叙事方式。

第十四章
类型片（剧）叙事模式分析（上）

既然影视剧都是商品，就要根据市场的需求来设计和生产自己的产品。编剧作为产品的设计师要根据市场需求、创作规则和为预定类型所设定的戏剧功能来设计自己的故事。

影视剧类型通常是以题材来划分的，题材与人物的生活方式、生活状态和生活环境有一定的关系，生活状态和生活环境往往决定故事中人物的情境，并对故事的形态和品质产生影响。

影视剧类型有很多，而且随着人类生活及市场的变化，还会不断会产生出新的类型来，但就国内外市场而言，主流的影视剧类型有艺术片（剧）、战争片（剧）、警匪片（剧）、灾难片（剧）、奇幻片（剧）、情感片（剧）、励志片（剧）、犯罪片（剧）、喜剧片（剧）、动画片（剧）等。

14.1 艺术片（剧）

有些导演在拍摄电影或电视剧的时候可能较少考虑市场及商业利益，有人讨厌艺术的商业化，一心想让自己的作品从商业中解脱出来，保持艺术的纯洁性，但他们的作品还是可能作为商品出现在市场上，也就摆脱不了商业。很多人觉得商业化亵渎了艺术的纯洁性，其实商业性也哺育着艺术，失去商业性的艺术，会有逐渐被人遗忘，尘封于历史中的可能。

电影和电视剧行业从开始就是作为一门工业或产业存在的，在这里，艺术性和商业性从来都不是对立的，有些作家创作诗歌或小说时可以不用考虑它的商业性而只为了自娱自乐，但电影和电视剧这样需要巨大资金投入的艺术来说，很少有人会用它来自娱自乐。

真正意义上的纯粹艺术片（剧）其实很难存在，人们一般会把他们认为比较纯粹地追求艺术性的影视剧归类为艺术片（剧），与普遍认知中的商业片（剧）相比，此类艺术片（剧）一般具有几个特点。

1. 追求艺术的纯粹性

人们通常都是把电影和电视剧当作商品来做的，而有些创作者则以艺术家自居，有意忽视和淡化商业性，把它作为单纯的艺术作品来看待。他们并不看重市场，也不大考虑观众，更多时候以自己喜欢的方式，按照自己内心的意愿和对生活的理解拍摄自己喜欢的故事。

很多人把非商业性或低商业性看作艺术片（剧）的特点，甚至把很多没人看的影视剧归类为艺术片（剧）。其实艺术和商业并不矛盾，艺术并不都是曲高和寡的，事实上很多艺术性很高的影视剧同样很受观众欢迎并取得了很好的经济效益。

2. 个性化的创作

影视是一种工业，很多影视剧是根据市场的需要来制作的，从剧本创作到成品是按照一定的标准和模式并依照预定的流程生产的。一般而言，商业越强的作品，越是缺少个性，这样的产品往往缺乏灵性和生命力。真正的艺术创作者则往往根据自己对生活和对艺术的理解来进行创作，他们反对艺术创作上的种种规矩，强调个性化的创作，他们的作品也充满着个人色彩和独特的个人风格。

一部个性化的作品并不一定有艺术性。一部作品是否具有艺术性，取决于创作者的境界，取决于作品中所包含的美感及这种美感在多大程度上能够满足观众的审美需求，事实上有些个性化的作品是完全没有审美价值的。

3. 有独特的美学文化追求

艺术片（剧）创作者一般不把商业性作为自己追求的目标，他们甚至并不打算让自己的作品进入商业院线，有些创作者制作出作品的目的只是想要获得奖项。一般来说，他们都有自己的美学追求，他们的作品往往具有独特的个人风格，这种风格包含着他们的人生思考和美学追求。

艺术片（剧）往往更注重艺术创新，他们的创作是个性化的，他们反对套路，很少有人会按照固有的故事模式去创作故事，总是希望突破传统。

侯孝贤和贾樟柯的电影被看作是艺术电影的代表作品，很多人也就把那种采取纪实风格、低概念、戏剧性弱、故事节奏缓慢、低商业性这些特征看作是艺术电影的标配。但艺术电影其实具有多种风格，很多商业上很成功的类型电影如《乱世佳人》《肖申克的救赎》《辛德勒名单》《泰坦尼克号》《拯救大兵瑞恩》等同样也是艺术性很高的作品。

14.2　战争片（剧）

战争片（剧）是指以战争作为题材的影视剧。

战争是残酷的，每天都是生死搏杀，每天都是腥风血雨。敌我双方，斗智斗勇，你死我活，每天都面临死亡和恐惧，这样的情境必定会产生富有传奇性的英雄人物，也必然能产生许多惊天动地的传奇故事。

战争所提供的情境是非常态的，战争中的人物也往往是非常态人物，非常态的人物置身于非常态的情境必然会产生非同寻常的故事。

残酷的战争把所有的人物摆放在生死线上，时刻面临生死抉择。在这样的情境下，人性面临着严峻的考验——生还是死？勇敢还是怯懦？高贵还是低贱？人物性格和人物命运都能够得到最充分的表现。

战争片（剧）的故事大致可分为两类：一类以事件为主，多为大情节故事，有描写某场战争的，有描写战役的，也有描写某场战斗的；另一类是以人物为主，以各类英雄人物为主人公，表现他们在战争中的英雄行为，多为中情节或小情节。

战争片（剧）的故事模式主要分为以下几种。

1. 史诗模式

全景式、多视角地展现某场战争或战役的进程，主人公一般为军事领袖或高级指挥人员，还原历史事件。多为大情节故事，以事件为中心，围绕事件来写人物，以事带人，如电影《斯大林格勒保卫战》《太平洋战争》，电视剧《长征》《东方战场》等；也有以人物为中心的中情节或小情节故事，如《战争与和平》《战争风云》等，从虚构小人物或家庭切入，把历史作为背景，小人物大背景，通过他们把重要的历史事件和历史人物展现出来，既表现历史，也表现普通人的命运，有命运感，更有戏剧性。

"英雄对决"也是此类故事经常采取的叙事模式，故事中的几位主人公，原本是朋友或兄弟，都是英雄豪杰，却因性格和价值观不同，走上不同道路，有不同的信仰，分属不同的阵营，在战场上生死搏杀，此类故事最早见于《荷马史诗》中的《伊利亚特》，我国电视剧《历史的天空》和《人间正道是沧桑》都采用了这样的故事模式。

2. 任务模式

一般以某种小规模的战斗或执行某项特殊战斗任务作为故事题材，多为大情节或中情节故事，多选择那些在历史上有特殊意义并有影响力的战斗事件，如著名的阻击战、突围战、侦察行动以及特殊任务等。要么残酷，要么惊险，要么艰难，要么事关重要，多为不可能完成的任务。我国电影《上甘岭》《八佰》，南斯拉夫电影《瓦尔特保卫萨拉热窝》《桥》以及美国电影《拯救大兵瑞恩》《血战钢锯岭》等皆属此类。

此类故事大致有以下几种模式。

① 拯救：个人或小分队拯救处于危难中的重要人物或人质，如《拯救大兵瑞恩》和《战狼》系列等。

② 阻击或斩首：破坏敌人设施，阻击敌人进攻和掩护我方大部队突围，或者深入敌后执行斩首行动以扭转战局，如南斯拉夫电影《桥》《瓦尔特保卫萨拉热窝》等。

③ 侦察或探险：最经典的故事原型来自古希腊神话中的伊阿宋盗取金羊毛的故事。在很多影视剧里，编剧都会设计小分队深入敌方获得情报，或摧毁敌方武器设备，破坏敌方阴谋，使战局扭转，取得胜利，如中国电影《渡江侦察记》、美国电影《拆弹部队》等。

3. 谍战模式

谍战是一种特殊的战争形式，主要是情报战，敌我双方围绕情报展开的没有硝烟的战争。谍战故事分为两种：一种是反间谍故事，类似破案剧，讲述破获间谍案，抓捕隐藏在内部的敌军情报人员的故事，如我国电影《铁道卫士》、英国电影 007 系列等；另一类则是间谍人员在敌军卧底搜集情报的故事，如电视剧《潜伏》《悬崖》《黎明之前》《北平无战事》《风筝》等。

谍战作为特殊的战争形式，虽然不如战场上的拼死搏杀那样残酷和惨烈，却也是人与人之间的短兵相接，没有大的战争场面，拼的是智慧和胆略，同样也是你死我活，生与死只在一念之间，有悬念，有强烈的戏剧性，故事性极强，有市场，很受观众欢迎。

谍战剧可以是大情节或中情节，围绕一个大事件或任务展开剧情，很多电影都会采取这种叙事方式，故事性很强，如《风声》《色·戒》等；也可以是小情节，围绕人物命运来展开情节，如《潜伏》《悬崖》《风筝》等。

谍战的特殊性，经常会造成人物身份的多重性，角色错位会使人物处于特殊的戏剧情境，假扮夫妻、"无间道"等是此类影视剧中经常采取的故事模式。

① 假扮夫妻：假扮夫妻深入敌人内部从事地下情报工作，如电影《永不消逝的电波》，电视剧《潜伏》《悬崖》等。

② "无间道"：互派卧底深入敌方内部，如电影《无间道》系列，电视剧《风筝》《伪装者》《余罪》等。

③ 冒名顶替：假借他人身份深入敌方充当卧底，如电影《智取威虎山》《孤胆英雄》，电视剧《橙红年代》等。

④ 反间谍案：挖出隐藏在我方内部的间谍，如电影《铁道卫士》，电视剧《云雀行动》《于无声处》等。

⑤ 破解迷局：围绕情报战，双方布局，斗智斗勇，如《暗算》《伪装者》等。

4. 英雄传奇模式

以人物为中心构建故事情节，主人公多为传奇性英雄，例如项羽、阿喀琉斯这样的战神级人物，或者是诸葛亮、刘伯温、奥德修斯这样的智慧型人物，也可能是李逵、张飞、李云龙、姜大牙式的草莽英雄，还有像余则成、阿炳、黄依依这样的另类英雄，他们性格强大，与敌人斗智斗勇，历经坎坷，最终战胜强大的敌人，取得最后的胜利。

此类故事多为中情节或小情节，围绕人物命运展开故事情节，一般以人物在战争中的经历为轴线，在残酷的战争环境中表现人物性格和命运，如电影《巴顿将军》《艾森豪威尔》，电视剧《亮剑》《激情燃烧的岁月》《历史的天空》等。

此类故事的关键在于人物，有什么样的人物就有什么样的故事。根据人物性格不同，一般有以下几种故事模式。

① 阿喀琉斯式英雄传奇：阿喀琉斯是《荷马史诗》中著名的英雄，是所有英雄中最强大的人物，他个性强大，智勇双全，但他并不喜欢战争，甚至逃避战争，明知自己会牺牲，却为了荣誉，为了友情，毅然参战。尤其美国电影中的"美国式英雄"多有阿喀琉斯的影子或者说根本就是他

的现代翻版。

② 小人物逆袭的故事：主人公多为小人物，或为草莽土匪，或为地痞，或为一介武夫，在战争中经过锤炼，逆袭而成为英雄，如《血战钢锯岭》的主人公道斯、《亮剑》中的李云龙、《历史的天空》中的姜大牙、《我的名字叫顺溜》中的顺溜、《暗算》中的阿炳和黄依依等。

5. 反战故事模式

虽然挑起战争的人总会说自己是正义的，但战争本质上是反人类的。战争能产生出很多英雄，会产生出许多惊心动魄的故事，但战争给人类带来的更是杀戮，是暴力，是灭绝人性的残酷，真正优秀的战争片不只表现战争的暴力，也不只是表现战争中的英雄，更有对战争的反思。很多伟大的电影都带有明显的反战倾向，如电影《西线无战事》《野战排》《美丽人生》《鬼子来了》等。

影视剧中的反战故事主要有以下几种模式。

① 人性觉醒：主人公多为年轻人，怀着爱国热情参加战争，在战争中却体验到战争的残暴和血腥，还有被扭曲的人性，进而感到迷茫和痛苦，认识到战争的残酷和非人道，人性开始觉醒，产生了反战的情绪，此类故事最经典的电影是《西线无战事》《野战排》等。

② 被泯灭的人性：主人公原本是纯洁善良的，战争却使他们变得冷酷残暴，人性被摧毁、被泯灭，最终获得悲剧性的命运，如美国电影《全金属外壳》《现代启示录》等。

③ 在残酷的战争中依然保持人性的光辉：以人的善良和人性的光辉，反衬战争的残暴和反人性，如美国电影《美丽人生》《辛德勒名单》等。

14.3　灾难片（剧）

灾难故事最早的故事原型应该是中国神话中大禹治水和《圣经》中诺亚方舟的故事。我国神话中大禹乃黄帝后代，受命治水，大禹改变了鲧以"堵"为主的治水策略，对洪水进行疏导，他为治理水患，三过家门而不入，历时13年最终获得胜利。在圣经故事里上帝不能忍受人类的贪婪和残暴，决定要灭绝人类，诺亚是人类中的义人，上帝不想让他毁灭，便命他做一艘巨大的船，把各种动物和植物都放进去，等到洪水来临，所有的人都被淹死，唯有诺亚和家人及船上的各类动物活了下来。

人类其实总有一种危机感，对末日灾难的担忧一直是人类的心结，尽管今天科学很发达，但人类在自然面前依然孤独和渺小，对于灾难尤其是末日灾难的恐惧驱之不去，于是创作出许多表现人类面对灾难时的种种行动的故事。

灾难故事在影视剧中曾经风行，出现了许多优秀的关于人类灾难或英雄抵抗灾难拯救人类故事的影视剧作品，如《龙卷风》《2012》《全球风暴》《地心抢险记》《天地大冲撞》等。

人类所面临的灾难可分为两种，一种是自然灾害，包括地震、火山、洪水、海啸、气象灾害等，二是人为灾害，包括空难、海难等。有的电影中表现的灾难是已经发生过的，如中国电影《唐山大地震》，而有的电影中表现的灾害并未发生但可能会在未来发生，如日本的《日本沉没》、美国的《2012》，以及中国的《流浪地球》等，后一类电影或电视剧都带有科幻性质。

在灾难片（剧）中，比较流行的故事模式主要有以下几种：

① 英雄拯救世界：主人公都是普罗米修斯式的英雄，高大威武，智勇双全，有着超人的勇气和智慧，在灾难面前镇定自若，不顾个人安危，凭着超人的智慧和力量把人类从灾难中解救出来，在美国电影（电视剧）中，他们就是美国式的英雄。这样的英雄能够给人带来希望，带来心理的抚慰，如美国电影《独立日》《2012》《天地大冲撞》《全球风暴》《深海浩劫》、中国电影《流浪地球》等。

② 在灾难中表现人性：灾难给人类提供了极端的情境，人类面对着巨大的灾难，面临着生与死的抉择，极端的情境也能表现极端的人性，在极端情境中人性的善恶都能得到淋漓尽致的表现，在美国电影《天地大对撞》中表现的是夫妻及父女之间的亲情，而在《泰坦尼克号》中表现的是男女之间超越生死的爱情。

14.4　奇幻片（剧）

奇幻片（剧）中的故事都是虚构的，其人物和情境都是虚构的、超现实的，这样一来就把在现实生活中并不存在的虚幻人物放在虚幻的情境中，从而创造出虚幻的世界。

奇幻故事有两个特点：一是离奇，即故事往往超越了现实，也超越了常人的想象和思维，二是它的故事完全出于幻想和虚构，不论是过去还是未来都不大可能存在。

奇幻故事其实就是在虚构的情境中讲述真实的故事，在此类故事中，其情境都是虚拟的，如神话故事里的神，科幻故事里的外星人，玄幻故事里的神仙，甚至武侠故事的江湖，都是现实生活中不存在或不可能存在的。故事的前提是虚拟的、假设的，但无论如何，故事必须是"真实"的，这种真实指的是故事要符合逻辑，符合人性，符合生活真实。

此类虚构故事，一是为了满足人类对未知世界的好奇心，因为人类对未知世界的探索永无止境，关于人类及生命的奥秘，关于未知的神秘世界，甚至关于外星人，都是人类所关注的，讲述相关故事的影视剧可以通过幻想和虚构的故事满足人们的好奇心；二是为了给观众造梦，艺术原本是欲望的游戏，人类的很多欲望在现实生活中不大可能满足，在虚构的世界里人类却可以驰骋想象，获得心灵抚慰。譬如我们希望强大，就可以把自己想象成孙悟空那样拥有神通的人物，有七十二般变化，又力大无穷，上天入地，无所不能；三是可以在虚构的情境中尽情地发挥想象，把人性的善恶表现得更为淋漓尽致，譬如在电视剧《花千骨》中，白子画与花千骨相爱，遭遇生死劫，爱就意味着死亡，面临的是绝境，是个没法解开的死扣，这样虚构的情境却可以把他们的爱情写到极致，他们相爱了，战胜了死亡。

根据提供题材不同，奇幻片（剧）主要有以下几种故事模式。

1. 神话故事

神话故事是人类最早的故事体系，是人类故事的源头。

神话里的神，其实就是神性化的人，是人类想象的产物。人类在宇宙中原本是渺小的，世界上很多事情都超越了人类的想象。宇宙是怎么来的？人是怎么出现的？人类怎样抵御自然灾害？古时的人类很难找到答案，于是就借助想象创造出超越人类世界的神话世界，创造出了超越人类的神去完成那些自己无法做到的事情，实现自己无法实现的梦想。

神，是人类的升华，是超越人类的，是人类中的英雄，或者说是超越了英雄的英雄。神话中的神祇，原本就有人类的外形，有人类的思想和感情。只是他们比人类更为强大，能够做许多人类做不到的事。人不能毁天灭地，移山填海，但神能做到。人不能追赶太阳，不能补天，但神能做到。人是要死的，而神可以不死。在古希腊神话里，阿喀琉斯这样的英雄之所以强大无比因为他原本就是神的儿子，而中国神话中的很多神话人物，原本是从现实中的人蜕化来的，按照中国古代道教的说法，人通过修炼可以得到神通，到了一定的境界，可以羽化登仙。这本也意味着在神话传说中，人与神的界限并不那么分明，神也是由人变成的。

神话片（剧）中人物多是神性化的人，或者说是人性化的神。他们的神性表现为他们一般都具有超自然的力量，生活在神的世界里，有神通，会变化，上天入地，无所不能，甚至超越了生死。他们的人性则表现在他们有人的形体，有人的情感，有喜怒哀乐，也如人一样有性格，有弱点。

在影视剧中，其实都是借助神来写人，写神就是写人，写神也是为了剖析人性，写神的世界也是为了影射现实世界，所以要把神当作人来写，神越人性化，越可能受到观众的喜爱。在电视剧《西游记》里，孙悟空的机智与顽劣，猪八戒的贪财好色、好吃懒做，沙和尚的老实憨厚，以及唐僧的迂腐顽固，都是现实人性的真实表现。

2. 玄幻故事及魔幻故事

玄幻故事中的人物是虚幻的，他们生活的世界也是虚幻的，这样的故事是超越现实的，但所表现的却是人性，虚幻的世界也好，虚幻的人物也罢，其实也是在反映现实人生。

玄幻故事都是建立在虚幻世界的基础之上，这个世界可能与现实相关，是超越现实世界的另一个世界，如《白蛇传》中的神仙世界、《哈利·波特》系列中的魔法世界；还有的世界则是完全虚构的，似乎与现实世界无关，如《权力的游戏》《海上牧云记》中所描绘的世界，在现实中很难找到完全对应的历史。

玄幻片（剧）中的人物也都是虚构的，他们有的是神，有的是仙，有的是道，有的是妖，有的是魔，有的是精灵，有的是鬼怪，当然也有普通人，如《白蛇传》中的许仙。

玄幻片（剧）的故事情境是幻想的、虚构的，不受现实生活的约束，可以设计出超越现实的情境，可以让人物尽情地展示自己的欲望和情感，把戏做到极致。譬如在《花千骨》中白子画与花千骨命中注定有生死劫，这等于为他们的爱情设置一道难以逾越的障碍，让他们的爱情必须接受生与死的考验，也让他们的爱情变得感天动地。

玄幻故事与神话故事有天然的联系，其中世界观的建构则来自中国独有的道家文化，道家认为人是可以修炼成仙的，而生死轮回则是佛家的观念。玄幻故事中的主人公多为仙侠，他们原本是人，后来通过修炼，或者经历特殊的际遇，修成了不世武功，有的甚至成为超越生死的神仙，来到了神仙的世界。但即便是神仙，本性还是人，具有人性，他们有七情六欲，有爱恨情仇，而所谓的仙界其实也有等级，有不平等，有爱有恨，与现实生活并无二致，有时他们所面临的处境可能比现实更为严酷。

西方魔幻故事同样与神话相关，古希腊神话故事中就带有许多魔幻的色彩，譬如在《荷马史诗》的《伊利亚特》中就有海神、独眼巨人、忘忧果、海妖、风神、魔女等玄幻故事的元素。而童话故事中也有小仙女、巫婆、巫术、精灵、魔王等，在《白雪公主》的故事中，白雪公主为巫婆所害，后被王子救醒，其实也是经典的魔幻故事。

中国当代的玄幻故事可以看作是武侠小说的升级版，武侠小说写的是江湖故事，而玄幻小说则上升到仙界，主人公仍然是仙界的侠客，所以也有人把玄幻故事说成是仙侠故事。

3. 科幻故事

科幻片（剧）中所建构的情境则是想象中的未来世界或过去的世界，尽管未必存在过，却是建立在科学认识和理解的基础之上。譬如很多科幻片（剧）都涉及了外星人和平行宇宙，目前科学并不能证明外星人和平行宇宙的存在，但按照现有的科学理论，它们都是有可能存在的。在神话片（剧）中，神仙可以腾云驾雾，在玄幻剧中，修仙者可以随意在天空中飞行，而在科幻剧中，人类必须借助于飞行器才能飞上太空。

影视剧最大的功能就是造梦，科幻片（剧）可以通过特效把人类征服自然的梦想用影像表现出来，使梦想具有现实感。

对于科幻电影和电视剧来说，故事的目的也是要给观众呈现出科学幻想出的未知世界的奇妙景观，所以科幻电影和电视剧都喜欢选择那些具有奇妙景观的故事题材，甚至把电影和电视剧作为展现奇妙景观的工具。纵观好莱坞影坛，从《2001太空漫游》到《侏罗纪公园》，从《星球大战》到《黑客帝国》，史诗般的太空旅行场景、以假乱真的史前恐龙形象、场面恢宏的太空战争、幻如灵境的虚拟世界等。观众看科幻电影，也不只是为了看故事，更重要的是看电影中所展现出的奇妙景观。

很多科幻电影采用的是超级英雄拯救世界的故事模式，故事中的"激励事件"经常是外星人入侵地球，或时空错位，或人类遭受某种灾难等，人类生存乃至整个地球处于生死存亡之中，超级英雄出现，临危救难，历经坎坷，终于战胜了敌人，拯救了地球和人类。

人类对科学的态度始终是矛盾的，对科学技术的恐惧和向往同时存在，科学能够造福于人类，也可能毁灭人类。在很多科幻电影中，人类造出的机器人最后超越了人类的智慧并成为人类的敌人。

14.5　动作片（剧）

动作片（剧）又称为惊险动作片（剧），是以强烈紧张的惊险动作和视听张力为核心的影片类型，其情节多涉及追逐、营救、战斗、毁灭性灾难（洪水、爆炸、大火和自然灾害等）、搏斗、逃亡及爆炸场面等，主人公通常代表正义一方对抗邪恶一方，解决的方法往往诉诸武力。

动作片（剧）的主人公一般都是动作英雄，他们或为武林侠客，或为维护正义的警察或军人，或为身负血海深仇的普通人，他们代表社会正义，富有社会责任感，一般具有高超的武功或强大的能力。当人类遭遇危难之时，他们挺身而出，成为拯救人类的英雄；或者侠肝义胆，在他人遭遇社会不平之时，拔刀相助，不惜牺牲自己，或者在家人遭受邪恶势力迫害和侮辱后卧薪尝胆，奋发图强，为亲人报仇雪恨。

动作片（剧）以动作取胜，以快节奏的故事和激烈的动作场面吸引观众，所以这种类型的电影或电视剧，最重要的是为主人公设计出足以让他们表现动作的情节和场面，在题材上往往偏重那些具有强烈动作性的事件，如战争、追杀、复仇、逃亡、犯罪等。

在美国，动作片（剧）的故事剧情往往与战争、谍战、犯罪、灾难，以及外星人入侵等相关，主人公也都是如 007 系列电影主人公邦德那样的英雄，智勇双全，身怀绝技，有着压倒一切的英雄气概，虽然身陷困境，最终总是战胜更为强大的敌人，取得最后的胜利。

1. 武侠片

武侠片（剧）与中国的传统武术连在一起，与西方的动作片有很大的不同，动作设计主要还是以冷兵器为主。"侠"字象征着某种伦理观念。武侠片（剧）中的侠客们个个武艺高强、行走江湖、仗义行侠、锄强扶弱、打抱不平。他们往往超脱于世俗社会之外，"侠"和"义"是他们所遵循的道德准则。应该说，这些人在一定程度代表了人民的道德理想。在此类故事中，"侠"也总是和"情"连在一起的，在古龙的小说里，侠客们总要为情所困，为情所苦，而金庸笔下主人公总能找到感情的归宿。

在武侠片（剧）里，往往表现代表侠义道的正派人物与代表旁门左道的邪派人物之间的斗争，容易组织尖锐复杂的矛盾冲突，情节跌宕起伏，甚至充满血腥争斗的凶险场面。武术动作经过影视手段的处理，令人眼花缭乱、目不暇接。然而，对于武侠剧，应该从更高意义上来理解。无论如何，故事总是要写人、写人性的。以金庸、梁羽生、古龙为代表的新派武侠小说最成功的地方就在于他们对人性的深刻揭露，他们把险恶丛生的江湖作为演示人性的舞台，侠客也好，邪派人物也好，一个个都在这里脱下自己的伪装，展示着自己的本性。在金庸那里，人的善恶并不是以所谓"正"和"邪"来划分的，在他看来，正派人物中有恶，邪派人物中也会有善。看上去道貌岸然的正人君子可能包藏祸心，邪派人物有时也很有人性，这种思想在小说《笑傲江湖》里表现得最为充分。

在武侠剧中，最有市场影响力的当数根据金庸和古龙等武侠小说名家改编的电影和电视剧，在拍摄武侠片（剧）方面，香港和台湾积累了丰富的经验，也取得了令世界瞩目的成果，我国武侠剧也因此成了在国际上很有影响的类型剧。

武侠片（剧）的主人公是侠客，古代最有影响的武侠故事是"荆轲刺秦王"的故事，荆轲也算得上是中国文学作品中侠客的人物原型了，关于战争，最经典的也是楚汉争霸，最悲情的战争英雄则是项羽，他可算是此类人物的原型。

武侠片（剧）主要采取以下几种故事模式。

① 行侠仗义，除暴安良：此类故事常见于中国的武侠电影和电视剧中，主人公多为侠义之士，他们个个武艺高强、侠肝义胆、威猛无敌，代表正义力量，他们路见不平拔刀相助，为了救助他人，为了道义，不畏强暴，不怕牺牲，敢于向强大的邪恶势力开战并最终战胜敌人，救民于水火，他们是民众心目中的大英雄，如电影《佐罗》和许多中国武侠电影中的主人公都属于此种类型。

② 逆袭成长，报仇雪恨：此类故事最经典的故事原型乃是《荷马史诗》中的《奥德赛》，中国很多武侠小说和玄幻小说及相关影视剧也经常采取这种故事模式。主人公原本为平常人，过着平静的生活，在金庸的小说里，主人公如郭靖、杨过、张无忌等都出身不凡，但突遭变故，怀着深仇大恨，生活悲惨，却不甘沉沦，在苦难中磨砺自己，中间有着不平凡的际遇，学得一身盖世武功，终于杀死仇人，报仇雪恨，如中国武侠电影《少林寺》、美国的很多西部片也采用此类故事模式。

2. 枪战动作片（剧）

武侠片（剧）的动作设计主要基于冷兵器时代，现代题材的动作片（剧）虽然也有近身武打场面，但更多的还是以枪战为主，甚至还要借助许多现代或未来的高科技武器，场面更加宏大，剧情也更加惊险刺激。

在许多类型影视剧中，动作设计如同爱情一样，是不可或缺的戏剧元素，如警匪片（剧）、犯罪片（剧）、战争片（剧）、历史片（剧）、科幻片（剧）等，都少不了激烈的动作场面。

编剧特训营

看电影《小武》《拯救大兵瑞恩》《2012》《哪吒之魔童降世》《新龙门客栈》《少林寺》等，列出其戏核、戏魂及故事形态和戏剧模式，并分析其故事原型、人物原型和故事模式。

【基本要求】

1. 可采用图表进行对比分析。

2. 分析相关类型影视剧的叙事模式及其特点。

【作业目的】

掌握类型影视剧与故事模式之间的关系及其一般规律。

第十五章
类型片（剧）叙事模式分析（下）

警匪片（剧）、犯罪片（剧）、爱情片（剧）、励志（剧）、伦理片（剧）、喜剧片（剧）也都是比较受欢迎的影视剧类型，更多取材于现实生活，表现百态人生和现实社会。

15.1 警匪片（剧）

警匪片（剧）表现警察与罪犯的斗争，在现代社会，警察与各类罪犯的斗争无疑是最有戏剧性的故事题材。

警匪片（剧）一般以警察为主人公，围绕某个案件与犯罪分子展开角逐，最后警方破获案件，将罪犯绳之以法。案件性质不同，作案方式不同，破获的方式也不一样。国际犯罪或恐怖犯罪，偏重枪战；官员经济犯罪，偏重反腐；刑事案件，偏重推理侦破；涉毒案件，除了武力抓捕，还经常采取卧底侦察的方式。

警匪剧在我国和美国都很流行，我国拍得较为成功的警匪剧有《便衣警察》《9•18大案》《西部警察》《重案六组》《无证之罪》《破冰行动》《国家行动》等，以及美国的《神探亨利》等。

由于社会和文化上的差异，各国警匪剧的人物有着不同的特征。美国的警匪剧的主人公一般都是美国式英雄角色，主人公有勇有谋，有幽默感，富于男性魅力，会讨女人喜欢，性格狂傲不驯，经常与上司发生冲突，是典型的个人主义者，依靠个人的勇气和智慧独立完成任务，剧中有许多激烈的打斗场面，但更突出主人公在破案过程中的勇敢和智慧。而我国的警匪剧特征还有细分如香港地区的警匪剧大多表现警察与黑社会集团之间的斗争，主人公往往与黑社会人物有着这样或那样的关系，使他们在与黑社会的较量中受到感情的困扰，在法律和感情中面临抉择。内地的警匪剧更强调集体性，注重塑造警察的群体形象，主人公总是克己奉公，忠于职守，在个人利益与国家利益发生冲突时，总是牺牲个人利益，那些在事业上成功的警察往往在个人感情上是失败者，主人公经常扮演悲剧的角色，创作者总是试图通过这样的悲剧感来使主人公的形象变得崇高起来。《绝对控制》《重案六组》都是优秀的警匪剧，这些剧在人物塑造上有很大的突破。

按照案件性质、特征及破案方式的不同，警匪片（剧）大致有以下几种故事模式。

1. 警匪对决

此类故事乃是警匪片（剧）最常见的故事模式，一般都会选择非同寻常且极其恶性的典型案件，多数以真实案件为基础改编，罪犯或极为凶残极为变态，或极为狡猾，有些罪犯的智商还很高，警察同样也很聪明，往往围绕案件斗智斗勇，玩着猫捉老鼠的游戏，最后案件得以侦破，警察将罪犯绳之以法。

2. 反腐案件

此类故事经常是由一件刑事案件引出官员贪腐案，随着破案的进展，引出错综复杂的故事情节。虽是警匪片（剧），有悬念，但此类故事的重点并不在破案本身，而在于展示我国反腐败斗争的成果。

3. 悬疑推理

此类故事最经典的故事原型是柯南道尔的小说《福尔摩斯探案集》，主人公一般都有很高的智商，尤其擅于推理破案，能够根据案发现场的蛛丝马迹通过推理找到真相，经常采用高科技破案手法，让人大开眼界。故事中涉及的案件也是错综复杂，超出常人想象，充满着悬念，破案者与罪犯之间其实是一场智慧的较量，案件结果出人预料又在情理之中，经典的影视作品有《东方快车谋杀案》《阳光下的罪恶》等。

4. 反恐反黑

反恐反黑案件更多会涉及警察中的特战部队，更多的是武力上的较量，特战队员经过特殊训练，大多身怀绝技，经常会使用特殊的武器装备，采取特殊的军事手段，面对的是更为凶残的敌人，故事中的主人公一般都是传奇性的英雄，他们勇猛顽强，智慧超群，无往而不利。

5. 卧底破案

卧底潜伏原本是谍战片（剧）中经常采取的故事模式，如《潜伏》《悬崖》等，这种破案方式其实也经常在缉毒或反黑反恐案件中使用，事实上很多警匪片（剧）都采取这种故事模式，此类故事一般有两种模式，一种是我方警察到敌方卧底帮助破获案件，另一种是我方挖出敌方卧底，与敌人斗智斗勇，此类型影视剧有电影《无间道》，以及电视剧《余罪》《破冰行动》《卧底归来》等。

15.2　犯罪片（剧）

犯罪片（剧）是在市场很受欢迎的影视剧类型，主要以犯罪故事作为故事题材。警匪剧主要讲述警察与罪犯的斗争，故事的主角是警察，表现警察的英勇机智，而犯罪片（剧）的主角是罪犯，表现罪犯的凶残，给社会以警示。

在中外文学史上，有过许多关于人类犯罪的故事，莎士比亚的戏剧《麦克白》《奥赛罗》、雨果的小说《悲惨世界》、司汤达的小说《红与黑》、福楼拜的小说《包法利夫人》以及托尔斯泰的小说《复活》和陀思妥耶夫斯基的小说《罪与罚》写的都是犯罪故事，这些经典故事为许多影视剧提供了故事原型。

犯罪片（剧）的故事是以罪犯为主人公，通过罪犯犯罪及其与警察对抗的过程，揭示犯罪心理及社会原因，剖析人性，给世人以警示。在此类故事中，可以有警察破案及与罪犯斗争的情节，也可以没有，但最终罪犯都会被绳之以法，得到应有惩罚。美国的黑帮电影属于犯罪片，主人公是罪犯，尽管有时候被描绘成英雄，如《教父》等，但最终都受到惩罚。

犯罪片（剧）往往会选择真实的案件作为故事题材，或案情危重，曾造成恶劣社会伤害，社会影响大；案情复杂离奇，充满悬念，令人惊奇；或案情典型，其中包含有复杂的社会心理原因，深入剖析后能够警醒世人。

犯罪片（剧）一般都有动作情节，故事中含有暴力元素，剧情激烈，此类故事的特点就是带有暴力及动作元素的高度戏剧性。

犯罪故事的目的是剖析犯罪的心理和社会根源，用以警示世人，它所选择的案件具有一定的典型性，人物也具有典型性，这样才可能教育更多的人。

典型性就是要求人物一方面要有独特的个性，另一方面这种个性也代表了人类的某些共性，可以从个人的犯罪中看到人性及社会中所存在的某些问题，这些问题带有一定的普遍性。譬如雨果小说《悲惨世界》中的主人公冉阿让因偷窃一块面包而被判刑坐牢 19 年，揭露了当时社会对底层百姓的冷酷与残暴。

拍摄犯罪片（剧）时，创作者一定要站稳立场，树立正确的价值观，怀有社会责任感，掌握好分寸，不能过度渲染暴力，我们应对一切违背人性的犯罪行为进行谴责和批判。

在影视剧中，犯罪主人公大致可以分为以下几种类型。

1. 残暴型

此类人物极其凶狠残暴，丧失理性，作恶多端，犯下重案要案，属于十恶不赦之徒，如电视剧《插翅难逃》中以张子强为原型的张世豪、电视剧《征服》中的刘华强等。

2. 智慧型

此类罪犯智商很高，属于高智商犯罪，有些是利用科技手段进行犯罪活动，如《绝命毒师》的主人公沃尔特·怀特。

3. 变态型

此类罪犯之所以犯罪是因为心理变态，如美国电影《沉默的羔羊》中的变态杀人犯"野牛比尔"。

4. 过失型

此类罪犯本性并不坏，甚至可能是好人，是令人喜爱的英雄，或因环境的逼迫，或因偶然事件的发生，或因命运使然，走上了犯罪的道路，但他们仍然不失英雄本色，仍然保持着人性，即便犯了罪，也令人同情，令人敬重，如《教父》中主人公维托·唐·柯里昂及他的儿子迈克。

15.3　励志片（剧）

励志故事主要表现人物励志成长的过程，励志类型的故事经常与其他类型如爱情片（剧）、战争片（剧）等混杂在一起，其实影视剧中的故事都包含有励志的因素。

此类故事基于正确的价值观，宣扬社会正能量，倡导积极向上的乐观精神，通过描述典型人物的成长经历，为社会树立成功的榜样。

励志剧中的主人公一般具有三个特点：第一，他是个成功者，成功者才可能成为榜样，激励后来者。这种成功不一定是赚的钱多，做的事业大，更重要的是他的品格以及对社会的贡献。第二，他原本是个小人物，身世坎坷，靠着个人的努力取得成功。身世坎坷的人取得成功，才会激励更多的人，倘若他原本出身高贵，凭借家族的财富或资源取得成功，就很难起到示范作用，很难激励他人。在金庸的小说里，主人公如郭靖、杨过、张无忌等，虽然出身不凡，却因为特殊的境遇，跌落尘埃。出身不凡，令人有所期待，而跌落尘埃，才有成长的空间，这些人物后来都是经过个人努力加上特殊的机遇成为绝世高手。如今很多的玄幻小说也是如此，主人公前世是武帝武皇级的人物，后来投胎成为废柴，经过努力，重新登上人生的巅峰。第三，主人公性格可能有缺点，但人品是纯良正直，且依靠着个人努力并采取正当手段取得成功，其行为能够得到观众认可。倘若一个人取得成功，靠的是非法或者不道德的手段，个人品格低下，不可能成为社会的楷模，自然也不能成为励志片（剧）中的主人公。

一般说来，励志片（剧）采用的故事模式主要有以下几种。

1. 小人物逆袭

这是励志片（剧）经常采用的故事模式，主人公一般都是小人物，他们的人生处境甚至比常人更为凄惨，有的肢体或智力有缺陷，如《阿甘正传》中的福瑞斯特·甘、《暗算》中的盲人阿炳等，有的家境贫寒身份卑微，如《士兵突击》中的许三多等，有的身世坎坷，如《笑着活下去》中的晏阳等，最后经过个人的努力，取得了成功并获得幸福的生活。也有些励志片（剧）的主人公是经过人生低潮的英雄人物，他们在逆境中重新奋起，克服困难取得成功，阿喀琉斯就是这样的英雄，他因女奴被阿伽门农抢走，意志消沉，退出战争，后因好友被杀，为了给好友报仇，他重新振作，最后取得胜利。

2. 梦想成真

此类故事的原型故事包括"灰姑娘""白雪公主"以及"丑小鸭"的故事等。"灰姑娘"讲述的是一位受继母和继组百般凌辱的普通女孩逆袭成长与王子结婚的故事；"白雪公主"讲述了被巫婆迫害致死后来却被王子相救并与王子结婚的故事，这两个故事都迎合了许多少女渴望梦幻爱情的梦想，成为许多励志故事的经典模式；"丑小鸭"讲述的是一只被误解、被歧视的丑小鸭最终化身美丽天鹅的故事，表现了许多少女的心愿，成为许多励志片（剧）经常采用的故事模式。

　　励志剧的主人公多是普通人，有的甚至还低于常人。一个智商高或很强大的人取得成功，只是个平常的故事，但如果一个普通人，甚至低于常人（如许三多这样的"傻子"）都能取得成功，就是非常态的故事了。条件不好的人取得成功的故事，会激励更多的普通人去努力，这也是励志片（剧）所追求的目标，也是它的价值之所在。

15.4　伦理片（剧）

　　伦理片（剧）主要着眼于现实，通过家庭或个人的生活经历，反映社会敏感问题，发掘其中的社会伦理意义，引导观众思考，并提倡正确的社会价值观。

　　伦理片（剧）的关键在于一个"理"字。"理"是道理，伦理故事就是用故事来宣扬某种道理。有些"理"可能不容易说清楚，可能不易理解，也可能因单纯讲理太过枯燥听众没有兴趣，这些时候就可以借助故事来讲理，因为故事形象生动，容易听明白。伦理故事要说的"理"，就是人生道理。伦理只涉及道德的层面，一般不涉及法律，倘若到了法律的范畴，可能就不是伦理片（剧），而是犯罪片（剧）了。伦理故事只是在社会道德伦理的范畴分析和讨论人类的行为，当然这种界线有时是很难界定的，因为所有的犯罪行为都是违反社会伦理道德的。

　　伦理片（剧）中的故事多少带有些说教的意味，它原本就要通过故事来宣扬某种人生哲理或伦理观念，主观性较强，可能会引起观众的反感。创作者应该注意把自己的观点巧妙地隐藏在剧情中，而不是直接说教，避免引起观众反感，让观众从剧情中感悟其中的道理。

　　生活伦理片（剧）选择的故事题材首先要包含有伦理意义和伦理价值，这种伦理意义是普通人所关注的，能够引发他们思考，引起感情上的共鸣。这就要求创作者有社会责任感，能把握住时代的脉搏，抓住社会的痛点和痒点，最大限度地满足观众普遍心理需求。20世纪90年代，人们普遍感到迷茫，电视剧《渴望》应运而生，人们从代表传统道德的女主人公刘慧芳身上找到寄托。随着经济的发展，人民生活越来越富裕，婚姻观念发生改变，社会出现婚姻危机，电视剧《牵手》第一次触及了婚外恋问题，同样取得巨大的成功。随后出现的电视剧《中国式离婚》并没有延续婚外恋题材，而是触及到价值观和性格所带来的婚姻悲剧。美国电影《克莱默夫妇》《肖申克的救赎》等也都因为片中对社会敏感问题的深刻展现和讨论，赢得了观众的共鸣。

　　生活伦理片（剧）所选择的故事都应该是真实的，叙事方式也是现实主义的。现实主义创作要求表现典型环境中的典型人物，也就是说，故事中的人物也好，事件也好，要有一定的典型性，表现人物个性的同时反映人类的某些共性。《贫嘴张大民的幸福生活》中的张大民是个小人物，长得很胖，家境贫寒，好不容易娶了老婆却连个单独的房间都没有。大妹妹嫁了个粗鲁的农村男人，遭遇家暴，小妹妹得白血病死了，妈妈得了老年痴呆。张大民的个人生活很不幸，"贫嘴"是他的性格，也是他消解痛苦的方式。这种"精神胜利法"很多人都用过，很多观众都可以从他身上看到自己的影子，很容易产生共鸣。

伦理片（剧）中的故事不仅要有"理"，也要有"情"，既要以"理"晓人，也要以"情"感人。此类故事的剧情往往带有悲剧性，主人公命运多有些悲惨，如电影《地久天长》《老炮儿》，电视剧《不要跟陌生人说话》《中国式离婚》《樱桃》等，有时也会采用悲喜剧或轻喜剧的方式，让观众在笑声中消解生活的艰难和苦涩，所谓"含泪的笑"，如电影《我不是药神》《老炮儿》，电视剧《贫嘴张大民的幸福生活》《蜗居》等。

伦理片（剧）往往通过歌颂真善美，批判假恶丑，揭示人性的本质，倡导社会正义，弘扬社会主流价值观。

伦理片（剧）主要采取以下两种故事模式。

1. 歌颂型

此类故事以正面宣传为主，通过某些典型人物或事件来宣扬某些人生哲理和伦理道德。主人公一般都是正面人物，代表主流社会认可并宣扬的人生哲理和道德伦理观念。很多主旋律影视剧都属此类。这些影视剧中的人物符合主流价值观，很多都是社会先进人物或道德楷模，如雷锋、焦裕禄、孔繁森等。

此类故事作品很多，创作难度很大，原因有二：一是故事中的人物往往过于高大完美，不食人间烟火，不接地气，与观众距离甚远，观众难免对其敬而远之；二是说教性太强，削弱了它的伦理意义和故事性。

有一些伦理片（剧），主人公都是微不足道的小人物，他们做的事很平常，却很感人，如电影《妈妈再爱我一次》《搭错车》，以及电视剧《暖春》《樱桃》等，都是苦情片（剧），没有说教，以情感人，故事简单，却包含着切实的伦理，很接地气，也容易受观众喜欢。

2. 批判型

此类故事带有批判性，主人公多为反面人物，他们并非犯罪分子，但他们的行为违反了社会公认的伦理道德，也违背了人性，是性格或品性有缺陷的人，通过他们的故事，通过对人性的剖析，揭露其丑恶，引起社会的关注，从反面宣扬正确的价值观和伦理观。

在欧洲，伦理故事最经典的原型故事是古希腊神话中的"伊娥的故事"和"美狄亚的故事"。宙斯爱上了美丽的民间少女伊娥，偷偷从奥林匹斯神山下来。当他引诱伊娥时，却被妻子赫拉发现，宙斯急中生智，把伊娥变成一头小母牛，赫拉虽然看破，却将计就计，要求宙斯把这头小母牛送给她。宙斯做贼心虚，只得把伊娥送给赫拉，赫拉于是带走伊娥，令她受尽折磨。美狄亚为了帮助伊阿宋背叛了父亲，杀死了弟弟，伊阿宋却因贪图权势背弃了她与其他女人结婚。这两个故事虽然发生在神话传说中，却很有典型性。伊娥是个受害者，赫拉和宙斯都是加害者，这个故事很悲惨，也包含着很深的伦理意义，成为很多"三角恋"故事的原型故事。美狄亚是个受害者，也是个反抗者，但她先为了男人背叛并杀死亲人，后为了报复男人不但杀死了夺走爱人的女人，还杀害了自己的孩子，所以她也是个加害者，从伦理上说也是有很大缺陷的，她的悲剧令人同情，更引人思考。

在我国，此类故事的原型故事可以追溯到《孔雀东南飞》，这是一部爱情悲剧，主人公刘兰芝勤劳善良，与丈夫焦仲卿相爱，却为婆婆所不容，婆婆强迫丈夫将她休弃，刘兰芝回到家中，在哥哥的逼迫下改嫁，但刘兰芝不肯背弃爱情，与焦仲卿相约，以死殉情。一个美丽的女孩和一个懦弱的男人，加上一个凶悍的婆婆，成就了一段凄美的爱情悲剧，这样的故事模式依然在很多家庭伦理剧中沿用，也成为经典的故事原型。

歌颂型伦理故事所倡导的伦理观念一般都是比较正统且为社会主流价值观所认可的，故事中的主要人物也比较保守，很少会引起人们的争议。批判型故事往往会选择那些更容易引人关注甚至可能引发人们争论的事件，其中包含的伦理观念也是比较激进的，甚至是反传统的，其中的人物性格也很复杂，往往性格中有善也有恶。相对于歌颂型的故事，批判型的伦理故事能够更深刻地揭露社会的丑恶和人性的缺陷，更具有艺术魅力。

15.5 爱情片（剧）

人皆有情感，故事中也有情感，没有情感的滋润，故事也就无趣乏味。故事里有嬉笑怒骂，有爱恨情仇，而爱情片（剧）里的"情"，主要指的是男女爱情，爱情片（剧）是以男女情感为题材的影视剧类型。

男人与女人，相依相爱，又相互怨恨，男女之间的爱千年写不尽，男女之间的恨也是绵延不绝，这样的爱恨演绎出了许多或感天动地或缠绵悱恻或凄美动人的爱情故事。对故事来说，爱情是永恒的题材，任何时代都不会过时。

爱情故事千千万，总结起来也无非只有两种结果：一为"合"，即相爱的男女修成正果，有情人成了眷属，是为正剧或喜剧；二为"分"，即相爱的男女因各种原因不得不分离，酿成爱情悲剧。

总体而言，爱情片（剧）主要可以分为以下几种类型。

1. 青春偶像式

此类故事的主要功能是造梦，目标观众是 12~24 岁处于梦幻中的年轻人，主人公都是偶像式的人物。所谓偶像，其实是把自己不大可能实现的梦想寄托在他人身上，通过这个人物使自己的梦想得以实现。所以，偶像剧中的人物多为俊男靓女，出身非同寻常，男主如同童话故事里的王子，出身豪门、才华横溢、英俊潇洒、正直诚实、温柔体贴，而女主即便不是公主，也是灰姑娘式心地善良的漂亮姑娘，他们真心相爱，克服种种障碍，有情人终成眷属。

此类故事最流行的模式是梦想成真，即原本不可能的爱情梦想经过努力就成为了现实。所谓不可能其实是指男女之间存在着难以克服的阻力，而这种阻力有时来自外部压力，有时则来自他们自身。

应该相爱或可能相爱的人走到一起会被认为理所当然，也就不存在所谓的梦想，比如门当户对，青梅竹马，走到了一起，别人会羡慕，但不觉得稀奇。不该相爱或不可能相爱的人相爱才算得上是梦想，比如一个乞丐爱上了一位公主，一位凤凰男爱上一位白富美，在现实中不大可能的事，在这里居然成真了，对很多人来说，这就是梦想。

在这类故事中，男女主人公看似并不匹配。有时身份地位不匹配，如男的出身富贵，女的出身贫寒；有时是外貌不匹配，如男的丑陋，女的美若天仙，正是男女主人公身份地位或财富外貌之间的不对称，形成了阻力，并可能产生激烈的戏剧冲突，构建了故事的戏剧基础。

尽管男女之间存在难以克服的障碍，经历了种种坎坷，结果却十分圆满，如《西厢记》中的张生是个穷书生，而莺莺则是相国之女，最终他们冲破阻力，结为了夫妻，成就了一段美满的爱情。在电视剧《花千骨》中白子画与花千骨是师徒关系，还经历了生死劫，但他们最终走到了一起，造就了一段梦幻式的美满爱情。

2. 悲情式

此类故事多为悲剧，故事模式为男女相爱却不得善终，相爱的男女主人公因为来自个人、家庭或社会的阻碍而被迫分离酿成了悲剧，经典的故事原型有中国的《梁山伯与祝英台》、莎士比亚的悲剧《罗密欧与朱丽叶》等，电影《魂断蓝桥》《泰坦尼克号》《乱世佳人》等。

此类故事大致有以下三种常用的故事模式。

① 爱而不得：此类故事多为悲剧，不可得的爱情更让人怀念，更让人珍惜，也更容易让人美化，经典的故事原型是莎士比亚的《罗密欧与朱丽叶》，中国的《梁山伯与祝英台》等。

② 三角恋：最经典的故事原型来自古希腊神话中"伊娥的故事"，好色的丈夫，善妒的妻子，加上受伤害的第三者，几乎是以后所有的三角恋故事的标准模式，如电视剧《牵手》《让爱做主》等。

③ 背叛：男人背叛女人，女人被抛弃，或女人背叛男人，最经典的故事原型是古希腊神话中关于美狄亚的故事。美狄亚爱上了伊阿宋，不惜背叛亲人，帮助伊阿宋取得金羊毛，但伊阿宋移情别恋，美狄亚为了报复，杀死了与伊阿宋所生的儿子及伊阿宋的新欢，逃往雅典。在《荷马史诗》的描述中也是因为海伦背叛丈夫，与美男子帕里斯王子私奔，才引发了特洛伊战争。

15.6　喜剧片（剧）

故事其实是靠剧情的味道来吸引人，能够把剧情写得有趣味是好编剧应该具备的能力。显然，最能给剧情增加趣味的就是喜剧性，剧情的妙趣往往也在这里，在很多影视剧里，喜剧性都是不可或缺的，中国古典戏曲中总会有一个丑角来给人逗趣，给故事增添笑料，美国电影中也往往会有个喜剧人物不时插科打诨、逗人发笑，喜剧性就如味精，有了它，故事才会更有滋味。

喜剧片（剧）是一种以逗人发笑为主旨的故事类型，笑，不只是手段，也是目的，让观众在笑声中体验人生，解剖人性，看尽人生百态。

喜剧片（剧）是影视剧中充满智慧和活力，永远受到观众喜爱的类型，喜剧表演是最难于把握的表演技巧，让人开怀大笑比让人哭要难得多，如果还要让人在笑声中感受到机智和深沉或苦涩和辛酸就更难了。

喜剧的目的是要引人发笑，没有笑声，也就不能称其为喜剧。喜剧引发的笑声通常是善意的。善意的笑才会使人感到轻松，感到快乐。一般说来，喜剧人物不能太好，也不能太坏。太好的人总是过于严肃，过于正直的人容易板住面孔，让人笑不出来。太坏的人，又容易引起人的憎恶和反感。喜剧人物大多是有缺点的好人，他们身上有引人发笑的一面，但这种笑不应对他人造成实际的伤害。在莫里哀的喜剧里有过像阿巴贡和答尔丢夫这样的坏人，作者让他们表演出种种丑态，引得观众开怀大笑，在笑声中得到满足和快感。

夸张是创造喜剧效果最有效的手段，没有夸张就没有喜剧。在喜剧里，人物总是变形的，他们的某些性格往往会被夸张，如阿巴贡的贪婪吝啬，答尔丢夫的伪善等。喜剧中的情节及人物动作和表情也是夸张的，例如描写乐队指挥在音乐会上指挥乐队的场面，在现实生活中本来是很严肃的，容不得差错，可是在喜剧片中，却可以让指挥丑态百出，边指挥边不停地挠着自己身体的各个部分，身体东歪西斜的，甚至从台上掉下来。然而这种夸张必须要掌握好度，过了这个度，就容易流为低俗无聊，让人笑不出来，还觉得反感。在影视剧中，还可运用一些特殊的摄影手段达到喜剧的效果，如适当地采用一些广角镜头等。

喜剧很适合用电影和电视剧来表现，在观众中也很有市场，我国历来也有喜剧的传统。电影《疯狂的石头》《人再囧途之泰囧》《驴得水》和电视剧《宰相刘罗锅》《刘老根》《神医喜来乐》都算是比较成功的喜剧。

西方的幽默文化传统起源于古希腊喜剧，希腊喜剧起源于祭祀酒神的民间歌舞，古希腊最有代表的喜剧作家是阿里斯托芬，欧洲文艺复兴时期的莎士比亚，法国戏剧家莫里哀都创作过许多伟大的喜剧作品，此外，西班牙作家塞万提斯的小说《堂·吉诃德》，以及俄国作家果戈理、契诃夫的短篇小说等都有很强的喜剧性这些作品都给喜剧电影和电视剧提供了许多经典的故事原型。

喜剧的关键在于喜剧性人物的塑造。亚里士多德说："喜剧是对于比较坏的人的模仿，然而，'坏'不是指一切恶而言，而是指丑而言，其中一种是滑稽。滑稽的事物是某种错误或丑陋，不致引起痛苦或伤害，现成的例子如滑稽面具，它又丑又怪，但不使人痛苦。"亚里士多德对喜剧人物的分析，在今天的喜剧创作中仍然有着不可忽视的意义。

喜剧性人物的性格都是单一性或扁平化的，即把人物身上的某种欲望和性格加以突出夸大，乃至让人觉得有悖常理，达到荒唐可笑的地步。

在电影和电视剧中，喜剧故事主要包括以下几种模式。

1. 社会讽刺喜剧

从古希腊起，喜剧就具有社会讽刺功能。喜剧一般取材于现实生活，对现实生活中的丑恶现象进行讽刺和批判。

鲁迅先生说："悲剧将人生有价值的东西毁灭给人看，喜剧将那无价值的撕破给人看。"[1] 喜剧经常抓住社会上那些无价值的丑陋乃至荒唐的事件或人物作为对象，经常采用夸张和对比等手法使之达到荒谬可笑的地步，加以讽刺性的批判。

社会讽刺喜剧大致可分为两种：一是事件为主，主要针对某些社会丑恶现象，一般会选择那些荒诞性的社会事件作为故事题材，最经典的原型故事是果戈理的《钦差大臣》和《死魂灵》，较有代表性的电影有《百万英镑》《驴得水》《李茶的姑妈》等；二是以人物为主，对人物的某种性格加以夸张，达到可笑的地步，揭露人性的丑恶，最经典的原型故事是莫里哀的喜剧《伪君子》，有代表性的电影有《大独裁者》等。

社会讽刺喜剧的主人公多为反面人物，是被嘲讽和被批判的对象。

2. 幽默喜剧

幽默往往是与智慧联系在一起的，有幽默感的人通常也是富有智慧的人。幽默喜剧中的主人公一般都是正面人物，他们在智慧上超越了常人，对人对事看得很透，他们玩世不恭，以幽默的方式调侃人生，以智慧捉弄对手，使对手陷于尴尬可笑的境地，从而引人发笑。美国电影中许多主人公都有幽默感，喜剧性也成为很多美国电影的调味品，印度电影也带有类似的喜剧性，如《三傻大闹宝莱坞》《摔跤吧！爸爸》等；在我国，王朔的小说改编的电影都带有喜剧性，电视剧《宰相刘罗锅》中的刘罗锅、《铁齿铜牙纪晓岚》中的纪晓岚也都是具有智慧和幽默感的喜剧人物。

3. 性格喜剧

性格喜剧多为小情节，围绕人物展开故事情节，其喜剧性主要由人物性格中的喜剧因素所造成。

一般说来，以下两种人物比较具有喜剧性。

① 有缺点的好人：这种人往往心地善良，但性格上有缺陷，有的爱慕虚荣，喜欢吹牛皮，如《闲人马大姐》中的潘大庆；有的天性热情，却总是好心办坏事，如《闲人马大姐》的马大姐；有的生活不幸，经常通过贬低和损毁别人来寻找心理安慰，如《贫嘴张大民的幸福生活》中的张大民。他们的缺点很明显，也使他们经常显得很可笑。

② 与时代或周围环境脱节的好人：此类人物最有典型的是塞万提斯小说《堂·吉诃德》中的主人公堂·吉诃德，俄国小说中的"多余人"也属于这类人物，他们生活在新的时代，却固守旧时代的传统和生活方式，使他们与时代及周围环境格格不入，发生严重错位，他们的思想和行为也难免显得有些可笑。我国电影《老炮儿》中的主人公六爷和电视剧《士兵突击》中的主人公许三多也都是与时代相脱节的人物，由于某种错位，使得他们性格带有一定的喜剧性。

4. 悲喜剧

所谓悲喜剧，其实就是用喜剧的方式来讲述悲剧性的故事，喜中带悲，看看可笑，内心却悲苦，就是所谓"含泪的笑"，俄国作家果戈理和契诃夫的小说都带有这样的喜剧性，也可看作是此类喜

---

1   鲁迅《再论雷峰塔的倒掉》。

剧故事的故事原型。美国电影《美丽人生》、张艺谋导演的电影《活着》以及电视剧《贫嘴张大民的幸福生活》都可算是此类故事的代表作。

编剧特训营

　　看电影《流浪地球》前 15 分钟，按要求写成文学剧本。

【基本要求】

　　1．选择你自己喜欢的剧本格式。

　　2．剧本格式要规范。

【作业目的】

　　学习剧本写作的格式。

第十六章
剧本格式

国内外有许多种常用的剧本格式，但无论采用哪种格式，剧本总是供拍摄用的，应该适应影视剧拍摄的需要。

16.1 剧本形式及其功用

在影视剧拍摄过程中，会有 3 种剧本形式的变换，先是由编剧编写的文学剧本，然后导演要根据编剧提供的文学剧本设计出供拍摄用的分镜头剧本，最后场记还会通过记录下的拍摄过程，整理出完成剧本，供后期剪辑用。

16.1.1 文学剧本

文学剧本一般是由编剧编写的，导演、制片人或剧本责编也可能参与其中，文学剧本的功用是为影视剧拍摄提供故事蓝本。

文学剧本是一种运用电影思维创造银幕形象的文学样式，是编剧根据自己对生活的感受、认识和理解进行艺术构思，并按照电影表现手法（也称蒙太奇手法，包括场景、环境、人物形象、行为、动作、说白、音响及其他细节）设计，通过文字描述自己对未来影片设想的作品。

文学剧本主要是为拍摄影视剧而写作的，必然受到影视剧特性的制约，必须符合影视艺术的基本规律和要求，它创造的形象虽然以文字为媒介，但必须能够通过影片的摄制，以各种技术手段在银幕上体现出来。

16.1.2 分镜头剧本

分镜头剧本是导演的工作台本。

文学剧本为拍摄奠定了基础，但它还不能直接用来进行拍摄，导演还要根据剧本内容和自己的总体构思，创作分镜头剧本。分镜头剧本，是将文学形象变为银幕或荧屏形象的重要环节。主要任务是根据编剧创作的文学剧本来设计相应画面，配置音乐、音响，把握片子的节奏和风格等。

分镜头剧本主要包括镜号、场景、景别、特技、镜头内容、音乐、音响等，不仅把文学形象变为银幕或荧屏形象，而且赋予影视剧独特的艺术风格（示例见表 16-1）。

表 16-1　分镜头剧本示例

镜号	景别	摄影技巧	角度	光效	组接技巧	镜长	镜头内容	主要台词	音乐	音响	备注
1	远景	固定镜头	正面	顺光	切镜头	1s	暴风雨夜晚，维吉尼业号蒸汽船在海上漂荡不定	三天后，海洋变脸了	无	暴风雨声雷电声	拍摄夜景，光效决定了美感
2	全景	移镜头	斜侧	顺光	切镜头	2s	Max 在摇晃的房间中下床走出门	无	幽默爵士	跌撞声	一些没台词的片段，音乐选择很重要
3	全景	固定镜头	正面	顺光	切镜头	3s	Max 在船舱地板上站不稳、打滚	无	幽默爵士	滚落声	音效要与音乐配合不能突兀
4	远景	固定镜头	正面	顺光	切镜头	4s	暴风雨夜晚，维吉尼亚号蒸汽船在海上漂荡不定	无	幽默爵士	暴风雨声	
5	全景	移镜头	正面	顺光	切镜头	5s	Max 在船舱地板上打滚撞到门上	无	幽默爵士	撞门声	
6	全景	固定镜头	正面	侧光	切镜头	6s	Max 撞开铁门	无	幽默爵士	开门声	
7	特写	固定镜头	正面	顺光	切镜头	7s	Max 抓住栏杆，向斜下方看，欲呕吐	无	无	干呕声	

16.1.3　完成剧本

完成剧本亦称"镜头记录本"。场记根据已摄制并修改完成的影视片，将镜头顺序、景别、摄法、画面内容、台词（或解说词）和音乐、音响、镜长等准确而简略地记录下来的完整剧本，以备存档、发行及查考之用。其形式与分镜头剧本基本相似，但性质完全不同。

分镜头剧本是影视片摄制前的设想，拍摄过程中往往会变动，而镜头记录本是完成影视剧拍摄过程的记录。两者所记录的拍摄内容和处理常常是不同的。

16.2　剧本策划文本

一般说的剧本，指的是编剧创作的文学剧本。

剧本创作一般分为 3 个阶段：即剧本策划、剧本创作和剧本修改。

剧本创作其实是从剧本策划开始的，在这个阶段，编剧一般都会先写出剧本策划书，把剧本的创作思路写出来，一是作为创作做准备，二是让制片方了解自己的思路和能力，以得到制片方的认可。

剧本策划书没有统一的格式，一般说来包括四个方面的内容：①题材的价值；②项目定位，包括市场定位、类型定位及故事定位；③人物小传；④故事大纲或分集故事梗概。

有的剧本策划书更简单些，只有人物小传和故事大纲，还有的剧本是根据小说改编的，经常只包含改编思路或故事创意。

16.3　剧本要素

剧本就是把故事的画面内容写下来供演员表演用的，包括声音和画面两个方面，声音主要是人物对话，即台词，还有音乐和音响，而画面内容则包括场景、人物动作、人物表情等。

16.3.1　台词

台词是指戏剧、电影、电视剧中角色所说的话，包括对白、独白和旁白。对白是人物对话，独白一般用来表现人物心理，是角色内心想说的话，而旁白则是画面外人物所说的话，多是以叙述者的口吻说出的。

台词是剧本最重要的组织部分，也是它的基石，在很多影视剧本中，90% 以上的内容都是台词。一般情况下，电视剧本的台词比电影剧本的台词更多，戏剧剧本的台词又多于电视剧本，因为电影要在 90~120 分钟内把故事讲完，节奏快，动作性强，场景转换快，而电视剧故事长，可以娓娓道来，场景少，节奏慢，成本也低，戏剧受场景限制，只得靠对话来推动剧情。

在影视剧中，人物对话是表现人物性格、推动剧情发展和展示人物命运的非常重要的方式。

在剧本中，独白和旁白都是以画外音的方式来表现的。

16.3.2　场景描写

剧本中场景描写一般都很简洁，给美术师置景提供必要的信息就可以了，描述时要有视觉感，甚至可以有些拍摄上的提示，以下是电影《楚门的世界》中的一段场景描述。

4. *海天堂岛闹市区，外景，白天*

一个大广角镜头，我们看到这是一个紧靠一片小巧漂亮的海湾而建造的中等规模的不知名的城镇。一群高层建筑临海而立，俯视着海边的游艇码头。商业中心周围是错落有致的小镇郊区。

5. *海边街道，外景，白天*

楚门的车停在海边大道路口的交通灯前，楚门凝望着通往海滩的木制拱门和远处的大海，我们看到了他脸上的表情，这幅场景引起了他的回忆——

在这里，几乎每句话就是一幅画、一个镜头，先是一个城镇的远景镜头，然后是海边的建筑，再接游艇码头的俯拍镜头，最后才是商业中心。

26. 一座未完工的桥梁，外景，夜晚

这是一座还没有完全建成的桥梁，只建到半空中，混凝土中露出了钢筋。道路已经铺好，但还没有树立任何标志，楚门和马隆站在这座桥的一端。马隆三十多岁，体型健壮，喝着听装啤酒。楚门正在用一根木棍划出一个高尔夫发球区。他们两人的汽车停在一旁，车前灯照射出了一个球场。他们的目标是桥尽头的一块标志牌，上面写着海天堂堤道，这座桥连接海天堂岛和世界的其他地方：你的出租汽车费可在此省去，标志牌下面一个倒扣着的锥形塑料桶，桶下是他们的目标——高尔夫球洞。

这段场景描写镜头感很强，先是一个远景——一座未完工的桥，后通过一个近景拍出裸露的钢筋这样的细节，突出桥的未完工。然后描述了置身其中的两个人物，接着是汽车，以及汽车灯光照射出的球场、桥尽头的标志牌，最后是倒扣着锥形塑料桶的球洞。

16.3.3　动作描述

除了台词，动作描写也是剧本中很重要的部分。在电影和电视剧中，人物的行为动作是依靠演员的体验表演出来。在剧本中，有些编剧对人物动作的描写很简洁，或者只是有些简单的提示，而在很多电影剧本中，对人物行为动作的描写很是细腻，且很有镜头感，以下是电影《阿甘正传》剧本中的一段描述。

萨凡纳的一条街道，外景，白天，1981 年

一片羽毛在空中飘舞。随着它慢慢飘落，萨凡纳城在背景中显现。羽毛向城市、地面飘落下来，随着路过的行人和车辆，将要落在一个男人的肩上。那人穿过马路，羽毛被轻轻一带，重新飘舞起来，落在一辆停着的汽车上，车子开走了，羽毛飘向地面，又从另一辆开过的车下飘过去，重新飞翔起来。一名男子坐在候车椅上。那片羽毛飘过地面，最终落在那人沾满泥巴的鞋上。那人弯下腰，捡起了羽毛。他的名字叫福瑞斯特·甘。他诧异地看着羽毛，然后将一盒巧克力从一个旧手提箱上拿开，打开箱子。里面放着一些衣服、一个乒乓球拍、一支牙膏，还有其他一些日常用品。福瑞斯特抽出一本《好奇的乔治》，将羽毛夹在里面，然后盖上手提箱。从神态上可以看出他若有所思，直到听到一辆汽车开过来，他才缓过神来。汽车靠站，又开走了，福瑞斯特仍坐在候车椅上。一个穿护士服的黑人妇女走过来坐在福瑞斯特旁边。那个护士开始看一本杂志，而福瑞斯特却看着她。

以下是《楚门的世界》的一段描述。

楚门家，外景，白天

楚门穿着标准的上班族的西装、拎着公文包，出现在他具有维多利亚风格的用尖桩篱笆围着的家门前，踏上风景如画的小镇郊外的街道。邻居斯潘塞，边吹着口哨边打扫着垃圾桶。楚门走

向自己的车子，他的汽车牌照上写着"海天堂——生活的好地方"几个字。

斯潘塞：早上好，楚门。

楚门：早上好，斯潘塞。以防我今天见不到你了，那我现在就都对你说了吧，下午好、晚上好、晚安。

斯潘塞的狗帕鲁托，对着楚门快乐地叫着。

楚门（拍着帕鲁托）：嘿，帕鲁托。

楚门冲着街对面的华盛顿一家点头致意，华盛顿正和妻子和孩子告别。

楚门正准备爬进他的汽车，一阵尖利的呼啸声吸引了他的注意力。突然，一个巨大球状玻璃物体从空中坠落下来，落在离他的汽车几码远的地上，发出震耳欲聋的声响。楚门被眼前的事情惊呆了，他看了看斯潘塞，才发现斯潘塞已经带着小狗帕鲁托回到屋子里了。华盛顿夫人和她的儿子也被吓住了。楚门想知道是怎么回事。在一大堆碎玻璃中，还留着一些残破的灯具。

电影和电视剧都是视觉艺术，人物心理只能通过视觉化的形象来表现，一般说来，人物心理主要是通过台词、动作、表情，以及内心独白来表现的，以下是电影《八部半》剧本中对人物心理的一段描写。

小火车站，外景，白天

小火车站上几乎空无一人。有两三个带有顶棚的站台，中间隔着铁轨。一列货车在一号站台旁慢吞吞地挂车皮。这时是下午两点。古依多在二号站台等人，他觉得很热，心里很烦。

古依多（自言自语地）：她不来就好了。

他心情漠然，望着一列火车从轨道尽头冒出，飞快地朝车站驶来。火车在他面前驶过，停了下来。旅客纷纷下车，挤满了站台。古依多用不怎么热切的目光在人群中寻找着。他朝车头走几步，然后折回来朝车尾走几步。他看看身边经过的人，又看看车门和车窗。他没找到要等的人，但他似乎并不懊恼，只是感到诧异。他停下脚步，来回望着月台的两端，又瞧瞧火车。没人下车了。列车长从头到尾巡视着各节车厢，关上敞开的车门。

古依多朝左右两边看了最后一遍，脸上露出一抹淡淡的、仿佛感到轻松的微笑，然后双手插进口袋，迈着自如的步子，朝地下通道走去。挂车皮的那列货车慢慢驶离一号站台，车站大楼重新映入眼帘。这时，从一号站台方向传来一个女人的喊声。古依多止住脚步、转过身……

轨道那边的站台上站着一个年轻女子，正朝他挥手，欢快地喊他，向他打招呼。旁边站着一个推着好几只手提箱的搬运工。

古依多很纳闷，下意识地感到不悦。但须臾后，他的脸上就出现了一个欢乐、亲切的笑容。

古依多（朝着那个女子大声问）：你是从哪儿钻出来的？

那个女子指着地下通道入口处，大声、欢快地答道：地下通道。

她耸耸肩笑了。一身淡雅的衣服很时髦，但考究得有点可笑，是旅行服。她就是我们在影片开头的梦境镜头中看见的女郎。她丰腴的体态，安详的神情，白嫩的皮肤，以及漂亮的脸蛋，使人想到 19 世纪的典型美女。

那列挂车皮的货车慢腾腾地开回来，把她遮住了。

古侬多朝地下通道走去，踏着坚定有力的步子走下台阶。他没有表情。他现在的所作所为正是他该做的。他消失在半明半暗的台阶底部。

不久，他在一号站台出现。那个女子名叫卡尔拉，正好朝出口处走来，身后跟着推行李的搬运工。古侬多迎了上去。

古侬多：我刚刚在那儿……没瞧见你……你好吗？（他偷偷朝四周瞟了一眼，飞快地吻了一下她的脸颊，接着说）你怎么带了这么多东西！5 个手提箱！

卡尔拉：只是几件衣服……也有晚上穿的……晚礼服嘛，你知道，这些是很占空间的……

古侬多：可是，你要知道，这儿一到晚上就睡觉，没有夜生活……

卡尔拉不想放弃社交生活的计划。

卡尔拉（含着微笑，用平静和乐观的口气坚持着）：这儿风景优美，季节也正合适。举办几场时装表演，开几次舞会，都挺不错……就在我们的旅馆里开嘛……

古侬多（不耐烦地匆匆打断她）：但是……我住的旅馆客满，一个房间也没有……况且这儿熟人很多……我只能把你安顿到别处……一个很好的旅馆……

他们走出车站，来到小广场上。古侬多匆匆走到他的汽车旁。这是一辆很豪华的汽车。他喊搬运工过去。

古侬多：到这儿来……

16.4　剧本的基本格式

剧本是供拍摄用的，它要为导演、摄影、演员等提供必要的信息，编剧其实就是要把未来电影或电视剧的画面故事用文字表现出来，所以他要使剧本能够为导演和演员等制作人员提供必要的信息，并保证剧本中所呈现的内容能够生动准确地还原成为完整的影像故事。

有人以为电影比电视剧更艺术化也更讲究镜头感，有些电影编剧喜欢在剧本中加入自己对画面的镜头设计，以此显示自己对影视语言的理解，而电视剧似乎更简单些，剧本中 90% 以上都是对话，但就剧本格式而言，其实并无本质上的差别。

剧本可以不讲究固定的格式，创作原本是讲究个性化的，但作为编剧必须意识到，自己创作的剧本是为拍摄所用，要尽量使剧本的格式符合拍摄的要求。

从拍摄的角度看，剧本格式有两个基本要求。

1. 强调视觉化和镜头感

影视剧其实就是用镜头来讲故事，所以编剧应该懂得视听语言，学会以画面思考，尤其对环境、人物外表、行为及心理的描写要视觉化。

　　编剧在写戏的时候，应该把自己的眼睛想象为摄像机的镜头，只能描写那些可视可听的事物，这与在写小说时的感觉很不相同。譬如在小说里，可以写："夜，甜蜜而温柔的夜"，可是在剧本里，由于没有可视性的形象，难以在拍摄时用画面表现出来。在小说里表现痛苦的时候，经常会用"破碎的心"来形容，而说某个人陷入迷茫之中时经常会说这个人"找不着北"，可是在电视剧里，这样的描写缺乏形象感和画面感，根本没法指导画面的表现。

　　请看以下一段小说中的描写。

　　黄昏时分，海水呈暗褐色，海面变得有些黯淡。浪涛不高，也不猛，但在朦胧水汽的笼罩下，一刻不息地汹涌、鼓荡。都说大海胸怀宽阔，能容得下人间一切不平；那么，像这般不停地汹涌激荡，难以平静，岂不也是胸中有块垒难消，在永恒的骚动中发泄那无穷的积愤吗？

　　静悄悄的轮船甲板上，好不容易摆脱了一群俗人纠缠的少年和尚手抚船舷，静观默思。刚才，那种狂傲不羁、气雄一世的气概一扫而净，代之以严肃庄重的神情。他凭栏独立，远眺海天，清癯白净的脸庞表现出一副孤傲倔强的模样，但在这背后，又分明埋着一腔难以言说的隐痛。一双大眼睛冷凝幽深、顾盼天地，时时流露出一种嘲弄人生的敌意。

　　这是小说中的描写，其中许多内容显然很难用画面来表现，譬如某些情绪化的语言，主人公孤傲背后的"隐痛"及"嘲弄人生的敌意"等，倘若改成剧本，应该这样写。

　　大海，黄昏，外景
　　一艘客轮静静地行驶在海面上。
　　海水黯淡。
　　随着客轮的移动，海面也在波动。
　　甲板上，一位身穿袈裟的少年和尚手扶着船舷站立，远眺着海天。
　　暗褐色的大海，浪涛翻滚。
　　少年和尚冷傲的脸，嘴角挂着冷冷的笑意，似乎含着某些隐痛。
　　黑色的大海。
　　少年和尚忧郁的眼睛。

2. 分场景

　　电影和电视剧都是按场景拍摄的，要求每场戏都要标明场地、时间（日景或夜景）、内景或外景，以及人物。之所以要这样做，主要是为给后面的拍摄提供方便。因为要分场次进行拍摄，所以在制订生产计划前要对剧本进行分解，做出剧本分解图，让人一看就明白，某个场景总共有多少戏，多少日景戏，多少夜景戏，多少内景戏，多少外景戏，这样计划起来就很方便。

以下是几种较为流行的剧本格式。

格式1

这是国内编剧经常采用的一种剧本格式，以下案例取自芦苇先生写的剧本《白鹿原》。

1．白鹿原　　　　　　　　　　　　　　　　　　　　　　（秋）日　外

土塬浑然屹立，沐浴在金秋的阳光中。

农人们有的在抖动着缰绳驾骡耙地。

碾耙过后的土地平坦顺展、肌理均细。

麦场，农人们正在扬麦。

这是农人在抚育着生命的永恒图景。

2．祠堂私塾　　　　　　　　　　　　　　　　　　　　　（秋）日　外

孩童们的声音（画外音）：有子曰：其为人也孝弟，而好犯上者，鲜矣；不好犯上，而好作乱者，未之有也。君子务本，本立而道生。孝弟也者，其为仁之本与！

村童哄然冲出私塾，散去。

黑娃、鹿兆鹏和白孝文撒腿跑在最前面。

3．白鹿村祠堂　　　　　　　　　　　　　　　　　　（秋）日　外／内

三个孩子跑来看热闹，只见祠堂里里外外，工匠族人在忙着大修祠堂，场面红火，洋溢着快乐的气氛。

白嘉轩在巡视，一脸庄重的神情。

鹿子霖惶惶不安地操着手匆匆进来：嘉轩，嘉轩，革命了，反正了，宣统皇帝下位了。

白嘉轩和众人惊讶不敢相信。

半晌，白嘉轩一挥手：都别歇着，干活！

祠堂内又热闹起来。

鹿子霖：都啥时候了，你还有闲心修祠堂？！

白嘉轩：世道乱了人心不敢乱！

格式2

这是国内编剧经常采用的另一种剧本格式，以下案例取自编剧陈文贵先生的剧本《财神也是人》。

场：1	景：府衙书房
时：日	人：何谨、财神、小玉

△何谨惊喜

△ 财神微笑

△ 小玉喜悦

何谨：梅娘全招了，你真的未婚！

财神：[一笑] 我早说了，我是被冤枉的，只是大人不信！

何谨：我信……我信……小玉，你们马上成亲！现在就拜堂！

小玉：爹，这也太快了吧？

何谨：[心有余悸] 我怕九王爷又来抓你啊！来人，把媒婆、吹鼓手，立刻给我找来！

△ 一名衙役跑入

衙役：大人，九王爷传召！

何谨：何处召见？

衙役：公堂！

△ 何谨一震

△ 财神与小玉不安互视

场：2	景：公堂
时：日	人：九王爷、何谨、牢头、众狱卒、众衙役

△"公正廉明"的横匾

△ 九王爷穿着官服，一脸严肃

△ 大批武士站立两旁

王爷：[冷笑] 何大人，圣旨已下数日，请问你征召了多少宫女？

何谨：[颤抖] 一个也没有。

王爷：[冷笑] 何大人，你这是把圣旨当成耳边风了？圣旨要你征召全城女子，你居然一个不抓，你这不是抗旨欺君吗？

何谨：[颤抖] 王爷……王爷……抓来的人都被王爷卖了，哪来的人？

王爷：[冷笑] 哦？被孤王卖了？大人有何证据？

何谨：狱卒与牢头异口同声，可以作证！

王爷：来人，传牢头与狱卒！

画外：是！传牢头与狱卒……

△ 牢头与狱卒们面色苍白上堂，跪下

△ 何谨胸有成竹望着大家

牢头：小人张七率狱卒叩见王爷。

王爷：张七，你们看守哪里的大牢？

牢头：府衙七处大牢，皆由小人等看守。

王爷：[冷笑] 张七，何大人说，牢内本来关满了少女，是孤王的人把她们卖了，有这回事吗？

牢头：没有，根本没有，牢内根本空无一人，王爷又如何买卖啊？

王爷：[冷笑] 这么说，何大人是一派胡言了。

牢头：是！

何谨：[面无血色] 天啊！你们全昧着良心说话啊！

王爷：[冷笑] 何大人，你现在有何话说？

何谨：[颤抖] 下官……下官……

王爷：抗旨欺君，玩忽职守，单凭这两条，孤王就可将你治罪！

何谨：[颤抖] 天日昭昭，下官无罪……

王爷：来人啊！

武士：在！

王爷：摘了他的乌纱帽！

格式3

这是韩国编剧经常采用的一种剧本格式，以下案例取自剧本《无敌备胎王》。

场景 01

景：文萱店铺

时：夜

人：苏媛、文萱

△ 苏媛，蜷缩着蹲着在写便条。

苏媛：（E）文萱姐，我们找到能报道罗贝尔贝里先生设计理念的方法了。

　　　而且，还找到向世人好好公布两位的爱情故事的办法了。

　　　我会尽我最大努力的。—你的朋友苏媛—

△ 苏媛，贴上便条，祈祷似地举起两只手放上去，然后转身离开。

　　　＜时间经过一会儿＞

△ 苏媛离开后，文萱坐在刚才她坐的位置。

△ 文萱，摘下便利贴看。文萱在抽泣。

场景 02

景：苏媛家的院子

时：日

人：苏媛、建

△ 苏媛，打开玄关门要外出。

△ 背个背包，跟平常一样轻便的穿着。

△ 这时候，建也打开玄关门要出门。把很大的两个旅行箱放在门外。

苏媛：你这是去移民吗？

建：你就那一个包？啊，也是啊⋯⋯ 就算换装也看不出来什么嘛。

（递给她一个旅行箱）你拉吧！

苏媛：原来是这个？阻止我命运的巨大的岩石。（踢着旅行箱）

建：（一本正经）喂！那个比你身价还贵呢！

苏媛：你找死啊！

△ 建装作害怕

苏媛：你别忘了。如果我们一起住的事情被发现的话，那时候你真的死在我手里。

建：哎哟。那正是我想跟你嘱咐的呢！千万别挡住我的前程，绊脚石。

△ 建跟苏媛，哼哧哼哧地拿着旅行箱走出门外。

格式 4

这是美国编剧经常采用的一种剧本格式，以下案例取自电影剧本《拆弹部队》。

黑画面

阿拉伯人通过扩音器喊话的声音。

字幕：

战斗的冲击是一种瘾，强效而致命，因为战争就是种毒品。——克里斯•海奇思

电动引擎的嗡鸣和车轮碾过地面的嘎吱声。警报声，扩音器喊话声，尖叫声。随着嘈杂声增强，字幕淡出。

（淡入）

外景 巴格达街道

时：黎明

人：机器人

摄像机主观视角，低分辨率的画面中显示出一条肮脏的土路。我们正紧贴着烈日暴晒下的地面向前高速行驶。

近距离观察满是战争遗迹的街道：空弹壳、橡胶碎片、动物粪便——所有这些都通过一个古怪、晃动的视角呈现出来，显得巨大、可怖。

我们经过一个压扁的可乐罐，白色的字母“C”在屏幕上显得奇大无比，仿佛一座摩天大楼，充满了整个画面。机器人撞飞罐子，继续向前猛冲。

一块飞舞的破布挡住了我们的视线，然后在机器人被凹凸不平的地面弹起来后又飞走了，短暂的离地让我们瞄到一眼地平线和耀眼的太阳，然后机器人又重重地落在地上，继续在土路上疾行。

（切至）

外景 巴格达街道 黎明

匆忙、混乱的疏散。伊拉克警察和士兵正在驱赶平民，让他们远离某种看不见的危险。

编剧特训营

选择以"邂逅""夜店""相亲"其中之一为题，编一个小品故事并写出剧本来。

【基本要求】

1. 分析故事的价值及类型风格定位。

2. 写出完整的剧本。

【作业目的】

学习和体会剧本创作的技巧。

【附录一】

传奇战争动作电影《黑鸟》

文学总监：陈晓春

编剧：任群、谢宜

助理编剧：孙瑜、杨小青

电影《黑鸟》剧本

1. 府州 | 折家祠堂　日　内

△刺眼的阳光照进祠堂里，祠堂烟雾缭绕，折家历代先祖画像陈列其间。

△一个婴儿（折继闵）正朝着祖宗画像爬去。

△一排士兵持戟肃立，正聚精会神地望着地上婴儿。

△曙光映进，照在将军折惟忠明亮的盔甲上，他对着祖先灵位上了三炷香，庄严宣读。

折惟忠：大宋天禧二年，永安军节度使折惟忠稽首：今有党项折氏一族，世镇府州，历盛唐五代，内屏中国，外攘夷狄，今有我儿继闵生期，依折家祖训，当行抓周礼，请祖上护佑，以观天命。

△火盆中，写有誓词的绸布被熊熊燃烧，两个雕漆锦盒被放置在婴儿面前。

△折继闵在两个锦盒间摸来摸去，众人的视线随着他移动。

△折继闵伸手抓住了其中一个锦盒。

△沙狐小心翼翼地捧过雕漆锦盒，盒子被打开，映在众人眼前的竟然是一本书。

折惟忠：（大惊，低声问沙狐）为什么里面会有书？

2. 府州 | 折家祠堂外　日　外

△折夫人洪钟般的声音萦绕在祠堂上方。

折夫人：反正抓周从来就是假的，老爷能在两个盒子里都放刀，我就不能在两个盒子里都放书吗？

折惟忠：你让我如何向三军将士交代？

折夫人：木已成舟了，有什么可交代的？

折惟忠：夫人！

折夫人：老爷！折家世代为将，总得有个人放下刀枪了！

折惟忠：这是折家男人的命，折家男丁生来就是做将。

折夫人：折家男人就没一个活过 35 岁的！你看看这一屋子的寡妇，这是折家的女人，你们马革裹尸，留下未亡人遭这份罪，老爷有三个儿子，可我呢？我只有一个继闵，咱折家至少要留一个长命的男人吧？

△祠堂中抱着孤儿的寡妇们，正在给祖先上香。

折夫人：祖训难违，既然抓到了书，老爷您就认了吧！

△折惟忠无言以对。

3．府州 日 外

△府州地域风貌全景，雄伟壮阔的山城尽收眼底。

折惟忠：（OS）折家第七代次子折继闵，依照祖训，弃武从文，终身不得为将。

△镜头拉开，九曲黄河奔流环绕，落日照在塞墙上，烽火台、碉楼依稀可见。

△朔风中裹着几声狼嚎，铁血军的旗帜如长龙，横亘在山谷中。

字幕：大宋府州，位处西北边陲，各民族混居之地，自古为兵家必争之所。

4．窟野河 | 宿营地 日 外

△一声高亢苍凉的陕北黄河号子声，大雁飞过。

字幕：十年后，西北边境，窟野河畔。

△夕阳西下，宿营地炊烟升起，牧羊人赶着羊群挥鞭经过。

△士兵一刀砍下去杀死狍子，提起来扔进铁锅中，鲜血流在河水边。

△女眷们围绕篝火做饭，大吊锅里的狍子肉滋滋冒油。

△士兵扛着猎物归来，他们抓鸡宰杀，在河畔饮马。

△折惟忠和将领们敲着吊锅打节拍，一边喝着酒，一边唱着陕北府州酒曲。

△折继闵用书挡着脸，望着折继宣和几个部落子弟少年练箭。

△折夫人猛敲了下几案。

△折继闵忙把拿倒了的书正了过来，继续装读书的样子。

△林子间，一阵急促的号角声。

△沙狐策马归来。

沙狐：元帅，有一队人在河边抢劫商队！

折惟忠：什么人？

沙狐：还不清楚，他们戴着面具，来势汹汹。

折惟忠：护送夫人和女眷们撤回府州！铁血军的将士们，准备应战！

△折惟忠与众将上马离去，沙狐保护女眷上车。

△折继闵瞟了一眼路边在吃草的马。

△沙狐正清点着女眷，忽然听到一声长嘶，回头看到折继闵策马冲向窟野河。

折夫人：沙狐，快去把我的儿子带回来！

5．窟野河　日　外

△鬼面骑兵挥动着弯刀砍杀商旅和逃荒者，母亲抱着少年（居延）踏进水中。

△居延惊恐地睁大了眼睛，忽地一枪，踏水而来的骑兵用枪头刺穿了母亲的胸膛。

△水洼溅起血红浪花，居延眼看着母亲的身躯倒下。

△鬼面骑兵逼近居延，弯刀锋刃在空中摇圈，呼啸着，却听一阵号角声。

△他们前面，一个骑着黑马的汉军身影，一杆移动着的大宋军旗。

△折惟忠率队如风而至，扑向峡谷，百姓仿佛看到了救星一般。

折惟忠：他们是什么人？

商人：将军，将军救救我们！他们劫掠了我们的商队……

△商人话音未落，远处一支飞矢射穿了他的喉咙。

△河谷中铺天盖地的箭矢射来，遮天蔽日，如暴雨一样倾泻下来。

△箭镞带着火，一排连着的勒勒车被火箭射中，车上的茶叶、皮货瞬间着火。

△折惟忠扯过宋旗扑灭了火苗。

折惟忠：快灭火，左右翼，盾牌列阵！

△士兵竖起明闪闪的盾牌，拉劲朝山上放箭，商旅们倒出水囊的水来灭火。

△埋伏在峡谷的鬼面骑兵如风席卷，从山坡上冲杀下来。

折惟忠：保护大家先走！

△一场激烈厮杀，宋兵保护百姓上木车，快速撤离出河谷。

△就在这时，折继闵策马而来。

折惟忠：你又不会打仗，来干什么？快回去！

△折继闵的目光一直盯着水中的居延，他跑过去。

△居延抱着满身是血的母亲，母亲拼命地抓住居延的手。

居延母亲：不要回去，找一个没有战争的地方，活……活下去……

△母亲闭上了眼睛，手中的吊坠落在他的掌心。

△居延忍住悲痛，背起母亲的尸首在河里跋涉。

△百姓争相抢上马车奔逃，马车只剩下一辆了。

折继闵：喂，你，还不快走！

△居延不理不睬，背着母亲的尸首继续走。

△迎面而来的骑兵一斧头把居延背上的母亲抢倒在地，居延被压进了水里。

△居延从水中抬起头来，大口地呛着水。

△他捡起一把斧头，疯了似的冲上来砍马腿，马长嘶倒下。

△居延疯狂地砍杀士兵，河水被染红。

△居延满脸是血，鬼面骑兵挑着枪向居延杀去，就在这时，一支箭钉在了骑兵的脖子上。

△居延望着折继闵挽弓射箭，双眼渐渐模糊，仿佛看到折继闵朝他走来。

【黑屏】

△硝烟过后的战场，箭歪七扭八插在地上，一地的尸骸。

△一匹高大的黑马踏水而来，上面坐着身披重甲的中年统帅（鬼名阿斡）。

△月色照在他脸上的笑面佛面具上，泛起银光，显得尤为诡异。

△穿着黑甲的鬼面杀手在清扫战场。

△笑面佛用枪头挑着居延母亲的尸体，翻过来看到熟悉的面容。

笑面佛：那孩子呢？

杀手：禀主上，他被救走了。

△笑面佛目光一沉，望向远处山峦间的府州城，烽燧台浓烟直上云天。

△笑面佛面具下的目光幽暗。

△一只黑色秃鹫在树头停歇，目光犀利，继而飞走。

出片头：《黑鸟》

【淡入】

6. 府州 | 折府大院　日　外

△武器、兵人、兵书被扔进了火盆里，士兵进出搜检，如临大敌。

△折继闵跪在一旁，用哀怨的眼神看着折惟忠，使劲摇了摇头。

折继闵：爹，烧兵书乃不祥之兆。

△折惟忠一抬巴掌，折继闵吓得不敢说话了。

△屋里传来沙狐的哀嚎声。

沙狐：我再也不敢教他骑射了，是少爷逼我这么做的，救命啊，少爷！

△折惟忠于心不忍，正要进屋，却看到折夫人迎面走来。

折夫人：都给我听着——从今以后，谁再敢教他弓马骑射，唆使他打仗，我打断他的腿！

△折惟忠一直想插话找不到机会，折夫人忽然回过头来盯着他。

折夫人：老爷，你想说什么？

折惟忠：（顿了顿）我亲自烧。

△火光蹿高，熊熊烈火中，兵书、军图、武器化为灰烬。

△折继闵心疼地望着心爱之物被烧掉，无力地跌坐在地上。

7. 铁血军军营|辕门　日　外
△纛旗下，居延在竹板上刻上居延二字，领了军服和配刀。
△居延目光阴冷而坚韧，他脸上挂着伤，一瘸一拐地离去。
△一旁的部落子弟少年议论纷纷。

8. 铁血军军营　日　外
△晨光中，校场旗帜飘展，沙狐正盯着少年兵操练。
△沙地上，居延正与士兵角抵，周围的喝彩声不时传来。
△居延脸上有伤，却出手凌厉，一脚放倒了对面高大的部落子弟。
△沙狐赞许地点点头，忽然神色一变，目光从沙地迅速移到校场一侧。
△在沙狐的视线里，折继闵偷偷摸摸躲在兵器架下，偷看沙地上士兵的训练。
△一瞬间，折继闵与沙狐的目光对视，拔腿就跑。
△两个人围着校场绕起了圈子，士兵架着折继闵到沙狐面前。
沙狐：你出不出来？
折继闵：你能教他们，为什么不能教我？
沙狐：全府州都知道你是未来的状元，少爷，你就放过我吧！把他轰出去。
折继闵：沙狐，沙狐！
△折继闵被两个士兵架走，他回头的瞬间与居延对视，怔了下。
△居延望着这一幕，似乎在想什么。

9. 府州|城墙　日　外
△高耸的塞墙上，居延抱着一摞武器、兵法扔在了折继闵的面前。
△折继闵一怔。
折继闵：你可想清楚了，整个府州没一个敢授我武艺的，你不怕被罚吗？
居延：我的命是你救的，我居延有恩必报，以后每天黄昏塞墙见，铁血军所学的战法科目，我授之于你。
△折继闵咧开嘴笑了。
△蓝天白云，两个少年的手握在了一起。

10. 音乐段落
镜头一：榷场——

△夕阳西下，折继闵拉着居延的手穿街过巷。

△榷场里的瓦子勾栏、码头号子、僧侣驼铃、金发碧眼的胡人让居延大开眼界。

镜头二：河川——

△夜空下，折惟忠的出征队伍在山道上行进，火把如长龙般环绕着山峦。

△折继闵仰望着队伍一脸羡慕。

折继闵：总有一天，我要成为爹这样的人，上战场，证明给他们看。

△居延攥着母亲留下的吊坠，深沉眼眸中似有无限心事。

镜头三：府州城墙——

△折继闵、居延刺臂出血，鲜血流进酒中，折继闵捧起骨杯。

折继闵：饮下血酒，就是兄弟，以后咱俩一条命，我家就是你家。

△折继闵喝了半碗血酒，递给居延。

△居延把剩下半碗一饮而尽，拿出吊坠挂在折继闵的脖子上。

镜头四：黄河边——

△居延和折继闵纵马在辽阔的河边，脸上洋溢着笑容。

△折继闵挽弓射向树干的靶子，教居延射箭。

镜头五：海红果林——

△居延、折继闵攀岩，居延一马当先攀上了山崖，他伸出手，拉折继闵上山。

△两个少年躺在地上休息，天上，风筝驮着海红果飞跃过峡谷。

△二人愣住了，他们追着风筝疯狂奔跑，看到山下阿依收着风筝，笑靥如花。

△夕阳的斜晖洒在阿依身上，两个少年怦然心动，朝阿依招手、欢呼。

镜头六：河边——

△居延在河中洗澡，正午的阳光照着他肩上的鬼头文身格外醒目。

△居延上岸，却不见了军服，部落子弟兵挑着军服把居延围住。

△居延要走，被扯住衣角，搭在肩上的破衣服被争夺，撕得粉碎。

△五六个子弟兵围在中间，他光着上身，肩膀上刺了一个怪异的鬼头文身。

部落子弟丙：你们看，他身上文着个鬼！

部落子弟乙：小子，你不是宋人，你是哪个部落的？

△居延目露凶光，他摸起地上的石头，忽然折继闵一拳打在部落子弟脸上。

△两个人坐在河边，脸上皆是鼻青脸肿。

折继闵：你文个鬼头有什么寓意？

居延：秘密。

折继闵：兄弟之间还有秘密？

居延：是兄弟，就永远别问我这个问题。

镜头七：酒肆——

△折继闵、居延把海红果装进竹木篮子里，累得气喘吁吁。

△阿依接过居延手中的海红果，两人指尖相碰，一瞬间的对视，让居延慌不迭移开。

△折继闵拿着风筝兴冲冲走来。

折继闵：有了，就叫它黑鸟怎么样？

居延：什么黑鸟？

折继闵：风筝能运海红果，一定也能运人，等黑鸟大功告成，咱们就一起飞，去看看外面的世界。

△折继闵还在满怀憧憬地说着，一回头，阿依和居延已经走开了。

镜头八：山崖——

△折继闵和居延拖着板车，上面绑着巨大的黑鸟。

居延：（踟蹰）真的要飞吗？

折继闵：（拍着居延的肩膀）你相信我，我改良了黑鸟的骨架结构，一定可以成功！

△黑鸟载着二人飞向蓝天。

11. 府州郊外 | 山崖　　日　外

△八年后。

△春草渐生的山隙裹上了一层银装，朔风呼啸，烽燧台矗立于远山之中。

△折继闵身上缠满了绷带，一瘸一拐走上山崖，居延拖着板车紧随其后。

△板车上绑着巨大的黑鸟，翅上的黑鸟与酒旗如出一辙。

△他们披着鹿皮裘袄，折继闵跃跃欲试，居延则显得更为沉稳。

△两个少年皆已长大，难掩眉宇间的英气。

居延：还飞啊？腿都瘸了。

折继闵：你相信我，这一次我改良了黑鸟的动力装置，一定可以成功。

居延：你改良过的残骸还在山沟里堆着呢。

△山沟里，七零八碎的黑鸟残骸。

折继闵：那都是失败的产物，但最后的成功就是从无数的失败中演变而来的，放轻松，阿依还看着呢。

居延：阿依也来了？

△折继闵开心地冲山崖下挥了挥手，居延看到阿依站在河川下的浑脱上。

△阿依披着雪红斗篷，明眸顾盼，已是亭亭玉立的佳人，严寒冻得她脸颊通红。

居延：（大呼）阿依，这么冷你站在浑脱筏子上干什么？上来啊！

阿依：（大呼）我等着捞你们啊！

△白茫茫的雪花飘下河里，居延倒吸了一口凉气。

△两个人拖着板车助跑。

折继闵：三，二，一，准备！

△濒临崖边，居延看到阿依在下面插着腰望着他们，忽然紧张起来。

居延：停，停，停！（踩到冰面打滑）

△黑鸟在冲出去的一刻失去平衡，从山崖上直冲入水沟。

△阿依波澜不惊地望着黑鸟垂直掉进了水里，溅起高高的水花。

12．榷场　日　外

△风雪交加，马车迎着风而来，停在铁匠铺外。

△夏州军探头上包裹着斗篷风帽和围巾，一副宋人打扮，他跳下马车。

△夏州军探走进铁匠铺，抖了抖斗篷上的雪。

△铁匠仰头饮尽烈酒，喷出到烧红的铸铁刀上，烧红的刀锋发出滋滋声。

夏州军探：好大的风雪！

铁匠：客打西边来，塞外的风雪想必更大些吧？

△夏州军探一笑，与铁匠对了个眼神。

铁匠：要铸什么？

夏州军探：闻有一神兵曰大夏龙雀，不知先生能铸吗？

铁匠：（抬头看了他一眼，不动声色）龙雀乃古之利器，要铸可难了，客可有图样？

△夏州军探把图递给铁匠，上面画着的图样正是居延肩膀上的鬼头文身。

夏州军探：（低声）找肩上有这个文身的人。

铁匠：他是何人？

夏州军探：主上要的人，别多问。

△夏州军探正要走出铁匠铺，两个大宋军探拦住了他。

△夏州军探惊讶地望着铁匠，见他目光陌生与刚才不同，顿时明白了一切。

△夏州军探夺门而出，被宋军密探扑倒按住。

13. 榷场｜酒肆阁楼　日　内
△透过阁楼的天窗，折继闵看到楼下的夏州军探被拖走。

折继闵：下面有个人被抓了。

居延：谁啊？（光着身子张望）

折继闵：你先把衣服穿上。

△折继闵和居延隔着阁楼杂物换衣服，湿漉漉的衣服扔在一旁。

折继闵：刚才我摔下来的时候，你看到阿依什么表情？

居延：瞥了一眼，挺嫌弃的。

折继闵：我摔下来她多紧张，你说，阿依喜不喜欢我？

居延：也许吧。

折继闵：要是黑鸟能飞起来，我就能和阿依飞跃于落日余晖间，俯瞰府州的山峦河流，那该多好。

居延：你不是要和我一起飞吗？

△折继闵趴在屏风上，见居延心事重重的样子。

折继闵：你不会吃醋了吧？

居延：乱讲。

折继闵：你不飞成功了，我怎么敢让阿依坐上去？哎，你觉得我提亲阿依会答应吗？不过，娘好像相中了学事司教授的千金，下月行冠礼，我得抓紧时间了。

△折继闵喋喋不休，居延沉默不语。

14. 榷场｜酒肆　日　内
△大雪飞扑入门，阿依卷起布帘，用掸子扑了扑外边的雪。

△火把光将不大的厅堂照得亮堂，醉汉的呼声传来。

△大堂正中的坑炉上，正烤着一只羊，羊油滴在炭火上，呲呲作响。

△火盆里，篝火上蹿，风雪吹得炭火时旺时暗。

△阿依往火盆里加炭，刚一回头，忽然被醉眼惺忪的康衙内揽进怀中。

康衙内：阿依姑娘，这碗酒你一定得喝。

阿依：（推辞不过，笑着接过来）喝，康衙内的酒岂能不喝？

△阿依一饮而尽，康衙内和几个朋友拍手大笑，掏出金子放在阿依手上。

康衙内：难得姑娘肯赏脸，一点心意，请笑纳。

阿依：阿依无功不受禄。

朋友：让你拿着就拿着，衙内包了画舫游河，就等姑娘移步了。

康衙内：是啊，马车还在外面，喝了这杯酒，咱们观雪去！

△康衙内拉着阿依的手要落座。

阿依：衙内，康衙内！阿依不胜酒力，真去不了。

朋友：姑娘何必推辞呢？我们衙内最会疼人了。

△阿依抽出手要走，被康衙内拉住。

康衙内：姑娘是不给我这个面子？

阿依：是阿依身子不适，不想搅了衙内的雅兴。

康衙内：（拍案而起）我堂堂公门之子，看上你一个酒女，是你三生有幸，你去不去？

阿依：恕难从命。

△阿依要走，康衙内忽然从背后拦腰抱起阿依，顶在桌子上。

△阿依一碗酒水泼洒到康衙内的脸上。

△康衙内气得一耳光扇在阿依脸上，要解她的衣服，却被居延一拳打了过去。

△康衙内捂着脸爬起来。

康衙内：你敢打我，你知道我是——

△居延又一拳打过去，康衙内被打倒在地，懵了半晌。

康衙内：给我打！

△狐朋狗友一拥而上，居延出手狠辣，没一会儿把他们打倒在地。

康衙内：好汉饶命，好汉饶命！

居延：滚！

△折继闵走下楼梯，瞧见康衙内落荒而逃的背影。

△居延拭去了阿依嘴角的血迹，阿依却抓住了他的手。

阿依：他是麟府路军马事总管康德舆的公子，有权有势，你不该打他。

居延：不是所有人都会屈服于他的权势。

折继闵：他不会让你屈服，他会直接让你消失掉。

△折继闵拉着居延离开。

15. 榷场　日　外

△街市上皮货、珍奇琳琅满目，洋溢着临近年关的氛围。

△天寒地冻，部落子弟在和胡人交易马匹，街上来往行人中契丹人、汉人、鞑靼人面孔混杂。

△折继闵拉着居延匆匆离开。

折继闵：他爹康德舆是枢密院派来钳制我爹的，专找铁血军的晦气，你先回驻守的碉楼。

△正说着，康衙内带着城防营的士兵穿过集市。

康衙内：（指着居延）就是他！我看到他和夏州探子在一起，快杀了他！

居延：你胡说！折——

△居延一转头不见了折继闵，他握紧腰间的刀，和冲上来的士兵厮打起来。

△康衙内拔出匕首偷袭居延，却被折继闵击掉。

△居延转头看折继闵，他戴着笑脸娃娃的戏面具，居延一愣。

折继闵：霸气吗？这个配你。

△折继闵把另一个鬼傩面具扣到居延脸上，两个人并肩作战。

△打斗中，康衙内抓掉了折继闵的面具，没想到面具之下还有面具。

△折继闵一脚踢开康衙内。

康衙内：变脸啊？

折继闵：去死吧你！

△士兵纷纷赶来，二人渐渐体力不支。

△闻声赶来的阿依推倒茶棚，拉着折继闵和居延逃走。

16. 府州郊外|矿道　日　外

△大雪凛冽，士兵追上积雪的山坡，看到折继闵的笑脸面具挂在山对面的树上。

△士兵朝山对面追去，白茫茫的雪地上留下了一排脚印。

△他们脚下的矿道里，阿依隔着墙体倾听。

阿依：你的调虎离山还有点用。

折继闵：那还用说，要不是给城防营面子，一个个都给放趴下。

△居延举着火把，看清矿道内外。

居延：这山里怎么还有地道？

阿依：这是矿道，碳场的煤都是取自山里，四通八达。

△阿依举着火把，三个人在地下矿道中穿行。

△矿道塌方处，矿工白骨堆积，鬼火泛着绿光一闪一闪。

△折继闵趁机拉住阿依的手。

折继闵：（深情）别怕，有我呢。

阿依：（抽出手）好了，折衙内，酒坊那会儿也没见你这么英勇，对吧，居延？

居延：啊？哦。

折继闵：我是故意晚了一步，好把英雄让给他当。

居延：（望着地上骸骨）这些都是什么人？

阿依：矿工，所谓燃薪百万家，都是累累白骨堆出来的。

△通往山崖的方向，西北独有的明媚阳光照射进来。

△折继闵钻出矿道，远处的海红果林银装素裹。

17．府州 | 折府大厅　日　内

△折继闵正要进屋，忽然如临大敌转过头去。

△大厅里，被打得鼻青脸肿的康衙内正在给折惟忠告状。

△折继闵躲在屋外偷听。

康衙内：小侄被打是小事，可他们身穿军服，竟当街调戏酒女！决不能姑息纵容。

折继闵：（低声）啊呸。

沙狐：少爷！

折继闵：嘘！

沙狐：怎么了？少爷！

△屋里的折惟忠、康衙内一齐看向折继闵，折继闵只好站出来。

折继闵：爹，你们聊事呢，我去给娘请安。

折惟忠：慢着，站一边去。

折继闵：（狠狠地瞪着沙狐，低声）去死吧你。

折惟忠：没想到军中还有这种败类，简直该杀！贤侄，你还记得他们长什么样子吗？

康衙内：他们戴着面具，我听到其中一个的声音了，好像是——（捏着鼻子，模仿折继闵声音）去死吧你。

△折惟忠、沙狐、折继闵一愣，三人对了个眼神。

折惟忠：本帅清楚了，贤侄你放心，我一定给你讨回公道。

康衙内：有劳伯父。

△康衙内离开。

△折惟忠咬牙切齿地瞪着折继闵，折继闵乖乖走到中间跪下。

折继闵：沙狐，去拿家法。

折惟忠：你个混账东西！还敢调戏酒女？我折家一门清正，看我今天不打死你！

折继闵：冤枉啊，是那小子倒打一耙，爹，你听我说——

△副将匆匆走进大堂，在折惟忠耳边嘀咕了几句。沙狐搬着凳子进来。

沙狐：老爷，家法来了。

△折继闵瞪着沙狐。

△折惟忠却忽然变得严肃起来，霍然而起。

折惟忠：沙狐，封锁府州城！召折继宣、军中六品以上将校速来府中议事，不得延误，快去！

折继闵：爹，出什么事了？

折惟忠：你出去。

△折继闵默默出门，身后的门被关上。

18．府州 | 折府大院　日　外
△折继闵盯着院中日晷，从未时移动到申时，脸上的忧惧也在增加。
△将领们一拨进出大厅，又一拨出来，一个个铠甲整肃，行色匆匆，手中拿着军令。
△折继闵想跟上问个究竟，大门却被"铛"一声关死。
△天色从黄昏到渐暗，月上树梢头。
△折继宣手里拿着令箭，折继闵追上来正要追问，身后传来折惟忠的声音。
折惟忠：（OS）倘若居延拒捕，格杀勿论！
折继闵：爹！居延无罪！
△折惟忠走出大厅，身后还跟着沙狐，大气不敢出。
折惟忠：（望向折继闵）你跟我来。

19．府州 | 折家祠堂　日　内
△曙光映进，折惟忠面对着折家先祖历代的绘像，上了柱香。
折继闵：爹，你听我说，事情不是你想的那样——
折惟忠：（吼）现在是你听我说！跪下。
△折继闵狐疑，只好跪下。
折惟忠：今日城中抓到一个夏州的军探，据他供述，刺史德明死了。
折继闵：夏州？
折惟忠：当初我们折氏一族从塞上草原迁居于府州，你知是为何？
折继闵：祖上向往和平，不愿随嵬名氏发动战争，故率领族人依附大宋。
折惟忠：现如今辅政的嵬名阿斡正厉兵秣马，先祖几代人守护的和平，怕是保不住了。
折继闵：爹从不与我说政事，今天是怎么了？
△折惟忠把一张纸扔在地上。
折惟忠：认识这个文身吗？夏州军探自尽前，一直在找这个人。
△折继闵捡起来，上面图样正是居延肩上的鬼头。
折继闵：居延？
折惟忠：他是嵬名阿斡的儿子。
折继闵：（愣了）嵬名家——
折惟忠：你应该清楚嵬名家是什么意思，你的爷爷、大伯，都死在嵬名家的手里！你千辛万苦救回来的兄弟居延，他是叛贼的儿子！和你一起打架的是他吧！他人在哪？
△折继闵如五雷轰顶，一句话也说不出。

折惟忠：我再问一遍，居延在哪！

△折继闵沉默不语。

折惟忠：把折继闵关入大牢！沙狐！

△沙狐一愣，折继闵余光瞥见折夫人进屋。

△折夫人跪下。

折夫人：老爷，儿子只是被蒙蔽。

折惟忠：你盯着他，把和居延的东西统统烧掉！千万不可落下私通叛军的把柄！

△折惟忠拂袖而去，留下呆若木鸡的折继闵。

20．府州 | 街道　昏　外

△暴雪将至，街道上士兵肃立，如临大敌。

△折继宣调兵挨个搜查巷子，雪地里一排排脚印。

21．府州郊外 | 海红果林　夜　外

△大风雪中，阿依眺望着山下，仍不见折继闵的身影。

△阿依冲居延摇了摇头，坐回到他的身边。

阿依：府州好久没下这么大的雪了，不知道娘会不会担心。

居延：我回榷场看看。（起身要走）

阿依：（拽住居延）别走！

△居延只好坐下，他生着火，回避着阿依的目光。

阿依：（以手哈气）我和娘十多年待在榷场里，不敢硬声说话，怕好不容易建起的家又被毁了。

居延：是我莽撞了。

阿依：（笑着摇了摇头）康衙内来过几回，平素里委屈也就委屈了，可今天我知道你在阁楼上，忽然不怕了。

△居延一愣，盯着阿依忽觉脸发烫。

阿依：我唱家乡的曲子给你听吧。

△阿依唱起了甘州花调，居延拨动了火堆。

△风雪从洞口灌进来，居延望着火光一闪一闪，强忍住内心的躁动。

△雪夜无比静谧，苍茫之间，仿佛只有这一处人间烟火。

22．府州 | 折府后院　夜　外

△伴着阿依的歌声，折继闵面对着一团火堆发愣。

△他一面烧着东西，一面回忆与居延的往事。

【画面切入】

△居延设计黑鸟翅膀，和折继闵制作模型。

△居延画阵型图，两人一起在草地上勾勒。

△居延拿出吊坠挂在折继闵的脖子上。

【画面切出】

△折继闵拿着吊坠不忍扔进火里，又握在掌心中。

折继闵：沙狐，如果他被抓了，会怎样？

沙狐：别想了，少爷，人生是残酷的。

折继闵：他会死吗？

沙狐：你还会认识更多的朋友。

△折继闵气得拎起沙狐的领子。

沙狐：他是嵬名家的人，又了解折家的一切，乃至府州所有的军事秘密，岂能纵虎归山？

△折继闵松开沙狐，愣了半晌。

折继闵：我还有东西在榷场。

23．府州郊外 | 海红果林　夜　外

△居延扑倒阿依，二人眉目含情，阿依甜蜜地闭上了眼睛。

△火苗被风雪吹灭。

24．府州 | 街道　夜　外

△风卷雪地，火把林立，厚重的城门吊起。

△折继宣站在城下准备出城，就在这时，沙狐架着马车赶到。

△沙狐从马上一跃而下。

沙狐：少将军，莫关城门！我们要去榷场。

折继宣：没有通行令，今晚谁也不许出去。

士兵：二公子，你去哪！

△沙狐和折继宣闻声回头望去，见折继闵坐在马车上挥鞭逃出了府州。

△士兵追去。

25．府州郊外 | 海红果林　夜　外

△雪越下越大，一片漆黑的海红果林中，折继闵奔跑着寻找居延和阿依。

折继闵：居延！阿依！你们在哪！

△忽然，林中一个火折子被打燃。

△折继闵看到居延点燃燧石，映着火光与月光，依稀可见二人衣衫不整。

△居延的裘皮袄搭在阿侬的身上，他抽出了挽着阿侬的手，不觉有些尴尬。

阿侬：折衡内，你可来了，没事了吧？

△折继闵怒火中烧，忽然一拳挥向居延，阿侬惊叫，拉住折继闵。

阿侬：你疯了？你打居延干什么！

折继闵：你是嵬名家的人。

△阿侬吃惊地看向居延，他沉默了半晌。

居延：他们终归还是找来了。

△折继闵气呼呼捡起地上的刀，阿侬挡在了前面。

△折继闵与居延隔着阿侬对峙，山下传来铁血军的号角声。

△折继闵捡起了地上的铁血军军服和面具。

26．府州郊外 | 山崖　夜　外

△俯瞰，暴雪过后，北方一片素白，地面有几串长长的脚印。

△3个人在雪地里艰难地走着，走一步连拔出腿都很吃力，口鼻呼出热气。

△山崖下，士兵举着火把骑马赶到，居延抓住藤蔓，正要往峭壁上攀爬。

△折继闵一把抓住居延的皮袄。

折继闵：你叫什么？

△居延一怔。

折继闵：我是问你的真名叫什么？

居延：嵬名令恭。

折继闵：好，嵬名令恭，把衣服给我。

△居延一怔，还是把皮袄脱下来递给了折继闵，折继闵一边换皮袄一边说。

折继闵：接下来的路你自己走，但我要你答应我，无论将来发生了什么事，不能作恶，不能与折家为敌！

△居延与折继闵长久对视，山下的士兵逼近。

居延：我答应你。

△折继闵如释重负地一笑，他拔出刀砍断了藤蔓。

△朔风呼啸，折继闵望着山下的铁血军，噙着泪戴上面具，转身走下山崖。

27．府州郊外 | 崖顶　夜　外

△阿侬掀开树枝、草木的伪装，黑鸟出现在眼前。

△阿依扑了扑黑鸟上的积雪，她抱着居延，深情一吻。

居延：等我安顿下来，一定把你接过去。

阿依：记得回来就好。

△黑鸟飞出悬崖。

28. 府州郊外｜雪地上　夜　外

△暴雪覆盖的峡谷，大雪纷飞，大宋铁血军旌旗林立。

△雪地上，折继宣带着士兵正捕杀着戴面具的折继闵。

△折继闵浑身是血，面对四五个士兵的围攻，身中数刀，仍拼死抵抗。

△骑在马上的折惟忠拉弓对准折继闵的腿，嗖地一箭，折继闵跪倒在雪地上。

△折继闵被一拥而上的士兵压倒在地。

△折继宣要摘他脸上的面具，对方却死死护着，不肯摘下。

△透过面罩，折惟忠直视着折继闵明亮的眼睛，熟悉的目光让他浑身颤抖。

△就在这时，山崖上一支信号箭冲上夜空。

士兵：报元帅，居延已经翻过了孤山。

折继宣大惊：什么，那他是谁？

△折惟忠哆嗦着摘掉了折继闵的面具，那张熟悉的脸让所有人震惊。

折继宣：怎么是你，居延呢？

折继闵：哥，我求你们放过居延吧！

折继宣拽住折继闵的领子：军马事下了格杀令，务必诛杀居延！折继闵，你要连累折家上下一起死吗？

△折继闵夺过折继宣的剑，三军将士一愣。

折继闵横在自己脖子上：我自己的决定，我自己担。

折继宣：居延是叛贼之子，是我大宋的敌人！为了他你豁上自己，值得吗？

折继闵：他是我兄弟。

折惟忠拔出剑，颤抖：我成全你！

△折继闵闭上眼睛，等着折惟忠的剑砍下去，没想到却迟迟没落下。

△折继闵睁开眼睛，看到沙狐托着剑跪在折惟忠的面前，双手是血。

沙狐：老爷，不能砍啊！

△折惟忠手颤抖着，就在这时，黑鸟在天边出现。

士兵：将军，你看！

△天空上，如划过一道流星，黑鸟抛出完美的曲线，士兵无不瞠目结舌。

△折继闵激动地望着黑鸟飞跃过山谷。

△可就在此时，黑鸟却朝着河川坠落下去。

△折继闵愣住了。

29．府州郊外 | 崖顶　夜　外

△阿依愕然追逐着黑鸟跑下河川，茫茫夜空，漆黑不见。

△士兵搜寻而来，水面上泛着涟漪，却不见了居延踪影。

△阿依僵住了，眼前所望，唯余白茫茫一片，雪花飘在她的斗篷上。

30．府州 | 城门　夜　内

△马车嗒嗒驶出城门，白雪皑皑。

折惟忠：（OS）折家一门忠贞，没有勾结叛军的逆子！从今天开始，你不再是我的儿子，一生不许再踏入府州。

△折继闵木然坐在车里，一言不发。

折夫人：（把信交给折继闵）到了汴梁，先去拜见国子监的祭酒，这样也好，等你考取了功名，娘会想办法让你再回折家的。

△折夫人站在城门边与折继闵挥手告别。

△沉重的城门落下，车辙印被飘雪覆盖。

31．榷场 | 酒肆阁楼　日　外

△产婆在为阿依接生，阿依痛苦地呻吟着。

△一声孩子的啼哭传来。

32．好水川　日　外

字幕：四年后。

△旌旗猎猎，行军路上，宋军将领看到前方路上摆着不少歪七扭八的泥盒子。

△宋军将领挥手停止行军，士兵上前拍盒子，里面有跃动之声。

△士卒将盒子砸开，装在里面带着哨子的鸽子受惊腾起，直飞谷顶。

△哨声传遍了山谷，弩手把箭对准了宋军，万箭齐发。

△骑兵掩杀，刀兵碰撞，宋军旗倒下。

字幕：1041年春，朝廷围剿夏州叛军，于好水川口中伏，叛军趁势东进，兵发麟府路。

△一个带着鬼脸面具的将领（居延）走过尸体堆中，给没死的宋军补刀。

33．榷场 | 临时征兵处　日　外

△往日繁华的榷场已是人丁萧条，士兵驱赶着胡人。

△一排壮丁排队正准备应召入伍，最前面的副官用竹板为他们登名录籍。

△士兵两两抬着伤兵走过，应召的壮丁议论纷纷。

壮丁甲：看到没？听说送去宁远寨的五千壮丁就剩下这么几个了，他们攻下寨子只用了三天。

壮丁乙：三天？那他们得多少人马？

壮丁甲：四五百吧。

壮丁乙：宁远寨又不是纸糊的，四五百人能拿下了？你当他们是鬼啊。

壮丁丙：他们真的是鬼！

△众人哗然。

壮丁丙：我姨夫刚从宁远寨下来，对面的兵长着獠牙鬼面，神不知鬼不觉竟从老君山顶扑了下来，杀得我军溃不成军！

折继闵：能翻越过老君山？谁有这个本事？

壮丁甲：他们是两脚屠夫——鬼名阿斡的麾下，号称龙雀军。

△折继闵贴着络腮胡子排在后面，听罢沉思。

△前面的士兵一个个领了军需离去，后面的人不耐烦推了他一下。

△折继闵只好快走两步。

△忽然一只手拍了拍他的肩膀，折继闵一扭头，看到沙狐站在身后。

沙狐：这个兵，跟我走，我铁血军要你了。

△折继闵无奈只好跟着沙狐离开，壮丁们反倒一脸歆羡望着他。

沙狐：（低声）少爷，府州有这么好吗，你不辞辛苦一次一次地逃回来？

折继闵：（低声）我化成这样你也能认出来？

沙狐：（咬牙）你就是化成灰我也能认出来。

折继闵：你要带我去哪？

沙狐：你娘那儿。

折继闵：我娘不是在那儿吗？

沙狐：哪儿啊？

△沙狐一回头，折继闵拔腿就跑。

△沙狐方知上当，追去。

34．榷场　日　外

△折继闵一路狂奔，穿街过巷，甩掉了沙狐。

△沙狐一抬头，看到阿依酒坊的酒旗斜立，会心一笑。

35．榷场 | 酒肆 日 内

△沙狐踏进门，往常喧闹的酒坊传来阵阵哭声。

△阿侬和几个妇人正在喝酒，屋中光线昏暗，妇人们披头散发、抱头痛哭。

△阿侬转过头去，面容憔悴，满身酒气让沙狐吓了一跳。

沙狐：阿侬姑娘，你怎么了？

阿侬：榷场封了，我们要逃难去，来，沙狐统领，咱们一起干了、干了这碗离别酒。

△阿侬端着酒往沙狐嘴边送，沙狐吓得忙躲开。

沙狐：还是下次吧。

△沙狐翘着脚尖瞄里屋，又探着身子环顾楼梯间。

阿侬：下次？谁还知道有没有下一次？姐妹们，杀千刀的夏州叛军毁了咱们的家，今生若是无缘相见，来世咱们还是府州人！

△屋子里哭声一片，沙狐嫌弃地转过头去。

△沙狐环顾犄角旮旯，不时掀起米缸盖、酒桶、角柜。

△折继闵披头散发混在妇人中间，憋得难受，忍不住抬起头来。

△沙狐把能藏人的地方看了一个遍，回过头来。

△阿侬把折继闵的头"咚"的一声摁到桌子上。

沙狐：少爷没来过吗？

阿侬：他不是在汴梁读书吗？又偷跑回来了？

沙狐：见到他记得通知我。

△沙狐离去，折继闵从一堆妇人堆里抬起头来，大口地喘着气。

36．榷场 | 酒肆阁楼 日 内

△阿侬正在打包行李，阁楼上摆满了收拾好的木箱子。

△折继闵望着一地狼藉，无处落脚。

折继闵：你们真的要走？

阿侬：不然呢？叛军打到哪儿屠到哪儿，有钱有势的都迁往河西了，再不走，留下任他们糟践吗？

折继闵：可没了酒坊，以后你们怎么生活？

阿侬：大不了唱唱曲呀，到有钱人家里做做事，怎么还养不活娘和洛桑？

△折继闵望着阿侬佝偻着背收拾行李，一时血气上涌，拉住阿侬的手。

折继闵：你别这么说！

△阿侬看向折继闵，折继闵一愣，忙尴尬地松开手。

△洛桑戴着面具跑上楼。

△折继闵蹲下，把吊坠挂在洛桑的脖子上。

折继闵：洛桑乖，你陪着娘，（对阿依）我想办法让你们回府州，阿依，等我回来。

△折继闵跑下楼梯。

37．榷场　日　外

△折继闵一出门，迎面看到折夫人站在面前，阴沉地望着他。

△折继闵恨恨地瞪了一眼母亲身后的沙狐，变为讨好的笑容。

折继闵：娘。

38．榷场 | 酒肆阁楼　日　内

△角落里，折继闵和折夫人两个人相对坐着，一声不吭。

△阿依收拾着杯盘狼藉的桌子，不时朝这边偷瞟去。

△酒肆里气氛诡异，鸦雀无声，洛桑有些害怕，阿依把他揽到怀里。

折夫人：说吧。

折继闵：娘，我研究了麟州一带的地势，麟州据山川形胜，易守难攻，叛军出兵怀远，很可能是疑兵之计，目的是据险设伏，据儿子推断，设伏之地很可能在好水川一带。

折夫人：你推断得没错，好水川败了。

折继闵：啊，还有就是宁远寨，他要进兵关中，宁远寨首当其冲，娘，儿子从了军，守住了宁远寨，也好有埋由重回折家，陪伴在娘左右。

折夫人：（面无表情）宁远寨也丢了。

△折继闵和折夫人面对面坐着，气氛又凝重了下来。

折继闵：（哭丧着脸）不是我不想考，是我真考不上。

折夫人：我问你，（瞥了一眼阿依）你回来不是为了这个女人吧？

折继闵：不是。

折夫人：我再问你，（瞥了一眼洛桑）那个孩子不是你的吧。

折继闵：不是，绝对不是。

折夫人：你发誓。

折继闵：我发誓，如果孩子是我的，我全家……

折夫人：不许拿全家发誓。

折继闵：那我发誓，我发誓……

折夫人：算了，沙狐，今晚就送他回汴梁，如果他再敢回来……（对沙狐）我就打断你的腿。

△沙狐和折继闵相视一怔。

沙狐：（哭丧着脸）是。

39. 府州 | 府衙 日 内

△康德舆听着奏乐陶醉，折惟忠在一旁脸色难看。

折惟忠：两万户的府州，只剩下了不到五千人，你是要把府州拱手送给叛军吗？

康德舆：撤回河西是我的意思，府州负山阻河，易攻难守，根本就不是用兵之地。

折惟忠：那什么是用兵之地？渭河的平原上，还是汴梁城头啊！

康德舆：等等！（拨动琵琶弦，发出铿的一声）这样才对。

歌姬：老爷真是周郎复生。

折惟忠：夏州叛军一旦过了黄河，我关中腹地便再无险可守！还有百姓的良田和牲口怎么办？别弹了！

△折惟忠一把踢开歌姬的琵琶。

康德舆：（不急不躁，莞尔一笑）折元帅，我这也是成全你啊。

折惟忠：末将无需成全。

康德舆：你们折氏祖上可是位列党项五部，与鬼名氏还是亲戚，自己人打自己人，你下得去手吗？

折惟忠：党项人一样渴望和平，且不见，宋人中也有败类吗？

康德舆：（终于被激怒）折惟忠！你这是对谁说话！

折惟忠：（压住怒气，退后行礼）末将唐突了，可府州乃战略要地，决不能弃！

康德舆：行了，我自有安排，回去等军令吧。（对歌姬）继续。

40. 府州 | 府衙外 日 外

△折惟忠走出府门，望着街道萧条，百姓拖家带口逃命。

折惟忠：（对副将）康德舆要弃城逃回河内，你去召集军中精锐，烧了浮桥，断了他的退路！

41. 榷场 日 外

△树下，一个人影正在望着酒肆外戴着面具玩耍的洛桑。

△阿依从酒肆内走出来，收拾着箩筐里晾晒的海红果。

△人影忽然颤了一下，嘴唇张合发出了声音。

居延：（OS）阿依——

△阿依转过头来，树下空无一人，她抱起了洛桑进了酒肆。

△树下，居延百感交集地望着阿依的背影。

△居延身边，站着满脸伤疤、凶神恶煞的龙雀副将野利休哥。

△居延回过头，冷冷瞪着野利休哥。

居延：为什么要拦着我？

野利休哥：少主如今是大夏的将领，龙雀的统军，大战在即，不该私自与宋人见面。

居延：不用你提醒我。（转身离去）

△野利休哥追上，递给居延一张字条。

野利休哥：主上口谕，今晚申时，来烧桥的宋军一个不留，保住浮桥，我大军才好东进河西。

△居延攥紧了字条，径直走去。

△野利休哥却盯着迎风摇曳的酒旗，目光如狼。

42．黄河渡口　日　外

△拖家带口的百姓、举家迁徙的商旅、逃荒的流民无不堵在浮桥前。

△士兵拦住浮桥检查路引，画舫、舟子上挤满了过河的富人。

士兵：都别挤，没有路引的不准过桥！

百姓甲：凭什么当官的能过，我们只能等死？我们要过桥！

△折继闵双手被绑跟在沙狐身边，被百姓挤到了一边。

沙狐：前面的让一让，让一让啊！

折继闵：你这么喊没用，要不喝口茶，润一润嗓子再走？

沙狐：过了桥就是河东了，少爷，你就放弃挣扎吧。前面的让一让啊！

折继闵：算了，还是我来吧。（清了清嗓子）前面没路引的听着，这里有路引！这里有路引！

△沙狐举着路引，瞬间成为了所有难民的焦点。

△难民争抢沙狐手中的路引。

△折继闵站在边上看着沙狐狼狈逃出来，气定神闲地走进茶寮。

43．黄河渡口 | 茶寮　日　内

△茶寮里宾客满座，热闹喧哗，茶博士忙前忙后地招呼客人。

△康衙内几人坐在角落里，他隔壁桌行商打扮的夏州探子，目光冷峻。

△折继闵、沙狐走进来，茶博士忙上前招呼。

茶博士：二位，里面请，来点什么？

沙狐：先上壶茶。

茶博士：得嘞。

△茶博士把汗巾往肩膀上一搭，上茶去了。

△茶寮的另一侧，康衙内注意到折继闵。

康衙内：这家伙怎么也来了？（低声吩咐茶博士几句）

△茶博士上茶，折继闵给沙狐倒，沙狐摆了摆手，折继闵自斟自饮。

△折继闵忽然捂着肚子，哎哟地叫起来。

折继闵：呃——呃——这茶，这茶里有问题。

沙狐：有吗？

△沙狐拿过茶喝了一口，看向折继闵。

△折继闵恢复了正常。

折继闵：你这样就没意思了。

沙狐：既来之，则安之。

折继闵：现在榷场要关闭，我答应了阿依帮她母子进府州城，难道你就让我看着她母子无家可归？

沙狐：我来安排他们进府州。

△折继闵无言以对。

折继闵：我肚子疼，要上茅厕。

沙狐：你有完没完！

△折继闵真的肚子疼，他站起来朝茅厕方向跑去。

△康衙内故意伸出一只脚，折继闵被绊倒差点扑到夏州探子身上，被探子首领提住。

△沙狐追上挽住折继闵的手臂。

沙狐：我陪你去。

△康衙内得意洋洋地看着折继闵，折继闵的目光却落在夏州探子身上。

44. 黄河渡口 | 茶寮后院　日　外

△沙狐等着折继闵解手。

折继闵：行商有问题，他抓我那一下的臂力至少能开百石强弓。沙狐？

沙狐：你就让我安静一会儿好不好？

折继闵：你就相信我一次好不好！

45. 黄河渡口 | 茶寮　日　内

△沙狐盯着折继闵进屋，刚才二人的座位已经被占了，茶博士迎上来，一脸抱歉。

茶博士：真对不住，这会儿客多，要不您二位和他们拼一下？

沙狐：不用了。

△沙狐拿出银子给茶博士，折继闵却忽然挣脱他的手，一屁股坐在夏州探子旁边。

折继闵：劳驾，拼一桌如何？

△折继闵示意沙狐坐下，沙狐却气得走到茶寮门口守着。

△折继闵堆着笑打量夏州探子，看到首领冲属下使眼色示意。

折继闵：渡口鱼龙混杂，乱得很，几位的东西可要盯好了。

夏州探子首领：多谢提醒。

折继闵：兄弟口音，不是本地人吧？

夏州探子首领：我们是回鹘来的，去汴梁做生意。

折继闵：哦？回鹘入关得经夏州，两边打着仗，你们没碰上乱兵啊？

△夏州探子警惕，不自禁摸向桌下毡卷包着的武器。

△康衙内端着酒过来。

康衙内：折继闵，我这儿坐着半天了，你来来去去的，当我死的啊。

折继闵：是康兄啊，兄弟眼拙没看着，该罚！

△折继闵接过康衙内的酒，忽然泼向桌子下的毡卷，赫然看到包裹着的武器。

△夏州探子见势不妙，纷纷掀开毡卷，抽出刀剑。

折继闵：还怀着凶器！你们究竟是什么人？

△夏州探子首领忽然朝折继闵发射手弩，折继闵躲过。

△弩箭射中了他身后的康衙内跟班，跟班口吐白沫倒下，沙狐一惊。

康衙内：给我打！

△康衙内的打手一拥而上，茶寮里打成一团。

沙狐：淬毒手弩是夏州特种兵器，快走！

△沙狐抓住折继闵，强行把他拖走。

△他们身后，夏州军探点燃传令箭，一飞冲天。

46. 黄河渡口   日   外

△沙狐把折继闵扔上马，迎面碰上折惟忠的烧桥部队。

沙狐：张将军，夏州探子在茶寮里！

副将：交给我了，封锁渡口！

折继闵：沙狐，你放我下来，我要去帮忙。

沙狐：有铁血军在，咱们去河东。

△沙狐不顾折继闵，策马带着他狂奔闯关，浮桥上的士兵、百姓纷纷躲避。

△沙狐冲过浮桥，折继闵忽然狂拍马背。

折继闵：你看，渡口！

△沙狐打马转了个圈，看到茶寮燃起大火，百姓惊惶逃窜。

47. 黄河渡口 | 茶寮　日　内

△龙雀军如狂风骤雨般屠杀着士兵，顷刻间，烧桥部队被屠杀殆尽。

△居延戴着面具，面无表情地看着野利休哥一剑捅进了康衙内的胸膛。

野利休哥：都杀光。

△龙雀军手起刀落，百姓、茶博士、跟班纷纷毙命。

48. 黄河渡口　日　外

△浮桥上哭声一片，天边隆隆声，尘烟弥漫，地平线上出现了龙雀军队。

△河对岸，折继闵趴在沙狐的马上，望着龙雀军骑着马砍杀百姓，朝河东而来。

折继闵：是夏州叛军！他们来了！沙狐，快放我下来！

△沙狐停住许久，还是打马朝河东而去。

沙狐：我答应过夫人。

折继闵：沙狐！你还是不是铁血军的人？孬种！怂货！贪生怕死别拿我娘说事！行，你就走吧，离府州越远越好，管他死多少人呢，府州城亡了又有什么关系，铁鹞子杀进关中就杀吧，大不了继续跑，跑到琉球高丽去！我爹当初就不该在叛军的刀下救你！

△折继闵一边走一边骂，沙狐实在忍无可忍，把他扔在地上，包袱扔给他。

沙狐：对不起了，少爷，汴梁你自己去吧。

△沙狐策马冲向浮桥对岸，他一夫当关，堵住浮桥口掩护百姓撤离。

△沙狐斩杀着冲上浮桥的龙雀士兵，把军队拦在了黄河以西。

△百姓惊惶逃窜，渡口上哭声，喊杀声连成一片。

△沙狐被打伤，体力不支，就在这时，折继闵一箭射死了和他交战的士兵。

△折继闵持弓而来，两个人并肩作战。

△在沙狐的掩护下，大多数百姓都已跑到了桥对面。

△折继闵砍断浮桥绳子，正砍到一半时，龙雀军冲上浮桥，向他们呼啸而来。

△折继闵挽弓射死了桥上的龙雀军，他抱着一坛酒，泼在浮桥口。

△又几个龙雀军冲杀过来，百姓还没完全跑过去，折继闵不敢点火。

沙狐：点啊，少爷，我撑不住了。

折继闵：快，快，快，快！

△最后一个百姓终于跑到了对岸，折继闵一把火点燃浮桥。

△居延和野利休哥策马而来，熊熊大火中，居延望着折继闵愣住了。

△野利休哥挽弓瞄准了折继闵。

△箭呼之欲出，折继闵回过头来，只见戴着面具的居延策马冲来。

居延：小心！

△弩箭射断了折继闵的发髻,居延一把拉折继闵上马,载着他朝河川奔去。

△浮桥轰然而塌,野利休哥阴冷地望着居延救走折继闵。

49. 府州郊外 | 河川　夜　外

△居延载着折继闵沿河川前行。

居延:下来。

△折继闵跳下马,居延一个人继续往前走。

折继闵:你是谁?为什么要救我?

△折继闵追上来,拦在居延的前面。

△居延回避着折继闵的目光,面具之下,折继闵似乎看到了最为熟悉的眼神。

折继闵:居延?

△居延调转马头,折继闵追上。

折继闵:居延!

△居延的马停在河川,他摘掉了面具,面具下,那张熟悉的脸比从前冷峻了许多。

△二人四目相对,折继闵震惊得说不出话来。

△山谷中,夏州军的号角声传来,沙狐打马跟上来。

沙狐:少爷,叛军追来了!

居延:我是大夏龙雀的统军,主上兴兵十万,府州城破指日可待,你想保住折家,我劝你还是尽早投降。

折继闵:你还记得答应过我什么?在山崖上说的那些话你全忘了?

居延:我放了你,咱们两清了,以后沙场上见,我不会留情。

△折继闵望着居延身影消逝在暗夜中,双眼通红,神色中掩不住失望。

△折继闵上马疾驰而去,两个兄弟背道而驰。

△月色下,野利休哥带着龙雀军迎面赶来,停在了居延面前。

50. 铁血军军营 | 中军帐　夜　内

△折惟忠把兵符和帅印交到案上,康德舆猖狂地望着他。

康德舆:还有你的衣服。

折继宣:康德舆!你别太过分!

△折继宣气得拔剑,被折惟忠按住。

折继宣:爹——

△折惟忠缓缓脱下铠甲,扔到案上,在众目睽睽下朝外走去。

康德舆:慢着!

折惟忠：大人还有何吩咐？

康德奥：折惟忠，我真是不明白了，你也是一州的节度使，同朝为官，你为什么铁了心要和我作对？死守一个府州城，无名无利，恨不得把命搭上，对你又有什么好处？

折惟忠：我没想和你做对，可若我不烧浮桥，黄河以西的牧场，关中以东的城镇，该有多少百姓枉死？

康德奥：（忍不住怒吼）现在死的不是那些百姓，不是那些贱民！是我儿子！（顿了顿）好啊，府州也要亡了，那就一起死吧。

△康德奥的怒吼不禁使周围的人全部吓住了，折惟忠面色平静，不卑不亢。

折惟忠：折家只要有一个人还活着，府州就不会亡。

△折惟忠转身离去。

51．夏州军营　夜　外

△神巫脸上纹满诡异纹饰，击鼓祭祀，进行出征前的仪式。

△火堆上，宋人士兵被吊起来献祭。

△居延的龙雀军如风而至，他把面具扔在篝火堆里，走进中军帐。

52．夏州军营|中军帐　夜　内

△嵬名阿斡和监军正在喝酒庆功，大锅中炖着羊肉热气腾腾。

△居延闯入，身后跟着野利休哥。

嵬名阿斡：令恭回来得正好，斛律带来了主上手谕，明日渡浮桥取河东，你的龙雀为先锋。

监军：主上对少将军寄予厚望，这一杯酒，就当提前庆功了。

△监军举起酒碗，居延脸色难看，并不接茬。

居延：浮桥被宋军烧了。

△"哐当"一声，监军把酒碗搁在案上，嵬名阿斡的脸色也沉了下来。

居延：是我领军无能，甘受军法。

监军：军令已下，十万大军不日就要进取河东！现在浮桥烧了，大元帅，您瞧这事怎么办吧？

△监军盯着嵬名阿斡，目光中透着威胁。

△嵬名阿斡拔出剑来。

△嵬名阿斡渐渐逼近居延，忽然转过身，挥剑砍向监军。

△居延惊愕地看着剑捅进了监军的胸膛，血溅到牛肉锅里。

△监军挣扎着死去。

嵬名阿斡：斛律乃主上亲信，他不死你就得死，荣华富贵岂有亲人重要，对吗，令恭？

居延：（颤声）阿爹——

嵬名阿斡：阿爹能为你做的都已经做了，府州竟敢派刺客杀了我的监军，这个仇一定要报，现在摆在我们面前只有一条路走了。

△嵬名阿斡似笑非笑看着居延，居延不觉起了一丝冷意。

△士兵把监军的尸体拖走，大案上，一张军图展开。

△嵬名阿斡用剑指着军图上的府州。

嵬名阿斡：府州位处于石山梁上，依山而建，易守难攻，要进取河东，必先取府州，为今之计只有断他水源，围他个十天半个月的，则府州不攻自破。

居延：我要怎么做？

嵬名阿斡：我会亲率大军围城，至于你，就负责拿下府州城西孤山上的水坝，（瞥向野利休哥）你们务必要尽心竭力辅佐令恭，扼守水坝，懂了吗？

△居延欲言又止，野利休哥颔首行礼。

居延：那我先去准备了。

△居延离去，帐中静悄悄的，只剩下嵬明阿斡和野利休哥两个人。

△嵬名阿斡看向野利休哥，朝他勾了勾手指，表情冷了下来。

野利休哥：少主私放了折家的人。

嵬名阿斡：又是折家，十年认贼作父还不够！这一次打府州，务必要让他和折家断干净，你知道该怎么做。

野利休哥：卑职明白，还有一事须禀主上。

嵬名阿斡：说。

野利休哥：少主去渡口之前，曾去榷场见了一个女人。

△野利休哥的声音放低了。

△烛光昏黄，照在帐壁的血迹上。

53. 榷场　日　外

△太阳东升地平线，沙狐和折继闵骑着马一前一后走在郊外。

△沙狐不时回头看折继闵，见他神情恍惚，不敢打扰。

沙狐：（停下）少爷——

△折继闵上前，看到榷场的大火还未烧尽，残烟缕缕。

△遍地是百姓的尸体，秃鹫在瓦砾上盘桓，满目苍凉。

△沙狐的脚踏进污泥里，他捡起一个面具，正是居延头戴的鬼面具。

沙狐：是他干的。

折继闵：（颤抖）不可能，这不可能！阿依呢，阿依！

△折继闵疯了一般朝酒坊跑去，往日繁华的酒坊大院已经坍塌。

△折继闵哆嗦着刨着砖瓦，在废墟中寻找阿依的身影，却只找出一具具尸体。

折继闵：阿依！你回答我啊，阿依！

△无人回答，折继闵绝望地跪倒在地上。

△旁边坍塌的木板下传来咚咚的声音。

△沙狐扒开一条缝，洛桑头带面具咚咚地顶木板。

△折继闵和沙狐把木板掀开，抱洛桑出来。

折继闵：洛桑，你娘呢，你娘在哪？

△又一个幸存者被救出来，一连三四个人后，阿依满脸是灰，钻了出来。

△折继闵抱住阿依，号啕大哭，阿依任他抱着，泪水流了下来。

折继闵：我们回家。

54. 府州 | 城墙　夜　外

△夜色下，府州城门大开。

△折继闵、沙狐、阿依及十几个百姓站在城门外，却无人敢进。

△康德舆站在塞墙上，冷漠地望着城下，身边弓箭手对准百姓。

△折惟忠提剑上城。

折惟忠：他们可是府州的百姓！

康德舆：你又怎么知道他们不是叛军的奸细？非常时期，宁杀勿纵！

△折惟忠拔剑指着康德舆。

康德舆：烧了浮桥又要杀主帅？你现在无兵无权，信不信我立刻斩了你！

△城上城下皆屏住呼吸，无人敢动，看着双方对峙。

折继闵：（高呼）爹，我们不进城了，你守好府州城！

△折继闵跪下朝着城上的父亲猛磕了一个头，带着百姓离去。

△折惟忠目睹儿子离开，忽然看到折夫人骑马冲出城去。

折惟忠：夫人！夫人！

折继宣：母亲！母亲！

△折惟忠追出城门，看着妻儿已经远去，望着空荡荡的城门愣神。

折惟忠：快追你母亲回来！

△折继宣策马而去。

55. 一组镜头

△军鼓激扬，密集的鼓点声中，鬼名阿斡率领夏州叛军围攻府州。

字幕：庆历元年，公元 1041 年，夏州叛军围攻府州，切断了城中水源。

△居延军容整齐，率领龙雀军翻山越岭，绑着绳索的抓钩掷到了山顶。

△折继闵、阿侬一家和难民们一起逃跑，隔着河看到叛军屠杀取水的百姓。

△居延攻打水坝，腕上手弩见血封喉，孤山山头竖起了夏军军旗。

△折继闵、阿侬等人蜷缩在难民营中，凄凉无助。

56．铁血军军营　日　外

△折惟忠巡视军营，士兵纷纷起身望着他，士兵因缺水嘴唇干裂、目光呆滞。

△士兵饥渴难耐，跪在地上抓起还冒着热气的马粪吮吸里面的水汁。

△折惟忠于心不忍，快步走出军营。

57．府州街道　日　外

△折惟忠走过萧条的街道，母亲咬破手指用血喂食婴儿。

小贩：热乎的童子尿，一两黄金一碗！

△小贩担着水叫卖，遭到饥民哄抢，百姓从打井的泥沙里滤水。

△折惟忠目睹哀鸿遍野，野狗、老鼠啃食着僻巷中的尸体。

副将：断水半个月了，死，我们不怕，可再这么熬下去，府州会变成一座死城啊。

58．府州｜折府大院　夜　外

△折惟忠望着院中乌压压的数百人，或是老兵，或是伤员，无比悲怆。

折惟忠：断水已经有十余日了，百姓以血哺喂婴儿，将士们汲马粪而饮，十万余之叛军，在我大宋的土地上残杀百姓、肆无忌惮！现如今，折某被罢官夺职，已是孑然一身，怕是不能扫清府州之患了，可我实不能坐视百姓渴死、熬死，却苟安在这城墙之中！我想带着兄弟们出城找水源，这对于铁血军来说，也许是一条不归路。

副将：府州不仅是元帅的家，也是我们的家，下令吧，元帅，末将愿随元帅赴汤蹈火，死而无怨！

众士卒：我等愿随元帅赴汤蹈火，死而无怨！

折惟忠：我已经不是元帅了，诸位老哥哥们，谁与我同去，请袒左臂！

△士卒纷纷露出左臂，众志成城。

59．难民营外　夜　外

△废弃碉堡的残垣断壁，茅草和木棍搭建起临时难民营。

△折继闵坐在土丘上，心事重重端详着黑鸟翅膀。

△阿侬抱着一堆废弃竹竿走过来。

阿侬：四年了，这些杆啊、旗啊一直搁在这儿，就再没动过，怎么忽然想起做黑鸟了？

折继闵：你说，一个人的本性会变吗？

阿依：怎么了？

折继闵：没什么。

△阿依坐到折继闵面前，认真看着他的眼睛，折继闵目光躲闪。

阿依：看你这副魂不守舍的样子，又闯什么祸了？

折继闵：你看清楚屠榷场的人了吗？

阿依：（沉思）那一天我在院子里，看到村口滚滚浓烟，火光映红了瓦片，接着就是一阵喊杀声，后来我就拉着洛桑和剩下几个酒客躲进酒窖里，怎么了？

折继闵：我说了，没什么啊。

△折继闵起身朝碉堡走去，阿依气得追上去。

阿依：你急死人了，你把话说清楚！折继闵！

△折继闵停住了脚步，折夫人沉着脸迎面而来。

折夫人：你去哪儿？

△折夫人拽着折继闵的耳朵，拉着他进了碉堡。

折继闵：娘！

60．难民营　夜　外

△难民蜷缩在一旁，阿依烧着火做饭，不时瞥向一边的折继闵。

折夫人：跪下。

△折继闵跪下。

△折夫人朝沙狐摊开手，沙狐恭恭敬敬捧上马鞭。

△折继闵正等着挨打，可没想到折夫人却一鞭子抽在沙狐身上。

折夫人：我让你送他回汴梁，你们背着我把浮桥烧了，看我不打断你的腿！

沙狐：夫人，我再也不敢了。

△折继闵忽然站起来，一把把鞭子夺了过来。

折继闵：府州一旦有失，叛军朝夕便可下汴梁！娘让我走，我还有什么地方可去！

△折夫人不可置信地望着折继闵，他第一次冲自己这么吼。

折夫人：你不走又能怎么样，你能做什么？现在你爹在城里，连他也只能眼睁睁看着叛军打来！（指着难民）你说他们惨，可你们折家的男人还活不到那个岁数！我是你娘，我只是希望你活下去，我有什么错！（哭泣）

折继闵：可若我没有放走居延，这一切就不会发生，榷场何至于遭此劫难，这一切都是我的责任！

△阿依震惊。

阿依：你说什么？居延还活着？他在哪儿？

折继闵：他做了龙雀的统军，他是来杀我们的！

△阿依如触电一般，外面忽然传来了一声尖叫。

△一个难民跑了进来。

难民：尸体，好多尸体！

△折继闵一惊，冲了出去。

61．河边　夜　外

△折继闵冲到河边，血色的河面上一具具尸体漂了下来。

△沙狐打捞尸体上岸，折夫人、阿依、难民们赶来，看到尸体穿着铁血军军服。

△阿依蒙住了洛桑的眼睛，把他揽入怀中。

△一声马嘶，折继宣策马而来，马上还驮着受伤的副将。

折继闵：张副将！你不是和爹在一起吗？

副将：（滚鞍下马）元帅说要为府州续命，率五百家将攻打水坝，被围堵在了孤山了！

折夫人：什么？

副将：元帅带头冲了几次都失败了，他们登山如履平地，像鸟一样！

折继闵：难道是龙雀军？

△折继闵扑通一声，跪倒在折夫人面前。

折继闵：娘，折家代代为将，没一个孬种，我一定去把爹带回来。

△折继闵给母亲磕了一个响头，毅然起身，目光中透着坚毅。

△沙狐牵着两匹马而来。

沙狐：夫人，这一次你就是打死我，我也要去了，少爷，上马！

△众人上马，绝尘而去。

△凄清的林间，折夫人、阿依目光凝望着他们的背影。

62．水库　夜　外

△折惟忠血战水坝，龙雀军跳跃下山坡，与铁血军将士短兵相接。

△折惟忠挥剑掩杀，捣毁水坝。

△铁血军的号声、鼓声在山崖上回荡，浩荡的河水朝着叛军的部队袭去。

63．府州|街道　夜　外

△水流顺着沟渠注入井内，推动水车重新转起来。

△士兵、百姓掩不住兴奋，他们扑进沟渠，大口喝着水。

士兵：水来了，水来了！

64．水库|山崖　夜　外

△夏州叛军的营帐一字排开，烽火如长龙，风声中传来几声狼嚎。

△居延和野利休哥站在山头，士兵上山来报。

士兵：报——敌军捣毁了水坝，我们已经已经死伤过半了。

野利休哥：宋人一向孱弱，怎么可能是龙雀的对手？

△居延走到山崖边，看到折惟忠一马当先，斩杀龙雀。

居延：折惟忠？

野利休哥：府州知州折惟忠？！

△半山腰间，双方鏖战，铁血军攻势猛烈。

居延：这样打下去只会损兵折将，传令，后退十里，暂避锋芒。

野利休哥：水坝如同府州的咽喉，况且折惟忠亲自出战，这是消灭折家将的最好时机！

△就在这时，山崖传来巨石坍塌的声音，脚下大地摇晃。

士兵：后山山路坍塌，桥梁被宋军炸毁。

野利休哥：少主，我们必须出战了。

△居延咬紧嘴唇，犹豫着拔出了剑。

65．水库|山谷　夜　外

△朔风呜咽，山对面沙声震天，隐隐可见搏杀的火光。

△几个捣毁山路的叛军在夜色中匆匆撤退，一箭射中了最前面的士兵。

△折继闵、折继宣、沙狐从山道窜出来，剑锋指向了士兵的胸膛。

折继闵：你们是龙雀军的人？

士兵：你怎么知道？

折继闵：为什么炸毁山道？

士兵：（交换眼神）统军让我们炸了山道，绝了折惟忠退路。

△折继闵正在思忖，只见折继宣手起刀落，一刀杀了士兵。

折继闵：等一下！

折继宣：要绝我折家的路，我先宰了你们！

△折继宣又是一刀，杀了另一个士兵，折继闵来不及阻拦。

折继闵：父亲一心要拿下水坝，居延是守，他不可能掘了自己退路。

折继宣：事到如今，你还为居延说话？折继闵，你要害死爹才甘心吗！

折继闵：大哥——

△折继宣的剑对着折继闵。

折继宣：离我远点儿。

△折继宣气鼓鼓朝山上走去。

△折继闵和沙狐无奈地望着地上的两具尸体，跟上折继宣。

66．水库　夜　外

△漫山遍野的龙雀军杀奔下来，与铁血军一番鏖战，打斗惨烈。

△折惟忠浴血奋战，从后山上崖的沙狐扑住弓手，把他推下了山崖。

△折继闵截住俯攻的龙雀军，折继宣、沙狐护卫在折惟忠身边。

折惟忠：你们怎么来了？

折继宣：爹，守水坝的是居延，咱们折家战法他一清二楚，快撤兵！

折惟忠：什么？

△就在这时，龙雀军从山头俯攻，掩杀过来，一阵手弩猛射。

折惟忠：你们快走，我来断后！

折继宣：要断后也是我！爹快走——

△折继宣话音未落，就被折惟忠猛地打晕，拖到马上。

折惟忠：（望向沙狐）少爷就交给你了，一定要守好府州！

△沙狐含泪望着折惟忠，用力地点了点头。

△折惟忠看到折继闵被围攻，冲过去砍杀龙雀军，父子并肩作战。

△漫山遍野的龙雀军把两父子和不肯走的铁血军士兵围在山谷中。

折惟忠：没听见我的话吗？撤退！

折继闵：我什么时候听过你的话！

△铁血军士兵把折惟忠拱卫其中，无一人撤退。

折惟忠：你不是要回折家吗？你不是要当将军吗？（把剑给折继闵）拿好，现在开始，你就是铁血军的统军。

折继闵：铁血军只认你的话，你才是他们的统军！

折惟忠：折继闵你给我听着！折家世代守卫府州，为其生，为其死，现在府州断水，唯有拿下水坝才能让城中官民百姓撑下去，活下去，府州就交给你了。

折继闵：爹，求你了，让我留下！

折惟忠：你要逼为父死在你面前吗？

△折惟忠横剑在脖子上，折继闵双眼含泪，仍不忍离去。

△龙雀军掩杀过来，折惟忠封住退路，身中数刀。

折继闵：爹！

折惟忠：走！

△折继闵望着父亲最后一眼，转身上马，带着溃兵杀出去。

△龙雀军从山崖跳下来，折继闵看到一支箭朝着折惟忠射去。

△折惟忠随即倒下，他身后，是居延的脸。

△折惟忠拔出颈部的箭，最后奋力掷向居延。

△居延手中的刀迟滞了，野利休哥一声令下，龙雀军的箭射向折惟忠。

△在折继闵的视线中，万箭朝折惟忠射去。

△折继闵的视线变得模糊，他从马上跌落下来，不省人事。

67. 府州郊外 | 密林　　夜　　外

△折继闵睁开眼睛，耳畔嚎叫声，哭声不断。

△士兵们满脸血污，断手断脚，哀嚎声让折继闵耳边嗡鸣。

△士兵身上的火还未灭，沙狐帮他们灭火。

△士兵飞马而至，下马至折继宣面前。

士兵：少将军，他们把元帅的尸体挂在山上，要枭首示众！

折继宣：（红着眼，大声）都站起来！随我上山，替元帅收尸！

△士兵们支撑着残躯跟着折继宣向山上走去，折继闵跌跌撞撞地拦住。

折继闵：（满脸是泪）大哥，你不能去！

折继宣：你有什么资格拦我！

折继闵：父亲把铁血军交给了我，我不能让你断送了他们的性命！

折继宣：滚，是你害死爹的。

△折继宣一拳打在折继闵的脸上，接着又是一拳。

△折继闵浑身是血，承受着兄长的痛打，仍死死不放手。

△折继宣打累了，望向伤兵们。

折继宣：愿意留下的请便，但凡还认我这个将军的，跟我上山杀居延！

△伤兵们一个个站起来，强撑着跟上折继宣。

△折继闵想拦却无人搭理，眼看着他们跟折继宣上山。

△"扑通"一声，折继闵跪倒在地。

折继闵：我比你们更想杀了居延！可冲动只会害了大家，你们的元帅希望你们活下去，他不能白白牺牲啊！

△走在最前面的折继宣停住了脚步，号啕大哭，士兵们亦是满脸泪痕。

折夫人：你们在干什么？

△两兄弟愣住了，看到阿依举着火把，陪着折夫人赶来。

△母亲面色平静，似乎什么都不知道。

折夫人：你爹呢？

△两兄弟脸上挂着泪痕，忍着情绪不敢说话。

折夫人：你爹——他死了？

△沙狐哭丧着脸跪下。

沙狐：沙狐无能，辜负夫人，辜负元帅。

折夫人双眼失神：知道了。

△折夫人面色平静，转身离去。

△所有人惊讶地注视着折夫人离开，却见她刚走出两步，忽然昏倒在地。

折继闵：娘！

68. 孤山｜密林　夜　外

△折惟忠的尸体被悬挂在旗杆上，他披头散发，在朔风中格外悲怆。

△居延望着折惟忠的尸体，阴沉转头望向跪在地上的士兵。

居延：是谁让你们挂上去的？

嵬名阿斡：是我。

△居延一愣，只见嵬名阿斡走来，野利休哥跟在他的身后。

嵬名阿斡：这尸体一挂，就等着折家的溃兵们自投罗网了。

居延：区区溃兵我会料理，可折惟忠毕竟——

嵬名阿斡：毕竟什么？

居延：母亲去世后，他收留过我，我想给他一点尊严。

△居延一回头，看到嵬名阿斡目光犀利地瞪着自己，不由吓得一颤。

嵬名阿斡：身为党项人，却甘心做宋人的狗！对于背叛者来说，千刀万剐也不为过！你居然对这样的人心存怜悯，你是要步他后尘吗？

△居延吓得忙跪下。

居延：令恭不敢！

嵬名阿斡：更何况，我怀疑你母亲的死根本是宋人自导自演的一出戏码。

居延：什么？

嵬名阿斡：否则这么多年，也早该查到凶手是谁了。

△居延的目光一瞬间变得冷峻、坚定起来。

居延：就算再过十年、二十年，我也要找到杀死娘的凶手。

△嵬名阿斡顿了顿，忽然意味深长地一笑。

嵬名阿斡：儿子啊，将来你就会知道，这世道不像你想的那么简单，人生如战场，人活在世上，犹如活在群狼之中，你不杀他，他就会杀你。不过这一次，你做得很好，只要守住了水坝，府州撑不了几日必会投降，主上嘉奖自不必说，大宋数千里沃土，都将是你我父子的天下，到那时你想要什么，都会有的——包括女人。

居延：什么女人？

△嵬名阿斡拍了拍居延的肩膀，笑着离去。

△野利休哥满布刀疤的脸上露出了值得玩味的表情。

69. 难民营 夜 外

△昏暗的烛光下，折夫人已经醒来，折继闵、折继宣陪伴在她左右。

△折夫人呆若木鸡地靠在榻上，两眼发直，一句话也不说。

△洛桑捧着菜汤过来，伸着小手在折夫人面前，折夫人的目光有了点反应。

折继宣：（接过汤碗，吹凉）娘，吃点东西吧。

△折继闵忍住悲伤，夺门而出。

△阿依痛心地看着他的背影。

70. 难民营外 夜 外

△朔风呼啸，折继闵满眼血红，拖着组装好的黑鸟走上山崖。

△山对面，正是悬挂折惟忠尸体的地方。

阿依：山下面是万丈悬崖，你这样冲下去会粉身碎骨的！

△折继闵不理阿依，把黑鸟绑在身上，阿依冲上前抱住折继闵。

折继闵：你松开，我要去给爹收尸！

阿依：我知道有一条路能上山崖！

71. 一组组合镜头

△"擦"地一下，火折子点亮，折继闵和阿依俯身走下矿道。

△大营中，龙雀将领们喝酒庆功，烹羊宰牛，很是热闹。

△折惟忠的尸体悬挂风中，居延坐在旗杆下，喝得醉醺醺的。

△折继闵和阿依在地下矿道中穿行，前方一堆矿工白骨堆积，鬼火荡漾。

72. 孤山|密林 夜 外

△居延醉醺醺走出大营，斟了一碗酒，浇在折惟忠尸首下方的土地上。

△风声呜咽，丛林中忽然传来了"飒飒"的声音。

居延：谁！

△居延端着剑走近，他不敢置信地揉了揉眼睛，与阿依两两相望。

居延：阿依……

△居延激动得难以自禁，他不自觉扫了一眼身边的士兵。

△居延拉住阿依的手，朝密林里跑去。

△士兵跟在了后面。

△朔风下，折继闵悲怆地望着父亲的尸首，泪水止不住流下。

73. 孤山 | 密林　夜　外

△居延情难自禁拉住阿依的手，二人一阵奔跑。

△跑了一阵后，阿依挣脱居延的手，居延的眼中却掩饰不住惊喜。

居延：我终于见到你了，阿依，你知道吗？我回府州后一直在找你。

阿依：我知道。

居延：你知道？

阿依：我知道，我根本就不该抱有幻想。

居延：阿依——

阿依：我等了你四年，你杳无音信，等到终于把你盼回来了，可等回来的却是一个屠夫，（苦笑）我还傻乎乎地等你回来，你是怕我坏了你的前程，所以才屠了榷场？

居延：你说什么……

△居延话一出口，忽然想到了什么，想起了嵬名阿斡的话。

嵬名阿斡：（OS）到那时你想要什么，都会有的——包括女人。

△居延仿佛明白了什么，拉住阿依的手。

居延：阿依，你相信我！

阿依：我相信你什么？相信折元帅的死是一场误会，这一切都是在梦里吗？

居延：我是龙雀的统军，一切和嵬名家作对的人都是我的敌人。

阿依：也包括折继闵？（顿了顿，流泪）也包括我？

居延：阿依……

阿依：好了！你现在说起话来，和他们一模一样，再说下去我会更恨你。（转身要走）

居延：我的孩子呢？我听说，你生下一个孩子。

阿依：（冷冷）他死了，在龙雀军屠杀榷场的那一天。

△居延神色阴霾，他愣愣地望着阿依离开。

△这时，野利休哥带着士兵包围了阿依，暗示士兵对阿依下杀手。

△居延拔出剑来，对着野利休哥。

74．孤山 | 密林 夜 外

△折继宣、沙狐举着火把上山，漆黑的林间，山上一抹熟悉的身影。

△折继闵背着折惟忠的尸体走下山路，阿依踉跄着跟在后面。

△众人怔住了，沙狐奔跑上前解下了尸体。

△折继宣望向折继闵，目光中仍带着敌意、冷漠。

75．孤山 | 密林 日 外

△一座新坟，折继闵、折继宣及铁血军将士叩首。

折继宣：爹，我一定会拿下水坝，替你报仇的。

折继闵：水坝防线绵长，难以固守，就算打下来也只会腹背受敌，我们必须改变战略。

折继宣：你凭什么擅自改变？

折继闵：就凭我是对的！

△折继闵不容置疑的语气让众人一愣。

76．战争段落

镜头一：孤山

△鼓声雷动，折继闵率领铁血军攀越高山。

折继闵：（OS）每隔三天，一定要为城里百姓放水一次，修筑水坝是需要时间的，咱们要攻而不占，让敌人疲于奔命。

△折继闵攀上悬崖，偷袭水坝，与居延的龙雀军短兵相接，双方杀红了眼。

△龙雀军瞄准折继宣准备发射手弩，忽然一箭钉在士兵的脖子上。

△折继宣扭头看到折继闵射死士兵，漠然又把头扭了过去。

△铁血军的旗帜树立在山顶，在苍劲的朔风中摇曳。

镜头二：府州

△黄河水从矿道灌入府州，废弃矿坑变成了临时水井。

△百姓争相汲水，府州百姓众志成城，分配水源。

△城墙上的士兵、修城墙的民夫看到山顶上竖起铁血军旗帜，斗志重燃。

镜头三：难民营

△洛桑喂折夫人吃药，折夫人的眼眸中渐渐有了神采。

△阿依和难民们在河边浣衣，河水变成了血色。

△阿依对着佛像祷告，洛桑爬过来把吊坠挂在阿依的脖子上。

77. 难民营外　日　外

△士兵们排着队打饭，折继闵在一旁研究黑鸟，仍不得要领。

△阿依打了一碗饭，坐到折继闵旁边。

折继闵：阿依，你是怎么控制风筝平衡的？

阿依：我试过运两筐海红果，风筝直接栽了下去，于是我加长了翅膀的长度……

折继闵：然后呢？

阿依：然后就撞到峭壁上了。

△折继闵一脸失望，继续组装着黑鸟。

阿依：（扯过黑鸟看，漫不经心）对你来说，黑鸟就这么重要吗？

折继闵：（郑重）是，只有黑鸟才能打败他。

△折继闵眼中再无少年时的稚嫩，阿依竟觉得他有些陌生。

△一只蜻蜓飞到折继闵的肩上。

阿依：别动！（捉住蜻蜓）这小家伙把你的肩膀当花丛了。

△折继闵接过蜻蜓端详，眼睛一亮。

78. 夏州大营　夜　外

△居延巡视军营，苍凉的胡笳声在军营中回荡萦绕。

△伤兵用羊骨祭祀，士气萎靡。

老伤兵：他们神出鬼没，就像贺兰山的云一样，来去无踪，他们的弩一次能吐出三支箭，据说还能遁地，一定有神明在暗中相助……

△居延走过伤兵营，土坑中，蒙着白布的尸体横七竖八躺着。

△士兵把酒浇在尸体上，点火焚烧，一缕黑烟升起。

△居延望着火光出神。

嵬名阿斡：军中有人染了时疫，粮草只够吃十天的了，叫你回来，是让你看看，十万人的围城部队已经被拖垮了！现在府州指望着这支折家溃军给他们供水，不肯投降。我再给你三天时间，三天之后，若还是剿灭不了折家溃军，你知道我大夏的军法。

△祭司们喃喃祷告，火光直冲上天。

祭司：魂兮归来——

△随着祭司的祷告，山谷中一片恸哭之声，仿佛招魂。

79. 水坝　日　外

△居延匆匆上山，野利休哥跟在后面，居延把一张军图递给他。

居延：照军图上的位置，刨了折家的祖坟，我不信他不出来！

野利休哥：是。

△居延的脸上露出少见的残忍，他俯瞰山下水库。

△镜头拉开，辽阔的水坝全景，龙雀军化着迷彩装在树上侦查。

80. 难民营 日 内

△折继闵与阿依正在缝制着翅膀，模仿蜻蜓做出四个翅膀的黑鸟。

阿依：这管用吗？

折继闵：黑鸟在飞行时，会因朔风折断双翼，蜻蜓四个翅膀高低不平，却可以在飞行中增强平衡。

△沙狐冲了进来。

沙狐：不好了，少爷，居延派兵毁了老太爷的墓穴，少将军去山上寻仇了。

81. 难民营外 夜 外

△折继闵、沙狐和为数不多的士兵站在山崖上，身上绑着黑鸟。

△阿依在一旁忧心忡忡。

阿依：折衔内！

折继闵：替我照顾好我娘。

△折继闵准备助跑，第一个冲出了山崖。

82. 水库 日 外

△居延率领的龙雀军把折继宣围堵在谷口，双方短兵相接。

△折继宣身负重伤，仍浴血奋战，他带领士兵死伤大半，尸体横陈。

△折继宣被十几个龙雀军围攻，仍力战不倒，一柄长刀朝着居延挥去。

折继宣：居延！狗东西！我要拿你的首级祭爹在天之灵！

△弓手放箭，折继宣中箭倒下。

△野利休哥长刀逼近，要取折继宣的首级。

△就在这时，天空一暗，铺天盖地的黑鸟从山崖飞跃而来，士兵吓得面无血色。

士兵：鸟！鸟！

△骑着黑鸟的铁血军手提桐油桶，朝山崖倾洒桐油。

△折继闵在点燃弩箭上的茅草，居延的眼中，火箭朝着山顶飞去。

△火箭碰到桐油，燃起大火，整个山崖一片火光。

△顷刻之间水坝被炸开，浩浩荡荡的河水从山顶上奔涌而下。

△龙雀军纷纷被卷入洪水中，哀嚎遍野。

士兵：水来了！水来了！救命啊！救命啊！

△折继闵落在了河川旁，他一骨碌爬起来，拉弓对着居延。

△与此同时，居延的弓也瞄准了折继闵。

野利休哥：不可妄动！

△沙狐击退了折继宣周围的士兵，把受重伤的折继宣护在了中间。

△山中静谧无声，士兵们屏住呼吸望着双方对峙。

居延：你的黑鸟终于飞成功了。

折继闵：因为我不怕死，别动！——沙狐，带我大哥走！

△沙狐夺过一匹马，抱着折继宣上马，驮着折继宣朝谷口奔去。

△夏州士兵挽弓对着宋军，野利休哥高抬着手，随时准备动手。

△忽然一阵疾风吹过，雀鸟惊飞，折继闵的箭飞驰而去，射中了居延的发髻。

△折继闵飞身上马，朝着谷口奔去，他的声音回荡在山谷间。

折继闵：居延，总有一天我会取你性命！

△居延披头散发地望着折继闵的背影，恨意堆积。

83. 密林　夜　外

△折继宣坐在折继闵的马背上，意识渐渐模糊。

折继宣：（虚弱）你说得对，是我错了。

折继闵：（哽咽）这时候还分什么对错？

折继宣：（断断续续）对就是对，错就是错，听我把话说完，你一直是折家最有天赋的人，可要成为一个好将军，光有天赋是不够的，战场上没有感情，你放不下妇人之仁，怎么打败居延？

折继闵：（流泪）我注定当不了将军，铁血军有大哥在，仗打完了，我还要去汴梁考科举。

折继宣：大哥不能陪你走下去了，沙狐——

沙狐：少将军。

折继宣：折继闵继我为将，知府州，照顾好少爷。

△折继宣的眼睛渐渐合上，停止呼吸。

△漆黑的林间，折继闵号啕大哭的声音。

84. 一组对切（音乐过渡）

△居延站在山崖上，俯瞰大水过后一片狼藉的战场，尸体枕藉，长矛、箭簇胡乱堆在一起，士兵清扫着战场。

△折继闵守在父兄的坟前，望着百姓衣不蔽体，伤兵吹奏着凄凉的陶埙，双眼空洞。

△居延袒露着臂膀喝酒，臂上的绷带渗出血迹，野利休哥目光扫过一地的酒坛子。

居延：（对野利休哥）去查一查，他们的藏身之处。

△折继闵醉醺醺地靠在树下，阿依走过来，默默捡起一旁地上的黑鸟。

折继闵：（对阿依）阿依，帮我做二十只黑鸟，我要行刺鬼名阿斡。

85. 难民营外　夜　外
△折继闵和阿依走上前，龙雀军正肆意屠杀着村民，棚寨的房梁在大火中掉下。

△哀嚎声不绝于耳，火光映着折继闵的身子不住颤抖。

86. 难民营　夜　内
△折夫人和洛桑藏在米缸里，透过缝隙看到士兵杀掉了壮汉，一把拽过他的妻子。

△妻子挣扎着，拔下头上的钗插进士兵的脖子里，后被一刀捅死。

△血溅到米缸上，洛桑忍不住哭了起来，折夫人捂住他的嘴。

△米缸盖子忽然被掀起来，士兵狰狞地冲着二人笑，手中的弯刀高举。

△折夫人惊恐地睁大眼睛，就在这时，士兵被横劈一刀倒下。

△他身后，折继闵溅得满脸是血，阿依抱出了哭泣的洛桑。

87. 难民营外　夜　外
△沙狐抱住洛桑上马，掩护村民逃走。

△龙雀军举着火把追捕百姓，他们脚下的矿道里，百姓瑟瑟发抖。

88. 府州郊外 | 矿道　暗　外
△矿道内蜷缩着灰头土脸的百姓，沙狐向折继闵汇报情况。

沙狐：他们把百姓悬挂在黄河边上，先以羽箭射中，故意留着一口气，再斩断四肢，弃之于黄河岸边上，居延放出风来，说——

阿依：说什么？

沙狐：说少爷一个时辰不出现，就一颗人头落地，一日之内不出现，就把百姓全部杀光。

△百姓们啜泣声不断，阿依望向折继闵，见他脸上沉默，眼中却已藏不住怒火。

89. 府州郊外 | 密林　夜　外
△折继闵映着火堆削竹竿，一刀一刀削下去，仿佛要削掉满腔怒火。

△阿依坐在他旁边，缝制着黑鸟的翅膀。

阿依：小时候，我一直盼着你的黑鸟能飞成功，去到榷场以外的地方看看，越过雪山，看一看大漠长河，可没想到，等有一天黑鸟真的飞起来了，却是要去杀人。

折继闵：我也没想到，人变成魔鬼，就在顷刻之间。

△折继闵把竹竿掰成两半，扔进了火中，拍了拍手上的土起身。

折继闵：去睡吧，明天之后就一了百了了。

阿依：（拉住折继闵）用我去威胁居延！他要是不肯放人，你就一剑杀了我。

△折继闵愣了，目光变得凄然。

折继闵：你还是一剑杀了我吧。（转身离去）

阿依：一城百姓之生死，和一个女人的命，孰轻孰重？

折继闵：（停住脚步，眼圈发红）无关轻重，都是我要保护的人。

△阿依动容，沉默良久。

阿依：可如果我说是为了自己呢？我不想让他变成魔鬼，我想救他。

△月光下，折继闵和阿依的背影入画。

90. 黄河河滩　日　外

△十几个百姓被吊在黄河边上，策马驱驰的士兵朝着百姓瞄准，百姓瑟瑟发抖。

△居延端坐中央，百姓头颅被悬挂在稻草人的头上，十几个人头排成一列。

野利休哥：他会为了几个贱民来送死吗？

居延：他会。

士兵：少主，有敌情！

△居延来到河边，远远望见折继闵绑着阿依站在浑脱上。

91. 黄河河滩　日　外

△河面芦苇荡漾，阿依双手被绑着，折继闵站在一旁。

△阿依一袭红衣，脸庞映着河水的波光格外动人。

92. 黄河河滩　日　外

△折继闵绑着阿依走下浑脱，拿刀抵着阿依的脖子。

△折继闵的目光扫过遍插着人头的稻草人，极力掩饰内心的惊惧。

△吊在树上的百姓纷纷望向河面，似乎看到了一丝希望。

△士兵围了上来。

折继闵：让你的兵退下！

△居延目光炯炯望着折继闵，压抑着恐惧。

居延：你要干什么？

折继闵：让他们走，否则黄河边上就是她的丧命之地。

△居延阻止了正要进攻的士兵。

△居延的目光里第一次出现了焦灼，折继闵手心全是汗，手不住地颤抖。

93.（闪回）黄河河上 日 外

△浑脱上，折继闵要为阿依松一松绑，阿依摇了摇头。

阿依：记住，要让他相信这是真的，你一定不能对我手下留情。

94. 黄河河滩 日 外

△鸦雀无声的河岸边，龙雀士兵挽弓瞄准着阿依和折继闵。

△折继闵和居延忍住心中翻江倒海的情绪，彼此四目相对。

居延：折继闵，不要在我面前演戏了，这不是你，你做不出这样的事。

折继闵：人都是会变的，你敢赌吗？

居延：我没有做错，这就是战争，这本来就是强者的世道。

折继闵：强者的世道，强者的世道，好啊，刀在我手里，我就是强者，我现在就杀了她！

居延：不要！

△居延的犹豫让阿依又升起一丝希望，折继闵却用力握住了刀。

折继闵：你在乎她的命，那我爹、我哥、榷场三百余户人家、府州城里的数千军民，还有死在龙雀刀下的无辜百姓，他们就该死吗？世道好坏不是你们来定义的！不是人人都会屈服于强者——说这话的居延已经死了吧！

野利休哥：把他们给我拿下！

居延：给我退下！

△居延强忍着内心的情绪，已经有所动摇。

居延：你想要什么？

△折继闵举起匕首，沿着阿依的后背向下，居延一颤正要阻止。

△可没想到，下一秒，折继闵割断了她的绳子。

阿依：你——

折继闵：（对阿依）这么个赢法，我的确做不到。

△所有人愣住了，阿依百感交集，看着折继闵。

△野利休哥一挥手，龙雀士兵把折继闵团团围住。

折继闵：这是你我之间的事，让无关的人都闪开，还是老规矩，居延，这一次，咱们不死不退，你敢吗？

野利休哥：他是在激少主！

居延：他打不赢我。把他们放下来。

△士兵射断了绳子，百姓如惊弓之鸟，朝远方跑去。

△野利休哥朝亲信使了个眼神，亲信悄悄跟去。

95. 黄河河滩|密林　日　外

△百姓朝林中跑去，野利休哥的亲信紧随其后，正要动手，丛林中一阵疾箭。

△埋伏在侧的沙狐和士兵现身，救了百姓。

【画面切入】

△矿道中，折继闵在排兵布阵。

折继闵：我不能把阿依和乡亲们的命赌在居延身上，我会想办法拖住他，你们去救百姓。

【画面切出】

96. 黄河河滩　日　外

△龙雀军严阵以待，望着折继闵和居延决斗，阿依不由得一脸忧心。

△折继闵心怀仇恨，抱着必死之心，出剑凌厉，大大出乎居延的意料。

△折继闵一剑刺伤了居延，接着又一剑，朝他的心口刺去。

△可没想到，对面射来的一箭，却正中折继闵的肩膀。

阿依：折继闵！

△居延惊愕，他看到野利休哥挽弓射中了折继闵。

△龙雀士兵把折继闵团团围住，挽弓对着他。

阿依：居延，你为什么让他们射箭？

居延：野利休哥，你干什么？

野利休哥：少主一而再、再而三让主上失望，少主下不去手，只能由卑职动手了，龙雀听令，杀了他！

△一阵疾弓乱射，箭如漫天大雨般飞去。

△万箭飞过，却射中了阿依的胸膛。

△居延惊愕地看到阿依挡在了折继闵的身前，声嘶力竭地喊出阿依的名字。

居延：阿依！

△折继闵抱住阿依，他的身上、手上全是血，他茫然抱着阿依，半晌挤出两个字。

折继闵：阿依——

阿依：答应我，不要再让自己沉沦下去……

△鲜血和阿依身上的红衣融为一色，美得令人心惊，阿依缓缓闭上了眼睛。

△野利休哥一挥手，士兵的箭再次对准折继闵。

△就在这时，沙狐与铁血军从远处丛林杀出，护卫在折继闵身边。

△沙狐抱着昏迷的折继闵上马，杀出重围，消失在茫茫河滩上。

△居延抱住阿依，他眼前的战场变得模糊，听不到任何声音。

97. 黄河河滩　昏　外

△残阳如血，苍凉的河岸边，一只苍鹰在树头盘桓。

△尸体横陈的战场，居延抱着阿依的尸体，为她擦拭脸上的血污。

△居延红着眼睛缓缓站起来。

居延：（扯着嘶哑的嗓子）龙雀听着，给我诛杀野利休哥。

△龙雀军一动不动。

居延：龙雀听令！

野利休哥：龙雀只听主上号令，少主以为还能调得动他们吗？

居延：那我自己来。

△居延拔剑刺向野利休哥。

野利休哥：少主就不想知道，主上为什么要监视你？

居延：你说什么？

野利休哥：留我一命，我告诉你一个秘密。

98. 府州│城外　日　外

△夏州士兵挑着铁血军的旗帜叫嚣，扔在地上，骑着马打圈践踏而过。

△府州城墙上，伤兵们嘴唇干裂，士气萎靡。

△挂着劝降书的箭射过来，旗杆断裂，大旗带着风飘落而下。

99. 夏州大营│中军帐　夜　内

△"铛"地一声，居延的剑扣在中军帐的大案上，奏乐戛然而止。

△嵬名阿斡挥了挥手，诸将退下。

嵬名阿斡：府州射来降书，两日之后开城投降，你知道这意味着什么吗？咱们赢了！儿子！

居延：是你杀了阿依！

嵬名阿斡：一个女人算得了什么？

居延：是你杀了我娘？

△嵬名阿斡敛起了脸上的笑容。

嵬名阿斡：她要带着我唯一的儿子逃走，我岂能放任她离开？

△居延无比震惊，他颤抖着身子，满脸是泪水，无法接受这一切。

【镜头切入】

鬼名阿斡：(OS) 她最恨我杀人，总以为会招来报应，那一年你十岁，她抱着你逃出了黑水城，去了宋人的地方。

△母亲抱着少年居延逃出黑水城，身后鬼面骑兵穷追不舍。

△全副铠甲的鬼名阿斡佩剑上马，带上了笑面佛面具。

△踏水而来的骑兵枪头刺穿了母亲的胸膛，血溅在居延的脸上。

【镜头切出】

鬼名阿斡：我至今不明白她为什么要逃走，我只需要明白一件事，背叛我的人，只有死路一条。儿子，我得到的，早晚都是你的，前提是你要丢掉在宋学到的一切，如果你断不了和折家的根，就会变成我的敌人，而我只会留与我一条心的人。

居延：所以你监视我，杀了我爱的女人？

鬼名阿斡：这是你成大事必须付出的代价！

△居延被鬼名阿斡一嗓子吓得愣住了。

鬼名阿斡：自古只有成王败寇，你在草原上猎杀黄羊，手会颤抖吗？现在你的猎场是府州，将来会是关中，是大宋数千里的土地，甚至可以是大夏的王位，你我父子将主宰这一切。你不就是想要女人吗？这个再容易不过了，三天以后府州投降，我让他们只杀男的，女人都留给你。

居延：(战栗，不敢置信) 你要屠府州城！

鬼名阿斡：我是要告诉天下，挡我者，只有死路一条！

△鬼名阿斡捡起地上的剑，递给几乎崩溃的居延。

鬼名阿斡：在此之前，必须把折家余孽一并铲除，这个就交给你了。你若不配做我的儿子，我也可以杀了你。

△居延手颤抖地接过剑。

100. 临时难民营　夜　外

△难民集体站在屋外，沙狐站在门口，不时瞥向屋中喝得大醉的折继闵。

难民甲：将军，我们的亲人都被屠杀了，府州也要降了，现在只有你能救我们了！

难民乙：是啊，将军，二十只黑鸟还做不做啊？

△折继闵抱着一坛酒，醉眼惺忪，处在半昏迷状态。

折继闵：还做什么黑鸟？夏州大营戒备重重，我们根本杀不死鬼名阿斡，徒损二十条人命，走吧，府州都要降了，都走吧！

△折继闵醉得不省人事。

△沙狐把门关上，一门之隔将百姓和折继闵分隔两端。

沙狐：夫人，时间就快来不及了！

△所有人期待地望着折夫人。

△折夫人回望着折继闵，他趴在桌子上已醉得不省人事。

△折夫人轻抚着折继闵的额头，眼泪流了下来。

折夫人：以前娘不想你做将军，因为我不想让你死这么早，我不明白折家的男人为什么都要前赴后继地去死，可是今天，娘好像懂了——这世道，总要有人去做对的事情。

△折继闵不省人事。

折夫人：沙狐，给我找一套盔甲。

沙狐：夫人，你……

△折夫人走出屋子，难民仍聚在门外，他们投之以期望的目光。

折夫人：乡亲们，计划照旧，拜托你们继续完成二十只黑鸟。

△就在所有人都众志成城的时候，身后却传来了折继闵低沉的声音。

折继闵：我都说了，你们这样，是杀不了鬼名阿斡的。

折夫人：你醒了？

折继闵：我压根就没睡，我只是在想能除掉鬼名阿斡的办法。

折夫人：想到了吗？

△忽然，喊杀声传来，一个士兵入内。

士兵：夫人，龙雀军杀进来了！

△龙雀军翻越土墙，屠杀着百姓，箭密如雨，百姓惊散逃离。

△沙狐背起折继闵，把他拖上车，拼死与龙雀军交战。

△车轮碾压而去，他们身后，龙雀军屠杀着来不及逃走的百姓，哀嚎遍野。

【黑屏】

101．一组镜头

△百姓跪成一排，居延漠然地环顾着百姓惊恐的脸，屠刀高举、砍下。

△居延站在山崖瞭望，村落化为废墟，他在地图上画上一个个叉。

102．夏州军营　日　外

△牛骨号吹响，祭司正在做出征前的占卜，三军整装待发。

△野利休哥禀报居延和鬼名阿斡。

野利休哥：方圆数里都已肃清，埋伏好了我们的人。

鬼名阿斡：有没有找到折继闵？

△野利休哥摇了摇头。

居延：到时间了，阿爹该去城下了。

嵬名阿斡：让替身去吧，今天我哪儿也不去。

△龙雀军探飞驰来报。

龙雀军探：将军，有一群难民回到榷场了。

103．榷场丨废弃民宅　日　内

△士兵尖刀对准瑟瑟发抖的百姓，居延走下屋子。

△居延环顾难民们，一眼看到了折夫人。

居延：这不是夫人吗，想不到你也在这，押出去，有她一个就够了！

△龙雀军押着百姓出去。

折夫人：折继闵当年不顾性命地救了你，想不到你却回来恩将仇报。

△野利休哥一把扯过折夫人，刀横在她脖子上。

野利休哥：折继闵呢？

△折夫人不语，野利休哥一刀扯破了折夫人的衣服，众人尖叫。

野利休哥：折继闵呢？！

△折夫人面无表情，野利休哥看向居延，居延举起弯刀。

△忽然，一个幼小的身影正在拽他的衣服。

△居延回过头来，看到戴着面具的洛桑抱着他腿，试图阻拦他。

折夫人：洛桑，你怎么没走！

△居延提起洛桑，扔给身后的士兵，弯刀高高举起。

折夫人：别杀他！

△居延一刀砍下，砍掉的却是洛桑的面具。

△面具之下，居延看到和少年自己一模一样的那张脸，一瞬间呆住了。

折夫人：他是阿侬的孩子。

居延：阿侬，阿侬的孩子——

△居延抱起了洛桑，洛桑却拼了命地咬居延。

△居延的手臂被咬得全是血，却紧紧不放。

居延：你娘——她说过你爹的事吗？

洛桑：说过。

居延：（急切）她怎么说的？

洛桑：她说——不要跟他回去。

【镜头切入】

△居延抱着满身是血的母亲，母亲拼命地抓住居延的手。

居延母亲：不要回去，找一个没有战争的地方，活……活下去……

△母亲闭上了眼睛,手中的吊坠落在他的掌心。

【镜头切出】

△居延摸着洛桑脖子上的吊坠,一瞬间悟到了什么,怅然若失。

△外面的哀嚎声此起彼伏,又一个人头落地。

士兵:将军,这个招了!

104. 府州郊外 | 山崖　日　外

△居延、野利休哥走上山崖,看到树下还堆放着黑鸟的残骸。

难民:他们让我们完成二十只黑鸟,还从矿场取走了硝石和火药,还说,说——

野利休哥:说什么?

难民:说要杀了嵬名阿斡,阻止府州献城。

△居延震惊地捡起黑鸟的翅膀,上面是阿依酒旗的图案。

折继闵:(OS)等黑鸟大功告成,咱们就一起飞,去看看外面的世界。

△天边一轮红日下,二十只黑鸟呼啸而过,提着火药桶朝着夏军大营飞去。

105. 密林　日　外

△头戴面具的龙雀军上马飞驰,随居延、野利休哥狂奔而去。

△居延快马加鞭,前方大营浓烟密布,喊杀声传来。

野利休哥:快!

△马队飞驰而去。

106. 夏州军营　日　内

△居延、野利休哥赶到大营,看到黑鸟的火药给大营造成了一片混乱。

△行刺的铁血军被夏州士兵围住,被一个个屠杀殆尽。

△居延一眼看到了平安无恙的嵬名阿斡,冲上前,他身后的黑鸟士兵握剑护卫。

居延:阿爹——

嵬名阿斡:把他们统统杀光!

△夏州士兵手起刀落,铁血军士兵无一幸免。

△居延望着一地尸体,目光扫过他们的容貌,表情变得凝重起来。

嵬名阿斡:怎么了?

居延:折继闵和沙狐不在。

嵬名阿斡:也许是他们怕了,不敢来了。

居延:折继闵费尽心思就在布这个局,一定会比我们更清楚,仅凭二十只黑鸟,是绝不可能完成行刺的,除非——

△想到这里居延似乎意识到自己犯下了一个严重的错误。

△居延回身望向随他进营的龙雀军,目光扫过一张张龙雀军的面具。

△居延忽然明白了什么,目光一沉。

△这时,一个戴面具的龙雀军正悄悄逼近鬼名阿斡。

△居延看向鬼名阿斡身后,睁大眼睛推开他。

居延:阿爹!小心!

△居延推开了鬼名阿斡,他身后的龙雀军一剑刺偏,刺中了阿斡的肩膀。

△另一个龙雀军一齐拔剑,反而杀向夏州士兵。

△居延拔剑砍掉了他的面具,折继闵的脸露了出来。

107.(闪回)府州郊外|密林　夜　外

△百姓纷纷逃窜,折继闵躺在车上,还在说着醉话。

△折夫人望着他,目光下移,看到折继闵抓住了她的手。

折继闵:鬼名阿斡身边护卫重重,仅凭二十只黑鸟,根本不可能完成行刺。

折夫人:那就尽人事,听天命。

折继闵:不用天命,我有一个办法,能到鬼名阿斡的旁边,这是我出生的那一天,娘教给我的。

折夫人:什么?

折继闵:偷天换日。

△远处硝烟弥漫,龙雀军如风席卷而至。

108.(闪回)府州郊外|密林　夜　外

△折继闵与行刺的二十名铁血军士兵喝酒践行。

折继闵:你们的目的是要牵制住大营护卫,也许你们都会丧命于此,再也回不了府州。

士兵:(望了一眼百姓)只要他们能回去就行了。

△折夫人牵着洛桑的手站在一旁。

折夫人:(目光坚定)儿子,娘能做什么?

109.(闪回)榷场　日　外

△龙雀军士兵在拷问百姓,他们举起屠刀。

折继闵:(OS)我和沙狐会混入他的龙雀军中,委屈娘混在百姓中,帮我牵制住居延。

△已经换上龙雀军军服的折继闵、沙狐从民宅中偷偷出来,暗杀龙雀军士兵。

△折继闵戴上了龙雀军的鬼头面具。

110. 府州郊外 | 矿道 日 外

△野利休哥、居延保护负伤的嵬名阿斡躲进矿道，折继闵和沙狐追了进来。

△追兵蜂拥而至，沙狐堵住洞口，一夫当关。

△沙狐挡住了野利休哥，二人一阵厮杀，沙狐杀了野利休哥。

△沙狐已奄奄一息，可如潮士兵还在源源不断涌来。

沙狐：少爷！沙狐只能送你到这儿了，剩下的路你自己走吧。

折继闵：（含泪）不要！沙狐师父！

△沙狐点燃了铁血军留下的火药桶。

△一声巨响，洞口坍塌了下来，周围的士兵被巨石砸死。

△洞内一片黑暗，居延和嵬名阿斡再次睁开眼睛，已不见了折继闵踪影。

△居延踩到白骨，挥剑砍去，借着磷火的光看清折继闵一晃而过。

△居延挥剑朝折继闵砍去，两人对打，折继闵每一剑都朝嵬名阿斡刺去。

△居延挡住，二人以命相搏。

居延：府州就要亡了，你做这些又有什么意义？

折继闵：我不需要什么意义，我只需要他们活着回去。

△嵬名阿斡忽然从身后出剑刺伤了折继闵。

嵬名阿斡：弱肉强食本就是亘古不变之道，如此愚人，根本就不配活在这个世上！

△居延愣住一旁，见嵬名阿斡剑锋凌厉，折继闵节节败退。

嵬名阿斡：愣着干什么？快杀了他！

△居延颤抖着手拿起剑，和嵬名阿斡联手朝折继闵攻去。

△他们以命相搏，每一刀、每一剑，都把他们拉回到少年的回忆中。

居延：（OS）这些都是什么人？

阿依：（OS）矿工，所谓燃薪百万家，都是累累白骨堆出来的。

居延：（OS）你娘——她说过你爹的事吗？

洛桑：（OS）她说——不要跟他回去。

△居延以剑挡住折继闵，嵬名阿斡一剑刺去，就在这时，居延忽然露出了个破绽。

△折继闵的剑直直地捅进了嵬名阿斡的胸膛。

△嵬名阿斡不可置信地看着居延，吐出一口血。

嵬名阿斡：为什么——为什么？

△嵬名阿斡闭上了眼睛。

△居延沉默地望着父亲的尸体，只听轰然一声，洞口被炸开。

居延：（对目瞪口呆的折继闵）走。

111. 府州郊外 | 山崖　　日　外

△折继闵带着嵬名阿斡的头颅，一瘸一拐来到山崖上，取出草丛中的黑鸟。

△居延提剑赶来，他身后是不计其数的夏州叛军。

△居延含着泪转过身，提着剑猛冲向身后的夏州叛军。

居延：替我回去。

折继闵：（大吼）居延！

△折继闵抱着嵬名阿斡的首级，乘坐黑鸟从山崖上一跃而下。

△伴着一曲甘州花调，府州山河尽收眼底。

△折继闵的眼前渐渐模糊，泪水中，仿佛看到了少年时最美好的记忆。

【附录二】

电视剧《恋爱先生》项目分析报告

受送审方委托，中国传媒大学影视项目评估研究中心对送审方所提交的剧本进行了系统分析，经过对项目戏剧元素、人物关系、故事情节链、项目环境及相关数据、项目剧情进行了全方位的分析和研究讨论，撰写如下项目分析报告。

附表 2-1 《恋爱先生》相关戏剧元素分析及信息剖解表

类别	评估指标	评估分析	描述
题材价值分析	类别	电视剧	
	剧名／片名	《恋爱先生》	
	题材类型	现代都市情感剧	
	题材来源	原创	非 IP 改编，为原创剧情
	话题性	话题性强	本剧所关注的社会痛点较多，易引起讨论
	编剧	李潇、张英姬、姜无及	李潇为国内知名编剧，且有多部相关类型成功作品
	商业元素	可植入性高	
	主题元素	现代都市剧，不易得到政府补贴	
产品及故事价值分析	市场定位	一线卫视平台与三大视频网站	各大卫视的现代都市类型电视剧的缺口都较大
	观众定位	广泛	14～24 岁的青少年群体与 24～45 岁的中青年群体
	戏核	相爱故事	主线：恋爱顾问程皓和留学生罗玥从相识到相爱的故事 副线：①花心的张铭阳和顾瑶的爱情故事；②程序员邹北业和模特乔依林的爱情故事
	戏魂	追逐真爱	当代人对真爱的寻求
	故事原型	《编辑部的故事》《都是天使惹的祸》	典型的行业＋爱情剧
	类似作品	《人间至味是清欢》《漂洋过海来看你》《放弃我抓紧我》《谈判官》等	常见的爱情＋行业＋跨国的故事
	故事形态	小情节	小情节故事需要更突出的人物性格带动剧情发展

类别	评估指标	评估分析	描述
产品及故事价值分析	戏剧模式	常态人物在常态情境中	程皓虽然是身兼"恋爱专家"和牙科医生两种职业的"斜杠青年",但是仍然是一个常态人物
	叙事方式及风格特征	纪实主义	以现实主义的视角关注人们追寻真爱的故事
	叙事策略及戏剧动力	以人物命运发展和激励事件作为主要戏剧动力	小情节故事产生戏剧动力更多依靠的是人物性格和人物命运
	叙事功能	造梦、纪实、娱乐	

一、题材价值分析

① 本剧是现代都市情感剧,选取的是人们共同关注的年轻人的情感问题,现代题材是国内卫视黄金档每年需求量最大的题材类型,该剧在题材类型上占据很大优势。

② 本剧为原创剧本,非 IP 改编,失去了 IP 自带粉丝群的天然优势,但是编剧李潇之前的作品均有可观的热度,与其依赖单部剧本的 IP 效益,不如把主创团队自己做成 IP。前期宣发时除了宣传主演明星之外,更应加强主创人员自身的宣发,获得长久的 IP 效益影响。

③ 本剧剧情对社会问题关注较多,是很容易产生话题度的,但是对每个问题的讨论都浅尝辄止,没有给每个话题足够的发酵时间和空间,本剧在这方面做得不是很完美。要抗衡大 IP 大制作的古装剧,本剧更应该在某一两个社会痛点上深耕。

④ 作为现代都市剧,在商品植入上相比古装剧占极大优势,但是观众已经对如今影视剧中的广告硬植入极其反感,甚至会损伤到对电视剧本身质量的评价,建议寻求软植入或创意植入法,避免硬植入与过度植入,以免损毁自身的 IP 品牌形象建立。

附表 2-2 姚晓峰导演作品收视率与点击量汇总

年份	名称	类型	收视率	点击量	豆瓣评分
2006	《夜深沉》	爱情／年代／传奇	5.012%	—	7.4
2008	《女人花》	剧情／爱情	2.75%	2506 万	7.5
2008	《幸福还有多远》	剧情／爱情	—	1931.5 万	7.2
2011	《远远的爱》	剧情／爱情	—	1013.8 万	7.0
2011	《叶落长安》	剧情／家庭／历史	0.624%	6631.9 万	8.3
2013	《唐山大地震》	剧情／家庭／灾难	—	1.8 亿	6.9
2013	《假如生活欺骗了你》	爱情／剧情	0.8%	1.81 亿	7.7
2014	《大丈夫》	剧情／爱情	1.47%	19.8 亿	7.0
2015	《虎妈猫爸》	剧情／爱情／家庭	1.28%	63.7 亿	6.8
2016	《小丈夫》	剧情／爱情	1.216%	44.6 亿	6.9

姚晓峰导演作品

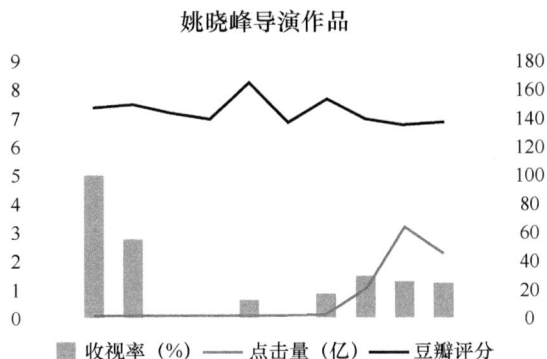

附表 2-3　编剧李潇作品收视率与点击量汇总

年份	名称	类型	收视率	点击量	豆瓣评分
2010	《大女当家》	剧情／爱情	—	4200 万	7.0
2011	《当婆婆遇上妈》	剧情／喜剧／家庭	1.02%	3.8 亿	6.3
2012	《大男当婚》	剧情／喜剧／爱情	—	4.8 亿	8.1
2014	《当婆婆遇上妈之欢喜冤家》	爱情／家庭	—	3.5 亿	5.1
2014	《我爱男闺蜜》	剧情／喜剧／爱情／家庭	1.161%	11.6 亿	7.3
2014	《大丈夫》	剧情／爱情	1.47%	19.8 亿	7.0
2016	《情圣》	喜剧	6.6 亿（票房）	6.685 亿	6.1
2016	《小丈夫》	剧情／爱情	1.216%	44.6 亿	6.9
2016	《好先生》	剧情／爱情	1.752%	147.5 亿	6.7
2016	《好先生番外篇》	喜剧／爱情	—	3848.2 万	7.1
2016	《我最好朋友的婚礼》	剧情／爱情	3471.5 万（票房）	5589.1 万	4.3

李潇编剧作品（不包括电影）

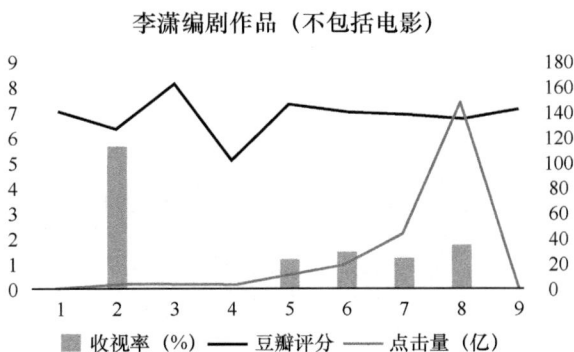

影视剧类型

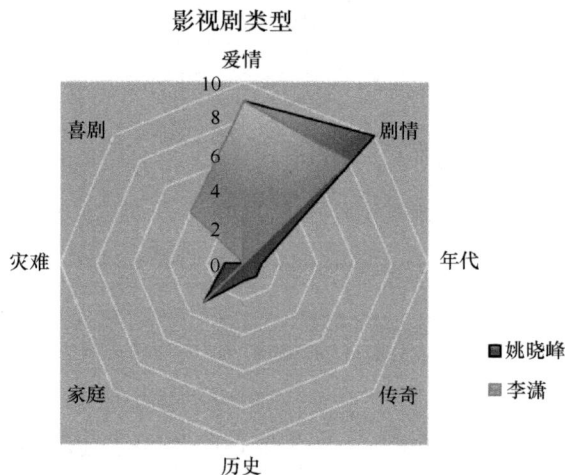

从上表可以看到，姚晓峰导演和李潇编剧作品数量较多，无论是从收视率还是点击量都在持续走高，因此在影视创作方面已经较为成熟。同时，两人的作品均多为爱情／剧情类，这也就更加容易磨合。他们在近几年已经合作过《大丈夫》《小丈夫》，且收视率都不错，这也为《恋爱先生》打下了基础。

经过题材价值分析，我们对本剧本进行了评分，详情见附表 2-4。

附表 2-4　题材价值评分表

一级指标	二级指标	三级指标	简评	单项评分	总分（满分 10 分）
题材价值	题材的影响力与传播力	题材来源	原创题材，非 IP，但编剧团队品牌性强	90	8.6
		题材类型	都市情感，轻喜剧	100	
		概念及话题性	现实题材，有话题性，有关注度	100	
		编剧影响力	李潇为国内知名编剧，且有多部相关类型成功作品	80	
	商业及文化价值	商业元素	作为都市题材可植入性强	100	
		主题元素	一般社会文化剧，不易得到政府支持	60	
		企业元素	虽然是跨国题材，但文化涉猎程度不高	70	

题材价值：8.6 分

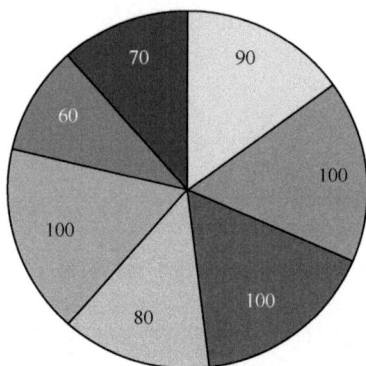

题材来源　题材类型　概念及话题性　编剧影响力　商业元素　主题元素　企业元素

二、故事特质分析

① 戏核:

主线:恋爱顾问程皓与留学生罗玥从相识到相爱的故事。

副线:花心男张铭阳和离异女性顾瑶的爱情故事;程序员邹北业和模特乔依林的爱情故事。

② 戏魂:当代年轻人对真爱的寻求。

③ 类似作品:《都是天使惹的祸》《约会专家》《好先生》《欢乐颂》等,典型的行业+爱情剧,剧情贯穿于男女主人公的工作环境与状况中,记录他们相知相爱的过程,在很多行业剧中经常面临的就是编剧在该行业的专业知识储备不足的情况,所以本剧的爱情元素占比更大,行业内容占比较小,但是这种以爱情为主的配置也会使该剧丧失一定的吸引力。

④ 故事形态:本故事属于小情节,很少有能推着人物前进的大事件,大多以人物为中心发展剧情,也就要求人物性格和人物关系本身具有很强的戏剧性。本故事人物关系设计得还算复杂,比较能推动情节发展。

⑤ 戏剧模式:常态人物在常态情境中的故事,程皓作为一个"斜杠青年",虽然有一些异于普通人的小优势,但是仍然属于常态人物,剧情大都被他遗憾的青春回忆和在情感上的怯懦占据,也因此弱化了很多戏剧点和戏剧冲突。怯懦并不是不可以用,但是程皓在面对自己不愿意相信的情感时应该有更多的自我矛盾及对外界环境的抗争。

在戏剧情境设置中,以程皓、罗玥、顾瑶三人呈三角关系,进而形成情境关系网,一场多角恋在其中展开,虽然角色之间相互关联,但关系网并不复杂,背景也没有过大的事件,属于常态的情境。

⑥ 戏剧动力:本剧在大事件节点上从比利时、中国、美国,再到中国的戏剧动力还算充足,但是在人物关系推动上就有些乏力,比如罗玥和程皓的关系很多时候都是罗玥主动提出的,"我们回到原点"或"我们回到从前",都是突然的口头性承诺,而不是被事件激发顺水推舟而形成的,让两人关系变化的可看性变得很低。

三、产品特征及价值分析

① 类型定位:类型定位即市场定位,现代都市剧向来是各大卫视需求的主要类型,本剧在能否卖出版权的问题上不需要担忧太多,更重要的是如何做成头部剧集,广泛引发社会讨论。因此在剧本设置上更应该寻求社会痛点与关注点,在制作投入上也需要组建顶尖团队与一线演员。

② 功能设计:本剧的主要功能定位在纪实、造梦、娱乐上,记录现代社会年轻人在爱情屡屡受挫后,在对真爱保持怀疑态度下去追寻真爱的过程。在纪实上,本剧针对的是都市的高端人群,但故事离主要观众群体的生活有一段距离,在生活这点上是很难引起共鸣的,同时描绘他们梦幻的爱情故事,承担的更多的是造梦功能与适当的娱乐功能。

③ 观众定位:在如今的电视剧市场环境中,IP改编成风,原创编剧匮乏,一般一线编剧产出的原创类优质剧本都需要把目标定位放在一线卫视,但也会面对自带流量的大IP。本剧将观众定位锁定在更广泛的群体上,以偶像式的恋爱故事和传统的家庭伦理把握住青年和中青年观众,以

留学生受挫、空巢老人等社会痛点引发观众共鸣，但是在很多关注点上都是浅尝辄止，没有延长到足够情感效应发酵的时间，不足以起到足够打动人并引发讨论的效果。

四、创新性分析

① 本剧的戏魂是常见的，古今中外无数形式的文艺作品都在追求真爱，写得多了并不代表它不会打动人，相反它是观众一直以来孜孜以求的。关键在于，如何让真爱变得既真实又纯粹，它既要让观众觉得这是可能发生在我们身边的，但又是难以得到的。

② 本剧是典型的行业＋爱情剧，行业爱情剧的写法一般是以男女主人公在同一行业中，在工作过程中产生的情感，比如《都是天使惹的祸》《外科风云》等，另一种就是两个不同却又紧密交织的行业，比如《太阳的后裔》。本剧采用了两个截然不同的行业，酒店管理人员和牙科医生，男主还有另外一个时尚的身份——恋爱顾问，才让两人有了更合理的交集，剧情后期为了推动最后的矛盾冲突，还是让两人在同一行业中工作。可以看出，不论是剧情还是人物，本剧在创新性上并没有足够的长处。

但是创新性也并不一定是要完全让观众闻所未闻、见所未见。太阳底下没有新鲜事，能让观众在熟悉中感到陌生的更多是在元素组合上的创新和对生活的挖掘。剧中在罗玥在酒店工作，给了剧情推进一个很好的地点，程皓在牙科诊所中工作，赋予了题材更多商业价值，其实如果程皓能是一个和酒店业相联系的行业，并不影响商业植入，但是却会让两个人的矛盾冲突来得更自然。

通过对类型特征和故事特质的分析，我们同样对剧本进行了评分，详情见附表 2-5。

附表 2-5　类型特征及故事特质评分表

一级指标	二级指标	三级指标	简评	单项评分	总分（满分 30 分）
类型特征及故事特质价值	故事特质	故事特质（戏核、戏魂、故事原型、叙事模式）	一个牙科医生兼恋爱顾问与一个留学生女孩跨越比利时、中国、美国相识、相知并相爱的故事 戏魂足够纯粹，符合社会关注点，故事上采用了现代都市题材常用的跨国爱情故事，并没有足够的创新点	80	25.75
		戏剧性（故事形态、戏剧模式、戏剧动力、叙事风格）	小情节，将男女主人公这样的常态人物放在工作和生活日常的常态情景中 程皓性格懦弱，罗玥敢爱敢恨，顾瑶和宋宁宇的负面阻力不够强，缺乏足够的戏剧动力	70	
		功能性（造梦、纪实、教化和娱乐）	纪实、造梦为主，对许多社会现实进行挖掘，易引起共鸣，但是过于丰富导致不够深刻，针对现代人追求真爱的普遍愿望实现造梦功能，附带适当娱乐与教化功能	80	
	类型特征	类型定位	都市情感轻喜剧	90	
		市场定位	一线卫视独播或联播，网台联动模式	95	
		观众定位	青少年与中青年为主	100	

类型特征及故事特质：25.75分

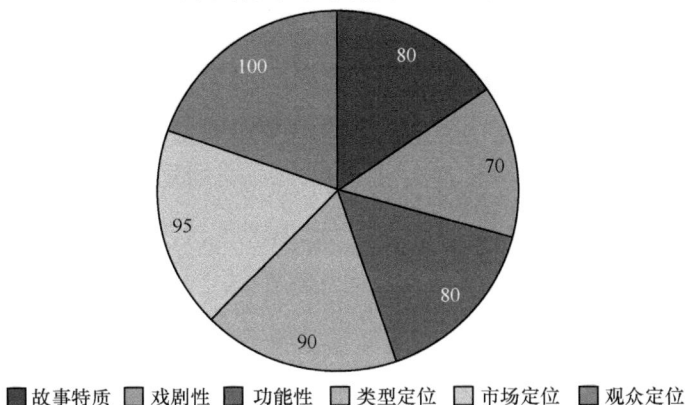

■ 故事特质　■ 戏剧性　■ 功能性　■ 类型定位　■ 市场定位　■ 观众定位

五、人物设置分析

1. 人物布局

① 本剧的情节性较弱，主要着重于对人物的描写，因此大部分人物塑造得比较好，但有时候会为了推动剧情而刻意设置很多巧合，这些偶然事件会令人产生不太真实的感觉。

② 本剧为小情节剧，故事围绕男主人公程皓展开，所有的人物关系也根据程皓搭建，程皓这个人物决定了整部剧的价值，从剧本和成片来看这个人物是立得住的。

③ 本剧的主题是 个怀有心结、从没谈过恋爱的恋爱顾问在帮助他人的过程中逐渐敞开心扉，收获爱情的故事。从功能上看，《恋爱先生》包括纪实、造梦、教化和娱乐四大功能，其中程皓的成长经历、罗玥的留学经历偏向纪实；主人公的爱情和职业有造梦的功能；而女主被动成为第三者、医闹等事件所承担的是教化功能；主要人物之间经常性的互"怼"和喜剧人物设置为本剧提供了很多喜剧色彩。

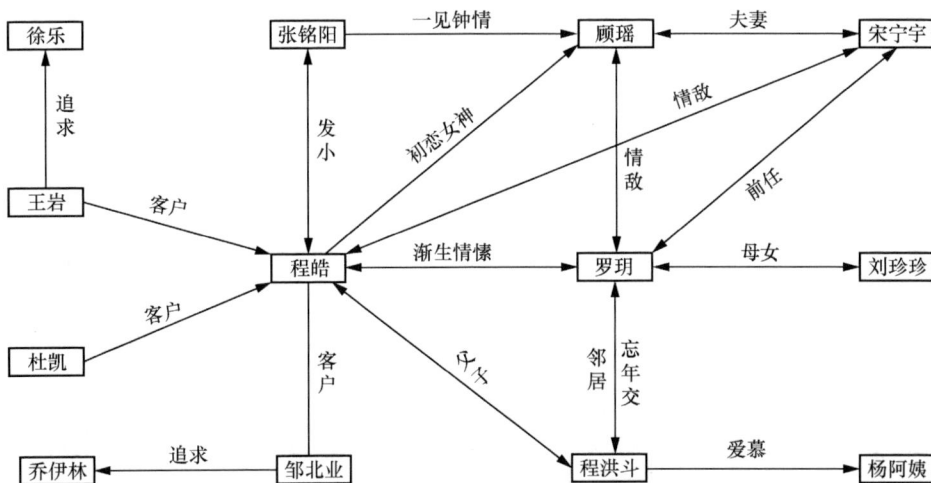

附图 2-1　《恋爱先生》 人物关系图

2. 主要人物分析

① 程皓：作为本剧的主角，他是一个内外性格具有反差感的形象。从外在来看，被关进派出所还能和警察插科打诨，面对客户说话一套一套的，为了撮合客户和客户追求的姑娘不惜亲手扎人轮胎。在外面怼天怼地，看起来玩世不恭，生活得十分嘚瑟，其实内心是拧巴而自卑的。程皓从小普普通通，却爱上了一个十分耀眼的女孩，害怕朋友关系破裂，就只能藏着少年心事走过整个青春，暗恋成为了他的心结，再加上小时候父母的相处模式，他相信爱情却不敢打开内心，不过这也成为他在之后做出改变的激励事件。外表坚硬老练、内心柔软，这种性格给自我戏剧矛盾提供了一个很好的场地，但是在程皓的人物形象开发上却有些不够充分，在他对罗玥产生感情的历程中基本没有造成太多的阻力。

② 罗玥：因为父亲离世获得了赔偿金，小小年纪就出国留学。难以融入的生活环境，再加上母亲的改嫁，让她用坚硬的外壳将自己包裹起来。罗玥留学生的经历能让很多观众产生共鸣。

作为留学生，罗玥在比利时的五星级酒店任职又马上要升任大堂经理，她应该十分谨慎和珍惜。因为长期身在服务行业，她在工作中的表现应该是成熟的，在待人接物上应是面面俱到的。但最开始明明是她诬陷程皓，事后向人道歉时却始终言不由衷，面对上司的指责也浑身是刺，这是不符合常理的。这样一个人物并不讨喜，即使后面被酒店辞退、被房东刁难也并不会让观众对她产生同情。

3. 次要人物分析

① 宋宁宇：是一个心思极其细腻的人，非常懂得男女关系的套路，从他送给罗玥项链，却刻意用装戒指的盒子装礼物就可以看出。这样的人在决定任何事情前都会深思熟虑、权衡利弊。可一开始他对岁玥就极其深情，被拆穿是有妇之夫后也一直说自己是真的爱罗玥，人物设定有自相矛盾的地方，不够"渣"，会让观众忽略他婚内出轨的事实，这样的感情是不纯净的。

② 顾瑶：大学时期的顾瑶是一个看似外表单纯，实则充满心机的女性，身边男朋友一个接着一个换，却一直把程皓视作"备胎"。毕业后的她实现出国嫁人拿到"绿卡"的梦想，这本身就不简单。顾瑶在婚后做起了全职太太，没有事业，没有收入来源，因此当宋宁宇出轨的确凿证据摆在她眼前时，愤怒就理所当然了。后来回国为难罗玥、利用程皓动机也就比较合理，但这是不会被观众喜欢的。她除了长得好看就再没有其他优点。她已经失去了尊严，却又想拼命维持自己的尊严，于是一再伤害程皓，并利用程皓伤害罗玥。她有求于人时通情达理，转眼就可以给人下绊子。她可以发泄自己的愤怒，但不能完全不讲道理，编剧也没有写清楚张铭阳为什么会爱上这样的女性。此外，编剧也没有写清楚顾瑶在离婚前到底是怎样的形象，是一个苦心操持家庭的女性还是衣来伸手饭来张口的金丝雀。

③ 张铭阳：花心男浪子回头，是剧中塑造得比较精彩的一个次要人物，喜剧因素强，同时有情有义，即使爱上了兄弟曾经的女神，但是依然想守护自己和兄弟之间的感情，人物形象变得比较丰满、接地气。

4. 人物关系

① 由附图 2-1 的人物关系图可以得知，围绕程皓共产生了 5 对三角关系。他和罗玥、顾瑶的关系是最具戏剧冲突的一组。不过程皓和罗玥之间时常会给人为"怼"而"怼"的感觉，两人之间感情的推进也依靠大量巧合，如三进派出所、路上追尾、搬家成邻居……给观众带来了不真实感。而反面角色顾瑶在全剧过半时才正式出场，在此之前缺乏直接跟程皓、罗玥有关的反面力量。同时，罗玥面对顾瑶时可以说毫无还手之力，完全没有体现出她的机智和能力。

② 程皓、顾瑶、宋宁宇和程皓、罗玥、宋宁宇这两组三角关系本来有很多戏可做，但由于顾瑶出场太晚，导致白白浪费了这组三角关系。

③ 从程皓、张铭阳、顾瑶这一组来看，张铭阳算是剧中的喜剧人物，与程皓形成衬托与互补。程皓对待感情极其认真，张铭阳游戏人间女友换了又换，可他们做了多年朋友，彼此知根知底，这使得两人之间不大可能会出现很强的戏剧冲突。

④ 而从程皓、罗玥、程洪斗这一组来看，程家父子体现了中国式亲情，没有情绪的输出，没有坦诚的表达，他们不但不亲密，而且是疏远的。当罗玥搬到对门成为父子间的调和，他们之间的关系开始出现缓和，这条亲情线写得比较好。

⑤ 从次要人物来看，因为程皓的身份是恋爱顾问，因此指导客户谈恋爱是比较重要的表现过程。第一个案例中王岩是个 IT "宅男"，在他寻求程皓帮助前体现的人物性格只是有些懦弱和自卑，整体形象还算是正面，对姑娘也是真爱，因此程皓才会帮他。可后来，徐乐上程皓家泼水，直言王岩和她结婚后就赖在家里混吃等死，王岩前后性格变化差异太大，之间也没有铺垫，非常突兀。

⑥ 对于顾瑶这个人物来说，编剧到底想把她设置成什么形象？是单纯的还是有心机的？如果是单纯为什么学生时代明知程皓喜欢她却一直频繁换男友，在操场还亲了程皓？如果是有心机的，那阅人无数的张铭阳难道会看不出？为什么还一直对她死心塌地？这是不是意味着张铭阳本身也有问题？

⑦ 程洪斗因为妻子的离世一直心怀愧疚，不肯再找个老伴儿。当他好不容易喜欢上杨阿姨并愿意踏出一步时，杨阿姨却在两人第一次约会时意外离世，编剧想说明什么？

5. 修改意见

① 可以体现罗玥外表坚硬、内心柔软，但工作中的她必须有身在服务行业的自觉。罗玥在工作中对事对人都很周到，虽然误会了程皓，但诚心认错，带他们在周边旅游作为补偿。后面情节不变，车辆超速，罗玥留下案底，酒店经理借机开除她，罗玥以为程皓没有收回投诉信，两人回国后开启"冤家"模式。

② 把宋宁宇设置得更坏一点，一开始回国遇见罗玥只是逢场作戏，当罗玥知道自己在不知情的情况下成了别人婚姻的破坏者后毅然决然要分手，宋宁宇分手后才发现自己是真的爱罗玥，然后希望挽回。

③ 将年少的顾瑶设置成单纯的理想女性形象，她不知道程皓暗恋自己，大学毕业就出国嫁人。

④ 将顾瑶的出场时间提前，让整个形象更丰满一点。比如顾瑶很早就发现宋宁宇有问题，回国调查后得知自己的对手是罗玥，又发现罗玥和程皓走得近，于是就利用程皓恋爱顾问的身份，一方面希望程皓帮她劝罗玥离开宋宁宇，一方面又让程皓给她出招挽回宋宁宇，而程皓就在和罗玥接触的过程中发现自己的真爱是罗玥。

⑤ 把罗玥设置得更聪明一点，在和顾瑶过招时是棋逢对手的，而不要像现在毫无招架之力。

⑥ 可以让程皓和张铭阳在顾瑶的事件上持有不同的态度，这样这两个人的矛盾冲突就容易做起来。

⑦ 程皓客户的戏份可以再多一点，比如王岩前后性格的变化要有铺垫。

通过对主要人物和人物关系的分析，我们针对剧本中人物部分进行了评分，详情见附表 2-6。

附表 2-6　人物评分表

一级指标	二级指标	三级指标	简评	单项评分	总分（满 30 分）
人物	人物布局	人物与类型	人物布局比较合理，冲突集中，人物设置符合产品特征	85	23.5
		人物与主题	以程皓为中心关联他服务的客户，迎合主题	85	
		人物与戏剧性	程皓性格太过软绵，性格特征不够清晰，为了弥补程皓，罗玥的性格就表现得极其鲜明，但是依然有许多冲突是硬造的	75	
	主要人物	亲和力及对观众的影响力、典型性、戏剧性	程皓的人物形象还算符合剧情主题，罗玥的人设很多时候就像一个无理取闹的泼妇，除了被顾瑶观察的那一场戏，完全缺乏一个留学多年的高材生应有的情商和智商	70	
	次要人物	与主人公的关系、戏剧性及功能性	程洪斗和张铭阳负担了本剧大量的喜剧功能，且人物刻画得十分生动，顾瑶和宋宁宇主要起到对剧情的推动作用，但是作为男女主人公恋情上仅有负面力量，并不够强力	75	
	人物关系	人物关系合理性、戏剧性	人物关系还算合理，戏剧性和功能性都得到体现	80	

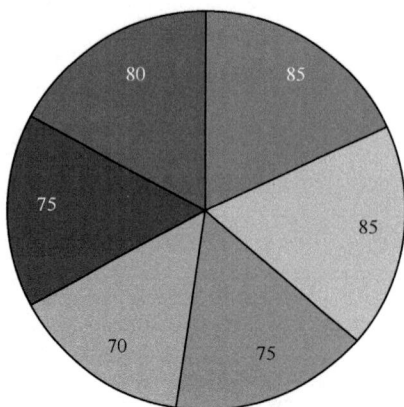

人物：23.5 分
- 人物与类型
- 人物与主题
- 人物与戏剧性
- 亲和力及对观众的影响力、典型性、戏剧性
- 与主人公的关系、戏剧性及功能性
- 人物关系合理性、戏剧性

六、剧情结构分析

1. 结构分析

本剧其实是单线结构，视角也较为单一，围绕程皓与罗玥从相遇到相爱的情节线展开故事。

2. 情节分析

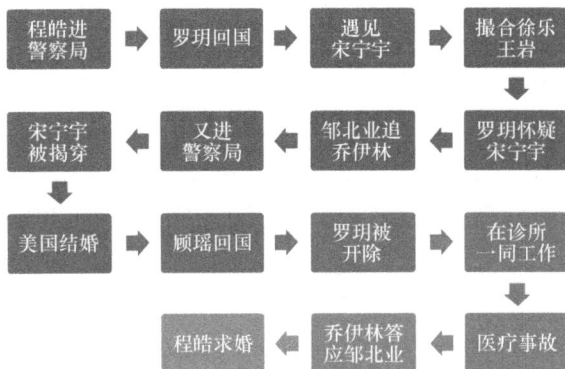

附图 2-2　情节链

① 情节和戏剧冲突相关相联，要保证情节的可看性就要有冲突。但是对于本剧来说，在程皓和罗玥的恋爱关系中始终没有一个持续的反面力量，先出场的宋宁宇与程皓几乎没有情感上的交锋，即使在程皓脑海中反复出现的顾瑶，在剧情中也没有成为程皓拒绝罗玥的理由。全剧光靠程皓性格上的怯懦和罗玥在情感上的反复无常推动剧情发展，没有负面力量对抗，身为主角的程皓很难撑起剧情。

② 本剧刻画了一个不相信爱情却又热爱促进他人情感的男主人公，一个为情所伤的女主人公，想让他们走到一起，把不可能变为可能，那在两人对爱情的态度看法上应该要刻画得深刻一些才对。现代社会最大的爱情危机，就是对爱情的极度不信任，但是剧中却极少展现主人公对爱情的不信任，受了情伤的罗玥几乎是一开始就在内心喜欢上了程皓，程皓也一开始就主动关心罗玥，让剧情陷入了软乎乎的泥潭，至少在情节上，观众是无法从这样的设置中看到对爱情的信任危机的。

③ 本剧属于常态情境，要尽可能把常态变为非常态，因此要采用适当的激励事件打破平衡。剧中以罗玥和程皓在比利时酒店的一场冲突作为激励事件，女主被迫打包回国，由此展开事件。这场激励事件设置得比较巧妙，"进局子"也成为一个成功的喜剧元素。

④ 在常态情景中最重要的就是防止人物与环境保持平衡，因此需要很多激励事件把常态情境带入非常态。比如剧中男女主人公在拉斯维加斯酒后领了结婚证，比如顾瑶的突然回国，这些在大情节上的激励事件都应用得比较好，但是在小的情节点上，罗玥和程皓之间的多起冲突就很生硬，多次以罗玥逞口舌之利挑起战争，成为一种无由而起的过度暴躁。

⑤ 在故事布局上，就是一个系"扣"到解"扣"过程，在做"局"和解"局"的过程中都应该紧扣人物命运与性格。在实拍电视剧结尾将程皓与罗玥二人的命运重归原点是一个精彩的改动，

比原剧本大圆满的结局要更显回味悠长。

通过对剧情结构的分析，我们对剧本相应部分进行了评分，详情见附表 2-7。

附表 2-7　剧情结构评分表

一级指标	二级指标	三级指标	简评	单项评分	总分（满分 30 分）
剧情结构	结构	横向结构	故事的发生地跨越比利时、中国、美国，讲述主人公的命运转折，结构合理，主副故事线紧密相连	90	24.9
		纵向结构	主线大情节链完整，节点清晰，但是在很多小情节上的逻辑性与合理性上还有可修改的余地，故事情节的发展与主人公的命运较为和谐	75	
	剧情	类型化	纪实与轻喜剧情节，达到期望的功能要求	85	
		戏剧化	大情节的激励事件处理得合适得当，部分过场戏与主场戏之间推动戏剧冲突的戏剧动力不足	80	
		剧情要素	台词功力强，剧情节奏紧密	85	

剧情结构：24.9分

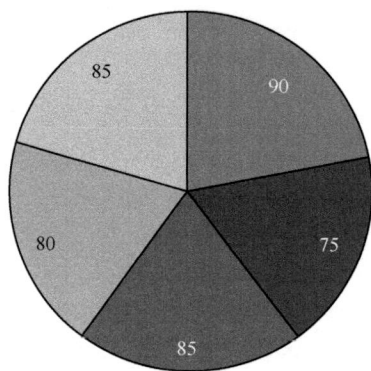

■横向结构　■纵向结构　■类型化　■戏剧化　■剧情要素

七、市场环境及风险评估

① 如今国内电视剧市场的风向转换越来越飘忽不定，审核也逐渐严格，然而一部电视剧从筹备到开拍到完成至少都要经过一两年的时间，2018 年，广电行业大力支持现实主义题材的创作，本剧在题材方面占据一定优势，但同时《人民日报》也曾点名批评许多都市情感电视剧假借现实主义之名，本质依然是换汤不换药的偶像剧，也预示了市场的风险性，都市情感剧切忌过度偶像化，拍都市偶像剧虽然可能更有观众缘，但是同时也要适度把控，预防风险。

② 对古装题材的政策收紧，意味着现代题材的机遇来临。一直以来，现实题材都极其缺少头部作品，当一系列古装剧"难产"之后，各大卫视的战役将在现代剧集上打响，市场前景无疑是良好的。

③ 前文说过，本剧属于原创题材，相比大 IP 会弱势一些，但是如果能把自己的品牌和团队做成 IP，不止在购片商，也要在观众群中形成影响力（比如正午阳光），就会形成强有力的竞争力。

④ 从当前国内市场情况看，二线卫视收购价格降低，一般独播价格 100 万元 / 集左右，两家

拼星价格 30 万～ 60 万元 / 集，还会要求对赌购买收视率，每集价格 30 万～ 50 万元，回款时间长达数年；三线卫视已很少收购一轮剧，即便购买价格也低至 10 万～ 30 万元 / 集，而电视剧制作成本又在上涨，一般每集剧的制作成本在 100 万元以上，所以二三线卫视基本不在考虑范围内。

　　一线台播出的电视剧一般都在 150 万～ 300 万元 / 集之间，另一方面，互联网成为电视剧购买的主力，爱奇艺、腾讯和优酷等视频网站每集电视剧的收视价独家可达 1000 万元 / 集以上，网台联动的播出方式也成为主流。在电视台，湖南卫视在 2017 年全部采用独播模式，在联播上，北京卫视、东方卫视、浙江卫视、江苏卫视场采用联播模式，本剧并不是典型的网剧模式，整体依旧是传统的电视剧模式，作为有希望冲击头部剧集的作品，一般采取湖南卫视独播或者北京卫视＋东方卫视，东方卫视＋浙江卫视的方式播出，然后在采用网台联动的模式播出。

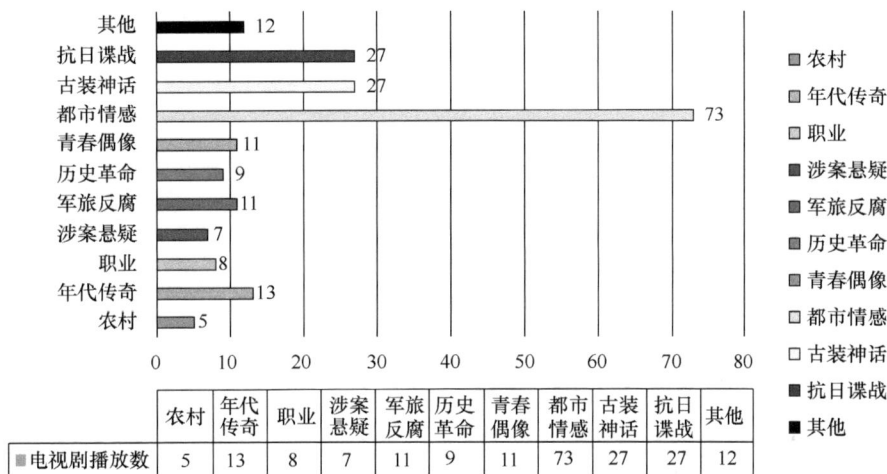

	农村	年代传奇	职业	涉案悬疑	军旅反腐	历史革命	青春偶像	都市情感	古装神话	抗日谍战	其他
电视剧播放数	5	13	8	7	11	9	11	73	27	27	12

附图 2-3　2017 年主流电视台电视剧播放数据表

附表 2-8　同类型电视剧的收视和网络播放量

典型都市情感剧	播出平台	播放周期	最高收视率	最低收视率	平均收视率	总网播量（亿）
《咱们结婚吧》(2013)	CCTV1	50 集 /25 天（连播）	—	—	2.974	40.4
	湖南卫视	50 集 /25 天（连播）	2.527	1.568	2.08	
《约会专家》(2014)	云南卫视	32 集 /16 天（连播）	—	—	0.3873	7.5
	黑龙江卫视	32 集 /16 天（连播）	—	—	0.3163	
	广东卫视	32 集 /16 天（连播）	—	—	0.2913	
	贵州卫视	32 集 /16 天（连播）	—	—	—	
《好先生》(2016)	浙江卫视	42 集 /23 天（连播）	1.752	0.726	1.169	146.9
	江苏卫视	42 集 /23 天（连播）	1.657	0.705	1.172	
《欢乐颂》(2016)	东方卫视	42 集 /23 天（连播）	1.972	0.567	1.233	238.4
	浙江卫视	42 集 /23 天（连播）	1.349	0.492	0.982	
《亲爱的翻译官》(2016)	湖南卫视（独播）	44 集 /27 天（连播）	2.465	1.150	2.048	108.8

续表

典型都市情感剧	播出平台	播放周期	最高收视率	最低收视率	平均收视率	总网播量（亿）
《欢乐颂2》(2017)	东方卫视	55集/30天（连播）	2.017	1.224	1.576	264
	浙江卫视	55集/30天（连播）	1.925	1.271	1.601	
《我的前半生》(2017)	东方卫视	42集/23天（连播）	3.012	0.863	1.895	162.9
	北京卫视	42集/23天（连播）	2.002	0.517	1.258	
《我的体育老师》(2017)	浙江卫视（独播）	38集/21天（连播）	1.285	0.751	0.965	78.2
《我的青春遇见你》(2018)	湖南卫视（独播）	55集/33天（连播）	1.445	0.58	0.999	43.1
《谈判官》(2018)	湖南卫视（独播）	43集/25天（连播）	1.406	0.513	1.192	127.4

注：总网播量来自艺恩数据，收视率均选择CSM52城，但《咱们结婚吧》因为缺少相关数据，因此选取CSM46城。

① 近年来都市行业情感剧比较热门，究其原因一是在于国家政策的倾斜，自2013年我国就曾出台政策，2013年到2014年，每年电视台播出的古装剧不超过150集。而到了2015年"一剧两星"推出之后，因为规定每个电视台黄金时间播出的电视剧不超过两集，因此每年每个电视台原则上不能播出超过110集古装剧。到2017年底，国家对于古装剧配额的限制已在很大程度上促进当代都市题材涌现。二是在于都市情感剧因为离人们的生活更近，比较接地气，可以映照现实生活或为现实生活提供借鉴，因此观众与故事人物的共鸣更强，电视剧也能吸引大量观众。最后，都市情感剧的受众群体多为女性，而女性也是电视剧的主要构成人群。

② 通过分析此类型成功的范例可以发现，它们多为励志情感剧，男主人公或女主人公多为大龄青年，他们曾经有一段难言之隐或缺点，不过最终在这一段感情中获得了成长。如《咱们结婚吧》中的男主果然因为家庭原因一直恐婚，但在和女主杨桃的交往过程中走出阴影，最后两人幸福地生活在一起。《好先生》中的陆远本是一名优秀的厨师，但突然失去味觉又背负起朋友为了救自己而离世的重担，他本打算自杀，最终在江莱和身边朋友的帮助下重拾对生活的信心。此外还有《欢乐颂》中安迪的家族病史、《我的前半生》中贺涵精致的利己主义和罗子君的被出轨……对于本剧来说，既然名为《恋爱先生》，程皓便是整部剧的核心人物。剧中程皓从小自卑，又因为父母的相处模式而对感情一直小心翼翼，对心仪的女孩也不敢表白。暗恋的女神出国结婚成为程皓决定从头到脚改变的契机，他变成了一个"斜杠青年"，身兼牙医和恋爱顾问两份职业。虽然剧中一开始在各种渲染程皓撮合成功很多对男女，但随着剧情进展实际是一个去神化的过程。他是一个没有谈过恋爱的人，所有的套路在遇到真爱后都不再管用。在对程皓进行解构之后，就针对"恋爱先生"这个被很多人憧憬的职业重新建构了一个普通人的形象。而在事业方面，他一直怀有医者的信仰，即使因患者没填病史出现问题的过错不在自己，仍然以一己之力承担了责任，本剧对程皓这个人物塑造得还是比较好的。

③ 本剧与其他都市情感剧相比，创新点在于男主的身份，斜杠（Slash）是国内比较新鲜的设定，互动百科中关于斜杠青年的数据也表明有 82.6% 的年轻人想成为斜杠青年，这样一个在世界范围内刚火起来的身份设定在中国青年人群中是新鲜而有共鸣的。

此外，剧中的对白多为插科打诨，看起来轻松欢乐，非常接地气，这也是其中的创新点之一。

④ 2014 年的《约会专家》中男主角虽然也是为别人恋爱出谋划策，但多是以一个个案例串起故事，本剧并没有将重点放在身为恋爱专家的男主获得了怎样的成功，而是更专注地表现人物成长，反映社会问题，这也是和电影《全民情敌》不同的地方。

⑤ 本剧男女观众的比例约为 6：4，这证明不仅吸引到了固定的女性收视群体，也有很多男性加入收视大军。究其原因还是在于该剧教男性观众如何谈恋爱，并给出了终极解决方法——拿真心换真情。

⑥ 每年都市行业情感剧很多，要想在同类题材中杀出重围，故事是最基本的，但演员也非常重要。《亲爱的翻译官》《谈判官》有杨幂的加盟，《欢乐颂》有刘涛、蒋欣、王凯等演员的加入，《我的前半生》更是有靳东、马伊琍、袁泉等实力派演员联袂出演，它们的收视率和网络点击量表现都比较好。而本剧的主演靳东延续了《我的前半生》中的热度，江疏影延续了《好先生》中的正面评价，靳东本人更是一改之前严肃正经的荧幕形象，这些都为本剧提升了关注度。

八、总结

1. 总成绩

综合前面各项分析指标，我们对本剧本进行了汇总评分，详见附表 2-9。

附表 2-9　电视剧《恋爱先生》项目指标评分总表

一级指标	二级指标	三级指标	简评	评分
题材价值	题材的影响力与传播力	题材来源	原创题材，非 IP，但编剧团队品牌性强	8.6
		题材类型	都市情感，轻喜剧	
		概念及话题性	现实题材，有话题性，有关注度	
		编剧影响力	李潇为国内知名编剧，且有多部相关类型成功作品	
	商业及政治价值	商业元素	作为都市题材可植入性强	
		主题元素	现代都市剧，不易得到政府支持	
		企业元素	虽然是跨国题材，文化涉猎程度不高	
类型特征及故事特质价值	故事特质	故事特质（戏核、戏魂、故事原型、叙事模式）	一个牙科医生兼恋爱顾问与一个留学生女孩跨越比利时、中国、美国相识相知并相爱的故事 戏魂足够纯粹，符合社会关注点，故事上采用了现代都市题材常用的跨国爱情故事，并没有足够的创新点	25.75
		戏剧性（故事形态、戏剧模式、戏剧动力、叙事风格）	小情节，将男女主人公这样的常态人物放在工作和生活日常的常态情景中 程皓性格懦弱、罗玥敢爱敢恨，顾瑶和宋宁宇的负面阻力不够强，缺乏足够的戏剧动力	
		功能性（造梦、纪实、教化和娱乐）	纪实、造梦为主，对许多社会现实进行挖掘，易引起共鸣，但是过于丰富导致不够深刻 针对现代人追求真爱的普遍愿望实现造梦功能，附带适当娱乐与教化功能	

一级指标	二级指标	三级指标	简评	评分
类型特征及故事特质价值	类型特征	类型定位	都市情感轻喜剧	25.75
		市场定位	一线卫视独播或联播，网台联动模式	
		观众定位	青少年与中青年为主	
人物	人物布局	人物与类型	人物布局比较合理，冲突集中，人物设置符合产品特征	23.5
		人物与主题	以程皓为中心关联其他服务的客户，迎合主题	
		人物与戏剧性	程皓性格太过软绵，性格特征不够清晰，为了弥补程皓，罗玥的性格就极其鲜明，但是依然有许多冲突是硬造的	
	主要人物	亲和力及对观众的影响力、典型性、戏剧性	程皓的人物形象还算符合剧情主题，罗玥的人设很多时候就像一个无理取闹的泼妇，除了被顾瑶观察的那一场戏，完全缺乏一个留学多年的高材生应有的情商和智商	
	次要人物	与主人公的关系、戏剧性及功能性	程洪斗和张铭阳负担了本剧大量的喜剧功能，且人物刻画得十分生动，顾瑶和宋宁宇主要起到对剧情的推动作用，但是作为男女主人公恋情上仅有负面力量，并不够强力	
	人物关系	人物关系合理性、戏剧性	人物关系还算合理，戏剧性和功能性都得到体现	
剧情结构	结构	横向结构	故事跨越比利时、中国、美国，讲述主人公的命运转折，结构合理，主副故事线紧密相连	24.9
		纵向结构	主线大情节链完整，节点清晰，但是在很多小情节上在逻辑性与合理性上还有可修改的余地，故事情节的发展与主人公的命运较为和谐	
	剧情	类型化	纪实与轻喜剧情节，达到期望的功能要求	
		戏剧化	大情节的激励事件处理得合适得当，部分过场戏场与主场戏场之间推动戏剧冲突的戏剧动力不足	
		剧情要素	台词功力强，剧情节奏紧密	
市场环境	社会环境	政治、政策、经济、社会	揭露现代人对真爱的不信任，同时对空巢老人、养狗问题等社会问题进行关注	
	市场环境	市场供求关系	属于主流类型，但在相同类型中极具竞争力	
总分	82.75 分			

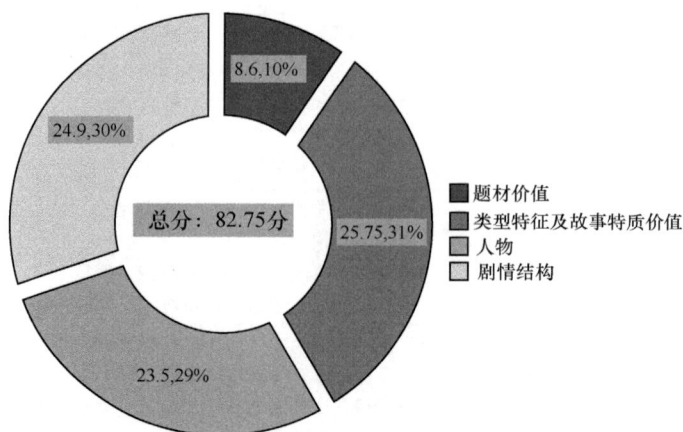

总分：82.75分

- 题材价值 8.6,10%
- 类型特征及故事特质价值 25.75,31%
- 人物 23.5,29%
- 剧情结构 24.9,30%

2. 项目运营分析及建议

本项目评估经过剧本剖解、剧本元素提取、市场调研、专家讨论等多个程序环节，最终形成现有评估报告，最大限度地保持其公正性和客观性。

该剧本在文字创作上完成度较高，相比同类型的许多剧本质量都超出不少，但是仍然具有一定的修改空间。

【附录三】

电视剧《带着爸爸去留学》
项目分析报告

【项目评估相关信息】

- 评估文本：30 集完成剧本
- 送评单位：姚晓峰（导演）
- 评审级别：剧本评估
- 评估程序：剧本剖解 + 项目戏剧元素剖析 + 人物及人物关系解剖表分析 + 故事链分析 + 项目环境及相关数据分析 + 项目分析报告撰写
- 评估单位：中国传媒大学影视项目评估研究中心
- 首席评估师：陈晓春（中国传媒大学影视项目评估研究中心主任、教授）
- 助理评估师：李佩声等（均为中国传媒大学影视项目评估研究中心助理研究员、研究生）

受送审方委托，中国传媒大学影视项目评估研究中心对送审方所提交的剧本完成稿《留学洛杉矶》（共 38 集）在内所有资料进行了系统分析，通过剧本剖解、项目戏剧元素剖析、人物及人物关系解析表分析、故事情节链及项目环境等进行全方位的分析，并经过评估小组的研究讨论，撰写如下项目分析报告。

一、题材价值分析

① 本剧表现一群孩子与家长在美国的留学经历，此类题材在国内并不少见，早期有红遍大江南北的《北京人在纽约》（1994）及《追逐墨尔本》（1997）、《中国餐馆》（1998），近些年有《小留学生》（2005）、《在悉尼等我》（2007）、《穷爸爸富爸爸》（2008）、《迷失洛杉矶》（2010）、《我们的法兰西岁月》（2011）、《小别离》（2016）等，从以往看，此类题材电视剧播出效果还是很不错的。

附表 3-1　　留学题材热播剧收视状况及相关收视数据图表

留学题材热播剧	播放平台	网络播放平台	播放模式	平均收视率
《小别离》 (2016)	北京卫视	爱奇艺	45 集 /23 天 （连播）	0.989
		乐视视频		
		搜狐视频		
	浙江卫视	PPTV 视频	45 集 /20 天 （连播）	0.982
		芒果 TV		
		暴风影音		
《我们的法兰西岁月》 (2011)	CCTV1	腾讯视频	31 集 （连播）	1.10
		乐视视频		
《在悉尼等我》 (2007)	CCTV8	优酷视频	21 集 （连播）	3.22
		土豆视频		
		PPS 视频		
《迷失洛杉矶》 (2010)	CCTV8	爱奇艺	30 集 （连播）	1.84
		搜狐视频		
		优酷视频		

② 本剧主要讲述了几位有着特殊家庭背景的留学生和他们的家长在洛杉矶的留学经历，写了他们的孤独、寂寞以及迷失，剧中的故事内容在以往电视剧如《小留学生》《穷爸爸富爸爸》《在悉尼等我》中多多少少涉及过，所以在题材上没有太多新意。在题材中怎样挖掘新意，是本剧必须要解决的问题。

③ 留学题材总体归属教育类题材，在国内教育应该是热门的题材，关系到千家万户，而在出国留学的问题上又有很多迷误，倘若能把握住观众的心理，指出观众关心的热点，挖出新意，还是有可能取得突破的。

④ 本剧为原创故事，非 IP，编剧名气并不能带动市场，但题材有一定的敏感度，应该从中提炼出一些典型的且观众关注较多的问题，以提高故事内容的标识度和影响力。

二、项目特征及其价值分析

1. 类型及市场定位

① 本剧的市场定位应该是一线卫视加网络视频平台播放，从近几年市场情况来看，除了《小别离》在北京卫视和浙江卫视及网络平台播放以外，《我们的法兰西岁月》《在悉尼等我》《迷失洛杉矶》都是在央 1 和央 8 播出，其中真正在市场上取得好成绩的也只有《小别离》，而《小别离》只是谈论了留学问题，并没有涉及孩子在国外的生活。与以往同题材电视剧相比，本剧在故事内容上并没有明显优势，除非有明星加盟，否则难以达到一线卫视及视频网站的播出标准。

② 从以往海外留学题材电视剧来看，主要类型多为励志情感剧，有表现海外学子在国外奋

斗成长的故事，也有从陪读家长的角度来写父子关系或母子关系的，还有写海外中国人间爱恨情仇的故事。故事的戏剧点或者是海外学子与异国社会文化环境中的冲突、奋斗与成长，或者是海外学子与陪读父母之间的矛盾冲突与亲情，或者从学生的角度，或者从家长的角度，而本剧则是多视角的，既有学生的视角，也有家长的视角，但它却不是励志剧。因为剧中很少写到他们的奋斗，剧中的人物都不是成功者。它也不是情感剧，尽管也写了黄小栋与武丹丹及 Amy、陈凯文与朱露莎，以及黄成栋与林飒之间的感情，但这些感情既不美也不浪漫，不是爱情剧的路子。

附表 3-2　留学及海外华人题材电视剧的故事特质分析图表

叙事模式	案例
以年轻留学生为主角，使其在接受异国文化冲击后逐渐走向独立，通过刻画海外学习经历和家庭矛盾展现年轻留学生积极向上的精神状态	2005 年国产电视剧《小留学生》 戏核：几位小留学生在渥太华的求学生活及成长经历 戏魂：追求独立和知识，促进文化融合 故事形态：小情节故事形态，以 4 位小留学生为故事情节的核心 戏剧模式：将常态人物放入非常态情境之中（将留学生放入异国他乡） 戏剧动力：主要来自人与人的矛盾，体现在学生之间的性格冲突、学生和家长之间的误解、留学生和当地人文化分歧等
以留学生和父母为主角，通过描写两代人之间的矛盾与和解，展现"陪读"的温暖与亲情的宝贵	2007 年国产电视剧《在悉尼等我》 戏核：赴澳留学的贝蕾在中西文化夹击中的成长故事 戏魂：追求独立精神与人格、勇于承担家庭与社会责任 故事形态：小情节故事形态，以贝蕾为故事情节的发展核心 戏剧模式：将常态人物放入非常态情境之中（将留学生放入异国他乡） 戏剧动力：主要来自人与人的矛盾，体现在贝蕾与父母的矛盾冲突及贝蕾、高莉莉、刘玮之间的身世纠葛等
以几个不同贫富阶级的家庭为核心，围绕"留学热"的社会热点，刻画家庭教育与中国亲子关系现状	2016 年国产电视剧《小别离》 戏核：三个家庭面对孩子升学、留学、青春期的故事 戏魂：批判盲目留学热潮、反思青少年教育和现代亲子关系 故事形态：小情节故事形态，以 3 个家庭为故事情节核心 戏剧模式：将常态人物放入非常态情境之中（将青少年留学生放入异国他乡） 戏剧动力：主要来自人与人的矛盾，即父母和子女的矛盾，亲子关系的扭曲和代沟
以海外某一特定场所为故事核心，通过描绘在该场所发生的奇妙趣事与人际相处故事，反映整个时代的社会现象	1998 年中美电视剧《中国餐馆》 戏核：海外华人有悲有喜的真实美国生活 戏魂：提倡与人真诚友好的交往、号召积极面对生活 故事形态：中情节故事形态，以"四川园"为主要场景，刻画较多群像，人物和情节共同推动故事发展 戏剧模式：将常态人物放入非常态情境之中的模式（将海外华人放入异国他乡） 戏剧动力：主要来自人与人的矛盾，即海外华人、美籍华人、美国本地人三者之间的冲突与分歧
通过展现某一群体在异国他乡的奋斗历程和生活状态，折射该时代大环境下东西方文化的碰撞以及海外华人不懈进取的自强精神	1994 年国产电视剧《北京人在纽约》 戏核：第一批赴美淘金的中国人的事业与情感历程 戏魂：追求独立与幸福、倡导个人奋斗 故事形态：小情节故事形态，以王起明夫妇为故事情节的发展核心 戏剧模式：将常态人物放入非常态情境之中（将"打工者"/"奋斗者"放入异国他乡） 戏剧动力：主要来自人与人的矛盾、人与社会的矛盾，体现王起明和妻子郭燕之间的感情波折，以及漂泊在外的中国人和纽约社会之间的矛盾冲突

续表

叙事模式	案例
通过展现某一群体在异国他乡的奋斗历程和生活状态，折射该时代大环境下东西方文化的碰撞以及海外华人不懈进取的自强精神	2011年国产电视剧《我们的法兰西岁月》 戏核：青年时期的革命先驱在法国艰辛寻求救国之道的故事 戏魂：对理想和文化自信的追求、为革命与民族而奋斗 故事形态：中情节故事形态，众多革命先驱（人物）和寻求救亡图存之道（情节）共同推动故事发展 戏剧模式：将非常态人物放入非常态情境之中（将革命先驱和伟人放入异国他乡） 戏剧动力：主要来自人与社会、人与人的矛盾，体现在留法先驱和法国当局和社会之间的文化分歧，以及留学者与法国共产党、底层劳工之间的斗争与联合
	1997年国产电视剧《追逐墨尔本》 戏核：新移民赵雨林在澳大利亚的生存奋斗和发展事业的故事 戏魂：海外华人不懈进取的自强精神 故事形态：小情节故事形态，以赵雨林为故事情节的发展核心 戏剧模式：将非常态人物放入非常态情境之中（将移民者放入移民国家） 戏剧动力：主要来自人与人的矛盾、人与社会的矛盾，体现在赵雨林等新老移民之间的文化差异与冲突，以及移民者与移民国家之间的文化分歧与融合
以分散异国的几个家庭的爱恨情仇为故事主体，通过描写两代人的感情纠葛，宣扬我国传统文化精神，歌颂"真善美"品质	2010年国产电视剧《迷失洛杉矶》 戏核：北京百姓孙子旺远赴洛杉矶寻"亲"的故事 戏魂：弘扬传统文化精神、歌颂"真善美" 故事形态：中情节故事形态，主角孙子旺和寻亲情节共同构成、推动着故事的发展 戏剧模式：将常态人物放入非常态情境之中（将普通百姓放入异国他乡） 戏剧动力：主要来自人与人的矛盾，体现在孙子旺和龙凤胎之间的感情纠葛、张大年与孙子旺之间的矛盾冲突、孙子旺、杨喜莲、孟小芸三人间的感情波折等

③ 从现有剧本看，本项目最大的问题是类型定位不明确，也没有明确戏路，故事走向混乱，情节没有明确的目标。它的前四集基本上是公路片的套路，几位主人公阴差阳错不断地在公路上相互追逐，矛盾没有解决，情节没有推进。黄氏父子、武丹丹父女，以及他们与林飒的关系似乎有些轻喜剧的意味，黄成栋与董美玲的关系则有些社会伦理的色彩，剧本中虽然写了黄小栋与武丹丹及 Army，以及陈凯文与朱露莎之间的爱情，却似乎没有多少爱情的意味。最后写到"武丹丹被打"这样一个校园暴力事件，则采取了社会心理剧的套路。很显然，编剧并不知道自己真正要写的是什么，这个故事最有价值的部分在哪里。

④ 海外留学在国内电视剧中早已不是新题材，怎样在旧题材中创新并形成其核心价值和核心竞争力是本剧首先要解决的问题。20世纪末出国留学者皆为成年精英，现如今则呈现低龄化趋势。留学者多为家境富有者，但也有些来自家境一般的家庭，有的人留学是想在国外的学校寻找更好的发展，有的人留学是因为成绩不好考不上国内大学，有的人留学则是因为不满国内的应试教育，有些人留学只是为了满足父母攀比的想法或虚荣心，这种现象也给社会给家庭带来很多经济和社会教育问题。本剧主要探讨的是留学生活与家庭教育的关系问题，剧中的人物所遭遇的所有困境都与家庭变故有关，武丹丹在父母离弃后不得不跟继母相处，黄小栋在他发现自己视为父亲的黄成栋被母亲抛弃后不能接受生父楚文博，陈凯文的母亲因为给他陪读而被丈夫抛弃，而朱露莎的母亲为了满足自己的虚荣把小小年纪的朱露莎扔到美国忍受孤独，Amy 则是因为享受着父母贪污

的违法财产而感到恐慌，剧中所有的人都没有安全感，这也使得这部电视剧更像是一部社会问题剧或社会伦理剧，其色调也过于低沉，对低龄留学也是采取全然否定的态度，这是很难令人信服的。

⑤ 根据现有剧本故事，建议本剧定位为关于留学教育社会问题的励志轻喜剧，一是选择海外留学的人越来越多，带来的社会问题也越来越多，又牵涉千家万户，把这些"痛"揭出来，引发人们对社会教育的思考，对家庭责任及人生的思考，这是以往同类题材电视剧很少涉及的；二是现有剧本故事色调过于低沉，格调过于阴暗，加上励志成分，增加正能量，使剧情更为阳光，就会提升故事的格调和品位；三是本剧原本就有些喜剧色彩，使之保持并得以延续而变得更有趣味性，这就使得本剧故事在气质品质上与以往同类电视剧所有不同，也具有了创新性和市场的核心竞争力。

⑥ 本剧的观众定位不是很明确，从现有剧本看，偏向社会问题或社会伦理剧，观众应该偏向中老年人及家庭妇女，年轻观众可能对本剧兴趣不大，网感也不强，除非有大明星加盟，网络视频平台播出的效果也不会很好。

2. 小结

① 从现有剧本看，与本剧相类似题材的电视剧曾经有过辉煌，但近年来成功的电视剧并不多见，也不属于当今市场的主流，必须在题材和类型上寻找突破，才可能取得成功。

② 从目前剧本看，与同类题材相比，本剧并没有明显优势，虽然涉及教育及相关社会问题，但对问题的挖掘不够，题材特征并不鲜明。

③ 从目前剧本看，主体观众应为中老年及家庭妇女，很可能会失去网络上的年轻观众，这对市场可能会有影响。

三、故事品质及价值分析

电视剧故事的品质取决于它的创新性、戏剧性和功能性。

1. 故事的创新性

① 所谓故事的创新性，无非是指新的故事题材、新的创意及新的人物和新的叙事手法。本剧的题材是老旧的，要想创新，就要从故事、人物及叙事方法上进行创新。所谓故事创新，就是要从旧题材中找到新的视角和新的思想境界。

② 本剧的戏核大致可以概括为："几个家庭背景奇特的孩子及他们的家长在美国洛杉矶留学的奇特经历"。本剧的故事更像是一个家庭伦理故事，也就是由留学引发的家庭危机及主人公的人生困境，这样的故事放在国内也完全可以实现，可以看出现有故事失去了"留学"这类题材的特色和意义。

③ 本剧故事的特色在于几个家庭的奇特性，剧中几个孩子的家庭都是有问题的。黄小栋的母亲董美玲当年欺骗黄成栋让他养了19年别人的儿子，之后到美国找到孩子的生父后就与黄成栋离婚；武丹丹父母离婚后把她送到美国，扔给她并不认可的年轻继母照顾；陈凯文母亲为了去美国给儿子陪读而离婚，导致她失去了所有；朱露莎母亲倾家荡产送她来美国留学只是为了满足自己

的虚荣；而 Amy 则因为父母的钱来路不正，在享受生活的同时承受着痛苦的压力。这样的故事虽然有一定的戏剧性，但是有什么意义呢？它能给观众带来什么？

④ 严格地说，本剧所有的故事桥段无论黄成栋被欺骗帮人养儿子近 20 年最后被抛弃，还是武丹丹父母离弃后不得不与年轻继母相处，或是陈凯文母亲陪儿子上学惨遭遗弃，及黄成栋与林飒的老少恋等，都在其他电视剧里出现过多次，既非独创，亦无新意。本剧情节的设计也未能给人带来惊喜，过于平庸，整个故事更显得有些俗套。本剧故事也没有表现留学生活的实质，剧中所有故事都是关于社会伦理的，放在国内与国外并无区别，而对于海外留学生来说，他们面临的最大困境绝不只是这些，他们更多地面临生存压力和学业压力，以及由于文化差异带来的各种歧视等，不去表现这些，而只是把问题归结到家庭带来的伦理问题，显然不能表现留学生活的本质。

⑤ 如同情节结构的杂乱无章，本剧故事中所表现的价值观也是混乱的，我们根本无法判定编剧到底要通过这个故事告诉观众什么，这就使得整个故事缺少灵魂，剧情的走向也不清晰。在剧中，没有一个人物是可以代表作者要表现的价值观的，而剧中留学生的家庭都是有问题的，每个孩子也因此受到过伤害，无论黄小栋、武丹丹、陈凯文，还是朱露莎或者 Amy。而最后通过武丹丹被打后心理分析认为，这是因为他们失去了家庭或父母的庇护后缺乏安全感所致，这些孩子把爱情或友情当作自己"救命的稻草"。对于特定人物来说，这也许是对的，但对于广大海外学子来说却未免以偏概全，这也使得整部剧的故事色调显得十分阴暗，缺乏积极向上的力量。

⑥ 要想让故事打动观众，首先要了解观众对于这类题材他们最想了解的是什么，最能打动观众的是什么，我们应该怎样去触动观众的心灵。海外留学生活，对观众来说已没有神秘感，像《北京人在纽约》《追逐墨尔本》等电视剧那样写留学生在海外奋斗成功的故事模式已经过时，由于现今留学生趋向低龄化，对每个家庭来说，留学会给家庭带来种种困难和问题：一是留学带来的经济压力，部分普通家庭不惜倾家荡产送孩子出国留学；二是父母出国陪读导致家庭的各种矛盾；三是孩子在国外面临的各种安全问题，四是孩子和家长在异国他乡必须面临的文化差异及种族歧视问题。本剧故事对以上问题都有所涉猎，却又把问题归结到孩子到国外留学失去父母庇护而缺少安全感上，这就有偏颇了。

⑦ 可围绕"几个家庭背景不同性格各异的孩子及其家长在洛杉矶留学的奇特经历"这个戏核，设计几个具有典型性的孩子和他们的家庭展开故事情节，在这些孩子中既有学霸，也有学渣，有阳光的，也有阴暗的，有的像武丹丹那样出身富豪，也有像黄小栋一样出身贫寒，他们和他们的家长一同来到异国他乡，家长也好，学生也好，都面临着各种各样的困难，也发生了许多令人啼笑皆非的故事，这里面有亲情，有爱情，最后他们克服了困难，励志成长，他们的故事也引起我们对教育的思考。

⑧ 在叙事上，本剧风格过于轻浮，缺乏底蕴，很多戏剧冲突都是靠对话解决的，缺乏动作性，情绪过于外露，使得剧情缺乏凝重感，缺乏意境，应该收敛些，让剧情和人物一起沉下去，使之

更有厚实感。

2. 故事的戏剧性

① 本剧为小情节剧，非强情节，全剧没有大的事件，主要靠人物性格和人物关系来驱动剧情。故事中，人物性格过于常态，黄小栋、武丹丹也好，黄成栋、林飒也好，性格都不突出，但人物关系比较奇特，黄小栋与黄成栋本为父子后来却发现并非亲生，这使原有人物关系发生改变，由此发生戏剧性。武丹丹与林飒则是继女与继母关系，是天生的敌对关系。相比之下，武丹丹与林飒之间的戏剧关系更为强烈，而黄小栋与黄成栋的关系在黄成栋与董美玲离婚后其实已经很难做戏了。

② 所谓留学生活其实就是一群学生到异国去生活，除了与家庭及父母间的关系，他们其实还面临着学习的压力以及不同文化差异造成的困境，但剧本并未涉及这方面的内容。这也使得本剧更像搬到国外去的生活伦理剧，对留学生活的表现反而很少，这本应成为本剧中非常重要的内容，也是观众期待的内容。本剧说是写海外留学生活，视界却非常狭窄，主要集中在房东刘若瑜家。其实可以把视野放得更开阔些，如他们在学校中的学习生活，与当地人的交往及冲突，在不同文化背景下的冲突及他们的成长等，剧情也因此变得更加丰富。

③ 既然是小情节故事，就要擅于抓住生活中的琐事挖掘戏剧性，同时人物性格本身也要具有强大的戏剧功能。本剧的人物性格多数较为懦弱，性格功能弱小，行动能力差。黄成栋父子也好，武丹丹也好，他们很少有主动行动，使得很多戏都落不到他们身上。而编剧又不擅于做戏，往往好不容易形成一个戏剧情境，"戏"没出来就过去了，很多戏都成为过程，而不是"戏"。譬如武丹丹与朱露莎同居一室，这两个不同性格的人其实可以产生很多戏的，也一定很有意思，但编剧轻易放过了。武丹丹几次住在当地人家里，原本也是很有戏的，但总是戏还没出来就匆匆忙忙又搬走了。

3. 故事的功能性

① 电视剧其实是靠剧情味道来吸引观众的，剧情味道又是由美、情、理和趣味来构成的，也就是说，好的故事不仅包含着哲理、感情和趣味，还有美感，电视剧要以美动人，以情感人，以理晓人，以趣娱人。

② 总体来看，本剧故事中主要人物都是有缺点的小人物，缺乏有亲和力或影响力的人物，难以塑造对观众有影响力的偶像人物。剧中虽然写了黄小栋与武丹丹及 Amy 之间的三角爱情、陈凯文与朱露莎之间的感情，以及黄成栋与林飒之间的感情，还有武翰祥与武丹丹之间的父女之情，以及黄成栋与黄小栋之间的父子之情，但这些感情并不动人。因为剧中更多地将这些感情作为社会现象来剖析，而不是为了感动观众。就故事中的思想哲理而言，编剧试图剖析出国留学与家庭之间的关系，但得出的结论却是低龄留学使孩子失去父母的庇护而缺少安全感，使他们感到孤独，进而导致失误乃至犯罪，这样的逻辑是难以服众的，至于趣味，剧中人物黄氏父子及武氏父女的关系都有些喜剧色彩，但他们的关系太像了，连说话的语气都很相像，这使得不同人物的性格没有太多差别。

③ 本剧剧情的味道过于单调，色调过于灰暗，格调也不高，剧情也比较乏味，缺乏灵性和美感。

4. 小结

① 本剧类型定位并不明确，总体而言，偏重社会心理剧或社会问题剧，试图剖析留学教育现象，但又包含了某些感情剧、公路片或喜剧的桥段，风格很不统一，戏路不明确。

② 与同类题材相比，本剧故事特质并不明显，其中很多桥段和人物都在以往电视剧中出现过，缺乏新意，戏剧动力并不强，戏也没做透。

③ 本剧的戏剧功能不明确，故事所表达的思想不明确，感情戏仅作为社会分析所用，情感戏不感人，虽然有喜剧因素，但趣味性并不强。

5. 修改建议

① 建议把本剧定位为社会问题分析励志轻喜剧，通过几个具有典型性的家庭及孩子到美国洛杉矶留学的经历，既揭示关于留学教育的社会问题和心理问题，引发观众对教育的思考，也表现孩子和家长们的成长，更多地给人以正能量。

② 故事可以从家长陪读的角度切入，同时写几个家庭，而不是像现在剧本中这样以黄成栋父子为主。既要写他们在家庭教育上的迷误，写他们付出的牺牲乃至由此引发的家庭悲剧，更要写他们对孩子的爱及为孩子所付出的心血，更多的还要写父母对孩子们的感情及孩子们的励志成长，甚至要塑造出一些真正在国外学有所成的人物，增加正能量，把故事的格调提升上去。

③ 要在剧中建立明确的价值观，不能因为孩子出现问题就否定留学教育，应该更积极地看待留学教育，改变原先灰暗的故事色调，全剧的总体风格应该更为阳光。同时明确产品的功能性，构建产品的核心价值，按照一线卫视及网络视频平台的要求打造产品。

四、剧中人物体系分析

在电视剧，人物是故事的骨架，决定故事的品质。人物强则戏强，人物弱则戏弱，人物有品位故事也有品位，人物有思想故事也有思想，人物有趣则故事也有趣味，故事的味道其实是由人物的味道决定的。

《留学洛杉矶》是部小情节剧，不可能走强情节的路子，主要靠人物及人物关系来推动，其人物性格和人物关系的设计对全剧来说更是至关重要的。

1. 人物布局

① 编剧可能想在题材上寻找创新，想把它写成一部关于留学题材的社会问题剧，剧中所有孩子的家庭都是有问题的，黄小栋、武丹丹及陈凯文的父母都面临着家庭破裂父母离异，朱露莎和Amy的家庭也都出现了问题，而几个孩子的迷误也与他们的家庭有关，或者说，本剧只是把国内的家庭问题搬到了国外让留学生来承担。

② 剧中几个孩子性格有些相似，黄小栋与黄成栋，武丹丹与武翰祥，还有陈凯文与刘若瑜，他们说话时的态度、神情乃至语调都很相似。由于几位主人公都是出身于有问题的家庭，性格也较灰暗，使得整部电视剧的色调也过于阴暗，缺少阳光和正能量。

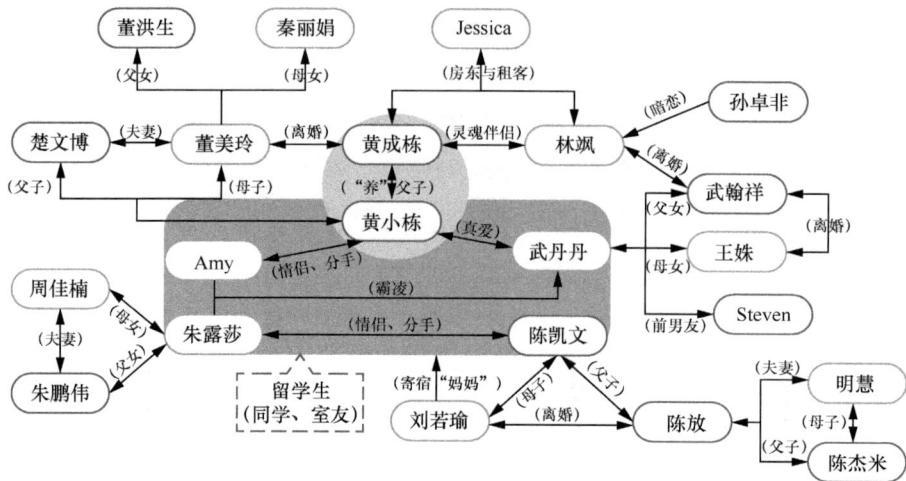

附图 3-1　《留学洛杉矶》人物关系图

③ 全剧没有一个真正强有力的人把故事支撑起来，剧中没有一个性格强大且能够对观众产生影响的人物，没有一个真正能够代表作者价值观的人物，这使得剧中的价值观不是很明确。几个孩子自不必说，都有问题，性格也弱。黄成栋似乎是剧中的一号主人公，但他是个小人物，又是个悲剧性人物，在剧中影响力很有限。林飒自我标榜独立性，但她嫁给武翰祥并不是因为爱情，她与武翰祥离婚的理由也不能让人信服。由于剧中人物都比较平庸，性格也弱，这就导致故事的戏剧性减弱，很多戏都没做透。

④ 编剧没有确定故事的结构方式以及故事的主线，故事发展脉络不清晰，全剧并没有真正的一号主人公。虽然黄成栋相对戏份较大，但作为一号主人公就显得弱了些。如果确定写多个家庭，可以多条线索并进，设多位主人公，写成群戏。

⑤ 由于本剧更多地把视角放在留学生的家庭关系上，真正的留学生活的内容反而表现较少，与人物留学生活相关的人物体系并没有建立起来，譬如学生与老师的关系，与外国同学的关系等，这就使得剧中所表现的生活比较狭隘，留学生活的潜质也没有表现出来。

2. 人物性格及人物关系分析

① 黄成栋

从现有剧本看，他算是剧中的一号主人公，这是他无法承受的。他原本就是个很不着调的人，在儿子眼里，他就是个笑料，是个极不靠谱的人，一事无成，靠老婆经营饭店养活，到了美国也想着要去拉斯维加斯见个世面，过把瘾，差点儿把儿子的学业耽误了，他唯一值得称道的事是他冒着危险扑向劫匪的枪口救了那几个孩子，但这并不足以改变他的形象。

黄小栋身世暴露，黄成栋与董美玲离婚，他失去了父亲的身份，与黄成栋其实很难相处，他们之间戏剧关系也逐渐失去，他在剧中找不到落脚点，编剧只好让他与林飒谈恋爱，但这已经脱离了故事的主线，跑偏了。

其实对于这个人物来说，他真正的戏剧应该从他与董美玲离婚以后开始，倘若黄成栋在得知黄小栋并非自己亲生而自己被董美玲欺骗近20年后仍然能够陪伴黄小栋促使励志成长，这才显出他的伟大，也只有这样的人，林飒对他的爱才符合情理，同时也能显出这个故事桥段的不同凡响。

•与黄小栋的关系：现有剧本中，黄成栋与黄小栋之间的父子关系不太感人，开始时黄成栋在黄小栋眼里就是个笑料。黄小栋根本不尊重他，跟他母亲一样欺负他，调侃他，身世暴露后，关系疏远，戏也没做下去。应该通过这条线表现一种超越血缘关系的父爱。比如黄成栋早就知道他不是黄小栋的生父，董美玲出国前发现自己身患绝症并把真相告诉他把儿子托付给他，并请求他到美国去寻找黄小栋的生父楚文博，他忍辱负重，在林飒的帮助下找到楚文博，但黄小栋却难以接受，黄成栋帮黄小栋和楚文博和解，如果故事写到这一步，故事就会脱胎换骨，焕然一新。

•与林飒的关系：剧中两人的关系很别扭，林飒与武翰祥是老少恋，与黄成栋还是老少恋，从一次老少恋到另一次老少恋，意思不大。如果要保留这个人物，可以让她帮助黄成栋去寻找黄小栋生父的过程中逐渐认识到黄成栋的善良，产生感情。

•与董美玲的关系：董美玲出场时病重，不能陪儿子到美国，才把黄小栋托付给黄成栋，说出真相，并托黄成栋帮黄小栋找到生父。

② 黄小栋

剧本中的这个人物太平庸，没有辨识度，也不令人喜欢。可以把他改为一个励志类型人物，聪明、有才能、性格阳光，学习上是个学霸，性格上有些傲慢，也有些叛逆，但心地善良，最后凭着努力取得成功，并获得了美好的爱情。

•与黄成栋的关系：受母亲的影响，开始对黄成栋看不上，觉得他平庸、碌碌无为、没本事，后来得知真相，真正看到黄成栋平凡中的伟大，把他视为父亲和朋友。他们的关系应该有个大的反转，前面黄小栋对黄成栋的态度越不好，后来的故事会越感人。

•与武丹丹的关系：剧本中他与武丹丹的关系很不成熟，也不好看。武丹丹其实从来没有真正爱黄小栋，只是因为恐惧，拉住他作为救命的稻草，这样的爱情是不美的，他们的关系停留在一般的朋友关系即可。

应该为黄小栋设计另外一条感情线和另外一位恋人，她不是武丹丹，也不是Amy，这段感情一定是很美好的，超乎寻常，最好还能让黄成栋在其中扮演个角色。

③ 林飒

这个人很特别，但并不可爱。她原本是个高级白领，因为年龄已大，担心嫁不出去，也贪图钱财，嫁给了比他年龄大许多的商人武翰祥，并成了武丹丹的继母。她照顾武丹丹也是出于无奈，甚至一直把她当作包袱，后来又莫名其妙地与武翰祥离婚，主动追求黄成栋。这样的人物是很不讨人喜欢的，而且随着离婚，她与武丹丹也搭不上线了，剧中的戏剧功能也终结了。总体说来，尽管她与武丹丹之间因为关系特殊还有些戏剧性，但意义其实不是很大。

- 与武丹丹的关系：表面看，两人戏剧冲突比较激烈，但其实关联度并不高，随着武丹丹安定下来，两人又不住在一起，加上后来与武翰祥离婚，两人很难再发生戏剧关系。

- 与武翰祥的关系：与武翰祥迅速结婚又迅速离婚，动机不是很明确，人物性格也变得有些模糊。

- 与黄成栋的关系：两人的恋情完全是编剧的臆想，其实是很不相配的，也不好看，花那么多笔墨写他们的恋情，虽是为了弥补剧情的空虚，但也偏离了故事主线。

- 与孙卓非的关系：孙卓非在剧中是个多余的人，虽然作为陪衬的功能性人物，也没有起到应有的戏剧功能。

对于这个人物的调整有两个思路：一是保留原有性格和人物关系，但她与武翰祥是真爱，也不要离婚，她与武丹丹就是一对继母与继女的关系，由对立而相敬相爱，帮助武丹丹克服人生中的种种迷误，取得成功，由这种奇特的母女关系，表现出女性的善良；二是把林飒设计成武丹丹的亲生母亲，得知丈夫有外遇，毅然离婚，带着女儿出国留学，坚忍自立，克服种种困难，帮助女儿克服困难，取得成功，赢得世人的尊重，表现出伟大的母爱，也就是把刘若瑜的桥段移植到这个人物身上，但表现却不一样。

④ 武丹丹

作为女主人公之一，武丹丹在剧中的形象也并不可爱。这个人物可以作为"90后"及"00后"少女形象的典型，外表美丽，大大咧咧，似乎什么都不在乎，性格有些叛逆，但本质很善良，内心也很脆弱。得知父母离异，她受打击很大，难以接受，甚至有些自暴自弃，后在母亲和黄小栋的帮助下，重新振作起来。

- 与黄小栋的关系：剧本中与黄小栋的关系很模糊，先是似乎爱上黄小栋，当黄小栋向她求爱时她却又拒绝了他，与 Steven 的恋爱也无疾而终，后见黄小栋与 Amy 相恋，又与 Amy 相争，但武丹丹并不真爱黄小栋，只是把他当作救命稻草。这样的关系自然是不好看的，也有损于这个人物的形象。其实他们不必相爱，只作为朋友，写到他们的友情就可以了，写到爱情，反而会冲淡故事的主线。

- 与武翰祥的关系：这样父女关系可以保留，也有趣味，但戏剧性可以更多地延续下去。

- 与林飒的关系：如前所述，林飒可以作为武丹丹的生母，发现丈夫私情后，为了个人尊严与丈夫离了婚，带着女儿来美国自立生活；也可以保留现在这种关系，但前一种关系更有戏剧性，因为两人的关联度更为紧密。

- 与 Steven 的关系：这段异国恋其实可以好好写一写的，但故事还没展开就很快结束了，当然戏还是应该落在她和黄小栋或林飒身上，譬如说当她受到侮辱时，黄小栋和林飒都会不顾一切地保护她。

- 与 Amy 的关系：武丹丹被打的那段戏可以用，但不可以作为高潮，最后的结果也不应该剧本写的那样，最后应该是宽容与和解。

⑤ 楚文博

剧本中这个人物很模糊，基本上是个功能性人物。应该把这个人物写成改革开放后第一批出国留学人员的典型，这样也可以显示出这个题材的历史感。他当年为了出国抛弃董美玲，现在的身份可以有两种安排：一种是成功者，可以是洛杉矶大学的教授，甚至就是黄小栋要考的那个系的系主任；另一种则是失败者，可能就是洛杉矶大学的一个实验员，当然也可能就是陈凯文的父亲，只不过已经与刘若瑜离了婚，生活很失意而已。陈凯文与黄小栋本就是兄弟关系，黄成栋最后找到了他，这里当然会发生很多有趣的故事，这样的人物关系，会使本剧戏剧性大大增强，也会很好看。

⑥ 刘若瑜

在剧中她是一个被抛弃的女人，充满着仇恨，但这条故事线其实没有延续下去，这原本就是一条副线。她是陈凯文的母亲、楚文博的妻子，但她是个善良的女人，她与儿子的关系也不应该那样古怪。在剧中，她是个怨妇，有些心理变态，还是要把这个人物往正里扳一扳，给全剧增添一些亮色，否则剧的色调太阴暗了。

⑦ 陈凯文

这个人物与黄小栋太像了，如果要保留这个人物，应该试着改变一下。他与朱露莎的感情可以保留，但朱露莎这个形象应该改变一下，让她别那么阴险可怕，他与父亲那段关系可以合在黄小栋身上。

⑧ 朱露莎

这个人物的性格太阴毒了，别把她写成一个全然的坏女孩，她可以犯错，但最后还是应该转变过来的。

⑨ Amy

这个人物有一定的典型性，可以保留，但她最后应该得到众人的谅解和保护。

3. 小结

① 本剧人物设计偏向社会问题剧，主要人物性格过于灰暗，人物性格差别不明显，色调过于单一，戏剧功能也较单调。

② 本剧中缺乏真正有强烈个性或有亲和力的人物，人物不典型，人物辨识度不高。

③ 剧中人物关系设计较为奇特，但故事中的人物关系变化使人物间原本的联系割裂开来，戏剧关系遭到破坏，故事很难延续。

4. 修改建议

① 可以考虑以"黄成栋受董美玲托付到美国陪读并帮养子黄小栋寻找生父"作为全剧的故事主线，把黄成栋作为故事的一号主人公，围绕这条故事建构人物关系，把楚文博、陈凯文和刘若瑜都纳入这条线上来，使人物关系更为紧密，故事性更强。

② 可以把"林飒遭丈夫遗弃后自立自强带领女儿到美国留学帮助女儿励志成长"作为故事的

副线，围绕这条副线，把武翰祥、孙卓非等人物建构副线故事中的人物关系。

③ 把黄小栋和武丹丹在校园的学习生活作为另一条副线把 Steven、Amy、朱露莎以及其他老师和同学建立第三条人物关系。

五、剧情结构分析

1. 结构分析

① 本剧结构基本是版块式的，全剧故事由几个版块组成，由于全剧的主线故事不是很确定，事件与事件之间缺乏必然的逻辑关系。

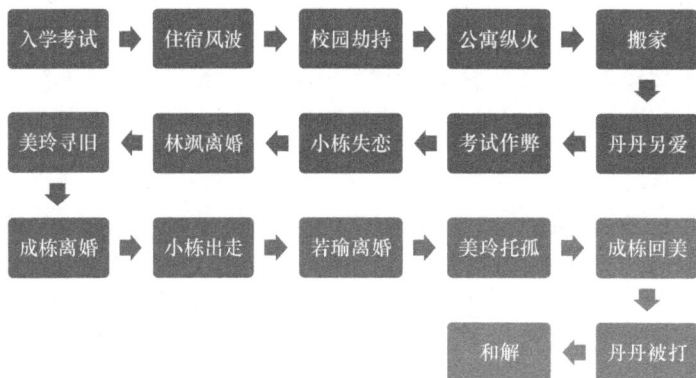

附图 3-2　《留学洛杉矶》的版块结构图

② 本剧故事是实际上是围绕几个家庭来展开的，这就形成了几条主要的故事线，其中黄家为故事主线，武家为副线，刘家为支线，而朱家和 Amy 则为旁支。

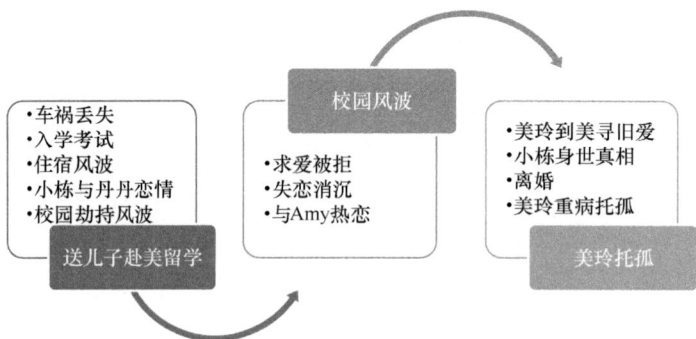

附图 3-3　《留学洛杉矶》故事主线情节链图表

③ 从剧本的故事主线，延展性并不强，戏剧性也不强，故事也比较平庸，趋于常态，故事到了黄成栋与董美玲离婚后，黄成栋与黄小栋之间就少了联系，很难再发生什么戏剧性的故事，倘若把故事线改为"黄成栋以德报怨，受欺骗自己多年的妻子董美玲托付、隐瞒真相陪伴并非亲骨肉的儿子黄小栋赴美留学寻找亲生父亲的故事"，加上楚文博是陈凯文的父亲，同时也是刘若瑜的

前夫，那么，人物关系更为复杂，故事也更离奇，延展的空间也更大，戏也更好看，而且黄成栋这个人物也会脱胎换骨，而如果故事的主线立起来，这部剧也就立起来了。

④ 故事的副线是围绕武丹丹家来展开的，也面临着同样的问题，因为林飒只不过是武丹丹的继母，是临时被武翰祥找来"顶雷"的，她只要把武丹丹安顿好，任务也就完成了，他们之间就没有任何联系了。但倘若林飒就是武丹丹的生母，像刘若瑜那样被抛弃，而她为了女儿忍辱负重，到美国来寻求独立。在这里，林飒一方面要为生存而努力，另一方面也要培养女儿，这样一来就会发生非常多的故事。

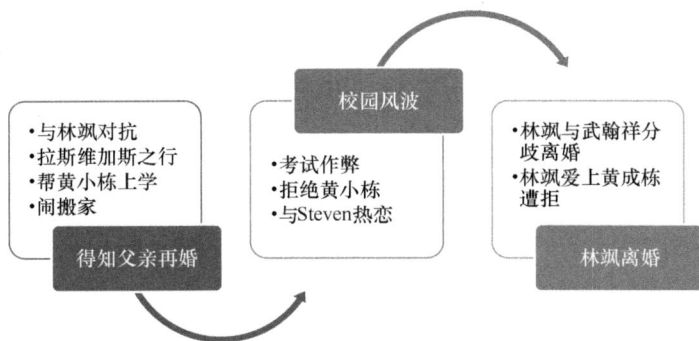

附图 3-4 《留学洛杉矶》故事主线情节链图表

⑤ 既然是表现海外留学生活，没有理由不加一条表现孩子们励志奋斗的副线。现在的剧本中虽然也写了校园生活，但主要写的是爱情，而且也是轻描淡写，这明显是不够的。只写家庭矛盾，而不写他们在海外的学习和奋斗，这个故事是不完整的。

2. 剧情分析

① 本剧故事类型定位不明确，故事走向也不是很清晰，前四集基本上是公路片的套路，偏喜剧风格，后面几集又转为社会问题剧了，着重于对人物的心理分析。

② 剧要好看，最重要的要写好前五集，而前五集中最难写的又是第一集。前五集是为整部剧布局，包括布人、布事、布戏剧冲突，所以一般说来，前五集决定整个故事的格局。

③ 剧本的前五集是写黄家和武家四人为了黄小栋入学考试分别在洛杉矶和旧金山西雅图四处奔波，引入了两家人各自的矛盾，尤其是武家的矛盾，但采用这种公路片的方式却未必合适。实际上，虽然用了四集戏的篇幅，但故事并没有进入戏剧的核心部位，还不如直接让他们到住宿地与其他几个家庭和人物建立关系来得更为直接，也能节省成本。

④ 本剧带有喜剧风格，但第一集中编剧却采用了"激励事件"，即同行的留学生陈晨在车祸中死亡。一般来说第一集中的激励事件应该牵一发而动身，也就是让所有的人物命运都牵涉进来，而这个事件并不能达到这样的效果，而且与整部剧的风格也不搭。

⑤ 情节的目的是表现人物性格推动人物关系变化和剧情的发展，但在本剧本中虽然也写了很

多事件，但人物性格和人物关系往往没有进展，情节与情节之间也没有相应的逻辑递进关系，武丹丹开始并不爱黄小栋，在黄小栋在人质劫持中挺身而出保护武丹丹后仍然拒绝了黄小栋，两人的关系也没有因此有所改变。陈凯文与刘若瑜的关系也是一样，刘若瑜的母爱似乎从来打动过陈凯文，他对母亲一如既往地看不起，一如既往地挖苦嘲讽。

⑥ 剧中虽然写了很多事件，也抓住了其中的故事梗，但做戏时反而轻描淡写，一带而过，人物性格没有表现出来，情节也没有推进，很多事件都沦为过场，没有把戏做透做足。譬如前四集那些在公路上奔波的戏，原本是要解决林飒与武丹丹之间的矛盾，但跑了半天，两人的关系并没有进展。又譬如武丹丹与 Steven 及黄小栋之间其实也是很可做戏的，而且可以由此表现两人的情感进展，但编剧没等剧情展开就自动停止了。而武丹丹与朱露莎共处一室，这两个不同性格的人在一起也是很有戏的，武丹丹与两个房东之间也是有戏可做，但都没有做出来。

⑦ 本剧为小情节，但剧本中有两个大事件，一是人质劫持案，二是武丹丹被打案，人质劫持案的戏应该落在黄小栋、武丹丹、陈凯文和朱露莎身上才对，却被黄成栋抢了风头。编剧这样写的目的只不过是为了让黄成栋继续留在美国，对他的性格表现和人物关系的发展并没有实质性的作用。

⑧ 剧本中的视角过多，使得主线不突出，像董美玲寻找旧情人的事件，并不属于主线故事，不应该正面去写。这个事件本身只是给主人公黄成栋和黄小栋提供了情境，戏还是应该落在这对父子身上才对，而在剧本中，写的都是董美玲，黄成栋和黄小栋之间的戏反而被弱化掉了。

⑨ 剧本最后居然把武丹丹被打事件作为全剧的高潮，并且试图用心理分析的方式把孩子们的迷失归结为失去父母庇护后的恐惧，事实上也对海外留学采取否定的态度，这是不合情理的。

⑩ 本剧台词太多，很多剧情都是通过对话来推动的，很多戏剧冲突都是通过对话来解决的，使得剧情缺少行动力，而剧中台词也不够精练，逻辑性不强，还有许多矛盾的地方，所有人物的说话语气和方式基本一致，使得人物的个性不能得到展现。

3. 小结

① 剧本故事在剧情设计上偏重社会问题或社会伦理剧，而剧情的风格又不是很统一，没有突出类型剧的风格特点。

② 剧本中的情节链并不连续，时有中断，缺乏内在逻辑关系。

③ 本剧的故事情节过于老套，很多故事桥段都在以往电视剧中出现过，创新性不强。

④ 剧本中的很多事件都没有把戏做足做透，因此无法更好地表现人物性格和命运，很多事件成为流水账。

⑤ 总而言之，本剧故事虽然不乏精彩内容，但还有很大的提高空间。

4. 修改建议

① 改变主线故事的戏核和故事模式，把人物及人物关系相对集中，把主线中的人物关系重新建构，改变原来松散的人物关系，强化故事动力，使主线故事得到更多的延续，主线故事写好了，这个剧就立起来了。

② 抓住故事梗或情节点，抓住细节，把每场戏做足做透，提高故事戏剧品质。

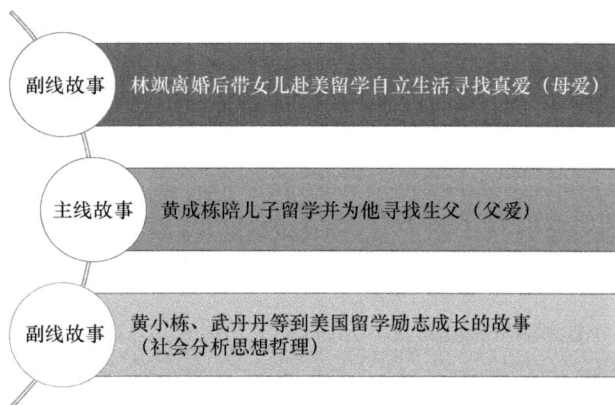

附图 3-5　调整后的故事框架

六、总结

1. 总成绩

根据以上对整部剧本的分析，按照我们的评估体系指标，我们对本项目剧本进行了评分。

附表 3-3　电视剧《留学洛杉矶》项目指标评分表

一级指标	二级指标	三级指标	简评	评分
题材价值	题材的影响力和传播力	题材来源	原创题材	8
		题材类型	留学题材／教育／社会问题	
		概念及话题性	留学／家庭与教育，有一定的社会关注度，有一定稀缺性	
		编剧影响力	不详	
	商业及政治价值	商业元素	软广告植入	
		主题元素	无风险	
		文化元素	国际题材，文化交流	
类型特征及故事特质及价值	类型特征	类型定位	有关留学教育，社会问题轻喜剧	20
		市场定位	主攻一线台，网台联动	
		观众定位	中老年观众为主，对网络观众影响力较小	
	故事特质及价值	创新性（戏核、戏魂、故事原型及叙事模式）	几个家境不同的孩子在家长陪同下赴美留学的奇特经历，缺乏明确的主题和价值观，从留学反思家庭教育，有一定的新意	
		戏剧性（故事结构、故事形态、戏剧模式、戏剧动力、叙事风格）	小情节，非强情节，把非常态的人物放在非常态的情境中	
		功能性（造梦、纪实、教化和娱乐）	试图通过几个家庭和孩子的留学经历，反思家庭教育问题	
剧情结构	人物布局	类型化	主人公家庭都出现问题，偏重社会问题剧	—
		功能性	有一定的轻喜剧意味，娱乐性相对较弱	
		戏剧性	人物性格平庸，过于常态化，与周围环境的冲突性不强，主人公在环境面前性格软弱，逆来顺受	

一级指标	二级指标	三级指标	简评	评分
剧情结构	主要人物	亲和力及对观众的影响力、典型性、戏剧性	黄成栋是个小人物，性格弱，没有个人魅力，有一定的典型性，戏剧功能较弱。	18
	次要人物	与主人公的关系、戏剧性及功能性	次要人物中林飒算是写得较好的人物，其他人物个性都不是很鲜明	
	人物关系	人物关系合理性、戏剧性	人物关系较为奇特，武丹丹与林飒之间的关系显出较强的戏剧性	
	结构	横向结构	多线结构，但主线不是很明确	16
		纵向结构（情节链）	板块式结构，事件之间缺乏紧密的逻辑关系，时而中断，延续性不强	
	剧情	类型化	按照社会问题剧的模式	
		戏剧化	设置了许多事件和故事梗，但戏都没有做足做透	
		剧情要素（台词、节奏）	台词功力中等，剧情节奏太慢	
市场环境	社会环境	政治、政策、经济、社会	从目前剧本看，没有风险	—
	市场环境	市场供求关系	此类题材电视剧曾经有过辉煌，但近年来难有佳作	
总分	62 注：此分数是根据现有剧本评定，相信经过修改后会有很大的上升空间。			

2. 项目运营分析及建议

① 通过以上分析，我们认为，本剧题材并不新鲜，但从教育角度对留学进行反思，角度较新，也有些新意。此类题材的电视剧从《北京人在纽约》以来，少有佳作，如果本剧有大牌明星加盟，将它拍成精品，也有成功的可能。

② 本项目政治上与主流意识形态并无冲突，也有一定的关注度，近些年市场上此类产品较少，有一定的市场需求。

③ 现有剧本并不成熟，按照现有剧本水平，仅仅及格而已，若要成功，只能靠大牌明星把戏抬起来，方有可能避免风险。

④ 本剧将在国外拍摄，倘若要求大牌明星加盟，制作成本肯定高于国内一般电视剧，所以它的市场定位只能是一线卫视和多家视频网站网台联动，方有可能收回成本，但本剧网感相对较弱。

⑤ 要运营此项目，一定先把剧本改好，最大限度地消除隐患，另外先与购剧平台联系，最好能先引入投资，或者作为定制，否则以现有剧本运作，风险还是难以预料的。

⑥ 本项目评估经过剧本剖解、项目戏剧元素提取、市场调研、专家讨论等多个程序环节，最终形成现有评估报告，最大限度地保持其公正性和客观性。

中国传媒大学影视项目评估研究中心

2018 年 3 月于北京